EPONINE

Du même auteur

AUX MÊMES ÉDITIONS

Le Douzième Vautour
roman, 1983
Ouvrage couronné par l'Académie française

AUX ÉDITIONS TRISMÉGISTE

Le Chien compagnon des dieux gallo-romains
étude archéologique, 1980

ANNE DE LESELEUC

EPONINE

roman

ÉDITIONS DU SEUIL
27, rue Jacob, Paris VIe

ISBN 2-02-008730-8.

Il était une Gauloise du nom d'Eponine, elle avait les perfections qui font l'apanage des femmes plus celles que l'injustice ou la jalousie des hommes voudrait pouvoir leur refuser pour se les attribuer à eux seuls.

Dion Cassius
(Grec, 155-235 apr. J.-C.)

Préface

Toute ressemblance avec des personnes qui ont existé n'est ni fortuite ni involontaire.

Eponine et les principales figures de ce roman ont réellement été les protagonistes des événements historiques qui se sont déroulés en Gaule durant la seconde moitié du Ier siècle de notre ère [1].

Cent vingt ans s'étaient écoulés depuis la reddition de Vercingétorix; mais, de génération en génération, les pères racontaient à leurs fils les grandes épopées du temps de l'indépendance.

La domination politique de la Rome impériale, notre culture gréco-latine, le monopole de l'enseignement longtemps accaparé par la religion catholique romaine sont parvenus à nous faire oublier nos racines gauloises et la mystique des druides; pourtant, il faisait bon vivre en Gaule avant César!

Certes, il n'y avait pas d'unité politique, mais des peuples riches et évolués entretenaient de bons rapports commerciaux. Autour de chaque cité était constitué un État indépendant régi par ses lois propres. Des royaumes s'appuyant sur le peuple voisinaient avec des républiques aristocratiques où le vergobret, élu pour un an, partageait son pouvoir avec le conseil des notables. On a pu dénombrer soixante territoires, dont les principaux correspondaient à peu près à nos provinces : les Arvernes, qui occupaient l'Auvergne; les Eduens, la Bourgogne; les Bituriges, le Berry; les Carnutes, l'Orléanais; les Séquanes, le Jura; les Lingons, la Champagne orientale et le nord de la Bourgogne. Un lien puissant soudait ces tribus entre elles : la religion enseignée par les druides et soumise à l'autorité d'un druide suprême, chef de tous les druides de Gaule. Mais ces druides n'étaient pas que des prêtres, ils étaient juges, professeurs, poètes, chefs de corporations, savants, comme ce Diviciac qui a confondu Cicéron par la révélation de sa science astro-

1. Période que les historiens appellent gallo-romaine.

nomique. Les Gaulois avaient inventé de nouvelles techniques : leurs chars, leurs charrues, leurs moissonneuses s'exportaient un peu partout.

L'écriture était prohibée par les druides, et les récits des bardes ne sont pas venus jusqu'à nous. Seuls, les auteurs latins nous parlent de nos ancêtres mais, sous leur plume, les résistants gaulois deviennent des traîtres, nos victoires sont des défaites, et nos défaites des victoires.

La chute d'Alésia marqua la fin de l'indépendance gauloise. Cependant, César et ses lieutenants passèrent encore toute l'année 51 avant Jésus-Christ à réprimer les derniers efforts de ceux qui ne voulaient pas accepter le joug romain. Uxellodunum, forteresse de la région du Lot, refusait encore de se rendre, César n'en vint à bout qu'en captant les sources. Maître de la place, il fit couper la main droite à tous les survivants. La Gaule était soumise, mais dans un triste état! Ses récoltes brûlées, des cités détruites. César prétend avoir fait un million de morts et un million d'esclaves!

Si, au lendemain d'Alésia, les nouveaux riches ont vu dans l'alliance avec Rome un moyen d'accroître leurs profits, le peuple, lui, ne s'est pas résigné. Tout le Ier siècle a été secoué par des rébellions gauloises.

En l'an 69 de notre ère, la discorde règne dans les camps romains : quatre empereurs sont proclamés simultanément. Galba se fait plébisciter par les troupes d'Espagne, Othon est acclamé par la garde prétorienne, Vitellius est nommé César par les légions de Germanie, tandis que Vespasien prépare son coup en Orient.

Les druides réduits au silence reprennent espoir, ils sentent le moment propice, ils attisent l'opinion.

C'est alors que commence notre récit...

LANGRES
(Andematunnum)

69 après Jésus-Christ

En forêt d'Auberive, près de Langres, cette nuit du 21 décembre, des hommes, des femmes et des enfants, enroulés dans des pèlerines à capuchon, se dirigeaient vers le squelette d'un grand chêne illuminé par des torches. La lune était voilée de nuages. Un épais tapis de feuilles mortes recouvrait la terre.

Tous se regroupèrent dans la clairière, au pied de l'arbre sacré. Les druides, des vieillards vêtus de longues robes blanches, les mains tendues vers le ciel, imploraient la protection divine. Un barde en tunique bleue déclamait un chant aux accents barbares.

Tous s'immobilisèrent; on n'entendit plus que le bruissement des ruisseaux d'alentour. Le plus âgé des druides, Liscos, monta sur une haute pierre; il dit :

– En cette nuit la plus longue [1] de la cent vingt et unième année de notre servitude à Rome, nous t'invoquons, Esus! Obtiens de l'Increé que les âmes de nos guides ne nous abandonnent pas! Vercingétorix l'Arverne!

– Gloire à ton nom! murmura la foule.

Dans une ferveur mystique se poursuivit l'appel des héros morts pour l'indépendance gauloise :

– Sacrovir l'Eduen!

– Gloire à ton nom!

– Vindex l'Aquitain!

– Gloire à ton nom!

– Maricc le Boïen!

– Gloire à ton nom!

Le druide enchaîna d'une voix grave :

– Esus, reçois notre sacrifice! Qu'il soit agréable à l'Increé, notre père! Donne assez de force aux peuples celtes pour se réunir, attaquer le Romain oppresseur, et reconquérir la liberté!

1. Solstice d'hiver.

Deux desservants amenèrent un bœuf blanc; membres liés, l'offrande fut couchée sur le dos. Liscos lui ouvrit le ventre, en sortit les entrailles et les déposa dans un bassin en bronze posé sur un trépied de fer. Les assistants levèrent les bras vers le ciel. Le devin se recueillit et, comme si tout était écrit là, dans les viscères de l'animal, il dit :

– Voici ce que l'Incréé vous fait savoir : « Il est ici, dans la cité de Langres, un homme choisi par l'Incréé pour reprendre la lutte de Vercingétorix! Le souffle de l'Incréé est sur lui, comme il était sur Maricc quand les fauves se couchèrent à ses pieds; cet élu est parmi nous, Lingons! Mais un grand combat se livre en son sang à la fois celte et romain! Il sera fait empereur des Gaules, et rendra au peuple celte la liberté que son ancêtre lui a ravie! »

Liscos chancela, comme foudroyé par la révélation divine, et se prosterna sur le sol. Longtemps se poursuivit le silence. Nul ne comprenait la prophétie. Certes, l'Incréé promettait la liberté, mais en quel homme de sang romain pouvait-on avoir confiance?

Les jeunes filles tendirent un grand linge blanc sous le chêne, un druide monta à une échelle appuyée au tronc et sectionna une grosse boule de gui. Les desservants s'agenouillèrent et, de leur faucille, coupèrent de petites branches qu'ils posèrent les unes à côté des autres. Chaque chef de famille vint prendre son rameau.

Soudain, on entendit comme un déferlement de vagues. Au bout du grand chemin, la lune éclaira un nuage de poussière.

– Les Romains! Les Romains! hurla une voix.

Tous se précipitèrent en désordre pour ramasser les dernières branches de gui, et disparurent en courant dans les taillis.

Les druides, debout, torches en main, attendirent la mort près de la dépouille sanglante du bœuf blanc. Mais les Romains ne purent supporter l'horreur surnaturelle de cette vision dans l'épaisseur de la nuit. Le centurion fit demi-tour; ses vétérans le suivirent.

Dès qu'ils eurent tourné le dos au lieu sacré, leur terreur se dissipa. Alors s'engagea une chasse à l'homme. Des vieillards et des enfants, qui s'étaient éparpillés dans la forêt, ne purent échapper aux Romains; ils eurent la main droite tranchée.

Le lendemain, un petit vent glacial soufflait sur Langres. Dans la brume matinale, Eponine et Carilla sortirent de la cité et descendirent la sente des matelassiers jusqu'au bord de la Bonelle. Elles s'arrêtèrent devant une chaumière. Deux femmes agenouillées sur un ponton lavaient de leurs mains rougies des ballots de laine de mouton. Les jeunes filles cognèrent à la porte située au milieu du petit côté de la baraque en planches élevée sur un muret de pierres. Un vieil homme vint leur ouvrir. Ses longs cheveux gris rejoignaient une barbe moutonneuse et lui donnaient l'air d'un vieux bélier. Carilla se haussa sur la pointe des pieds et l'embrassa. Son nez parsemé de taches de son se plissa dans un sourire qui fit disparaître ses yeux.

– Bonjour, père! dit-elle.

L'homme était immobile, intimidé par la présence de la compagne de sa fille. Aucun mot ne sortait de sa bouche; il oublia de les prier d'entrer. Il dévisageait l'inconnue. Jamais semblable créature n'avait franchi sa porte. Eponine ôta son capuchon; de longs cheveux de la couleur des feuilles d'érable à l'automne encadraient un visage d'ivoire dévoré par d'immenses yeux verts à pépites d'or. Elle semblait à peine sortie de l'enfance. Elle mordit sa lèvre gourmande et dit d'une voix grave :

– Je suis Eponine, fille d'Aquilinus, le *duumvir* [1] *. Je viens voir ton fils; Carilla m'a raconté comment il avait été blessé par les soldats.

L'homme cracha sur le sol de terre battue.

– La peste soit des Romains! grogna-t-il. Avec une main en moins, il ne peut plus travailler. C'est une bouche inutile, il n'y a de la soupe que pour ceux qui la gagnent! Entre! Il geint sur son lit.

1. Magistrat suprême de la cité.
Les * renvoient aux notes en fin de volume, p. 342 et suivantes.

Carilla trottina jusqu'à la table de l'unique pièce de la maison; elle déposa le jambon et le panier empli de pots en terre qu'elle portait sous sa cape. Une fenêtre haute éclairait les murs noircis par la fumée de la cheminée centrale. Cinq matelas, des montagnes de flocons de laine, des bottes de paille, deux bancs boiteux, des coffres éventrés, des jattes de terre, des pichets de bronze sales étaient abandonnés un peu partout.

Eponine sembla ne pas s'apercevoir de la crasse et s'assit aux pieds de Filiolus. Un léger duvet perçait déjà à travers les taches de rousseur de son maigre visage. Il avait le bras droit enveloppé dans des chiffons maculés de sang.

– As-tu mal? lui demanda Eponine.

– Oui, soupira le gamin.

« Il a les mêmes petits yeux noirs que Carilla, mais ceux de Carilla ne sont jamais tristes », pensa-t-elle. Elle désentortilla la loque; son cœur se serra en voyant le moignon.

– Ne touche pas à ça! cria le père, les dieux l'ont puni, ils le guériront s'il le mérite!

– Ne dis pas de bêtises! Les blessures ne guérissent pas toutes seules! Ma grand-mère m'a appris les secrets qu'elle tenait de sa grand-mère. Donne-moi du vinaigre!

– Il n'y a pas de vinaigre! Il n'y a plus rien! Les Romains ont tout volé, ils sont venus réquisitionner toutes mes peaux de moutons qui séchaient et en ont profité pour emporter mes provisions. Regarde la soupe qui cuit, ce sont les mêmes os qui mijotent depuis huit nuits, et tous les matins je rajoute des racines et de l'herbe! Je n'ai même plus de sel! Le sel, c'est cher! Et je n'arrive pas à livrer mes matelas à temps! Je suis le seul homme ici, le gendre a été enrôlé il y a trois ans, maintenant je ne peux plus compter que sur ma femme et ma fille; des bras de femmes, ça ne vaut pas ceux des hommes, mais pour ce qui est de la bouche, ça cause et ça mange!

Carilla avait fini par trouver un peu de vinaigre, elle lava un pot au petit ruisseau qui coulait au milieu de la salle. Eponine trempa la blessure dans le bol; Filiolus fit la grimace. Elle prit l'aiguille enfilée de lin qu'elle avait piquée à sa tunique, s'assit en tailleur, assura sa position; elle avait besoin de se caler pour que sa main ne tremble pas en recousant les lèvres de la plaie. C'est alors qu'elle entendit une plainte. Le garçon serrait les dents, mais ne bronchait pas. Elle venait d'écraser une petite boule de poils. Le père donna un coup de pied au chiot qui lança un regard de détresse vers Eponine. Carilla prit la jeune chienne dans ses bras.

– Garde-la, si tu la veux! lui grommela le vieux. Sa mère me suffit pour la chasse, et celle-là, avant qu'elle soit bonne à quelque chose, il faut la nourrir. Je ne l'ai pas noyée parce que l'homme qui m'a donné la mère m'a dit qu'elle valait cher, et je n'ai pas réussi à la vendre, les voisins sont ruinés par ce foutu tribut qu'il faut payer à Rome. Si tu trouves un client, porte-moi l'argent. Ne la brade pas, c'est un sicambre, un vrai chien gaulois qui a du nez. Voilà un bon débarras! avec ses oreilles pendantes et ses longs poils, elle est toujours sale! Et puis, elle braille tout le temps!

La couture était finie. De ses doigts fuselés, Eponine appliqua la pommade qu'elle avait apportée.

– Ça pue! dit le gosse.

– Je te laisse le pot, tu en mettras toutes les deux nuits pendant la durée de la lune.

Désespérant de trouver un linge propre dans la maison, elle arracha un pan à sa camisole de lin et termina le bandage.

– Je reviendrai pour te découdre, dit-elle. Quand tu seras guéri, je t'emmènerai à la forge de mon père. Avec une main, tu peux très bien travailler à l'entretien des feux.

– Merci! ronchonna enfin le vieux bélier, soulagé d'être débarrassé d'un infirme.

– Nous emportons la petite chienne, c'est un beau cadeau! Nous l'appellerons Mya, dit Eponine en la serrant dans ses bras.

Les deux amies remontèrent la venelle des matelassiers et arrivèrent au sommet nord du mamelon. La cité n'était protégée que par un seul mur, au sud, du côté de la plate-terre.

Hommes et femmes, emmitouflés dans des capes de laine, marchaient d'un pas vif sur les trottoirs des deux rues principales, qui se croisaient à angle droit pour former la vaste place du *forum* [1]. Là, les femmes s'engouffraient dans les échoppes qui s'alignaient sous les portiques; les hommes se rendaient à la curie, palais de justice et lieu de rencontre, qui faisait face au temple, dédié à Rome et à Auguste. Entre les deux monuments, une haute pierre gravée, la borne milliaire, indiquait le nombre de milles qui séparent Langres de Rome. Des immeubles en pierre à deux et trois étages flanquaient la grande rue nord-sud dans laquelle aboutissaient des venelles tortueuses. Avant d'arriver à la porte triomphale de Jules

1. Place publique.

César [1], à l'extrémité sud du *cardo* [2], une fontaine semi-circulaire, d'où l'eau bondissait en trois cascades, faisait front à l'enceinte de la villa de Claudius Sextus Aquilinus, l'un des deux magistrats suprêmes de la cité et père d'Eponine.

La double porte à caissons franchie, le seuil dépassé, on se serait cru, comme par enchantement, transporté dans une de ces délicieuses résidences d'été au pied du Vésuve.

Eponine aperçut dans la cour centrale son père et sa mère qui semblaient se quereller. Elle tira Carilla par la main et, longeant les murs de la galerie, l'entraîna jusqu'à sa chambre dont elle rabattit la tenture.

Régina, la mère d'Eponine, était étendue sur une méridienne adossée à une fresque qui représentait des oiseaux dans un paysage verdoyant; son époux, un petit homme au crâne et aux joues roses, au ventre rebondi, arpentait le péristyle. Il vociférait, en proie à une vive exaspération, tirant nerveusement de grosses bouffées de sa pipe en fer :

– Naturellement, l'édile responsable de la police n'était au courant de rien! Enfantin! Absurde! Inutile, cette provocation! Pourquoi ont-ils irrité les flamines du culte impérial? Les druides n'ignorent pas que depuis l'empereur Claude toute pratique druidique est proscrite! Qu'ont-ils gagné à cette désobéissance? Je vais te le dire : je dois livrer trois cents otages qui partiront rejoindre les cohortes auxiliaires aux frontières de la Germanie.

L'énervement du magistrat était à son comble; un pan de sa toge s'accrocha à l'un des becs de cygne qui ornaient les pieds d'un guéridon tripode; la secousse fit choir gobelets et cruche de verre qui se fracassèrent sur le damier noir et blanc de la mosaïque.

– Calme-toi, Aquilinus! dit d'une voix suave Régina, dont l'écharpe violette drapée sur une tunique mauve laissait deviner des formes attrayantes, à peine alourdies par une trentaine dépassée.

Le sourire était contredit par la dureté du regard. Sa coiffure, qui avait été à la mode à Rome sous le règne de Néron, paraissait d'une grande audace à Langres en cette année qui suivait la mort de cet empereur abhorré : une mousse de bouclettes sur les tempes contrastait avec la rigueur des mèches cordelées, divisées par une raie médiane et réunies à la nuque en une natte fermement tressée. Régina tripotait constamment les grosses boules d'ambre qui ornaient son cou.

1. Actuellement : porte du Moulin-à-vent.
2. Grande rue nord-sud.

– Seno coreo [1]! hurla le magistrat.

– Jure en latin! grommela Régina. Tu as dû apprendre des jurons pendant les cinq ans que tu as passés à l'université d'Autun!

– Cette pipe ne vaut rien, elle s'éteint tout le temps! grogna-t-il, tout en tapotant de son index la poudre de laitue séchée.

Il frappa dans ses mains, demanda une lampe à huile, se pencha sur la flamme, aspira, toussa et enchaîna :

– Rome va profiter de l'incident pour doubler nos taxes! Si ça continue, il n'y aura plus que des pauvres à Langres; les seuls riches seront les marchands italiens comme ce Campanius qui vend son vin à prix d'or et se fait construire une maison à trois étages pendant que les deux tiers de nos moutons sont réquisitionnés pour nourrir l'armée du Rhin!

– Eh bien! Je suis heureuse, moi, et je ne tiens pas à ce que les choses changent! Ta forge vend des armes aux Romains, cela me suffit pour trouver bon qu'il y ait une armée romaine et qu'elle ne me soit pas ennemie. Agis, au lieu de geindre! Tu n'es qu'un lâche!

Régina se leva, caressa le marbre des colonnes du péristyle ct lissa, en se mirant dans l'eau du bassin central, la petite mèche qui s'était échappée de sa natte. Elle ondula des hanches, fit demi-tour quand parut Priscus. L'affranchi d'Aquilinus, terrorisé par une maîtresse toujours en colère ou fraîchement apaisée, susurra timidement :

– Julius Sabinus demande à être reçu.

– Qu'il entre! s'empressa de dire Régina, subitement rayonnante de joie.

Un jeune homme attendait dans le vestibule qui reliait le portique d'entrée à l'*atrium* [2].

Aquilinus parut surpris, il n'avait pas convié Sabinus. Ce descendant d'une riche famille sénatoriale n'avait jamais mis les pieds chez lui; il menait une vie à part, voyageait beaucoup et fréquentait des manants. Le magistrat ralluma sa pipe et dévisagea le visiteur sans faire un pas vers lui.

Avec désinvolture, le jeune homme ôta son manteau de cuir et le posa sur un tabouret. Sa tunique à bandes jaunes et bleues mettait en valeur ses larges épaules, les muscles de ses cuisses gonflaient le fin lainage de ses pantalons longs. Il ne portait ni arme ni ceinturon. Son visage glabre, à la peau mate, au nez légèrement

1. Vieux héron, en langue celte.
2. Salle d'entrée.

busqué, aux joues creuses, était illuminé par l'éclat d'acier de deux immenses yeux bleus. Un torque d'or brillait à son cou.

Sabinus, immobile, attendait que l'on vînt vers lui. Régina, d'un geste machinal, réajusta son drapé pour cacher cette fâcheuse rondeur qui lui était venue au bas des hanches, et se dirigea vers le visiteur qui s'inclina :

– Je te salue, Régina! As-tu parlé à ton époux?

– Je n'ai point trouvé d'instant propice; son humeur est chagrine, je pense que nous ne serons pas trop de deux avocats!

– Eh bien, Sabinus! Que complotes-tu? Entre! cria le magistrat en écartant une tenture.

Il fit passer son visiteur dans le *tablinum* [1]. Des rouleaux de papyrus, des tablettes de cire et de métal étaient rangés dans des bibliothèques adossées aux murs. Dans le fond, à gauche, une niche peinte en bleu-gris faisait office de sanctuaire familial; dans ce laraire trônait une effigie en calcaire de la déesse Matrona debout à la proue d'un bateau et une statuette de Mercure en bronze. Aquilinus se cala dans un fauteuil d'osier à haut dossier arrondi et invita le jeune homme à lui faire face en lui indiquant un siège semblable de l'autre côté de la grande table. Régina prit place sur un tabouret.

– Je suis venu te demander ta fille Eponine en mariage, lança Sabinus, comme on plonge dans une rivière.

– Je ne savais pas que tu la connaissais! rétorqua le maître de céans.

– La renommée de sa beauté est venue jusqu'à moi. Pour des gens comme nous, l'amour vient après le mariage. Mes gisements d'Auberive te fournissent ton minerai. J'ai pensé que cette alliance serait profitable à nos deux familles.

– Mais, certainement! interrompit Régina.

Aquilinus bourra une nouvelle pipe; après un silence, il dit :

– Je croyais que tu devais partir sur le Rhin comme préfet des Alliés [2] *?

– Je veux prendre femme avant de partir; s'il m'arrivait malheur, elle garderait mes biens.

– Pourquoi tant de précipitation? objecta Aquilinus. Le mariage est chose grave, nous ne sommes pas à Rome où l'on divorce comme on éternue! Laisse-moi le temps de réfléchir!

1. Bureau, bibliothèque.
2. Officier supérieur dans la cavalerie auxiliaire.

– Tu ne sembles pas te rendre compte de l'honneur que nous fait Julius Sabinus, dit Régina. Songe que tes petits-enfants seront du sang de Jules César!

– Comment cette malheureuse histoire est-elle venue jusqu'à toi? lança le jeune Gaulois interloqué.

– Ma mère m'a raconté que Rome avait toujours protégé les Lingons parce que l'année qui précéda la coalition de Vercingétorix, le grand César avait vécu deux mois à Langres chez Dumnédorix et qu'il était tombé amoureux de sa fille. Ton grand-père, que j'ai connu, est né de cette union. Ton ascendance peut nous être utile à Rome, en ces temps troublés. Je veux voir ma fille à l'abri de toute suspicion, de toute médisance. Je suis fidèle à Rome, moi, et je veux que cela se sache.

– Ma chère femme, je ne pense pas qu'Eponine souhaite se marier pour contenter Rome!

– Et toi, Aquilinus! explosa Sabinus, exaspéré. Et toi, que fais-tu d'autre que de contenter Rome! Est-ce les intérêts des Gaulois que tu défends en tolérant toutes ces réquisitions, en surveillant scrupuleusement la perception du tribut et en faisant rouer de coups ceux qui ne se présentent pas au recensement?

– J'ai fait respecter l'ordre, mais moi aussi j'ai ressenti l'affront!

– N'as-tu pas rougi de honte d'obliger les Gaulois à énumérer tous leurs biens au bas d'un registre pour être pillés par Rome? Notre sol est devenu propriété du peuple romain!

– Mais ces routes, ces monuments, ces jeux qui nous sont offerts, il faut bien les payer! intervint timidement Régina.

– Oui! Et c'est nous qui les payons de nos deniers! reprit Sabinus qui, emporté par son exaltation, oubliait qu'il était venu faire sa cour au magistrat pour obtenir sa fille.

Le seul mot de Rome évoquait pour lui tant d'horreurs qu'il ne pouvait se contenir. Il se leva et poursuivit en marchant de long en large :

– Ce sont nos deniers qui ont payé les monuments à la gloire de Rome, les temples à la gloire des empereurs de Rome, des dieux de Rome! L'Incréé des Gaulois était trop immense pour être enfermé dans des pierres, les noms que les druides donnaient aux manifestations divines n'avaient d'images que dans le cœur des hommes! Maintenant, les prêtres du culte impérial les rabaissent et leur donnent la subalterne forme humaine. Quant aux routes, elles ne servent qu'aux soldats pour acheminer leur nourriture et pour courir plus vite en temps de guerre!

Cet entretien agaçait Aquilinus. Sa charge l'encombrait, mais il ne savait pas résister à la soif d'orgueil de sa femme. Lassé, il se leva et conclut :

– Si un autre était magistrat à ma place, peut-être ferait-il preuve de plus de rigueur! Je ne puis te donner ma fille sans la consulter. Je te verrai demain sur le *forum*. Je te salue!

– Je te salue, Aquilinus! Mille grâces, Régina!

Et Sabinus reprit le chemin de sa villa de Saints-Geomes [1], fort mécontent de lui.

1. Urbatum.

Aquilinus mâchonnait sa pipe éteinte; Régina tortillait une mèche rebelle. Le silence se prolongeait.

– Je dois parler à Eponine, hasarda Aquilinus.

– Je m'en charge! rétorqua Régina.

Une bouffée d'adolescence empourpra ses joues. Elle songeait à l'heureux temps de ses fiançailles. Elle se revoyait dans sa robe de noces. Sa fille ne pourrait rester insensible au grand bonheur qu'elle lui apportait; elle sentait déjà la chaleur d'Eponine blottie contre son sein, leurs yeux étaient humides de joie. Elle longea les murs grenat et s'arrêta devant la tenture fermée de l'alcôve qui servait de chambre à Eponine. Comme dans un rêve, elle entendit la douce voix de sa fille s'accompagnant à la harpe, mais son esprit troublé ne perçut pas les paroles :

Vercingétorix! Par Sa Volonté
le chef de l'abîme t'a fait le chef du combat
animateur de la bataille
protecteur du pays
protecteur du pays
animateur de la bataille.

Il rassemble pour la liberté
les hommes de Gaule
et la Gaule tout entière
toujours se souviendra.

Les peuples de la terre cultivée
enfin réunis le pleurent
et d'une seule voix
hurlent l'espoir et le désespoir.

Régina souleva la tenture. Une étroite ouverture haut placée et tendue de parchemin éclairait faiblement la petite pièce. L'ocre rose des murs se reflétait sur le teint translucide de la jeune fille à demi étendue sur le matelas qui recouvrait la banquette murale. Ses cheveux caressaient la gorge voilée de batiste d'un vert à peine plus pâle que ses yeux.

Eponine déposa sa harpe sur le sol rose, fait d'un aggloméra de terre cuite pilée et de ciment parsemé de petits cubes blancs.

– Mère, excuse ce désordre! dit-elle en s'empressant d'ôter tuniques, écharpes et sandales abandonnées sur un tabouret et en les entassant sur le haut coffre de bois déjà encombré de colliers de perles de verre, de rouleaux de papyrus, d'une poupée en terre cuite, d'un petit chien en bronze, d'une lampe et d'autres babioles.

– On ne peut chanter et ranger, ma fille! Je constate que Carilla n'est guère plus ordonnée que toi. Que faites-vous donc pendant ces heures que vous passez ensemble? Mais je ne suis point venue pour te morigéner, j'ai à t'apprendre une grande nouvelle.

En s'asseyant, Régina marcha sur la patte de Mya qui dormait sous le tabouret. La boule de poils hirsutes aux oreilles pendantes courut en grognant s'installer sur les coussins du lit.

– Je t'écoute, murmura Eponine en s'accroupissant près des genoux de sa mère.

– Tu viens d'avoir seize ans et je pense que, comme toutes les filles, tu rêves de mariage. Ne serait-ce point de cela que vous bavardez avec cette effrontée de Carilla?

– Carilla n'a qu'un an de plus que moi! Est-ce mal d'avoir pour amie une servante?

– Une esclave! Mon enfant, veille à ne pas être trop familière; en prenant de l'âge, une trop grande intimité ne pourrait que t'encombrer; surtout quand tu sauras à quel haut rang te destinent les dieux! Julius Sabinus, l'arrière-petit-fils de Julius César, le plus glorieux des Romains, nous a demandé ta main!

Eponine bondit au milieu de la chambre. Elle éclata en sanglots, devint livide et, les deux poings crispés sur le rebord du coffre, elle hurla :

– Jamais, ma mère! Jamais, tu m'entends! Jamais je ne porterai en mon sein le rejeton d'une race que je hais!

– Tu es encore une petite fille, Eponine! Une petite fille qui croit trop aux légendes et qui apprend trop de chansons! Tu épouseras Julius Sabinus, parce que je l'ai décidé.

– Je ne le connais même pas! Et je ne veux pas le connaître! Je préfère rester fille.

– Tu ne sais ce que tu dis! Vois-le, tu ne pourras résister à sa voix chaude, à son regard envoûtant, à ses épaules...

– S'il te plaît tant, mère, prends-le pour amant!

D'un bond, Régina fit face à sa fille et la gifla.

– Tu souperas dans ta chambre, ce soir! vociféra-t-elle en quittant la pièce.

Eponine se jeta sur son lit; elle pleurait de rage et de désespoir. Elle ne pouvait supporter l'idée de n'être qu'une marchandise échangée dans le seul but d'un profit mutuel. Elle n'avait jamais éprouvé d'attirance pour aucun des hommes qu'elle connaissait. Pour elle, l'amour était lié à l'admiration; et elle n'admirait que des héros morts! Cette liberté de la Gaule qu'elle espérait confusément, sans savoir exactement ce que cela voulait dire, elle la souhaitait aussi pour elle-même. Mais la Gaule était romaine et elle, elle était une fille! Ses pleurs redoublèrent, elle ne pouvait se résigner à être l'esclave de Rome, l'esclave de ses géniteurs, l'esclave d'un homme qui l'épousait sans passion! Elle avait une fringale de liberté, une fringale de vie, une fringale d'amour! Mya s'était blottie tout contre son épaule et lui léchait doucement l'oreille. La nuit tombait.

Carilla apporta un grand bol en céramique rose orangé rempli de soupe fumante qu'elle déposa sur une table basse et chercha la lampe de terre cuite qu'elle finit par découvrir sous l'amas de chiffons. Elle battit le briquet; une faible lumière blafarde éclaira les yeux gonflés d'Eponine.

– Maîtresse, lui dit-elle, c'est grande chance que tu sois punie dans ta chambre, ce soir! Les ouvriers de la coutellerie m'ont avertie qu'il y avait une réunion des mécontents aux grottes des sources de la Marne. De grandes révélations doivent y être faites. Je ne veux pas y manquer. Viens avec moi, personne ne le saura! Nous sortirons par la sente des cuisines.

– Tu es folle, ma pauvre Carilla, ces grottes sont à plus de trois milles d'ici [1] *!

– Il y a une voie qui y va directement en partant de l'arc de Jules César. Je te prêterai une tunique de bure et une cape, personne ne te reconnaîtra!

Il n'en fallut pas plus pour décider Eponine. Elle allait enfin

1. 4,5 km.

pouvoir assouvir sa soif d'aventure. Elle bondit à terre, enleva sa tunique chiffonnée et trempée de larmes, courut près de la bassine de bronze qui était posée sur un trépied, s'aspergea le visage d'eau fraîche, natta ses cheveux, enroula la tresse autour de sa tête et enfila les hardes que Carilla était allée quérir en grande hâte.

Les deux jeunes filles se faufilèrent le long des couloirs résonnant des éclats de voix qui provenaient du *triclinium* [1], la salle à manger familiale. Elles sortirent par les cuisines, contournèrent les ateliers et les dépendances de la villa.

La bise leur pinçait les joues. Elles rabattirent sur leur tête le capuchon de leur pèlerine, et marchèrent d'un bon pas sur les pavés de la route qui mène à Balesmes.

1. Salle à manger contenant trois lits de table.

Sabinus avait été franchement agacé lorsqu'il avait quitté la demeure du magistrat. Il ne lui était pas venu à l'idée que sa demande pût ne pas être acceptée dans l'instant, avec enthousiasme!

Il franchit la palissade de son domaine de Saints-Geomes situé à trois milles au sud de la cité, sur le versant ouest de la voie qui conduit à Chalon. La villa rurale, de dimensions modestes, n'était qu'un long bâtiment de pierre blanche, précédé d'un portique. De frustes cabanes, à demi enfoncées dans le sol, entouraient la grande cour au centre de laquelle trônait un puits. (Le descendant de César venait peu à Saints-Geomes, les centaines de moutons qui bêlaient durant les nuits d'hiver dans les bergeries l'insupportaient. Il préférait sa somptueuse villa en bordure de la forêt d'Auberive.)

L'agacement de Sabinus devint de la rage quand l'affranchi d'Aquilinus arriva peu de temps après lui à Saints-Geomes pour lui annoncer que son maître ne le verrait pas le lendemain sur le *forum*. Tout en tortillant son écharpe, le pauvre Priscus bégaya :

– Aquilinus me charge de t'informer qu'il a besoin de réfléchir; il craint que sa fille ne soit pas encore mûre pour le mariage.

– Pas mûre à seize ans! Me voit-il épouser une matrone! grommela Sabinus.

Et il expédia Priscus en lui criant :

– Dis à ton maître qu'il y a pour un homme comme moi plus noble occupation que de supplier une fille qui le dédaigne!

Il alla s'agenouiller devant la cheminée d'angle, posa des bûches sur les chenets surmontés d'une tête de chien en terre cuite et battit le briquet. Le feu crépita; le reflet des flammes dansa sur les bois de cerf qui décoraient les murs blanchis de chaux. Un casque et une cuirasse de bronze étaient posés sur un coffre. Sabinus prit un pichet d'argent, se servit une coupe de vin de Moselle, déroula un manuscrit et s'assit sur un fauteuil rond qui faisait face à un guéridon.

Martialis entra. Le frère de lait de Sabinus semblait en tout point la moitié de son maître vénéré; il avait mi-hauteur, mi-carrure, moitié moins de cheveux et mi-cervelle; mais ses yeux de chien fidèle débordaient d'amour. Il traversa la salle en claudiquant.

– Eh bien! Que veux-tu? interrogea Sabinus.

– Un officier auxiliaire gaulois arrive de Trèves [1] pour te parler de la part de Classicus!

Le ton de mystère et d'importance de son affranchi chassa toute velléité de mariage de l'esprit de Sabinus.

– Qu'il entre! dit-il avec fermeté.

Les deux hommes se saluèrent.

– Classicus, préfet des Alliés commandant la cohorte des auxiliaires trévires, a reçu ton message, dit l'officier. Il te donne sa parole que les Trévires feront cause commune avec les Lingons pour la liberté de la Gaule. Julius Blésus, gouverneur de la Gaule celtique, entre aussi dans la coalition, mais les Eduens et les Séquanes n'ont pas répondu à ton appel. Classicus te prie d'accepter cette médaille, sur laquelle figurent deux mains entrelacées, en gage d'amitié et de fidélité.

Sabinus prit la pièce d'argent, la porta à ses lèvres, la garda serrée dans son poing et dit :

– Assure Classicus de ma ferme résolution. J'ai procédé à un enrôlement de volontaires, ces vélites [2] se joindront aux dix *turmes* [3] de cavalerie. Tous sont au courant de mes desseins et me sont fidèles. Officiellement, nous partons servir Rome mais, une fois cantonnés sur le Rhin, un conseil de chefs gaulois décidera un plan d'attaque commun pour anéantir les légions romaines. Dis à Classicus que notre allié Civilis le Batave a fixé le rendez-vous à Cologne [4]; qu'il s'y trouve avec sa cohorte avant la prochaine lune.

– Nous y serons! dit le Trévire. Mais sache que Classicus redoute cette alliance avec Civilis. Le Batave traîne après lui des hordes de Germains qui n'attendent qu'un prétexte pour s'installer en Gaule.

– Civilis est à la tête de huit légions; nous ne pouvons pas nous passer de son appui. Si les Gaulois sont unis, les Germains ne franchiront pas le Rhin. Rassure Classicus et remets-lui ceci! dit-il

1. Augusta.
2. Fantassins légers.
3. Escadron de trente cavaliers.
4. Agrippina Colonia.

en tendant au messager le feuillet qui énumérait l'ensemble des forces que les Lingons apportaient dans la coalition.

Il ajouta :

– Prends vivres et repos, mais fais vite!

Le Trévire se retira; Sabinus bondit sur Martialis :

– Préviens immédiatement nos amis! Je veux leur parler cette nuit même, à la troisième heure [1] *, aux grottes de la Marne.

1. Les Gaulois comptaient les heures à partir du coucher du soleil.

Eponine et Carilla marchaient depuis une heure. Elles arrivaient devant les thermes du sud, dépendances du temple dédié à Dea Matrona. Elles quittèrent la voie qui mène au *vicus* [1] de Balesmes et dévalèrent le raidillon à travers un petit bois de chênes. Elles contournèrent une butte et se trouvèrent devant la vaste entrée de la caverne. Des centaines d'hommes et de femmes étaient là, entassés, éclairés par des torches. On entendait le léger clapotis de l'eau de la Marne qui jaillissait de terre en bas du rocher. Elles se faufilèrent parmi les chevaliers, les paysans, les paysannes, les bergers, les artisans et les ouvriers qui écoutaient un jeune homme adossé à la paroi de la grotte flanquée d'ex-voto. Une statuette en argent de la déesse Matrona, debout sur une proue de bateau, trônait dans une niche protégée par une grille.

– Qui est cet homme? demanda Eponine à sa compagne.

– C'est le chef de la conjuration. C'est la première fois qu'on le voit. Tais-toi et écoute!

– Comme il est beau! chuchota Eponine.

– Lingons! dit l'orateur, voici venue l'heure à laquelle doit se réaliser la prophétie de Liscos! Je connais vos souffrances, les privations que vous imposent la tutelle de Rome, l'avarice et les débauches de ses légats. Bien peu parmi vous portent des chaussures, tandis que tous les cuirs de nos moutons partent pour l'armée du Rhin. Certains d'entre vous n'ont même jamais connu le goût de la galette de froment! Seuls les riches peuvent se procurer à prix d'or les produits de notre sol réquisitionnés pour Rome! On vous a privés de vos droits politiques, la curie n'est plus ouverte aux pauvres! La cité est au pouvoir d'une aristocratie liée d'intérêt à Rome! Ne perdez pas confiance, il existe des sénateurs lingons, comme Lucterius et comme moi, qui veulent vous rendre la place

1. Village.

que vous teniez au temps de l'indépendance. Beaucoup vont devoir quitter leur foyer pour aller servir l'oppresseur! Eh bien, mes amis! Que ce départ soit pour vous un jour de joie et d'espoir! Civilis le Batave a donné le signal de la révolte! Les grands peuples de Gaule et de Belgique vont se joindre à lui, les Lingons seront les premiers! N'oubliez jamais le cri de Vercingétorix : « Si nous sommes unis, Gaulois, la terre nous appartiendra! »

– Vivat! cria la foule, soudain déchaînée.

Eponine était comme envoûtée, son rêve devenait réalité. Dans un soudain accès de ferveur, elle se jura d'être à cet homme et de le servir jusqu'à la mort.

Elle se glissa jusqu'à l'orateur et s'entendit murmurer :

– Emmène-moi avec toi!

Le chef de la conjuration sourit, étonné, en posant son regard sur la jolie paysanne aux yeux humides d'émotion.

– Que ferais-je d'une femme? dit-il doucement.

– Je serai ton esclave, je te servirai et je t'aimerai!

Le souffle de la jeune fille caressait les lèvres de Sabinus; il eut envie de la serrer dans ses bras, mais il reprit d'une voix forte pour couvrir le brouhaha de l'assistance :

– Dans cinq nuits, que les hommes enrôlés pour rejoindre l'armée du Rhin se rassemblent à l'aube sur le Champ-de-Mars! Velléda, la grande prêtresse des forêts de Germanie, a promis la liberté aux Gaules! Que Dea Matrona nous mène à la victoire!

– Gloire à toi! hurlèrent les conjurés.

La lueur des torches illuminait le visage d'Eponine; elle restait muette, immobile, sous la statue de Matrona, le regard noyé dans celui de son héros. Les cris de la foule se calmèrent; tous dévisagèrent cette jeune esclave qu'ils n'avaient jamais vue, cette jeune fille qui ressemblait à l'image de la déesse, cette enfant qui venait de s'offrir à leur chef.

Carilla prit Eponine par la main et l'entraîna sur le chemin du retour.

De loin, Sabinus regarda les deux jeunes filles qui se dirigeaient vers le temple de Matrona. Ce n'est qu'un moment plus tard qu'il s'aperçut qu'il les avait suivies jusqu'à la poterne des cuisines d'Aquilinus!

Régina refusait de s'admettre vaincue. Elle convia à souper pour le surlendemain toutes les familles sénatoriales de Langres. Elle assiérait Sabinus à côté d'Eponine. Cette petite dinde ne pourrait résister au charme et à la richesse de celui que sa mère s'était choisi pour gendre; quant à ce jeune coq orgueilleux, il succomberait sans nul doute devant la radieuse perfection de sa progéniture!

Aquilinus refusait de prendre parti. Il voulait voir sa fille heureuse et savait à quelle morne résignation conduit un mariage sans amour. Tandis que la maison s'affairait pour les préparatifs du festin, il donna ordre à son affranchi de quérir ses filets, ses lacets, ses épouvantails et ses dards. Il s'installa dans sa litière, se fit conduire aux marais, fit sortir ses gabions et sa nacelle d'osier, disposa ses pièges et guetta les oiseaux.

Eponine était d'une nervosité extrême. Elle décida de ne pas se rendre aux bains de peur d'y rencontrer sa mère. Son esprit était tout occupé par la pensée de ce jeune chef de la rébellion. Elle brûlait du désir de savoir qui il était; mais elle n'osait en parler à Carilla. Elle avait honte de l'impudeur avec laquelle elle s'était offerte à lui; et encore plus honte de sa passivité. Il fallait qu'elle le revoie avant qu'il ne parte! Et elle restait là avec Mya, prostrée dans sa chambre, seulement occupée à tripoter son talisman, une petite rondelle de bois de cerf. Carilla avait voulu l'emmener promener sur le *forum,* mais elle ne pouvait décemment, en plein jour, sortir de la villa familiale déguisée en esclave; et vêtue de sa fine tunique de fille de riches, même si elle le rencontrait, oserait-elle l'aborder?

Elle haïssait sa jeunesse d'enfant unique qui l'avait isolée dans sa solitude. Elle ne connaissait personne. Elle s'ennuyait à ces dîners durant lesquels les notables et leurs femmes étalaient leurs richesses, parlaient de gladiateurs, de chasse et de chiffons! Elle résolut d'être malade et de ne point paraître à la réception du soir. Puis elle changea d'avis; peut-être y était-IL convié? N'avait-il pas dit que, comme Lucterius, il appartenait à la classe sénatoriale? Elle vida son coffre et choisit une tunique d'un topaze à peine plus doré que ses cheveux; elle drapa une écharpe du même ton, enroula sa natte sur sa chevelure ondée. Deux petites boucles lui caressaient le cou orné d'un collier de perles bleues à filets blancs. Elle prit une fiole de verre, se parfuma derrière l'oreille, para ses bras de bracelets d'or, se regarda dans son miroir, se mordit la lèvre, et pénétra dans l'*atrium*.

De longues tables avaient été dressées sur trois côtés du péristyle; le *triclinium* était trop exigu pour contenir tous les invités. De grands candélabres de bronze en forme d'éphèbes porteurs de torches éclairaient de leurs chandelles de suif les gobelets de verre, la vaisselle d'argent ciselé ou de terre cuite rose décorée de guirlandes et de personnages en relief.

Aquilinus abandonna les deux dames vieillissantes et exubérantes qui l'accaparaient pour se précipiter vers sa fille :

– Tu es ravissante! lui murmura-t-il en la serrant dans ses bras.

Il toussota et lui susurra :

– Je suis ton ami, tu le sais!

– Je suis peinée de t'avoir contrarié! répondit-elle en l'embrassant.

A ce moment précis, Sabinus, qui n'avait accepté l'invitation de Régina que dans l'espoir de revoir sa petite esclave, foulait le canthare [1] figuré sur la mosaïque du seuil. Il aperçut celle qu'il cherchait, couverte de bijoux, tendrement enlacée par le magistrat. L'effrontée, qui s'était si spontanément offerte à lui, couchait donc avec le maître de céans! Il trouva cela dégoûtant! Mâchoires serrées, il vint se planter devant Aquilinus. Il jeta une bourse de sesterces sur le sol et tira violemment la jeune fille par la main :

– Je te l'achète! Le prix de trois chevaux, c'est suffisant pour une putain! Tu ne trouves pas?...

Il n'avait pas fini sa phrase que la frêle jeune fille lui avait administré une paire de gifles.

Tous les invités se turent, figés comme des mannequins de cire, la bouche ouverte, n'ayant plus de voix pour achever le mot commencé. L'oppressant silence ne fut troublé que par le vacarme des plateaux qui échappèrent des mains des serviteurs. Régina estima opportun de s'évanouir.

– Dehors, voyou! hurla Aquilinus.

1. Coupe à deux anses.

Lucterius, le rhéteur [1] *, qui n'avait pas hésité à soutenir Sabinus dans sa lutte secrète pour l'indépendance, ne savait s'il devait intervenir; il restait médusé, le motif profond de cette provocation lui échappait; Sabinus était-il devenu fou?

Eponine leva les yeux vers l'homme qui l'avait insultée. Elle chancela. Le sol était mouvant, des langues de feu pirouettaient autour de ce visage aimé. Sa bouche ne pouvait plus proférer le moindre son.

– Dehors, Sabinus! clama le magistrat écumant de colère. Ma fille n'est pas à vendre!

– Eponine!

– Sabinus! murmurèrent les deux jeunes gens.

Ils se regardèrent, comprirent qu'ils ne pouvaient se justifier sans compromettre la réussite de la conspiration, sans révéler au père la fugue de sa fille. Ils restèrent ainsi muets et immobiles.

– Sors! renchérit Aquilinus. Crois-tu que le sang de César t'autorise à venir m'insulter chez moi! Ne repasse jamais le seuil de ma maison. Je suis de lignée gauloise, je saurai faire respecter ma fille.

– Ces Romains, ils se croient tout permis! glapit un gros sénateur à la moustache en croc.

– Peut-être est-il moins romain que toi, vil profiteur! laissa échapper Lucterius.

– Oserais-tu, toi, un magistrat, oserais-tu médire de Rome? De notre bienfaitrice! interrompit un vieillard en longue toge.

– Dis plutôt notre oppresseur! rugit un autre.

Alors les insultes fusèrent de toutes parts. L'élégante réunion se transforma en pugilat. Les femmes étaient encore plus déchaînées que les hommes. Ce fut un torrent de rancœurs, un déferlement de cris. Les tribuns se lançaient des verres de vin à la figure. Le tumulte devint assourdissant! L'édile Solus, un petit homme noir et maigre au regard de corbeau, sortit de sa bourse une tablette de cire, et y grava le nom des révoltés contre Rome.

Mya, attirée par le vacarme, sautait de l'un à l'autre, déchirant des pans de toge, mordant des mollets, recevant des coups de pied et aboyant de toutes ses forces.

Lucterius fendit la foule, traversa l'*atrium*, prit Sabinus par le bras et l'entraîna vers le seuil. Eponine se glissa contre la porte à deux battants et murmura :

1. Orateur, maître de rhétorique.

– Sois aux grottes demain à midi!

Elle prit Mya par la peau du dos et se précipita dans sa chambre.

Régina trouva bon de revenir à elle, puisque personne n'avait remarqué son malaise.

– A table! clama-t-elle.

Les esclaves apportèrent de grandes bassines d'eau, mais les invités n'y trempèrent pas les mains et s'en retournèrent chez eux, tout en continuant à s'invectiver jusque dans la rue.

Régina était dépassée; elle ne comprenait rien. Elle contempla d'un œil vide les jambons, les dindes farcies, les cuissots de chevreuil qui gisaient, désormais inutiles, sur les somptueux plats d'argent. Elle sanglotait sur son beau rêve évanoui. Sa fille ne pourrait plus épouser le petit-fils de Jules César.

Trop d'interrogations, de certitudes, de joies, d'angoisses, de sensations contradictoires se bousculaient dans le cœur et dans l'esprit d'Eponine pour qu'elle pût envisager de dormir. Elle se jeta tout habillée sur son lit, sans prêter attention à Mya. Ses tempes battaient, tout son être était brûlant de fièvre. Était-ce donc cela, aimer? Elle avait toujours imaginé qu'un jour l'amour naîtrait en elle doucement, lentement; qu'il serait le résultat de désirs communs, de préoccupations communes. Elle pensait que l'amour était fait de tendresse et de compréhension. Elle dut se rendre à l'évidence, tout en elle n'était que désordre et violence. Comme un arbre mort s'embrase au contact de la foudre, l'espace d'un éclair, elle s'était sentie la proie de cet homme. Peu lui importaient les convenances sociales, peu lui importait le mariage, peu lui importait la peine qu'elle ferait à ses parents, elle n'était que femelle qui a trouvé son mâle; rien au monde ne pourrait l'obliger à renoncer à lui. « J'ai lu dans ses yeux même folle attirance que la mienne! se répétait-elle. D'ailleurs, n'a-t-il pas prouvé son désir de moi en voulant acheter celle qu'il prenait pour une prostituée! Pourquoi l'ai-je giflé, alors que je mourais d'envie de l'embrasser? Tout de même, pensa-t-elle, quel drôle de prétendant qui, deux jours après sa demande, s'achète une concubine! Mon père a raison, c'est un voyou! Un voyou du sang de César! Un voyou qui voulait se servir de moi! Un voyou que j'aime! Un voyou que j'aimerai toute ma vie! »

La nuit lui sembla interminable. A l'aube, elle fit atteler le *cisium*, petite voiture à deux roues, légère et rapide, sorte de chaise-cabriolet. Elle demanda la permission d'aller à Balesmes visiter sa grand-mère alitée par une crise de rhumatismes. Régina était enfermée dans sa chambre, en proie à la douleur aiguë du déshonneur mondain. Elle hurla :

– Je n'ai plus de fille!

Eponine fit appeler Carilla. Les deux jeunes filles montèrent dans le *cisium*.

La mère-grand fut bien étonnée par la sollicitude subite que lui témoignait sa petite-fille. Elle ne l'avait pas revue depuis de longs mois.

– Tu me parais bien agitée, lui dit-elle. N'as-tu rien à me raconter?

– Que pourrais-je avoir à dire, grand-mère, ma vie est si monotone!

Sur le chemin du retour, elle donna ordre au cocher de les arrêter aux thermes du temple de Matrona.

– Viens! dit-elle à Carilla.

– D'habitude, tu préfères te baigner à la villa.

– Je ne veux pas que maman me pose des questions. Viens!

Elles entrèrent par la porte latérale qui avait accès sur le département des dames. Comme Carilla se dirigeait vers le vestiaire, elle lui lança :

– J'ai besoin d'être seule! J'ai envie de marcher! Je reviendrai te chercher.

Elle ressortit précautionneusement et, sans être vue du garçon d'écurie qui bavardait avec un ami, elle dévala le raidillon. Sabinus l'attendait devant l'entrée de la grotte.

– Eponine!

– Sabinus!

Leurs noms jaillirent ensemble de leurs bouches.

Elle se précipita contre sa poitrine. Il baisa tendrement la mousse de cheveux soyeux. Une bouffée de désir l'envahit; il se maîtrisa et se jura de ne plus obéir à ses impulsions. Ils restèrent un long moment inertes et silencieux.

– Dès que je t'ai vu, j'ai su que c'était toi que j'attendais! dit-elle avec ferveur. Je suis venue te supplier de m'emmener avec toi! Oh! Sabinus! Je ne suis ni folle ni capricieuse. Il faut que je parte avec toi!

Elle se mit à trembler. Tout son être criait au secours. Il lui semblait qu'elle le voyait pour la dernière fois.

Il la fit asseoir près de lui sur un coussin de feuilles parcheminées.

– Pardonne-moi, c'est moi qui ai agi comme un fou! Sais-tu que je t'ai suivie jusqu'en ta maison le soir du serment, sais-tu que, depuis cette nuit-là, je n'ai plus eu qu'une idée en tête, te retrouver, te garder, te protéger, peu m'importait que tu sois une esclave. Mais je ne puis enlever la fille d'un magistrat! C'est en pensant à toi que je mènerai mes Lingons à la bataille. Douce Eponine, je ne puis t'emmener dans un chariot comme ces filles à soldats qui suivent les armées! Attends ici notre retour et, alors, ton père ne pourra refuser ta main au libérateur des Gaules.

Il regardait au loin, sa voix manquait de conviction; elle avait envie de pleurer.

– Mes parents ne te pardonneront jamais ce que tu as fait hier soir; ils ne peuvent comprendre et je ne puis rien expliquer.

– Je n'ai pu supporter de te voir salie par les mains de ce vieil homme!

– Salie! Es-tu fou? J'étais respectueusement dans les bras de mon père.

– Pouvais-je imaginer que la sauvageonne de la forêt fût la fille d'Aquilinus?

– Pouvais-je imaginer que le descendant de César fût le chef de la résistance gauloise?

– Nombre de mes amis se sont montrés suspects aux yeux de l'édile; la moitié de la cité espionne l'autre. Il faut que le calme règne jusqu'à notre départ. Il faut que tu rentres en grâce auprès de tes parents. Invente une histoire, mais ne parle jamais de ce que tu as entendu l'autre nuit. Je te ferai donner de nos nouvelles par Secundinus. Tu peux avoir confiance en lui, son père fut affranchi par le mien.

Elle n'écoutait plus. Elle n'était venue que pour entendre des mots d'amour. Elle voulait savoir la raison qui avait poussé Sabinus à la demander en mariage alors qu'il ne la connaissait pas; mais elle ne put se résoudre à formuler la question. Elle se tut.

Elle se pelotonna contre lui, il serra violemment la petite main dans les siennes. Il sembla à Eponine que son corps entier était prisonnier de ces deux mains chaudes et puissantes, tant fut intense le trouble qui l'envahit. Il déposa un baiser sur ses lèvres.

– Sabinus, je veux être à toi totalement, tout de suite.

Elle se leva et l'entraîna dans la grotte.

– Je t'aime! soupira-t-elle.

Il n'osait toucher à ce corps d'enfant. Elle se serra contre lui. Il la couvrit de baisers. Elle retenait son souffle; elle avait à la fois peur et besoin qu'il la pénètre. Elle était tendue, immobile. Soudain elle ressentit comme une brûlure, comme une déchirure; elle crut mourir. Il pressa violemment sa bouche contre la bouche d'Eponine pour qu'elle n'entende pas le cri de plaisir qui lui partait du ventre.

Elle posa sa tête sur l'épaule de Sabinus. Il sentit une larme tomber sur sa poitrine. Elle n'aurait jamais desserré ses bras si la voix angoissée de Carilla ne lui était parvenue.

Ils s'embrassèrent longuement; elle remit à la hâte de l'ordre dans ses vêtements et courut en direction des appels de Carilla.

Mya, endormie sur un coussin, laissait échapper de petites plaintes du fond de son cauchemar.

Eponine, assise sur le tabouret de sa chambre, pinçait les cordes de sa harpe; mais aucune parole n'accompagnait sa mélodie. Elle n'avait pas d'occupations qui puissent lui faire mettre sa vie au présent, et son nouveau passé recouvrait la nostalgie des passés antérieurs. Vercingétorix lui semblait un rêve englouti par l'obsédante absence de Sabinus. Malgré tous ses efforts, elle ne pouvait parvenir à retrouver, à revivre les sensations éprouvées. Elle resta immobile, ferma les yeux, s'acharna à ressentir le contact des lèvres sur les siennes; mais des images importunes comme des mouches voletaient autour de la mémoire de ses sens et l'attiraient dans le domaine de l'imagination. Sabinus allait partir, elle eut froid. Elle s'enroula dans son manteau de bure, elle y frotta sa joue, mais il n'y avait pas de chaleur. C'est cela qui lui manquait, qu'elle voulait retrouver, un souvenir de tiédeur! Aurait-elle toujours froid pendant... pendant quoi? Pendant combien? Était-elle condamnée à n'aimer que ceux qui partent et ceux qui sont partis?

Elle reprit sa harpe :

Pleure Eponine l'esseulée
Pleure jusqu'à quoi?
Pleure jusqu'à combien?
Sabinus! Que n'es-tu vagabond au coin de ma rue?
Sabinus! Que n'es-tu vagabond au coin de mes bras?
Que ne suis-je dans tes bras?
Souvenir, reviens-moi.

Une petite pluie glacée rendait l'aube sinistre. Les femmes étaient aux fenêtres. Des hommes en armes débouchaient de toutes les venelles de Langres et se dirigeaient vers la hauteur du Champ-de-Mars qui dominait la cité. Fantassins, cavaliers et chariots affluaient de tous les cantons du territoire lingon qui s'étendait sur environ quatre-vingts milles [1] du nord au sud et à peu près autant d'est en ouest.

Eponine, frissonnante dans sa pèlerine, serrait violemment la main de Carilla dans la sienne. Les deux jeunes filles couraient sur les trottoirs, bousculées par les pérégrins, éclaboussées par les sabots des chevaux et les roues des chars.

Arrivée sur l'esplanade, Eponine se dressa sur la pointe des pieds, mais elle ne put distinguer celui qu'elle cherchait. Plus de mille hommes se massaient en désordre : des cavaliers scintillants d'écailles d'acier, la longue épée battant leur hanche, la haste à la main, le bouclier ovale accroché au flanc gauche de leur cheval; des fantassins aux poitrines cerclées de métal, à la tête, aux joues et à la nuque casquées de bronze, armés du glaive, du javelot et du bouclier rectangulaire; des vélites, fantassins légers, accoutrés de haillons disparates et brandissant fourches et faux. Les hommes de pied portaient sur l'épaule droite une perche à laquelle étaient suspendus leurs bagages : vivres, gobelet, piquets de tente, bras de moulin, pioche, bêche, hache, scie et pelle.

Soudain, Eponine frémit : fendant la foule, le manteau au vent, le préfet des Alliés traversa le Champ-de-Mars au triple galop. Il s'arrêta sur un tertre. Dressé sur Rix, son cheval blanc, le casque à panache et la cuirasse luisants de pluie, un torque d'or brillant à la base de son cou, Sabinus brandit l'étendard bleu et or des cavaliers lingons. Les *carnyx* [2] retentirent. Les enseignes, sangliers

1. 120 km.
2. Longues trompettes gauloises se terminant par une tête de monstre.

et taureaux à trois cornes pointèrent vers le ciel. Les cavaliers se rangèrent par pelotons de trente derrière leurs décurions; les centuries de fantassins derrière leurs centurions.

Les cinq manipules, officiers commandant à deux centuries, le primipile Claudius, chef de la première centurie, les neuf autres centurions, les dix décurions s'avancèrent et jurèrent fidélité au préfet des Alliés. Puis un fantassin sortit du rang et lut :

– Je m'engage à obéir au préfet des Alliés, à le suivre partout, à rester sous ses enseignes aussi longtemps que je n'aurai pas été licencié, à ne rien dérober dans le camp!

L'un après l'autre, tous les soldats répétèrent :

– De même pour moi!

– Ave César! cria Sabinus.

– Ave César! clama fougueusement toute la cohorte, car si les Romains ne savaient à quel empereur se vouer, les Lingons, eux, savaient bien pour quel César ils allaient se battre.

Alors, portant haut son étendard, Sabinus fit demi-tour, suivi des sonneurs de *carnyx* et la colonne se mit en marche : les cavaliers partirent en tête par pelotons de trente, leurs manteaux à bandes rouges, bleues et vertes volaient au vent. Ensuite défila la première centurie de fantassins, prenant le pas derrière Claudius vêtu d'une tunique de cuir garnie de plaques de métal et couverte de décorations; suivirent les neuf autres centuries, chacune derrière un centurion qui tenait dans la main droite le cep de vigne, insigne de son grade. Vélites en désordre et chariots fermaient la marche.

Le visage ruisselant de larmes et de pluie, Eponine, blottie dans les bras de Carilla, regardait l'étendard et le manteau bleus du préfet des Alliés disparaître à l'horizon.

Femmes et hommes se bousculaient sous les portiques du *forum*. La neige tombait à gros flocons, coiffant de toques blanches les têtes des dieux qui ornaient le fronton du temple. Mais les Lingons avaient chaud au cœur! Un seul cri jaillissait de toutes les poitrines :

– Le Capitole de Rome est la proie des flammes! Esus l'a voulu!

Tous répétaient la prophétie de Velléda, la grande prêtresse qui, du fond des forêts de Germanie, envoyait ce message d'espoir :

– Le feu du temple romain est le flambeau allumé par les dieux pour servir de présage à la gloire d'un empire nouveau, celui des Gaules!

Les Gaulois reprenaient espoir tandis que la confusion régnait à Rome. Galba et Othon étaient morts assassinés; il ne restait plus que deux empereurs à Rome, mais c'était un de trop! Titus Flavius Vespasianus, bien que plébiscité empereur par l'armée d'Orient, demeurait en Judée où il menait toujours une guerre sauvage contre le vaillant peuple juif. A Rome, son fils Domitien et le général Mucien avaient pris la tête de son parti. Les partisans de Vitellius étant montés à l'assaut de la Citadelle, les flaviens, partisans de Vespasien, s'étaient réfugiés dans le temple dédié à Jupiter, Junon et Minerve. On ne sait si ce furent les assiégeants qui jetèrent les brandons sur les toits, ou plutôt les assiégés pour repousser leurs adversaires. Le feu gagna de proche en proche les portiques adossés au temple; puis les aigles en bois qui soutenaient le faîte attirèrent les flammes et les alimentèrent. Alors, les flaviens posèrent leurs armes et prirent la fuite tandis que les vitelliens se précipitaient et portaient partout le carnage.

Dans la cité de Langres en liesse, seule Régina sombra dans le désespoir. Elle s'enferma dans sa chambre et décida de jeûner, espérant que ce nouveau malheur l'aiderait peut-être à retrouver ses hanches de jeune fille.

Eponine, elle aussi, ne sortait plus; elle passait ses journées à attendre Secundinus, le messager de Sabinus.

Aquilinus allait à la chasse aux oiseaux et rentrait à la tombée de la nuit pour empester la villa de l'odeur âcre de la laitue grillée.

Or, un soir, Eponine se mit en tête de donner un bain à Mya. La chienne sauta hors de la bassine, éclaboussa toute la chambre et s'enfuit, tandis que Carilla introduisait le messager si fiévreusement attendu. Eponine tira la tenture, s'assit près de sa lampe à graisse, déroula le *volumen* [1] d'une main tremblante et lut :

> « Cette troisième nuit de notre installation à Cologne.
> Tendre aimée, notre séparation me déchire bien plus que je ne l'avais imaginé! Ton image m'obsède. J'éprouve sans cesse le besoin de te serrer dans mes bras. Veuille l'Incréé un jour nous réunir et que seule la mort mette fin à nos étreintes. »

Eponine se sentit envahie par une sensation de chaleur, des petites gouttes perlaient sur son front, ses mains étaient moites. Elle se mordit la lèvre et reprit sa lecture :

> « Tu ne peux mesurer la folie de mes soldats! Le Capitole est réduit en cendres! J'ai fait déposer les bagages dans les chariots, le temps pressait, nous avons parcouru deux cent quarante milles au pas de charge en huit jours! Les cités gauloises et belges que nous avons traversées étaient en liesse, tous les habitants criaient : " Le Capitole brûle! ", ils chantaient et dansaient, eux qui d'habitude s'enfermaient dans leur maison pour échapper aux ravages des transhumances soldatesques. La conjuration se forme, les Canninéfates des bords de la mer et les Bructères d'au-delà du Rhin se joignent à nous. Je veux, dans l'exaltation de la mémoire neuve, te conter le conseil des chefs qui vient de se terminer à Cologne. Nous nous sommes réunis dans la maison d'un ami qui avait mis sa salle basse à notre disposition. Nous sommes arrivés séparément, drapés dans des capes de paysans. L'affaire doit rester secrète. Dans un grand silence, je prends place sur un banc, entouré de Julius Blésus, gouverneur de Celtique, de Tutor, Classicus et Valentinus, les Trévires, de Civilis le Batave et des préfets canninéfates et bructères. Civilis demande la parole. L'homme

1. Manuscrit roulé.

cherche à impressionner, d'une haute stature, la tête recouverte d'une longue chevelure rousse, il paraît se glorifier de la perte d'un œil parce qu'elle lui donne une ressemblance avec Annibal et Sertorius. " Bataves! Gaulois! dit-il, le moment est propice pour l'attaque. Vespasien est retenu en Judée, les Sarmates et les Daces bloquent les Romains en Mésie et en Pannonie. La discorde règne sur le Rhin, à Vetera [1], où le légat Flaccus a opté pour Vespasien tandis que les vétérans restent fidèles à Vitellius. Marchons sur Vetera, feignons d'être pour Vespasien et attisons les querelles. Le moment venu, nous nous rendrons maîtres du camp. C'est donc à la bataille que nous marchons. Vetera sera notre première victoire! Un seul mot doit nous servir à reconnaître nos alliés : Velléda! Que notre ardeur au combat soit sans cesse ranimée par le souvenir de la promesse faite par la grande prêtresse des Germains : la souveraineté du monde appartiendra aux nations à l'ouest des Alpes! " Alors, confusément, j'ai senti planer sur nous la menace d'une domination. J'ai vu se profiler l'ombre d'Arioviste. Je me suis levé et j'ai conclu : " Jurons de ne pas nous séparer tant que nos armes n'auront pas rendu la liberté à la Gaule! " – " Je jure! " répétèrent les conjurés; mais je n'ai pas vu remuer les lèvres de Civilis! Et je me retirai en me demandant lequel de ces peuples, batave, lingon ou belge, à l'issue de la bataille, régnerait sur les autres? Ma tendre aimée, la nuit sera courte, la levée du camp est prévue pour l'aube; mais je ne veux point dormir, je te serre dans mes bras, nous marchons sous les grands chênes près d'Auberive qui sera ta demeure; les sources y coulent claires, les ruisseaux dansent sur les pierres, nos joyeux ruisseaux lingons qui serpentent dans les feuilles d'or... Que ne coulent-ils jusqu'au grand Rhin? Que ne t'apportent-ils jusqu'à moi! Que notre séparation ne soit qu'un long baiser, qu'une attente passionnée de l'amour. J. S. »

De grosses larmes, en tombant sur le parchemin, avaient fait saigner les lettres. Eponine lut et relut la dernière phrase, puis brûla les feuillets à la petite flamme de sa lampe.

Secundinus était planté devant elle; il attendait.

– Écris quelques lignes! dit-il enfin. Je dois faire vite, Sabinus m'a donné ordre de le rejoindre à Vetera avec des vivres.

1. Camp romain qui était situé à l'emplacement de la ville de Xanten (RFA).

– Je porterai moi-même la réponse! affirma-t-elle. Je t'accompagne sur le Rhin.

– Tu ne peux! grogna-t-il.

Alors, seulement, elle regarda l'homme, la face rougeâtre, quelque peu avinée, le regard fuyant, la cuirasse pleine de médailles, les mains larges, épaisses, épaisses...

– Tu n'as pas le choix, dit-elle, tu me portes sur l'heure une cuirasse, un casque et une épée ou je te dénonce comme conspirateur à mon père, le *duumvir!*

– Trahirais-tu Sabinus?

– Sabinus est sur le Rhin, peu lui importe d'être proscrit à Langres. Toi tu es dans la maison du *duumvir*. Tu seras torturé ce jour même!

– A tes ordres! se résolut-il à articuler.

– Je me procurerai le cheval. Sois à la première heure à la grotte de Matrona. Je ferai partie de ton escorte!

Pour Eponine, l'important était de prendre une décision; ensuite, les difficultés stimulaient son imagination. Elle appela Carilla.

– Je pars rejoindre Sabinus, dit-elle.

– Mais, tu es folle! s'exclama la jeune fille. Tu n'as aucune chance de pénétrer dans un camp militaire! Et que comptes-tu dire à tes parents?

– Mes parents ne me parlent plus. Tu leur expliqueras que, poussée par le désespoir, je suis allée me réfugier chez les vestales.

– Jamais je n'oserai dire cela. Je serai fouettée pour t'avoir laissée partir sans les avertir. Je serai chassée. Mon père est trop pauvre pour me nourrir. Ne m'abandonne pas! sanglota Carilla en tombant aux genoux de sa maîtresse.

Eponine releva sa compagne, l'embrassa; de tout son cœur, elle souhaitait la garder près d'elle; alors, comme pour se convaincre elle-même, elle dit tendrement :

– Je dois, déguisée en cavalier, accompagner avec Secundinus le convoi de vivres pour Vetera. Tu ne sais pas monter à cheval et tu ne peux rester cachée derrière des sacs de blé pendant tout le voyage.

– Fais-moi passer pour ta concubine; d'autres filles sont bien parties dans des chariots avec la troupe!

– Veux-tu jouer le rôle de la putain de l'escorte? Me crois-tu de force à te défendre contre dix soudards excités?

– J'ai un glaive; je saurai me faire respecter!

– Si tu occis tous nos compagnons, nous n'arriverons jamais à Vetera. Arrête de pleurer! Je t'emmène. Mais il faut que Secundinus accepte de dire que tu es à lui (elle se mordit la lèvre), et il acceptera, dit-elle joyeusement en mettant dans son drap tous ses bijoux, bracelets et boucles d'oreilles en or, perles de verre, sa cassette de deniers, un plat, un pichet et un gobelet d'argent, un peigne en ivoire et un miroir ciselé.

– Et tes parents? murmura Carilla tout en nouant les coins du drap.

– Ils seront soulagés de me savoir chez les vestales. Pour eux, je ne suis plus épousable maintenant.

Elle prit une tablette de cire, un style, griffonna quelques mots et plaça le message sur son oreiller. C'est alors qu'elle remarqua le regard éperdu et résigné de Mya. Elle s'empara de la jeune chienne; la caressa entre les oreilles et la confia à Carilla en lui disant :

– Va à Balesmes, donne-la à ma grand-mère. Habille-toi chaudement, débrouille-toi pour voler deux glaives et sois à la première heure dans la grotte de Matrona.

Elle serra si fort Carilla dans ses bras que Mya faillit étouffer.

Eponine venait de tirer un trait sur son passé. Une force intérieure la poussait vers les rives du Rhin. Là-bas, devait se jouer son destin; là-bas, peut-être saurait-elle pourquoi Sabinus avait voulu prendre femme avant son départ.

Elle saisit des forces [1] qui étaient sur le coffre, coupa ses cheveux à la hauteur des oreilles, se drapa dans une pèlerine, rabattit le capuchon et, sans se retourner, n'emportant que son talisman en bois de cerf et le trésor destiné à Secundinus, elle se dirigea furtivement vers les écuries. Là, elle dut se cacher, attendre que le palefrenier ait fini son travail, attendre que la lumière décline, attendre que le gong annonce la sortie des ouvriers de la coutellerie. Elle harnacha son cheval, le prit par la bride, traversa la cour de la forge et, par un grand détour pour ne rencontrer personne de connaissance, chevaucha le long de l'aqueduc, traversa le quartier des tanneurs, arriva enfin devant la grotte où l'attendait Secundinus.

Il lui tendit les vêtements d'homme; elle posa sur le sol le drap qui contenait toutes ses richesses.

– C'est pour toi! dit-elle. Carilla nous accompagne, veille à la faire respecter comme si elle était ta concubine!

Secundinus, dépassé par les événements, prit la gourde qui pendait à la selle de son cheval, la but d'un trait et contempla les joyaux tandis qu'Eponine, cachée au fond de la grotte, pleurait de rage à la vue de la cotte de mailles, des braies, du ceinturon, des *caligae* [2] trois fois trop grands pour elle.

De son glaive, Secundinus raccourcit le ceinturon et les semelles des *caligae;* quant aux braies, Eponine en déchira le devant et

1. Ciseaux.
2. Chaussures hautes à lanières des soldats romains.

enroula les deux pans autour de sa taille. Secundinus lui agrafa un manteau de cuir sur les épaules et, le vin aidant, il partit d'un formidable éclat de rire.

– Ne ris pas, idiot! Et n'oublie pas que je m'appelle Sextus, dit-elle d'un ton ferme en passant la main dans ses cheveux courts.

– Eh bien, en selle, Sextus!

Ils rejoignirent Carilla en haut de la butte, Secundinus la prit en croupe, et ils se dirigèrent vers la grange de Respectus d'où le convoi devait partir dès l'aube.

Eponine avait glissé son glaive dans son ceinturon. Les deux jeunes filles dormaient sur la paille de la grange. L'esclave s'était couchée tout contre sa maîtresse; Secundinus l'inquiétait; ses yeux rougis par le vin étaient constamment braqués sur elle. Soudain, Eponine sursauta :

– Le casque! Je n'ai pas de casque! Réveille-toi, Carilla! Il faut que j'aie un casque avant l'arrivée de nos compagnons!

Secundinus se vit dépossédé de son aiguière d'argent et chargé de la troquer contre le casque du propriétaire de la grange. Le paysan, ayant passé l'âge du service, l'utilisait comme pot de fleurs sur le rebord de sa fenêtre basse.

Cavaliers et chariot étaient prêts pour le départ. Des gouttes de neige fondue glissaient sur la bâche. Toutes sortes de salaisons, jambons, saucissons, épaules de porc, étaient empilées sur les sacs de grains jusqu'à la toile du fourgon.

– Nous sommes un de plus que prévu! annonça Secundinus. Le primipile n'avait pas voulu de Sextus, il le trouvait trop jeune et pas assez solide; mais j'ai eu pitié du gamin; il veut sa part de gloire à Vetera!

– Et de butin! ricanèrent les hommes.

Eponine-Sextus, le casque enfoncé jusqu'au nez, les couvre-joues rabattus, salua ses compagnons qui ne paraissaient guère plus âgés qu'elle.

Secundinus prit Carilla par la taille, la hissa dans le chariot et, profitant de l'occasion, laissa glisser sa main sur ses fesses.

– Femme et vivres! Pas la peine de prendre des raccourcis! s'esclaffa Camulus, tout en passant un doigt sous son casque pour se gratter le crâne.

– Cette fille est à moi! Que personne ne rôde autour d'elle! J'ai décidé de l'épouser quand nous aurons expédié les Romains reconstruire leur Capitole, grogna Secundinus.

Camulus, déconfit, enfourcha son cheval de labour et, portant sa haste sur l'épaule comme une fourche, prit son rang dans la colonne à côté de Sextus. Il essaya d'engager la conversation, mais Sextus n'avait pas envie de parler.

Au petit trot, ils prirent la voie du septentrion qui mène aux arènes.

L'amphithéâtre aux gradins de bois était un lieu de répulsion pour Eponine. Les combats de gladiateurs lui faisaient horreur. L'excitation de la foule, le déchaînement, les cris, la jouissance sexuelle provoquée par la violence, la bestialité lui apparaissaient comme une manœuvre de Rome, une occasion de défoulement inoffensif offert aux peuples conquis.

Au pied de la colline, un pré jonché de pierres sculptées témoignait qu'ici, hors de la cité, on pénétrait dans la terre impure des morts. Pourtant, le calme du cimetière était rassurant. Le bas-relief d'une stèle représentait un chariot traîné par des mules, un autre une famille prenant son repas, plus loin, un enfant jouait au cerceau. Les inscriptions recommandaient aux passants de se souvenir du défunt.

Eponine sentit au plus profond d'elle-même son désir de vivre. Elle croyait fermement que sa vie n'aurait pas de fin, que sa mort ne serait qu'un passage dans une autre vie.

Il ne pleuvait plus, les pavés de la route étaient gras; de lourds ostensoirs de gui pendaient des arbres dénudés. Ils arrivaient à un carrefour; de loin, elle vit une haute colonne sculptée surmontée d'une statue de Mercure. Ils prirent à droite.

La journée sembla longue à Eponine. Elle comptait les bornes milliaires; à la huitième était installé un poste de sentinelles auprès du pont de rondins qui traversait la Meuse. Secundinus se fit ouvrir la porte entre les tourelles de bois qui fermait la palissade du camp de Mosa. Le vent était tombé avec la pluie. A perte de vue, le ruban de la Meuse traversait la plaine.

Eponine suivit du regard le chariot que l'on mena de l'autre côté du camp, dans une des granges. Elle avait mal aux reins et terriblement faim. Elle dut, comme ses compagnons, s'occuper de son cheval. Les sentinelles romaines, tous de braves trognes de vieux paysans, faisaient grand bruit autour du feu, assis sur des bottes de paille. Des fromages cylindriques étaient empilés sur un tréteau; un soldat, d'un geste sec et machinal, coupait les *formes* en deux et distribuait à chacun sa ration. Secundinus s'empara d'un de ces fromages et de deux boules de pain, les tendit à Eponine et l'envoya rejoindre Carilla. Les deux amies s'installèrent pour la nuit, protégées par la bâche du chariot, allongées sur les sacs de blé. Elles n'avaient pas fini leur repas que Camulus fit irruption dans le chariot. Attrapant Carilla par le bras, il glapit :

– Je croyais que tu étais réservée au décurion? Mais, si tu as envie de t'offrir du plaisir avec un autre, je suis ton homme!

– Et, se tournant vers Eponine-Sextus terrorisée, il ajouta :

– On la joue aux dés?

Eponine, muette, sortit son glaive. Un vilain éclat de rire partit du ventre de Camulus qui se jeta sur Carilla. La pauvre fille hurla. Secundinus se précipita, alerté par les cris. Le décurion donna de violents coups de pied à Camulus, désarma Eponine, les jeta tous deux à terre, rabattit la bâche pour fermer le fourgon et beugla :

– Par Taranis [1]! Le premier de vous deux qui revient, je lui mets les fers pour la fin du voyage!

– Ne t'en fais pas! ricana Camulus en envoyant une bourrade amicale à Sextus.

Puis il enchaîna :

– A Toul [2], sur le port, on trouve tout ce qu'on veut! C'est comme cela qu'on se fait des copains, et un copain c'est plus important qu'une pute!

Des larmes coulèrent sur les joues d'Eponine. La lueur du feu, où grillaient des saucisses, éclaira son menton; d'un geste brusque, elle essuya ses yeux. Camulus saisit la main au passage, examina les doigts fuselés, les ampoules saignantes à l'intérieur des phalanges, là où avaient trop frotté les guides. Elle ôta sa main et dit :

– J'ai peur!

– Qui es-tu? demanda Camulus.

Puis, la dévisageant, il murmura :

– Je te reconnais, tu es la servante qui alla au-devant de Sabinus, à la grotte de Dea Matrona.

– Je ne suis pas une servante! reprit-elle. J'ai peur pour Carilla! Carilla est mon amie, elle n'est pas à cet homme. Je t'en prie, retourne dans le chariot, empêche Secundinus d'abuser d'elle.

Elle serra violemment les mains de Camulus, les porta à ses lèvres et le supplia :

– Je serai ton ami, je t'expliquerai, je te paierai, Sabinus t'en saura gré. Mais fais vite!

Camulus arracha la bâche et bondit dans le fourgon. Carilla avait

1. Divinité gallo-romaine, maître du ciel (tonnerre en gaulois).
2. Tullum.

la camisole déchirée, Secundinus la tenait plaquée contre lui, renversée sur les sacs de blé. Elle se débattait tandis qu'il glapissait :

– Il faudrait savoir ce que tu veux! Tous les hommes te passent dessus ou je te protège et on couche ensemble? Choisis! J'organise un roulement, tu seras à tous ceux qui te voudront!

Et les grosses mains de Secundinus fourragèrent sous la robe.

– Elle sera au vainqueur! interrompit Camulus en assenant un coup du tranchant de la main sur la nuque du décurion.

Secundinus se retrouva en bas du chariot; le genou déboîté et l'épaule démise, il regagna son baraquement, maudissant sa bêtise qui lui avait fait accepter les présents d'Eponine. « Il faut que je me débarrasse de ces deux femmes au plus tôt! Mais que pourrais-je dire à Sabinus? » ruminait-il.

Eponine se précipita dans les bras de Carilla qui sanglotait. Camulus passa la nuit auprès d'elles. Sa superstition lui rendait ces jeunes filles sacrées, elles ne pouvaient être que les dépositaires des vertus bénéfiques de Dea Matrona.

– Il faut que nous atteignions Vetera! lui avoua Eponine.

– Vous ne pouvez plus faire tout ce voyage sous la conduite de Secundinus, reprit Camulus. Demain, nous campons à Toul. J'ai un cousin naute sur la Moselle, je lui demanderai de vous faire embarquer sur un chaland. Il est de coutume qu'une permission de la soirée soit accordée aux soldats en convoi quand ils passent dans un port. Attendez-moi devant le temple de Lenus.

A l'aube, Camulus s'assura que Secundinus et son escorte étaient en selle; il accompagna Sextus. Ils harnachèrent leurs chevaux et prirent place dans le peloton.

A quinze pierres [1] de Mosa, la boucle de la Moselle était en vue. Les têtes de monstres qui décoraient la proue et la poupe des bateaux se dressaient le long des quais. Une grande agitation régnait dans le port. Des esclaves chargeaient et déchargeaient des tonneaux de vin, des ballots d'étoffes, des sacs de sel, des caisses de céramiques.

Le peloton alla établir son campement pour la nuit dans le poste de garde des vétérans romains.

Secundinus et ses hommes se précipitèrent dans le quartier réservé et se soûlèrent dans les tavernes où se prostituaient des filles de toutes couleurs appartenant à de riches négociants en plaisir.

Par les rues entrelacées de la cité ramassée à l'ouest du méandre

1. Bornes milliaires.

de la Moselle, Eponine et Carilla arrivèrent sur la place du *forum*. L'angle nord-est était occupé par un petit monument entouré d'un péristyle et dont la double pente du toit de tuiles dépassait d'un étage l'auvent recouvrant les colonnades. Elles n'eurent pas longtemps à attendre et virent Camulus gravir les trois marches de la façade du *fanum* [1] dédié à Lenus, dieu local de la guerre.

– J'ai vu mon cousin, dit Camulus. Il embarque un chargement de terres cuites pour la Britannie [2], il va jusqu'à la mer. Vous n'aurez pas à changer de bateau. Je lui ai raconté que Sextus s'était marié avant de partir pour rejoindre la Ve légion et qu'il avait droit à un voyage de noces. J'ai ajouté que le décurion était d'accord!

Les amies le couvrirent de baisers, et on s'achemina gaiement vers le port.

– J'espère que nous arriverons à Vetera avant la fête! dit négligemment Camulus. Il paraît que pour sceller leur alliance, Civilis a promis sa fille en mariage à Sabinus.

Eponine crut défaillir mais, enfonçant ses ongles dans le creux de sa main, d'une voix blanche, elle demanda :

– Dans combien de nuits serons-nous à Vetera?

– Environ dix!

– Par la route, tu arriveras bien avant nous. Fais savoir à Sabinus qu'Eponine est sur le bateau!

1. Temple gallo-romain.
2. Grande-Bretagne.

Le cousin de Camulus avait chaleureusement recommandé Sextus, le frère cadet du préfet des Alliés, au commandant des mariniers de *La Vigoureuse.* Celui-ci transporta ses pénates dans le dortoir des rameurs, qui se trouvait dans la soute, et se fit un devoir d'installer le jeune ménage dans la cabane en bois construite pour son usage personnel au milieu du pont.

Une petite fenêtre carrée éclairait une paillasse recouverte d'une couette. Des fruits secs et un pichet d'eau étaient posés sur un coffre à triple serrure.

En proie à une violente inquiétude, Eponine était incapable d'apprécier les charmes de l'aventure. Elle redoutait la réaction de Secundinus quand il constaterait leur disparition, elle craignait qu'il ne se doutât de la vérité et ne se vengeât sur Camulus. Mais, surtout, elle se demandait qui avait pu apprendre à Camulus le projet de mariage entre Sabinus et la fille de Civilis. Ces bruits étaient-ils fondés? Elle ne pouvait y croire et, cependant, il paraissait logique que la crainte de cette union ait poussé Sabinus à vouloir prendre femme avant son départ.

La *vegeiia* [1] largua les amarres. La haute tête de chien sculptée sur la proue s'éloigna des berges. La voix rauque du barreur, assis à la poupe sous une autre tête de molosse, cria la cadence; les vingt-quatre rames s'abattirent dans l'eau de la Moselle.

Les deux amies s'allongèrent sur la paillasse. A travers le parchemin de la croisée, un faible rayon de soleil éclairait la statuette en terre cuite de la déesse Néhalénnia encastrée dans la cloison de planches. La divinité, un panier de fruits sur les genoux, était assise à côté d'un grand chien-loup qui la regardait d'un air suppliant.

– Protectrice des navigateurs! Déesse des bonnes traversées, murmura Eponine, fais que ce mariage ne puisse avoir lieu!

1. Bateau employé par les Gallo-Romains pour le trafic fluvial.

– Es-tu folle! s'exclama Carilla. Comment peux-tu attacher de l'importance à un bruit sans fondement? Sabinus t'aime! Ne te l'a-t-il pas écrit?

– Il m'a aussi écrit que Civilis l'inquiétait! Le chef des Bataves est à la tête de huit cohortes! Cette victoire sur les Romains, il la souhaite pour établir la suprématie de son peuple, pour proclamer l'empire batave et non pour ressusciter l'empire gaulois. Ne comprends-tu pas, Carilla, que si sa fille donnait un fils à Sabinus, il n'aurait plus qu'à assassiner Sabinus pour que sa famille jouisse de l'héritage lingon?

– Tu vas un peu vite! Les terres des Bataves et celles des Lingons sont encore « propriété du peuple romain ». Civilis sait fort bien que, sans ses alliés gaulois, il ne peut vaincre Rome. Aucune trahison n'est à redouter avant la défaite de Rome. Crois-moi, Sabinus n'a pu s'engager à ce mariage; mais peut-être, par souci politique, en diffère-t-il le refus.

– Vois-tu, Carilla, si je pensais qu'une telle union fût utile à la liberté de la Gaule et à la gloire de Sabinus, j'irais vraiment rejoindre les vestales. Mais les forces des Bataves et celles des Lingons sont trop inégales, les Gaulois trop désunis pour qu'une telle alliance profite à la Gaule. Les Bataves sont des Germains, et pour eux tous les expédients sont bons pour étendre leur puissance de l'autre côté du Rhin.

Un esclave frappa à la porte et, avec des sourires sous-entendus, dressa un tréteau, tandis qu'un autre serviteur apportait du jambon, du fromage, du pain et du vin. Les deux hommes se retirèrent en accompagnant leur « bon appétit » d'un clin d'œil goguenard.

Alors que Carilla se précipitait sur le jambon, Eponine, suffocante, ouvrit la croisée. De la rive du fleuve au sommet de la pente qui se perdait dans le ciel, les vignes dénudées se dressaient dans la terre boueuse attendant l'encore lointaine montée de leur sève. La confiante patience de la nature la réconforta. La richesse des demeures qui ponctuaient le paysage témoignait que la terre ne fait que s'endormir pour se réveiller plus luxuriante.

Bercée par les régulières oscillations du bateau, elle s'abandonna à son rêve, tous ces toits brillants au-dessus d'innombrables colonnes abritaient son bonheur avec Sabinus. Elle jouit de la contemplation de ces paisibles domaines comme d'un bien propre. Une villa se dressait sur une terrasse rocheuse naturelle; une autre était enfoncée sur une avancée saillante de la rive; une autre, en retrait, s'annexait la rivière enfermée dans une baie; une autre, avec un toit élevé, exhibait une haute tour...

– Tu ne manges pas? lui demanda Carilla.

– Donne-moi un peu d'eau, dit-elle d'un air absent.

Elle se recoucha, ferma les yeux et s'efforça d'imaginer la villa d'Auberive qu'elle ne connaissait pas et ne connaîtrait peut-être jamais.

Les hauteurs du Hunsrück et les contreforts de l'Eifel protégeaient les terres basses des vents d'est froids et des vents d'ouest pluvieux. La Moselle, alimentée par les torrents et les ruisseaux jaillissant des plateaux, était une large et profonde rivière.

A petite cadence, *La Vigoureuse* entra dans le port de Trèves.

Sur la hauteur du Petersberg, un vaste camp romain installé dès la conquête contrôlait les habitants de la vallée et le pont de bois qui, depuis cinquante ans, assurait la liaison des routes de Metz, du Rhin moyen et de Mayence.

Un grand choc réveilla Eponine. Le bateau était à quai. Un détachement de sentinelles, venu du poste de douane cantonné près du pont, fit irruption et procéda à une perquisition. Le sous-officier se fit communiquer la liste des marchandises et préleva le « quarantième des Gaules », ces 2,5 % de la valeur du chargement que les Gaulois devaient payer à Rome à chaque poste frontière, à chaque pont, à chaque port. Ponctuant leurs efforts de cris rauques, des esclaves embarquaient des tonneaux de vin en bousculant ceux qui déchargeaient des amphores d'huile et des caisses de céramiques. Le chef des mariniers, adossé à la colossale tête de chien, faisait des gestes de désespoir tout en écoutant le sous-officier romain.

– A vos postes pour la manœuvre! hurla-t-il, tandis que les sentinelles quittaient le bord. Il n'y a pas de quartier libre!

Et il fit battre la cadence accélérée.

La Vigoureuse ne glissait plus lascivement au fil du courant; chaque battue des rames faisait bondir l'embarcation. Carilla se sentit malade. Le casque d'Eponine, le pichet et les objets posés sur le coffre roulèrent à terre. Eponine mit une compresse sur le front de son amie et alla sur le pont, espérant glaner l'explication de cette subite panique. Elle s'approcha d'un marinier qui calait des tonneaux et lui dit :

– Nous ne sommes guère restés longtemps à Trèves!

– Eh non! répondit l'homme, c'est bien triste pour toi. Tu n'as pu te promener avec ta dame dans cette belle ville aux rues bordées d'arcades et de portiques. Tu n'as jamais vu d'aussi grands immeubles que ceux du quartier des riches. Et la maison d'Auguste, quelle bâtisse! Le port y tiendrait en entier, tu peux me croire!

– Je te crois, acquiesça Sextus-Eponine. Mais sais-tu pourquoi nous accélérons la cadence?

– Il paraît qu'à Mayence [1] la flotte des Romains est sur le pied de guerre. Le légat Vocula est arrivé de Rome avec des ordres. Il doit descendre le Rhin avec plus de vingt navires. On dit que le camp de Vetera se révolte.

Les équipes de rameurs se relayèrent toutes les deux heures; beaucoup d'hommes s'effondraient d'épuisement.

« Si nous n'arrivons pas au confluent avant la flotte de guerre, jamais je ne pourrai entrer dans Vetera! » se répétait Eponine.

Enfin, le Pont de César [2] fut en vue. Un violent vent d'est soufflait. Sur les berges, la terre craquait de sécheresse. De mémoire de marin, jamais les eaux du Rhin n'avaient été aussi basses. Seul, le chenal au milieu du fleuve était navigable. Les nautes, saisis d'angoisse, crurent à une manifestation de la colère divine.

Le barreur cria les ordres, les rames de bâbord pointèrent vers le ciel tandis que les « han! » des rameurs de tribord scandaient leurs efforts. Le remous fit à plusieurs reprises vaciller *La Vigoureuse* qui s'engagea dans l'étroit passage entre les hauts-fonds. C'est alors qu'Eponine vit en amont les gigantesques aigles d'or de la flotte romaine. Le vent d'est qui soufflait dans les grandes voiles des navires réduisait sans cesse la distance qui les séparait de *La Vigoureuse*. Mais la coque des bateaux de guerre étant profonde, et Vocula n'ayant pas tenu compte, dans sa précipitation, du débit appauvri du fleuve, plusieurs vaisseaux s'échouèrent. Les voiles s'abaissèrent. Le convoi s'immobilisa. *La Vigoureuse* put reprendre son avance tandis que les Romains s'ingéniaient à remettre à flot leurs navires échoués.

Dès que son bateau toucha le quai de Cologne, Eponine, profitant du va-et-vient des bénéficiaires et des manutentionnaires, quitta le bord en entraînant Carilla.

Elles se perdirent dans la foule qui grouillait sur l'esplanade du marché. Sur le terre-plein entouré de portiques, des colporteurs avaient installé leurs étals; amphores d'huile et de vin, volailles, légumes, étoffes et vaisselles de terre cuite étaient vendus à la criée.

Un cheval attelé entre deux timons à une petite voiture en osier

1. Mogontiacum.
2. Confluent du Rhin et de la Moselle.

tressé était arrêté derrière un baraquement. Son propriétaire marchandait un sac de sel. La discussion était véhémente; aucun des deux interlocuteurs ne semblait disposé à céder à l'autre. Eponine fit signe à Carilla de monter dans la carriole et, sautant sur le banc, elle tira sur les rênes; le cheval partit au galop. Sans se soucier des cris et des poursuivants, Eponine mena un train d'enfer jusqu'à la sortie de la cité. C'est ainsi qu'à deux milles de Cologne elle rejoignit le mauvais chemin des berges qui longe la rive gauche du Rhin [1]. A un détour du sentier, à quelques pas devant elle, Eponine vit une colonne de cavaliers germains dont l'allure était ralentie par les chariots qui fermaient la marche. Elle eut vite fait de les rattraper. Les hommes, couverts de peaux de bêtes, portaient leurs longs cheveux rouges relevés en aigrette. Ils galopaient en désordre et poussaient d'horribles cris gutturaux. Leur chef fit arrêter le convoi et demanda à Eponine comment il pouvait se faire qu'un cavalier auxiliaire se trouvât dans une voiture de paysan alors que toute la contrée était en guerre. Jouant le tout pour le tout et se souvenant du mot de passe que lui avait écrit Sabinus, elle chuchota :

– Velléda!

– Velléda! répondit le Germain. D'où viens-tu? lui demanda son nouvel allié.

– J'ai déserté la légion de Vocula.

– Nous aussi, par Wotan! rétorqua-t-il. Je m'appelle Gunter.

– Et moi, Sextus. Je suis de Langres. Vocula, toutes voiles dehors, vogue sur le Rhin. Tu n'atteindras jamais Vetera avant les navires en traînant ces chariots. Donne-moi un cheval et un de tes cavaliers. Il est urgent que Civilis et Sabinus soient prévenus à temps de l'arrivée de Vocula.

– Qui est cette femme dans la voiture?

– La fiancée de Sabinus. Que ton escorte en prenne soin!

– Toi et moi, nous irons en éclaireurs! affirma Gunter.

Il transmit son commandement à son second, lui ordonna de ne pas entrer dans Vetera, de dresser le camp à un mille à l'ouest de la citadelle et de ne tenter aucune sortie avant sa venue.

Un barbare donna son cheval à Eponine et prit les rênes à côté de Carilla, promue fiancée de Sabinus.

Sextus-Eponine et son nouveau compagnon talonnèrent leurs montures en direction de Vetera.

1. La voie romaine construite par Agrippa ne dépassait pas Cologne.

XANTEN
(Vetera)

janvier 70

A Vetera, l'arrivée des conjurés de Cologne ne s'était pas passée sans encombre.

A la dernière halte, à la « maison rouge » de Neuss, tandis que les cavaliers pénétraient dans une de ces auberges-relais badigeonnées de vermillon qui jalonnaient les routes, la cohorte de Civilis fut attaquée par la bande de pillards de Labeo, Batave proscrit par Civilis.

Tutor et Sabinus estimèrent que Civilis avait des forces suffisantes pour rendre à merci cette horde de vagabonds, et décidèrent de poursuivre leur chemin sans risquer de perdre des hommes et des chevaux. Ils se dirigèrent vers le versant méridional d'une petite colline de sable et de cailloux qui dominait le confluent du Rhin et de la Lippe.

Des bâtisses en planches et des jardins potagers bordaient la voie qui monte au camp romain. Des tours carrées, échelonnées tous les deux cents pas, veillaient sur les familles des vétérans et les échoppes des marchands. Sabinus s'engagea dans la rue centrale de ce village. Il croisa sur sa droite le grand bâtiment des thermes et le temple dédié à Mars. Il dépassa l'amphithéâtre de bois et une profonde fosse, le *vivarium,* où étaient parqués les ours capturés par les centurions chasseurs. Il s'arrêta devant le premier fossé comblé par un réseau de branchages. Au-delà d'un deuxième fossé semblable et d'un troisième plus large, s'élevait le *vallum,* rempart en terre garni d'un parement de bois soutenu par des pieux verticaux. L'ouverture du *vallum,* incurvée vers le centre, était fermée par une construction en bois à deux étages flanquée de deux tours carrées. Les trompettes retentirent. Les deux portes médianes s'ouvrirent. Les officiers, brandissant le sanglier gaulois, les cavaliers et les fantassins pénétrèrent dans Vetera [1]. Les poulies s'actionnèrent; les portes se refermèrent.

1. Superficie intérieure : 50, 28 ha.

Les cohortes alliées s'immobilisèrent dans la cour d'entrée, que les cahutes des colporteurs avaient transformée en un vaste marché. Des baraquements de bois : les dortoirs, les ateliers, la forge, la menuiserie, l'armurerie, les réserves de vivres, le moulin, s'alignaient en rangées parallèles le long des murs est et ouest, près des puits. Flaccus, le légat de Rome, sonna le rassemblement. Environ cinq mille légionnaires, tous dépenaillés et sans casque, se massèrent plus qu'ils ne se rangèrent. Sabinus fut surpris par le manque de discipline et la modicité de l'effectif. La forteresse avait été conçue pour abriter les douze mille hommes constituant la Ve et la XVe légion. D'un seul coup d'œil, il réalisa que cette armée démantelée, à laquelle s'ajoutait une quantité de bouches inutiles, ne serait pas capable de soutenir un siège.

Flaccus fit signe aux préfets de le suivre. Ils passèrent sous le portique qui délimitait la cour intérieure. Au centre trônait un autel. Les trois côtés d'un péristyle précédaient des constructions en pierre et en brique : au fond le palais du légat, à droite le prétoire, à gauche l'habitation des préfets. Des statues de César et d'Auguste se dressaient de part et d'autre de la porte de bronze du palais. Flaccus fit entrer les officiers gaulois dans son appartement. Des aigles d'or scintillaient aux quatre coins des tentures rouges qui décoraient les murs. Le *paludamentum* [1] du légat recouvrait son lit; des bouteilles vides jonchaient le sol.

Flaccus marchait avec difficulté, il ne portait pas de cuirasse. Il parla d'un ton las :

– Je vous remercie de l'aide que vous venez apporter à Vespasien. Votre tâche ne sera pas plus aisée que la mienne. Je ne commande pas à des légionnaires, ici, mais à des paysans qui refusent de quitter leurs terres et de partir au secours de Vespasien. Ces vieilles mules s'entêtent à offrir des sacrifices à Vitellius, à crier des : « Longue vie à Vitellius! » Écoutez-les braire!

Il ordonna que l'on ferme la porte pour ne plus entendre ses soldats qui réclamaient leur gratification. Totalement découragé, il poursuivit :

– Je n'ai même plus confiance en mes tribuns, ils crèvent de peur! Alors, ils soutiennent cette canaille!

Longinus, tribun de la Ve légion, pénétra dans la pièce. D'une voix péremptoire, le pied posé sur un tabouret, tandis que les autres s'asseyaient, il déclara :

1. Long manteau rouge des chefs d'armées.

– Flaccus ! Tu ne peux plus différer, tu dois remettre le *donativum* [1]. Les hommes s'impatientent ; ils savent que Vitellius a envoyé l'argent.

Hors de lui et bafouillant, le vieillard glapit :

– Ils l'auront, leur gratification ! Mais n'espère pas que cela calme les esprits !

Se relevant péniblement et traînant la jambe gauche, il avala une pleine coupe de vin pour se donner du courage. Il détestait cette meute désœuvrée. Il se fit porter sur un siège au centre de la colonnade ; avec dédain, il lança :

– Légionnaires ! Rome a assez d'argent pour vous payer le *donativum !* Mais c'est à Vespasien qu'il faut en attribuer le don !

Les injures tonnèrent : « Vespasien ! Imposteur ! Que les dieux protègent Vitellius ! » hurlèrent d'une seule voix tous les vétérans. Nul n'écoutait le légat ânonnant sa péroraison :

– Cette gratification, c'est d'un empereur romain que vous l'avez reçue ! De Vespasien, entendez-vous ! De Vespasien qui ordonne que vous marchiez sur Rome ! Je vous déplais, soit ! Mais il y a d'autres légats, d'autres tribuns, prenez pour chef un centurion, prenez même un soldat quelconque, mais qu'il ne soit pas annoncé à l'univers que des Romains manquent à la fidélité qu'ils doivent à leur empereur !

Les légionnaires clamaient toujours : « Longue vie à Vitellius ! Gloire à Vitellius ! »

L'argent distribué fut l'aliment principal de la sédition. Dès qu'ils touchèrent leur part de deniers, les vétérans se ruèrent vers les baraques des colporteurs transformées en débits de vin. Ils firent rôtir des porcelets. Chantant et dansant, ils s'abandonnèrent aux festins et aux beuveries ; ils jouaient les filles et les femmes des marchands aux dés, les poursuivant le sexe dénudé, les violant à tour de rôle. Bientôt, les torches n'éclairèrent plus que des tas humains copulant, buvant, cuvant. L'alcool raviva leur haine pour Vespasien et leur ressentiment contre Flaccus.

Quelques feux finissaient de mourir dans une nuit sans lune, lorsque cinq colosses arrivèrent d'un pas chancelant devant la porte du palais.

– On t'apporte à boire ! dirent-ils à la sentinelle.

Après lui avoir vidé de force une pleine cruche de piquette dans le gosier, le plus âgé des cinq murmura :

1. Gratification.

– Ouvre! On a gardé sa part à Flaccus, on veut qu'il boive à la santé de Vitellius!

Ils assommèrent le factionnaire ivre et pénétrèrent dans la chambre aux tentures rouges. Alors, la rage s'emparant d'eux, ils arrachèrent le légat de son lit et, sauvagement, le frappèrent de leur glaive, les uns au foie, les autres à la gorge.

Flaccus n'avait proféré ni plainte ni cri; son visage semblait lavé de son extrême fatigue.

Les tribuns flaviens ne purent échapper au massacre qu'en se cachant dans les caves du bâtiment des officiers auxiliaires. Sabinus, feignant toujours d'avoir opté pour Vespasien, saisit l'occasion d'amplifier la révolte et de réduire l'effectif des Romains : il ordonna à sa cohorte de châtier les assassins de Flaccus et de mater les rebelles. A l'aube, la mutinerie était à son comble; des centaines de corps de légionnaires jonchaient la cour, mais il était difficile de distinguer ceux qui étaient ivres morts de ceux qui avaient succombé aux coups des Lingons. On se battait toujours, quand le peloton de Secundinus demanda l'ouverture des portes. Une horrible mêlée se produisit, Sabinus exigea le passage pour ses enseignes, un centurion romain beuglait des contrordres; les portes s'entrouvraient et se refermaient. C'est alors que Civilis et ses Bataves, montant le tertre au galop, forcèrent définitivement l'entrée, et laissèrent les portes se refermer derrière eux et le convoi de vivres des Lingons.

C'est aux cris de : « Vive Vespasien! » que le calme apparent régna dans le camp où les légionnaires vitelliens se sentirent en minorité.

Civilis entraîna l'état-major des auxiliaires dans la grande salle du prétoire.

– Flaccus mort, nous voilà maîtres de Vetera! déclara-t-il. Mais personne ne semble connaître la nouvelle : Vitellius a été assassiné dans Rome! Vespasien est seul empereur!

– Nous voilà passés dans le camp de la légalité! s'esclaffa Sabinus. Je ne crois pas que ce soit la politique à suivre pour reconquérir la liberté des Gaules! Il faut annoncer la nouvelle de la mort de Vitellius aux légionnaires. Promettons-leur qu'ils ne quitteront pas les rives du Rhin s'ils jurent fidélité aux Gaules. Tout leur semblera préférable plutôt que de se rallier à Vespasien. Je vous laisse en délibérer, conclut-il.

Il donna ordre de faire chercher Secundinus et l'attendit sous le portique.

– Je te salue! articula le décurion d'une bouche pâteuse.

– As-tu vu Eponine?

– Je lui ai remis ta lettre. J'attendais la réponse, quand elle a eu une crise de nerfs et a exigé que je l'emmène avec mon escorte. J'ai eu beau refuser, elle m'a suivi. J'ai dû la faire reconduire chez ses parents.

– Tu ne l'as pas accompagnée toi-même?

– Je l'ai confiée à des hommes sûrs.

– Où sont ces hommes? Je veux les voir!

– C'est la malchance! Ils ont disparu à Toul. Ils ont dû être attaqués par des bandits. J'ai fait toutes les recherches possibles, je n'ai pu les retrouver. Mais ne t'inquiète pas, Eponine est en sécurité à Langres.

Le sang monta au visage de Sabinus. Il empoigna Secundinus par les épaules et se mit à le secouer avec violence :

– Comment oses-tu te présenter devant moi! Que ne faisais-tu fouiller tout le port de Toul!

Il appela Martialis et ordonna que l'on enfermât Secundinus dans un cachot; puis il se précipita dans le baraquement des Lingons et interrogea tous les cavaliers du convoi de vivres. Personne n'avait vu Eponine, mais il apprit qu'un certain Sextus et une femme, soi-disant la concubine de Secundinus, avaient disparu à Toul. C'est alors qu'il découvrit, au fond du baraquement, derrière un amas de bagages, le corps inerte de Camulus gisant sur une paillasse; le visage était couvert d'ecchymoses.

– Et celui-là, dit-il, que lui est-il arrivé?

– Secundinus l'a rendu responsable de la disparition de Sextus; comme il ne voulait pas répondre, il l'a roué de coups; il l'a laissé pour mort dans une ornière, c'est moi qui l'ai ramassé et je l'ai caché dans le fourgon. Si Secundinus le retrouve, sûr qu'il le tuera! dit une bonne trogne de paysan.

Sabinus fit transporter Camulus dans sa chambre et appela le médecin. Les plaies étaient infectées, la robuste charpente de Camulus tremblait de fièvre. Des mots incohérents sortaient de sa bouche édentée.

– Je n'ai rien dit! répétait-il. Je ne sais rien! Je veux voir le préfet des Alliés!

– Je suis Sabinus! Parle sans crainte! Où est ce Sextus?

– Sextus n'est pas un homme. C'est l'envoyée de Dea Matrona qui est venue vers toi le jour du serment de Langres! C'est la déesse qui lui a ordonné de revêtir la cotte de mailles! Elle m'a dit s'appeler Eponine. Elle vient vers toi pour te donner la victoire promise par Velleda. Une autre jeune fille l'accompagnait que Secundinus a voulu violenter. Je les ai fait embarquer sur *La Vigoureuse.*

Et il sombra dans le délire.

Sabinus dépêcha Martialis au port pour se renseigner de la date prévue pour l'arrivée de *La Vigoureuse.*

La réponse ne lui apporta aucun apaisement : tout le trafic privé était interrompu sur le Rhin. En revanche, vingt-quatre vaisseaux de guerre descendaient le fleuve.

Sabinus marchait le long du *vallum.* Les ours grondaient au fond de leur fosse; ils avaient faim. Le gris boueux du ciel et celui de la terre se rejoignaient en une vision d'infini. Eponine emplissait l'univers. Elle avait tenté cet invraisemblable voyage! Avait-elle deviné qu'il souhaitait de toutes ses forces qu'elle vînt à lui? Il ne pouvait plus se le dissimuler; il l'aimait. Il nè pouvait exister sans elle. Il mourait d'inquiétude; il envoya deux cavaliers sur la route de Mayence, deux cavaliers qui seraient pris dans des mouvements de troupe et n'auraient aucune chance de la retrouver. Désespérément, il scrutait l'horizon; et c'est ce moment précis que choisit Civilis pour l'aborder. Le Borgne marchait à grandes enjambées, un long manteau de loup posé sur les épaules.

– C'est toi que je cherche, Sabinus! cria-t-il d'une voix rauque. Je viens jusqu'à toi et j'exige une réponse. Tu n'ignores pas que ma fille Krimhilde est ici. Et tu sais pourquoi elle est ici! Tu ne peux plus différer. La prends-tu pour épouse?

– Je ne sais si je survivrai à la bataille, répondit le Lingon, veux-tu en faire une si jeune veuve? Attendons la victoire pour parler noces!

– Je dois savoir si je combattrai aux côtés de mon gendre; aujourd'hui, te dis-je, c'est oui ou non!

– Aujourd'hui, c'est non!

– Crois-tu pouvoir te passer des Bataves?

– Crois-tu pouvoir te passer des Gaulois? Je ne veux pas qu'un jour prochain tu puisses demander à ton gendre de s'allier avec toi contre une quelconque cité de Gaule. Je sais ton appétit de conquête.

– La Gaule ne peut exister sans s'allier avec Rome ou avec les Germains!

– C'est avec toutes les cités de Gaule que je veux m'allier. Ma victoire leur donnera le courage de s'unir contre tous les envahisseurs. Mon fils n'aura pas une Batave pour mère, j'ai donné ma foi à une fille de chez nous, à une Lingonne. Je l'épouserai quand sera proclamé l'empire des Gaules.

– Je ne me bats pas pour la Gaule, moi! Je veux chasser les Romains des rives du Rhin! Peut-être me retrouveras-tu sur ta route! Ne compte pas sur moi pour jurer fidélité à l'empire des Gaules. Pour le moment, faisons cause commune, anéantissons Vetera. Mais réfléchis et réfléchis vite! Tu as intérêt à être de ma famille.

Les guetteurs, du haut de leurs tours, sonnèrent l'alerte. Sans escorte ni enseigne, deux cavaliers escaladaient le ravelin.

Sabinus pensa qu'il s'agissait d'éclaireurs envoyés par un renfort de l'armée romaine pour demander l'ouverture de la citadelle. Il monta sur la passerelle qui surplombait la double porte. La nuit commençait à tomber; il ne put distinguer les visages dissimulés par les couvre-joues. Les cavaliers s'arrêtèrent devant le premier fossé.

– Velléda! cria le plus robuste.

Les Gaulois actionnèrent les poulies. Le cavalier lingon et le cavalier germain pénétrèrent dans la cour.

– J'ai un message pour Civilis! dit le Germain.

– Je veux voir le préfet des Alliés de Langres! dit l'autre en descendant de cheval et en ôtant son casque.

Sabinus sentit ses genoux se dérober sous lui; malgré son extrême fatigue, ce fut le frêle Sextus qui, en le prenant dans ses bras, lui évita la honte de s'évanouir.

– Vocula! Vocula arrive avec une légion! murmura Eponine, tandis que le préfet des Alliés la couvrait de baisers au milieu des soldats médusés.

Sabinus avait eu peur pour la première fois de sa vie :

– Raconte! implora-t-il.

– Cette nuit, mon amour, cette nuit j'aurai le temps de tout te dire. N'as-tu pas entendu que Vocula arrive? Si tu restes dans Vetera, tu n'auras le choix qu'entre le servir fidèlement ou te révolter. Ce n'est pas une mutinerie de plus qui donnera la liberté aux Gaules. Tu dois attaquer les Romains. Il faut une vraie bataille, avec un général gaulois vainqueur. Sors d'ici! Ne vois-tu pas que tu gâches toutes tes chances?

Sabinus puisa dans les yeux d'Eponine toute l'énergie qui lui faisait défaut. Il entra dans la salle du conseil, suivi de Gunter.

L'état-major discutait toujours. Les préfets n'arrivaient pas à se mettre d'accord. Les Belges approuvaient la proposition de Sabinus, ils voulaient faire jurer fidélité aux survivants de la Ve et de la XVe légion. Quant aux tribuns flaviens, devenus par trop encombrants, il suffirait de les faire garder à vue par leurs propres soldats!

Civilis, lui, projetait tout simplement l'extermination du contingent romain :

– Quand ils sauront que Rome entière obéit à Vespasien, ils n'oseront pas trahir Rome, et se joindront aux flaviens pour nous attaquer! affirmait le Batave.

Sabinus interrompit les débats :

– Je viens d'apprendre que Vocula approche avec une légion. Nous ne pouvons l'empêcher d'entrer; nous n'avons pas assez de vivres pour soutenir un siège. Nous devons quitter le camp avant le lever du jour. Dressons nos tentes sur chacun des tertres qui entourent la citadelle afin d'encercler Vetera. Laissons Vocula pénétrer dans le camp; nous serons en position de force pour l'assiéger et l'affamer.

– Je souscris à ton plan. Mais, avant toute chose, il faut se débarrasser des vétérans! hurla Civilis.

Alors, couvrant la voix de Civilis, Sabinus cria :

– Je veux leur parler!

Il quitta la salle du conseil, fit sonner le rassemblement et dit :

– Légionnaires! Votre empereur, Vitellius, a été assassiné dans Rome. Mais ne croyez pas que les Gaulois ont quitté leurs provinces pour aider Vespasien à devenir le maître du monde! Nous sommes venus lutter contre cet empire dévorateur de patries! Nous voulons rendre aux Gaulois leur terre de Gaule! Faites cause commune avec nous, et nous vous jurons qu'après la victoire, ce pays que vous habitez sera vôtre!

Les vétérans explosèrent de joie! Peu leur importait la mort de Vitellius, pourvu qu'on ne les contraignît point à quitter leurs terres. Eux qui, le matin même, combattaient contre les Gaulois se mirent à les appeler leurs frères, leurs sauveurs!

On offrit des sacrifices à Esus, à Mars, à Matrona; on invoqua Velléda, on mit des tonneaux en perce; le reste de ce que fut la XVe légion de Rome sombra dans l'ivresse tandis que Sabinus et Eponine, enfin, se retrouvaient.

Martialis, boitillant et sifflant, donnait la dernière touche à l'aménagement de la chambre de Sabinus. Il avait accroché les tentures bleues, disposé en faisceaux le *vexillum* [1] et les enseignes.

1. Étendard des cavaliers auxiliaires.

Des coupes d'argent, un pichet de vin et une vasque emplie de dattes, posés sur un coffre, attendaient le jeune couple. Il avait mis des briques chaudes sous la couette du lit pour combattre l'humidité.

Sabinus prit Eponine dans ses bras pour lui faire passer le seuil de leur chambre nuptiale. Il lui ôta sa cotte de mailles, sourit et ne put s'empêcher de lui dire :

– Ta robe de jeune épousée te va à merveille!

Il ne savait comment masquer son émotion.

Eponine, nue, se glissa sous le drap.

– Je dois être laide avec ces cheveux coupés! murmura-t-elle.

Il s'allongea près d'elle et couvrit de baisers les petites mèches hirsutes. Ils se regardèrent un long moment, apprenant le corps de l'autre. Eponine se sentit envahie par cette douce chaleur qui lui avait tant manqué. Leur commun désir ne leur laissa point le temps de se dire tout ce qu'ils avaient à se dire. Enfin, succombant au trouble des caresses et à son immense fatigue, Eponine s'endormit sur l'épaule de Sabinus.

Doucement, sans la réveiller, le préfet des Alliés se revêtit et se rendit, suivi de Martialis, dans le baraquement des Lingons. Le primipile Claudius avait donné les ordres pour la levée du camp et veillé à ce que ses fantassins ne se mêlent pas aux beuveries des légionnaires. Les hommes, excités à l'idée de livrer bataille aux Romains, étaient prêts pour le départ. Camulus, remis sur pied grâce à l'onguent fait de boules de gui pilées, avait le bras gauche immobilisé entre deux attelles.

– Tu ne peux te battre dans cet état, lui dit Sabinus.

– Oh! que si! Il me reste le bras droit pour frapper! Je n'ai plus de dents, mais je les avalerai tout ronds, ces Romains!

– Tu remplaceras Secundinus à la tête de son peloton. Garde-toi en vie, décurion! lui lança Sabinus en franchissant la porte.

Il traversa la cour d'un pas vif et se rendit au prétoire.

Sur une grande table, quatre branches d'arbre disposées en rectangle représentaient le *vallum* de Vetera. Deux coupes étaient posées au centre des petits côtés sud et nord, deux autres au premier tiers des grands côtés en partant du sud; elles simulaient les portes du camp. Tutor, une badine à la main, commentait son plan d'attaque. Le plus âgé des chefs trévires parlait avec calme et autorité. Sa tunique aux bandes bigarrées paraissait discrète tant ses gestes étaient mesurés et sa contenance empreinte de noblesse.

– Je pense, dit-il, que Civilis doit construire son retranchement dans le contrebas de la porte nord. Il possède huit fois plus d'hommes que chacun de nous.

– Il est impossible d'attaquer la citadelle par le nord! objecta Civilis. La colline constitue une défense naturelle imprenable!

– Ainsi les Romains ne s'attendront pas à une offensive de ce côté! Tu auras tout le temps de construire des tours et des machines. Sans compter qu'avec toutes ces femmes que tu traînes derrière toi à la guerre, il te faut prévoir de construire un grand mur pour les mettre à l'abri.

– Nos femmes et nos filles empêchent mes soldats de reculer! L'attaque doit se faire par le sud qui est de plain-pied avec le *vallum!* Je m'y posterai avec mes trois mille huit cents hommes.

– La précipitation serait néfaste! interrompit Sabinus. Il faut laisser la voie du sud libre pour que Vocula pénètre dans la citadelle sans savoir que nous l'encerclons. Poursuis, Tutor! Nous t'écoutons.

– Classicus surveillera la sortie ouest. Les travaux de terrassement doivent déjà être commencés par les Germains de Gunter. J'établirai mon retranchement avec Sabinus face à la sortie est. Nous nous adjoindrons Tullius Valentinus dont le talent nous sera indispensable pour la construction des tourelles et des plates-formes roulantes qui, au moment opportun, effectueront une percée par le sud.

– Ainsi, Sabinus pénétrera le premier en vainqueur dans Vetera! grogna Civilis.

Classicus avait gardé le silence. Pourtant, cet officier, fort comme un sanglier, était auréolé de gloire depuis sa récente victoire à Crémone. Parmi tous ces chefs, lui, savait se battre. Il savait donner des ordres, mais il savait aussi discerner le moment où il fallait obéir. D'un ton bourru, il dit :

– Des éclaireurs assureront en permanence la liaison entre nos camps. Les décisions ne peuvent venir que d'une seule tête. Je vote pour le plan de Tutor; que ceux qui le désapprouvent lèvent la main!

Personne ne bougea. Il enchaîna :

– Il reste à déterminer qui donnera le signal de l'attaque.

– Rien ne presse! répondit Sabinus. La faim sera le premier ennemi des assiégés. Nous attaquerons quand les machines de Civilis et celles de Valentinus seront achevées.

Il arracha de son cou la médaille représentant deux mains entrecroisées que lui avait offerte Classicus, et dit :

– Voyez cette pièce! Quand nous serons prêts, je la confierai à

Martialis, il la présentera à Civilis, puis à Classicus; quand elle me reviendra, je ferai sonner les *carnyx*.

La médaille circula de main en main; Sabinus la remit à son cou.

– Que Velléda donne la victoire à son peuple! dit Civilis.

– La mort pour nous ou la liberté pour les Gaules! clama Sabinus.

– Je jure! répétèrent les Trévires et le Lingon.

– Départ dans une heure pour l'ouest, l'est et le nord! ordonna Tutor. Des vélites fermeront les portes de l'intérieur après notre passage et rejoindront leur cohorte par les échelles que nous adosserons au *vallum*.

Martialis avait veillé aux bagages du préfet des Alliés. Eponine, en tenue de combat, attendait dans la chambre aux murs dénudés. Les amants coururent au-devant l'un de l'autre.

– Eponine, je t'en supplie, lui dit Sabinus, quitte cette cotte de mailles, et accepte de me suivre en *rheda* [1].

– N'insiste pas, murmura-t-elle, comprends-moi! Tous les Lingons m'appellent Sextus et, grâce à l'imagination de Camulus, me croient dépositaire des vertus bénéfiques de Dea Matrona. Ma présence leur donnera force et courage. Laisse-moi chevaucher parmi eux!

– Jamais je ne te laisserai prendre ce risque!

– Oh! Sabinus! Je n'ai pu arriver jusqu'à toi que parce que telle était la volonté de l'Incréé!

Il n'osa plus résister à tant de détermination. Il alla chercher l'étendard des Lingons et le présenta à Eponine :

– Toi seule es digne de le porter. Toi seule le brandiras le jour de la victoire. Mais, si Esus décide de mettre fin à ta vie en ce monde, pas un moment je ne te survivrai!

– Veuille l'Incréé nous accorder de mourir ensemble!

Il la serra contre sa poitrine; les lèvres d'Eponine frôlèrent l'oreille de Sabinus, elle murmura :

– Est-ce vrai que Civilis t'a proposé sa fille en mariage?

– Tu es ma femme! Et bientôt le monde entier le saura!

Jamais porte-enseigne ne partit plus joyeux pour la guerre. Martialis alla quérir deux chevaux. A l'est, une lueur diffuse perçait au-dessus du vallon de la Lippe. Les colonnes se formèrent. Brandissant l'étendard, Eponine-Sextus prit rang à côté du préfet des Alliés. Alors, tous les Gaulois, transportés d'enthousiasme, virent

1. Voiture de voyage.

en leur porte-étendard le messager de la déesse, l'envoyé divin qui devait les mener à la victoire et leur rendre leur indépendance.

Les cohortes auxiliaires abandonnèrent la citadelle aux vétérans, qui n'avaient toujours pas émergé de leurs rêves éthyliques.

Secundinus, dégrisé, du fond de son cachot, se demandait quel sort lui était réservé, sans se douter que Lingons, Bataves et Belges avaient quitté Vetera, le laissant en otage à la légion de Vocula.

Dans le cours de la même journée, Vocula, à la tête de la Ire et de la XVIe légion, pénétra dans Vetera.

Il pensait trouver le camp en révolte et fut accueilli par les débris de la XVe et de la Ve légion en pleine ripaille. Il avait accouru au secours de Flaccus; Flaccus était mort. Il chercha les tribuns; il les découvrit dans les souterrains du bâtiment des préfets auxiliaires. Quant aux cohortes auxiliaires, seuls les ravages qu'elles avaient causés révélaient leur passage.

Il donna ordre que l'on mette au cachot les hommes ivres, le temps qu'ils retrouvent leurs esprits. Un centurion de la Ire légion tira par les pieds un vétéran ronflant pour lui faire descendre l'escalier en colimaçon qui menait à la prison aménagée sous l'arsenal. Quelle ne fut pas sa surprise, en ouvrant la lourde porte de bois, de découvrir un décurion gaulois endormi dans un coin. Il abandonna son fardeau sur la paille et se mit à secouer le dormeur.

– J'ai soif! bredouilla l'homme.

– Quel est ton nom? lui demanda le centurion.

– Je suis Secundinus. Décurion à la cohorte des Lingons. Et toi, qui es-tu?

– Drufus! Centurion à la Ire légion qui vient d'arriver à Vetera sous la conduite de Vocula. Pourquoi les Gaulois ont-ils quitté la citadelle en te laissant ici?

Secundinus apprit ainsi, en même temps, le départ des siens et l'arrivée des autres.

– J'ai tenu tête au préfet des Lingons qui proférait des paroles insultantes pour Rome! se borna-t-il à répondre, espérant sauver sa tête.

– Tu es pour Rome, toi? Alors, vive Vespasien! clama le centurion.

– Vive Vespasien! répéta Secundinus soulagé.

Drufus enferma son ivrogne et conduisit son déserteur gaulois dans la chambrée de la Ire légion où on lui servit un pichet de vin et un morceau de fromage, en lui promettant une récompense pour sa conduite courageuse.

Cependant, les vétérans de la Ve et de la XVe légion commençaient à saper le moral des nouveaux arrivants.

– Faites comme nous, leur disaient-ils; nous avons juré de ne pas combattre les Gaulois, qui nous ont promis en échange la propriété de ces terres sur lesquelles vivent nos familles. Nous ne voulons plus courir le monde dans les armées romaines, nous voulons être démobilisés et rester chez nous!

Les bruits les plus alarmants circulaient dans le camp. Les tribuns supplièrent Vocula de fuir, lui racontant la fin tragique de Flaccus. Mais le légat crut qu'il devait payer d'audace. Il convoqua les soldats, monta sur le *tribunal* [1] et, avec une fougue hautaine, prononça ces mots :

– Jamais, en m'adressant à vous, je n'ai été plus inquiet pour vous et plus tranquille sur mon compte. En effet, vous préparez mon trépas, je l'apprends sans rancœur et attends la mort. Mais vous me faites honte et pitié! La guerre au peuple romain, c'est avec vos bras que Sabinus espère la faire. Il vous montre avec complaisance l'empire des Gaules et vous demande pour lui vos serments. Est-ce que, par hasard, si les Germains ou les Gaulois vous conduisent au pied des murs de Rome, vous porterez les armes contre la patrie? Je suis saisi d'horreur à la pensée d'un tel crime! Jupiter, le très bon et le très grand, je te prie si tu n'as pas voulu que, sous ma conduite, le camp que voici demeure incorruptible et sans souillure, de ne pas souffrir du moins qu'il soit profané par un Sabinus et par un Classicus : aux soldats romains accorde ou bien l'innocence ou bien un prompt repentir avant le crime!

Ce discours fut accueilli par des mouvements divers : les soldats étaient partagés entre l'espérance et la honte.

Vocula regagnait son palais quand Longinus, le glaive au poing, se précipita à sa poursuite et lui trancha la gorge.

Pour la deuxième fois, le camp de Vetera se trouvait sans légat. Alors, comme il arrive souvent en période désespérée, un jeune tribun sut inspirer la crainte. Avant que la soldatesque ne se soit dispersée, Numisius monta sur le *tribunal.* Avec une fermeté étonnante, il fit saisir Longinus et, malgré ses cris, ordonna qu'on le mène au supplice.

– Ces Alliés, leur dit-il, sont devenus des ennemis parce que leur

1. Estrade.

servitude est trop douce; le jour où ils seront dépouillés et nus, ils deviendront des amis! C'est dans les mêmes conditions que Sacrovir, jadis, et Vindex, naguère, ont succombé à la force invincible de Rome. Les mêmes dieux et les mêmes destins menacent Civilis et Sabinus! Quant à vous, deux fois transfuges et deux fois traîtres, errez-vous, maudits, entre votre récent et votre nouveau serment? Je vais ouvrir la porte! Que ceux qui veulent rejoindre nos ennemis le fassent! Mais à ceux qui se souviennent des cent vingt années de triomphes de Rome, à ceux qui préfèrent se faire tuer sur place plutôt que de céder du terrain, à ceux-là, Quirinus, père de la ville de Rome, donne-leur la force d'abattre leurs frères félons! Ouvrez les portes! cria-t-il.

La porte s'ouvrit. Tous tremblaient. Une vingtaine de vétérans s'échappèrent en courant. Pas un seul d'entre eux n'échappa aux traits des javelots. Tous les autres s'immobilisèrent.

– Fermez les portes! ordonna Numisius, et renforcez les défenses!

Alors, d'une seule voix, tous les soldats réclamèrent Numisius pour chef.

Martialis était sorti de la forteresse en compagnie de Gunter. Le retranchement des Germains semblait abandonné; privés de leur chef, les Bructères passaient le plus clair de leur temps à piller les maisons et les granges des environs.

Le frère de lait de Sabinus découvrit Carilla au milieu d'un groupe de femmes occupées à faire des fagots; il la prit en croupe et rejoignit le camp des Lingons.

Valentinus veillait à la construction de sa tour roulante. Les Gaulois, transformés en terrassiers, aménageaient une voie praticable jusqu'au *vallum* méridional.

Les nuits succédèrent aux jours. Dans le rude hiver rhénan, sans relâche, les Lingons se préparaient pour la bataille.

Tandis que Sabinus vaquait à ses préparatifs meurtriers, Eponine se souvint des remèdes que lui avait enseignés sa grand-mère. Elle fit suspendre un grand drap à la poutre centrale qui soutenait le toit de sa tente et s'aménagea un véritable laboratoire. Elle et Carilla, enroulées dans des tissus blancs, munies de spatules et de pilons, malaxaient des pâtes dans des pots de terre posés sur un long tréteau. Eponine ordonna qu'on lui apporte de la laine de mouton provenant du cou et des cuisses de l'animal; Carilla riait comme une petite fille qui joue à la dînette, tout en imbibant la mousse blanche de vin, de vinaigre et d'huile. La préparation devait macérer pendant trois nuits puis, essorée, constituait un pansement pour les blessures par le fer. Elles choisirent un autre pot pour l'onguent contre les brûlures. Carilla fit griller de l'orge qu'Eponine mélangea à des blancs d'œufs et à de la graisse de porc. Elle fit aussi quérir des viscères de chèvre, en retira la bile qui, passée sur les paupières, provoque le sommeil. La pharmacie fut empilée dans deux sacs reliés par une sangle; Eponine avait décidé de les transporter elle-même sur son cheval. Seule parmi tous ces hommes, elle songeait à l'heure d'après la bataille, espérant de toute son âme que Sabinus n'aurait pas besoin de ses soins. Sabinus qu'elle voyait à peine; le temps d'être prise comme on boit une coupe de vin quand on a soif, et sans en apprécier l'ivresse.

Quand les machines furent achevées, quand Martialis rapporta la médaille que lui avait confiée Civilis, Sabinus décida de retarder l'attaque d'une lune, une lune qui devait paraître un siècle aux assiégés affamés.

En ce 21 janvier de l'année 70 de notre ère, à la tombée du jour, Sabinus rassembla ses Lingons :

– Gaulois! dit-il, n'acceptons plus d'être les esclaves de Rome! Quelles récompenses avons-nous reçues pour avoir versé notre sang dans les armées romaines? Les seuls profits que nous en avons tirés sont : un service long et pénible, les tributs éternels, les verges, la hache, la soumission à des maîtres cupides et licencieux. Au nom du droit des gens, j'en réclame punition! Lingons, allons prendre le camp de Vetera que nous assiégeons par le fer et par la faim! Nous avons eu de l'audace : la liberté nous suivra, ou bien, vaincus, nous serons ce que nous sommes!

Des vélites amenèrent un bœuf; un cavalier revêtu d'une longue tunique blanche l'offrit en sacrifice au dieu tutélaire des Gaulois. Il en sortit les entrailles, les déposa dans un grand chaudron et recueillit le sang de la victime dans la calotte d'un crâne humain. Comme transcendé, l'officiant déclara :

– Esus a choisi le jour qui suivra cette nuit pour rendre aux Gaulois leur terre et leur Dieu! Jour faste entre tous! Gloire est promise à ceux qui ne verront pas le soleil d'après la nuit prochaine, et liberté aux autres! L'Increé est avec nous, car notre combat est juste! Le maître qu'il nous donne est du sang d'un vainqueur, que sa force soit et demeure au service de l'indépendance des Gaules! Qu'il ne succombe pas comme son ancêtre au criminel désir de la conquête du bien d'autrui! Une femme est parmi nous que Matrona nous envoie; vous l'appelez Sextus, le porte-étendard, mais Eponine est son nom. Les forces du mal jamais ne pourront effacer sa mémoire. Sabinus! Jamais ne fais rien sans elle, car elle comprend la voix de la corneille qui est parole de dieu.

C'est alors qu'Eponine pointa son étendard en direction du septentrion; une épaisse fumée noire envahissait le ciel.

Les Germains, qui avaient épuisé les joies de la rapine dans les alentours, ne supportaient plus d'attendre.

Et, pourtant, cette attente imposée par Sabinus avait été la plus sûre alliée des conjurés. Les vivres manquaient dans Vetera assiégé. Les légionnaires avaient déjà consommé les bêtes de somme et même les animaux immondes et dégoûtants. Ils en étaient réduits à arracher les arbustes, les racines et les herbes qui poussaient entre les pierres.

Sans en avoir reçu l'ordre, les Barbares de Gunter avaient fait irruption dans le retranchement de Civilis et réclamaient la bataille. Ne pouvant maîtriser cette horde en furie, Civilis leur laissa arracher la palissade ouest de Vetera. Les Romains virent là l'opportunité d'une sortie et se lancèrent avec fougue à l'attaque. Les Bructères furent rejetés. Civilis les renvoya à la charge, se souciant peu de les envoyer à la mort. La nuit ne mit point fin au combat. Les Barbares avaient fait de grands amas de bois qu'ils avaient allumés et, tout en mangeant, à mesure que le vin les avait échauffés, ils s'élançaient au combat avec une témérité folle. Leurs traits ne portaient pas à travers les ténèbres, tandis que les Romains voyaient distinctement la ligne des Germains. Ceux que l'éclat de leurs insignes mettait en lumière devenaient une cible pour les légionnaires. Civilis le comprit : il fit éteindre les feux. Ce fut alors un vacarme confus, l'incertitude. Impossible de prévoir où il fallait frapper et comment se parer. La valeur ne servait de rien; le hasard portait partout la confusion. Les plus braves tombaient souvent sous les traits des lâches. Du côté des Germains, c'était une fureur irraisonnée; les légionnaires, avec leur expérience des dangers, lançaient des pieux ferrés, des blocs pesants, et non pas au hasard. Quand les échelles dressées amenaient les ennemis sous leurs mains, les Romains les rejetaient avec leur bouclier, les poursuivaient de leur pilum; quelques-uns avaient-ils réussi à monter sur les murs, ils les transperçaient à coups de glaive.

Civilis fit alors disposer des abris portatifs faits de branchages entrelacés remplis de terre, mais les catapultes romaines leur lancèrent des javelines enflammées. Les assaillants se trouvèrent eux-mêmes assaillis par le feu. Les fossés furent comblés de cadavres et beaucoup périrent les uns sur les autres de leur propre trait.

Ignorant l'ampleur des dégâts, Sabinus réalisa que cette fumée le mettait en demeure de précipiter l'attaque. De lourds nuages rendaient l'opacité de la nuit mouvante et rabattaient une vapeur âcre qui piquait la gorge et les yeux. On mit, à la lueur de quelques brandons incandescents, la tour roulante sur la piste construite à son usage. La machine de bois à deux étages s'approcha de la porte sud. Alors, d'un seul cri, les Lingons assaillirent Vetera. Les vélites appliquèrent des échelles au *vallum* et, à tâtons dans le noir, entreprirent l'escalade.

– Formez les tortues! clama Claudius, le primipile.

Les fantassins s'agglutinèrent par paquets de trente, ceux qui se trouvaient à l'extérieur du cercle firent un mur avec leurs boucliers, ceux du centre rabattirent les leurs sur leurs têtes de façon à constituer une plate-forme blindée et mobile sur laquelle grimpèrent vingt autres fantassins qui adoptèrent la même formation. Les vélites, montant sur les boucliers de leurs camarades, purent ainsi atteindre le faîte de l'enceinte.

Sabinus, abandonnant son cheval, s'élança sur le palier supérieur de la tour :

– A moi, Gaulois, cria-t-il.

Tous les hommes de pied se précipitèrent à sa suite : qui par les échelles, qui par les tortues, qui par la tour. Les cavaliers lingons et trévires, en rangs par six, attendaient le signal de Tutor. Eponine, au centre du peloton, toute droite dans sa cotte de mailles, se cramponnait à la hampe de son *vexillum*. Le jour n'en finissait pas de se lever, l'épaisse fumée en masquait les premières lueurs. A intervalles réguliers, le bruit sourd du bélier, qui sapait la muraille, la faisait tressaillir d'angoisse. Que verrait-elle de l'autre côté du mur? Bien sûr, elle ne toucherait pas à son glaive, mais sa bannière devait exhorter les hommes à tuer! Elle avait peur, peur de voir la mort des autres, peur de mourir. Elle avait envie de caresser sa petite chienne Mya, de pleurer dans les bras de Sabinus. Elle n'avait pas voulu cela, elle n'était partie qu'à la recherche de l'homme qu'elle aimait, à la recherche de son corps chaud, et elle avait si froid!

Sabinus menait l'assaut des fantassins. Il traversa la cour sud qui était déserte. En approchant du mur septentrional, il réalisa l'ampleur du désastre et attaqua par leur arrière les légionnaires de Numisius toujours occupés à massacrer les Germains. Les Romains, épuisés par la faim et une nuit entière de combat, surpris par l'arrivée brusquée des Lingons, écrasés par leur nombre, n'eurent plus le choix qu'entre mourir ou jeter bas les armes. Le tribun Numisius périt dans la mêlée. C'est alors que les murs cédèrent à un dernier coup du bélier, frayant le passage aux cavaliers lingons et trévires. Encerclés, accablés de toutes parts, dépourvus de chef, voyant leurs vétérans rejoindre les rangs de l'ennemi, ne sachant ni pour qui ni pour quoi ils accepteraient de mourir, les débris de l'armée romaine se rendirent et implorèrent la clémence des vainqueurs.

Des hurlements de joie saluèrent la victoire, et les premiers rayons du jour éclairèrent un charnier.

Eponine descendit de cheval; vacillante, elle marcha parmi les morts. Elle s'appuya à la margelle du puits dont l'eau était rougie de sang et ne put s'empêcher de vomir. Sabinus jouait son rôle d'homme, son rôle de général vainqueur; elle était seule.

Une députation de vétérans fut envoyée aux chefs des conjurés pour implorer la vie sauve des survivants. Contrairement au souhait de Civilis, Sabinus et les Trévires souscrirent à cette requête, à la condition que tous les Romains jurent fidélité à l'empire des Gaules.

Eponine fit transporter ses précieux pots et des bottes de foin dans le prétoire, qui se trouva transformé en salle de soins pour les blessés. Camulus, d'un air placide, chargeait sur son dos des corps ensanglantés comme il aurait porté des hottes de raisin. Des femmes bataves brûlées agonisaient dans d'atroces souffrances. Eponine se pencha sur le corps déchiqueté d'une adolescente.

– Aie courage! lui dit-elle, j'ai une crème qui pourra te guérir.

L'enfant aux longues nattes blondes ne regardait déjà plus vers le monde, une douce résignation avait effacé le rictus de la douleur.

– Non! murmura la petite Batave, les dieux ne veulent pas que je vive. J'ai su que le guerrier auquel me destinait mon père avait donné sa foi à une Lingonne. Je n'aurais pu résister à la volonté de mon père, ni me résoudre à défaire un lien noué par l'amour. Jamais je n'aurais pu oublier l'image de ce héros triomphant sautant de la muraille.

Elle respirait avec peine, de grosses larmes coulaient sur ses joues tuméfiées. De sa main gauche, elle saisit le bras d'Eponine, les deux jeunes filles restèrent ainsi, serrées cœur à cœur. Dans un souffle, elle chuchota :

– Je ne serai pas un sujet de discorde entre les Lingons et les Bataves. Dis à Sabinus que je l'aurais aimé.

Eponine enlaçait la petite mourante, couvrait son front de baisers; leurs pleurs se mêlaient. Soudain, dans un sursaut, pour abréger ses douleurs, Krimhilde, la fille de Civilis, saisit le glaive d'Eponine et s'en perça le cœur.

A ce moment s'éleva une clameur. Les mots hurlés par la foule firent tressaillir Eponine :

– Ave César! criaient les soldats.

Elle baisa les mains de Krimhilde, arracha le glaive qu'elle jeta au loin, et déposa le corps dans les bras de Camulus.

– Porte-la au chef des Bataves, lui dit-elle.

Elle regarda ses mains, ses mains tachées d'un sang qui n'était pas le sien, ses mains d'assassin, ses mains de soldat.

Elle se précipita dans la cour. Sabinus, le premier général à avoir pénétré dans le camp, portant le manteau de pourpre du légat, montait sur l'estrade. Les troupes réunies autour de lui, il lut la formule du serment en latin. Tous répétèrent le serment et jurèrent fidélité à « César imperator des Gaules ».

Ainsi, le nouvel empire gaulois prenait naissance! Mais ce nouvel empire, né dans un camp de légionnaires, s'inspirait des usages romains. Eponine réalisa que l'empire des Gaules, sous les formes latines dont il était recouvert, ressemblait plus à l'Empire romain d'un César qu'à la dictature fédérale d'un Vercingétorix. Désespérée, elle se demanda ce qu'en penseraient les cités gauloises qui n'avaient pas encore rejoint la conspiration?

Hagarde, ne pouvant effacer l'image de Krimhilde, les « Ave César! » bourdonnant dans sa tête, Eponine maudit la guerre et les Romains, responsables de tant d'horreur. Elle enfourcha le premier cheval qu'elle trouva, et galopa jusqu'à sa tente où l'attendait Carilla. Toutes les lampes brûlaient, le bleu et l'or des tentures scintillaient, seule une rumeur joyeuse parvenait du lointain. Carilla avait dévalisé les colporteurs, accourus sur-le-champ au bruit de la victoire. Drapée dans une écharpe jaune, des perles de verre autour du cou, elle dansait et hurlait sa joie :

– Victoire, les Gaulois sont victorieux! Il n'y aura plus d'esclaves! Tous nous serons libres, libres! Tu seras impératrice! Je suis l'amie de l'impératrice!

Elle riait, pleurait, bousculait Eponine :

– Chante, lui dit-elle, c'est le plus beau jour de notre vie!

Elle tourbillonnait, plissant ses petits yeux de braise, retroussant son nez de chat.

– Tu as raison, ce doit être beau la victoire quand on n'a pas vu la bataille! Ôte-moi cette cuirasse et jette-la loin; jamais plus je ne la porterai, soupira Eponine.

Alors, sautillant jusqu'à un amas de tissus, Carilla annonça triomphalement :

– Tiens! Enfile cette tunique, je te l'ai achetée pour le jour de tes noces!

Eponine, en sanglots, s'affala sur le lit.

Sabinus avait tenu sa parole; les vétérans romains eurent le droit de quitter le camp. Sans armes ni bagages, les survivants s'échappèrent au pas de course; parmi les fuyards, un Gaulois, Secundinus, courait encore plus vite que les autres, le dos chargé d'un énorme sac.

Civilis avait pleuré de désespoir et de rage sur le corps de sa fille. Avec Krimhilde disparaissait sa monnaie d'échange pour obtenir des Gaulois un pacte favorable aux Germains. Il laissa ses Bataves piller Vetera; lui-même s'empara de la vaisselle d'argent des légats. C'est alors qu'il remarqua le Gaulois qui courait si vite avec son sac. Il donna ordre à ses hommes de rattraper et de lui amener ce Lingon si consciencieusement préoccupé de sa fortune personnelle.

Une fois le camp ratissé, Civilis sonna le rassemblement et quitta Vetera, en y mettant le feu.

Belges et Lingons fuirent le lieu de leur victoire en proie aux flammes et regagnèrent leur retranchement, n'emportant que leurs blessés.

A l'abri derrière ses fossés, Sabinus regarda brûler Vetera. Cet immense feu de joie célébrait sa victoire. Le ciel était embrasé, du Rhin au Capitole. Il avait été proclamé « César imperator »! Toutes les cités de Gaule allaient s'unir derrière son étendard pour chasser les Romains! Il ne craignait plus Civilis. Débordant de joie, la pourpre impériale couvrant ses épaules, il pénétra sous la tente d'Eponine.

– Es-tu fou? hurla-t-elle. Es-tu fou d'avoir prononcé le serment en latin? Es-tu fou de te faire acclamer « César »?

Il ne comprit rien. Il avait glorieusement accompli son travail d'homme et s'estimait en droit de recevoir sa récompense d'amour. Il pardonna généreusement ce mouvement d'humeur et, la déshabillant du regard, il dit gentiment pour clore cette conversation qui ne correspondait pas à ses préoccupations du moment :

– Quel autre moyen avais-je pour faire reconnaître mon autorité sur toute la Gaule?

Mais Eponine renchérit :

– Ton autorité ne sera reconnue que si les notables de toutes les cités se réunissent en assises et te proclament leur chef!

Il n'écoutait pas. Il la prit dans ses bras :

– Ma douce aimée, ne songe qu'à demain, demain qui sera le jour de nos noces.

Il l'embrassa et, déjà, elle sentit ses griefs s'estomper. Il l'attirait vers le lit quand Martialis, boitant plus que de coutume, vint chercher le général en chef, que les soldats réclamaient pour présider leur ripaille.

Carilla prit Eponine dans ses bras, et la laissa pleurer contre son épaule.

– J'étais inconsciente, dit la fiancée de Sabinus, inconsciente de penser que la victoire suffirait à apporter la paix. Suis-je donc la seule à comprendre que la situation est désespérée pour la Gaule? Demain, Vespasien reviendra avec des forces accrues.

– Ce soir, tu dois dormir. Pense que demain César t'épouse. Tu seras impératrice des Gaules! dit Carilla en étalant de la bile de chèvre sur les paupières de son amie.

Le remède fit son effet; Eponine ne tarda pas à s'endormir.

Carilla mettait de l'ordre sous la tente, quand Secundinus et deux Barbares coiffés en aigrettes firent irruption. Les deux Bataves se jetèrent sur la suivante, la bâillonnèrent et l'attachèrent au pied du lit, tandis que Secundinus chargeait Eponine, toujours endormie, sur son dos. Les ravisseurs sortirent du retranchement des Lingons sans attirer l'attention des soldats ivres qui dansaient, chantaient et faisaient un bruit d'enfer en tapant de leur glaive sur leur bouclier. Les Barbares montèrent dans un chariot qui attendait en rase campagne. Secundinus déposa son fardeau dans la voiture, prit les rênes et rejoignit au galop le convoi des Bataves. Un cavalier sauta sur le siège de Secundinus qui monta à cheval, dépassa la colonne et rejoignit Civilis à la tête de ses cohortes.

– Mission accomplie! dit le Lingon.

Le Borgne jeta un sac de sesterces à Secundinus :

– Nous serons dans trois jours devant Trèves. Nous nous empa-rerons de la cité des Belges tandis qu'ils savourent encore leur victoire à Vetera. Tu iras à Langres informer Sabinus que je garde Eponine en otage. Elle ne lui sera rendue que s'il fait alliance avec moi et m'ouvre les portes de sa cité. Ma fille est morte du déshonneur de son refus. Langres paiera. Si tu n'as pas de bonne réponse à m'apporter, ne reviens pas. Si Langres fait cause commune avec les Bataves, je ferai ta fortune. Va!

Secundinus, possesseur d'une bonne quantité de sesterces, pensa qu'il n'était pas urgent de se présenter devant Sabinus. Il se dit qu'il y avait plus de profit à tirer en avertissant les Romains que les Bataves marchaient sur Trèves. Il prit donc la direction de Mayence, où une légion venait d'arriver sous la conduite du légat Cérialis.

A Vetera, l'aube se levait. Martialis et Sabinus regardaient s'éteindre le feu qui, durant toute la nuit, avait consumé le camp romain. Sans prendre de repos, les Lingons réparaient les dégâts de l'orgie nocturne et s'affairaient aux préparatifs de la noce de leur nouveau César.

Martialis prépara le bain de son maître et se rendit sous la tente d'Eponine, pensant la trouver parée pour la cérémonie. Le cœur lui manqua quand il découvrit la servante bâillonnée et attachée au pied du lit. Il ôta cordes et bâillon et la supplia de s'expliquer. En sanglots, elle ne put que dire et répéter :

– Secundinus et deux Bataves ont emmené Eponine.

De toute la vitesse possible à sa petite jambe, Martialis courut chercher Sabinus. Alors, le général gaulois se souvint avoir laissé Secundinus dans un cachot et, sans comprendre comment celui-ci avait pu passer à la solde de Civilis, il n'eut pas de doute que le Batave avait trouvé là le moyen de se venger. Il fit chercher Camulus.

– Toi seul, lui dit-il, es capable de la retrouver. Sais-tu quel chemin ont pris les Bataves?

– Je sais, répondit Camulus, qu'ils ne rentraient pas chez eux. Les brûlés que j'ai soignés disaient qu'ils préféraient mourir, parce que Civilis ne s'embarrasserait pas d'invalides pour continuer le combat. Leurs chariots étaient pleins de butin, et ils ont pris la route de l'est sans s'attarder dans leur retranchement en cendre. Ils ne peuvent marcher que sur Trèves ou sur Langres.

– Martialis, cria Sabinus, sonne immédiatement le rassemblement! Nous partons en marche forcée sur Langres. Toi, Camulus, prends trente cavaliers et fonce vers Trèves. Que l'on prévienne Tutor et Classicus!

Carilla en larmes fit les bagages et monta dans un fourgon en direction de Langres.

Les cahots de la route réveillèrent Eponine; elle avait une horrible migraine. Que lui était-il donc arrivé? Elle eut beau se torturer l'esprit, aucun souvenir ne vint combler le grand trou de sa mémoire. Pelotonnée entre des sacs bourrés de quincaille, elle n'arriva pas à tirer un mot de latin à ses compagnons occupés à boire de la bière. Elle hurla, personne ne vint. Elle souleva un pan de la bâche et se vit entourée de cavaliers barbares. La panique s'empara d'elle; elle se débattait, mais les deux colosses à cheveux de chaume n'eurent pas grand-peine à la mater. A travers les interstices du toit, la lumière déclinait. Le fourgon finit par s'immobiliser. Deux hommes entrouvrirent la bâche. Il neigeait. Dans la lueur des flambeaux, elle vit s'approcher un cheval noir étincelant de médailles, les flancs recouverts par le manteau de loup d'un cavalier dont le visage était barré par un bandeau. Elle frémit; ce ne pouvait être que Civilis. Le chef batave donna ordre d'asseoir Eponine sur l'encolure de son cheval.

– J'ai froid, dit-elle.

Il couvrit Eponine avec sa fourrure et l'emporta au galop, la tenant appuyée contre sa poitrine. Il s'arrêta devant une « maison rouge », sauta de cheval, et la prit dans ses bras.

– Rassure-toi, je ne te veux aucun mal; mais tu ne peux marcher pieds nus.

Il resserra son étreinte; une force étonnante se dégageait de la beauté sauvage du barbare. Un immense œil bleu la dévisageait avec une infinie tendresse. Elle détourna la tête.

– As-tu honte d'être belle? lui dit-il.

– N'as-tu pas honte d'enlever la fiancée de ton allié? se borna-t-elle à répondre.

Civilis traversa la grande salle empuantie par la fumée d'une cheminée centrale et par l'odeur des saucisses grillées. Il monta l'escalier de bois et arriva sur une passerelle. En homme qui connaît bien les lieux, il donna un coup de pied dans une porte, entra dans une chambre et déposa Eponine sur le sol.

– Qu'espères-tu obtenir de moi? hurla-t-elle.

– J'ai envoyé prévenir Sabinus que tu lui serais rendue s'il consentait à m'ouvrir les portes de Langres.

– Jamais! Jamais, tu entends, Sabinus ne te laissera pénétrer dans Langres!

– Crois-tu qu'il t'aime si peu pour t'abandonner?

– Il n'aura pas à te livrer Langres; je me tuerai!

– Tu ne te tueras pas, je t'en empêcherai. Mais tu as raison, je n'attendrai pas la réponse de Sabinus; tu es trop belle pour que je te rende à lui. Tu as montré à Vetera un courage digne d'une reine batave. Et puisque tu soutiens que Sabinus ne m'ouvrira pas les portes de sa cité, je les forcerai; ainsi tes vœux seront comblés, tu régneras aussi sur Langres.

– N'est-il pas chez vous coutume d'épouser une fille qui n'a jamais connu d'homme? Je suis à Sabinus! Je ne suis plus vierge!

– Moi non plus! Tu me plais! dit-il avec une sincérité presque timide.

Elle enchaîna sèchement :

– Je te jure que je ne serai jamais à toi! Civilis, tu as commis une erreur, ma présence ne peut que t'encombrer. Tu n'obtiendras rien de ce que tu souhaites, ni moi ni Langres.

Il s'approcha d'elle. Alors, elle reprit d'une voix enjôleuse :

– Donne-moi une escorte et laisse-moi partir. Je dirai que des brigands m'avaient enlevée pour obtenir une rançon, et que tu m'as délivrée. Je puis encore décider Sabinus à te compter pour un de ses amis.

– Je ne puis être l'ami de celui qui s'est fait proclamer César imperator. Je ne suis plus l'ami des Lingons ni celui des Trévires, leurs alliés. Dans quelques heures, je me serai rendu maître de Trèves; les Gaulois devront pactiser avec moi et reconnaître mon autorité. Tu mérites un époux plus glorieux que Sabinus!

– Sabinus a commencé la libération de la Gaule, jamais il n'acceptera de contraintes étrangères. Et crois-tu que Vespasien te laissera réaliser ton projet?

– Sabinus ne mérite pas ton amour. Il n'a pas su veiller sur toi! Il forniquait avec des ribaudes pour fêter sa victoire et t'avait abandonnée seule sous ta tente. Il eût été facile à mes hommes d'abuser de toi si je n'avais pas donné ordre qu'on te respectât. Moi, je saurai te protéger. Krimhilde est morte par sa faute. Je veux te mener en mon palais, tu m'y tiendras lieu de fille et d'épouse.

– Je suis ta prisonnière; tu peux tout sur moi, sauf me contraindre à t'aimer.

– Je n'ai que faire d'une esclave ou d'une prisonnière, c'est ton amour que je veux.

Son œil était suppliant. Il s'approcha d'elle; lui prit la main. Elle sentit deux lèvres humides sur son poignet; elle frissonna. Il l'attira violemment contre lui, baisa ses cheveux; alors, elle essaya de s'emparer de son glaive, mais il prévint son geste et, bafouillant, tant son désir de posséder cette femme l'obsédait, il dit :

– Si je me contentais de Trèves, si je renonçais à Langres, accepterais-tu de me suivre? Tu peux d'un mot assurer la paix à ta cité. Jamais tu ne reverras Sabinus. Alors, réfléchis! Ta vie peut se passer dans la gloire et l'honneur, jamais une reine n'aura été plus vénérée. Demande-moi ce que tu veux, une terre à toi en Batavie, de l'or, des bijoux.

– Donne-moi la mort ou fais-moi conduire à Langres!

Son bandeau noir était trempé de la sueur de son front; de mémoire de Batave aucun homme n'avait jamais été capable de se dominer aussi longtemps! Il se jeta sur elle, arracha sa tunique. Elle resta immobile, figée comme une statue, le sein dénudé, le regard froid, et articula lentement :

– Tu me fais horreur!

Il sortit et ferma la porte à clef.

Elle piétina le manteau de loup qui gisait sur le sol, s'enveloppa dans la couverture du lit et sanglota : « Sabinus! Sabinus! »

Elle entendit une clef tourner dans la serrure, un gamin d'une dizaine d'années apportait un plateau de rotin sur lequel étaient posés un gobelet de vin et un pot de terre exhalant le fumet aigre des saucisses cuites dans du chou et de la bière. D'un geste brusque, elle fit tout choir à terre. Le garçon ressortit et referma la porte. Un moment après, il revint avec une haute et longue bassine; une vieille femme rousse le suivait en portant des seaux d'eau chaude.

– Moi ta servante, le roi a dit, bredouilla-t-elle.

– Prépare mon bain! ordonna Eponine qui voyait la vieille loucher sur la nourriture. Ensuite, tu dîneras, je n'ai pas faim.

Civilis avait chargé ses deux hommes de main de garder la porte d'Eponine, et galopait sur la route de Trèves pour rejoindre son armée.

Lorsque Civilis était sorti de l'auberge, il n'avait pas entendu, le bruit des sabots étant amorti par la neige, le peloton de Camulus qui arrivait du couchant; en revanche, Camulus avait vu le Batave sortir de la « maison rouge ». Il ordonna de faire halte. Le patron, un vétéran manchot installé depuis dix ans sur les bords du Rhin, remercia les dieux de faire marcher son commerce en faisant en sorte que des troupes rivales ne se rencontrent pas chez lui. Le Germain parti, les Gaulois arrivaient; que pouvait-il souhaiter de mieux? Avec obséquiosité, il proposa une chambre à Camulus, une grange pour ses hommes et des saucisses aux choux pour tous.

– Ça, une chambre! glapit Camulus quand l'aubergiste l'eut mené dans un réduit de plain-pied sur les écuries. Tu n'as pas de chambre à l'étage au-dessus de la salle?

– Ce sont mes appartements! J'y loge avec ma femme, je ne les loue pas.

– Eh bien, rétorqua Camulus, je préfère partager la chambre de ta femme que de passer la nuit dans cette porcherie.

– Je n'ai pas d'autre chambre; si tu n'es pas content, il y a la grange! C'est trois sesterces, on paie d'avance.

– Bon, bon, dit Camulus, en donnant trois pièces d'argent.

Il n'était pas de coutume qu'un tenancier refusât de louer des chambres afin de mieux loger sa famille. L'auberge était vide. Le Lingon se fit servir une cervoise.

– Tu n'as pas vu la patronne? dit-il au gamin qui lui tendait la main pour empocher la monnaie. Je croyais qu'elle s'occupait de faire cuire les saucisses? Nous avons faim!

– Je ne peux pas tout faire en même temps, la patronne est occupée.

– Occupée à quoi? Il n'y a que nous ici!

– Elle est là-haut.

– Je vais la chercher! On veut souper et dormir, demain il faut reprendre la route à l'aube.

– Des saucisses! hurlèrent les compagnons de Camulus en se levant et en faisant mine de monter les escaliers.

Alertés par le bruit, les geôliers d'Eponine se pointèrent sur la passerelle. Camulus eut un pressentiment.

– Du calme! Ayons un peu de patience! Le gosse fait peut-être très bien les saucisses! dit-il pour calmer ses hommes.

– Petit, tu vas leur servir le dîner; moi, je préfère dormir tout de suite!

Il sortit, enfourcha son cheval et se mit en demeure de rattraper

Sabinus au plus vite. Il le rejoignit au milieu de la nuit et lui fit part de son sentiment : les deux Bataves ne pouvaient être dans l'auberge que pour surveiller Eponine. De toute évidence, Eponine devait occuper la chambre du premier étage.

– Mais alors, lui dit Sabinus, que n'es-tu allé voir?

– Il aurait fallu tuer les Bataves pour entrer et, si je m'étais trompé, cela aurait pu te causer des ennuis avec Civilis!

– Des ennuis avec Civilis! Qu'en ai-je à foutre! Prends le commandement de la cohorte avec Martialis! Moi, j'y vais. A la « maison rouge » du Pont de César, dis-tu?

A l'aube, il mettait pied à terre devant l'auberge. Il commença par inspecter les granges, deux étaient vides, la troisième était occupée par des Lingons de Camulus qui dormaient.

– Debout! hurla-t-il. Soyez prêts aux ordres!

Ahuris, les cavaliers ne comprirent pas comment Sabinus était maintenant à la tête de leur peloton! Il entra dans la salle, un feu mourant éclairait les bancs renversés et les tables jonchées de vaisselle sale. Il grimpa l'escalier mais ne vit pas de soldats barbares sur la passerelle. Il cria : « Eponine! » mais aucune voix ne lui répondit. Alors il défonça la porte et pénétra dans une chambre vide. L'aubergiste accourut :

– Qu'est-ce qui te prend de démolir ma maison? Le bois est cher par les temps qui courent, tu me dois dix sesterces! Tu vois bien qu'il n'y a personne, maugréa le tenancier apparemment aussi surpris que Sabinus.

– Et ça! dit Sabinus, en montrant la vieille femme qui gisait assommée dans un coin de la pièce.

– C'est ma pauvre femme qui a eu un malaise; elle s'était enfermée parce qu'elle était souffrante, bredouilla le manchot en hissant son épouse sur le lit.

Sabinus envoya un seau d'eau sur le visage de la femme de l'aubergiste, qui revint à elle en se tenant la tête d'où bombait une énorme bosse. Elle murmura :

– Partis... avec la femme... par la fenêtre.

Sabinus dévala l'escalier et, suivi de son escorte, galopa vers Trèves.

Les gardiens d'Eponine avaient été affolés en voyant arriver les hommes de Camulus. Certains que, si les Lingons découvraient la présence de leur prisonnière, ils ne pourraient résister à tant d'adversaires, les Barbares avaient préféré rejoindre l'armée de Civilis. A bride abattue, dans le froid et la neige de cette nuit de février,

XANTEN

Eponine, enveloppée dans le manteau de loup, suffoquait de terreur et de dégoût dans les bras d'un sauvage qui puait la graisse rance.

Sabinus galopa sans relâche, le jour se leva, se coucha et se leva encore sans qu'il pût rattraper Eponine. Au loin, au bout de la route déserte, il vit se profiler la palissade de bois du retranchement des Bataves.

Les nuits devenaient plus courtes. La neige avait fondu. Les ruisseaux bouillonnaient. Secundinus, satisfait de lui, se sentait sur la voie de la fortune. Il gardait dans sa bourse la pierre plate sur laquelle était gravé le plan du buisson où il avait enterré son trésor. Chemin faisant, les haltes lui avaient procuré de bonnes chopines et de belles filles. Le ciel tenait encore prisonnières quelques bribes roses du soleil mourant; il arrivait devant la double porte du *vallum* de la Saalbourg, le camp romain de Mayence tapi dans la profonde forêt rhénane.

Le *paludamentum* claquant au vent, Cérialis faisait le tour des fortifications. Il songeait à Flaccus, à Vocula, à ses vétérans romains qui étaient, depuis leur longue implantation dans le pays, devenus des Gaulois, à ces Gaulois qui, astreints à de si longs services dans les auxiliaires, étaient devenus des Romains. Vespasien en Judée, Mucien et Domitien à Rome se souciaient peu de la rébellion gauloise. « La Gaule, c'est ton affaire! » lui avait dit Mucien. Le légat comprit la gravité du danger. Il ne fallait pas laisser à ce peuple, qui rêvait toujours de liberté, le temps de faire son unité sous la bannière d'un seul chef. Il se sentait investi des mêmes pouvoirs que Jules César, il devait éviter que Sabinus devînt un Vercingétorix. Mettant à profit l'enseignement des *Commentaires* de César, il résolut d'empêcher à tout prix une alliance entre Germains et Gaulois; il fallait au contraire attiser leurs dissentiments et assujettir les belliqueux et courageux Germains, avant de réduire la Gaule chevelue qui finissait toujours par se rendre. Les Gaulois étaient des bavards qui s'écoutaient parler et se laissaient séduire par de beaux discours. Les beaux discours, il en ferait le moment venu, et trouverait d'autant plus d'audience que la romanisation avait maintenant plus de cent ans, que l'aristocratie ne prétendait pas renoncer au confort urbain et aux avantages d'un commerce à longue portée.

Cérialis estimait les vertus militaires de Sabinus. La trahison, même de la part d'un ennemi, lui répugnait. Il refusa de recevoir personnellement le déserteur gaulois et le confia à ses tribuns. Les officiers romains écoutèrent Secundinus avec mépris et le gardèrent en otage.

« Si cet ivrogne de Lingon n'a pas menti, pensa Cérialis, Rome n'a plus à redouter une coalition de Germains et de Gaulois! Les dieux viennent d'exaucer mes souhaits en poussant Civilis à attaquer ses alliés d'hier. »

Il décida de rester à l'écart du conflit et chargea Labeo d'interdire l'entrée de Trèves aux cohortes du Batave.

En arrivant en vue du retranchement batave, Sabinus avait fait mettre pied à terre à son escorte. Seul, il s'aventura à faire le tour de la palissade. Il attacha son cheval au tronc d'un hêtre. Les guetteurs étaient à leur poste dans les tours d'angle. Une sentinelle montait la garde sur la passerelle au-dessus du porche. Sabinus réussit à escalader le *vallum* sans être vu. Il rampa jusqu'au Batave, le surprit par-derrière et l'étrangla. L'homme n'eut pas le temps de crier. Sabinus s'affubla des vêtements du mort. Le camp semblait abandonné. Il déambulait seul dans la cour déserte. Il commençait à désespérer de retrouver Eponine. Soudain, il remarqua deux soldats qui jouaient aux dés devant une tente. Il n'osa les aborder. Il avait eu beau s'armer de l'arc du Barbare et endosser le caraco de peau d'ours, ses cheveux raides tombant sur ses oreilles ne laissaient aucun doute sur ses origines; et, pour rien au monde, il ne se serait séparé de son torque gaulois. Il alla fureter dans la réserve de bois. Il se mit sur la tête un pan de bâche et, pliant sous le chargement de fagots qu'il s'était installé sur la nuque et le crâne, il pénétra sous la tente gardée en poussant un grognement de salutation aux cerbères indifférents.

Des bijoux, une œnochoé [1] d'argent, des gobelets d'or, des lambeaux de riches étoffes jonchaient le sol. Eponine, la tunique déchirée, était couchée sur une peau de loup. Au bruit qu'il fit en laissant choir ses fagots, elle bondit et se mit à hurler. Il se précipita sur elle et lui mit la main sur la bouche. Les gardes vinrent voir ce qui se passait; alors Sabinus renversa sauvagement Eponine sur la peau de bête et la viola. Les deux Bataves s'esclaffèrent d'un rire graveleux et lui lancèrent dans leur jargon :

– Ne te presse pas! On n'est pas fâchés d'aller boire un coup!

Eponine venait de connaître l'orgasme pour la première fois de

1. Pichet.

sa vie. Elle poussa un grand soupir qui lui remontait du fond des entrailles et murmura : « Sabinus! » Son amant restait hébété; il contemplait les ecchymoses qui truffaient les épaules, les bras, les cuisses d'Eponine.

– Mon amour, dit-il, pardonne-moi, je ne comprends pas, tu te débattais...

Alors, elle rétorqua simplement :

– Ce n'est pas toi, c'est Civilis.

– Civilis! répéta Sabinus horrifié.

– Oui! Il m'avait apporté des présents, il était tendre, suppliant, il voulait que je lui dise que je l'aimerai un jour... Il est devenu pressant, je me suis défendue comme j'ai pu, je l'ai griffé, je l'ai mordu, je lui ai donné des coups de pied. Tu penses bien qu'il a pris sa revanche.

Elle n'osa lui avouer, ni s'avouer à elle-même, le plaisir qu'elle avait éprouvé à cette joute passionnelle. Elle n'osa lui avouer que son corps attendait avec impatience d'être possédé.

Sabinus scruta l'horizon, les Bataves n'étaient pas de retour. Il entraîna Eponine par la main et ils coururent de tente en tente jusqu'au remblai. Ils atteignaient le haut de la palissade quand un Barbare donna l'alerte. Ils rampèrent jusqu'au hêtre où était attaché le cheval. Une flèche frôla Eponine. Elle en fut quitte pour une égratignure de plus à la cuisse. Sabinus la prit dans ses bras et enfourcha son cheval. Ils s'engageaient dans la forêt, quand une grande rumeur leur parvint. Ils s'allongèrent dans les fougères. Ils virent au loin les cavaliers bataves qui, ventre à terre, revenaient de Trèves en poussant des cris stridents. Le sol tremblait sous le déferlement des Barbares. Longtemps après leur passage, un épais nuage de poussière obstruait l'horizon. Le danger passé, les amants reprirent leur course.

Les Lingons hurlèrent de joie en voyant arriver Eponine et Sabinus.

Le peloton regagna Langres au galop, ne prenant dans les « maisons rouges » que des repas hâtifs et de brefs repos. A Metz, ils apprirent que la cohorte de Labeo avait surpris les Germains dans Trèves, alors qu'ils étaient occupés à s'emplir la bourse et à se vider les couilles. Désarmés et chargés de butin, les Bataves avaient pris la fuite, abandonnant la cité aux auxiliaires de Labeo. Civilis faisait route vers Cologne, espérant trouver retraite chez les Ubiens, des Germains comme lui. On disait même que, pour s'attirer la protection des dieux, le Batave avait envoyé deux prisonniers romains en cadeau à la grande prêtresse Velléda. Dans tous les villages qu'ils traversaient, hommes et femmes se précipitaient sur les Lingons, les assaillant de questions. Tous ne parlaient que de la guerre des Belges. En fait, Sabinus et Eponine ne savaient rien. Ils durent attendre la « maison rouge » de Toul. Là, l'aubergiste leur annonça que Tutor, Classicus et Valentinus avaient pénétré dans leur cité à la tête de leurs cohortes. Labeo s'était vu contraint de s'enfuir, tandis que ses auxiliaires juraient fidélité aux chefs trévires. Les Romains n'avaient pas tenté de reprendre la ville. La victoire de Vetera portait ses fruits; la libération de la Gaule était amorcée. Cérialis, poursuivant obstinément son but, chasser les Germains, était parti avec sa légion à la rencontre de Civilis. Il avait, aux portes de Cologne, remporté une victoire sur les Germains qu'il poussait vers leur Batavie.

Pendant que Cérialis et Civilis se livraient un combat sans merci sur les rives du Fleuve sacré, Sabinus, revêtu de la pourpre de l'imperator romain, le cou paré du torque gaulois, avait décidé de contourner sa cité afin de faire son entrée triomphale par la porte de Jules César. Sous les « Vivats! » d'une foule en délire, Rix caracolait en remontant le *cardo,* suivi d'Eponine qui chevauchait en amazone, la tunique en haillons, et brandissait l'étendard bleu et or des Lingons.

AUBERIVE
(Pagus columbariensis)

mars-mai 70

Les pousses des jonquilles crevaient la terre. La jeune sève couvait sa fièvre de printemps. La nature et les Lingons se réveillaient de l'hiver et de la guerre. Rome semblait oublier la Gaule; Julius Blésus, gouverneur de Celtique, secrètement favorable à l'insurrection, oubliait Langres. C'était la saison des douces veillées claires, les parents laissaient les enfants jouer dans les venelles, les amoureux se rencontraient près des fontaines, les magistrats destitués avaient remis leurs pouvoirs au vainqueur de Vetera. Avant de disperser ses soldats, Sabinus les avait entraînés dans le temple dédié à Auguste et à Rome. Le César des Gaulois avait donné l'exemple en brisant la pierre infamante qui faisait de la terre lingonne la propriété du peuple romain. Les dieux avaient été décapités, les flamines du culte impérial chassés. Suivis par la populace hurlante, ils étaient ensuite allés en forêt d'Auberive briser l'autel qui commémorait la victoire de Jules César.

Les paysans, avec fierté, scrutaient la terre pour voir pousser leur blé, se disant que, cette année, la récolte serait pour eux.

C'est aux sources de la Marne que Sabinus fixa le premier rendez-vous à son peuple. Le héraut de la cité avait parcouru les venelles de la ville et les sentiers de campagne pour inviter les *equites* [1] et la plèbe à venir décider en masse du sort des Lingons. Les femmes n'étaient pas conviées à cette réunion politique. Sabinus, en compagnie de Liscos, était arrivé bien avant les autres; dans le jour mourant, ils scrutaient le ciel pour voir naître le premier quartier de lune. Depuis qu'il avait brisé les idoles de Rome, Sabinus sentait remonter en lui les certitudes oubliées. Dea Matrona ne lui apparaissait plus comme une divinité parmi d'autres divinités, mais bien comme une manifestation primitive de l'Increé, son œuvre exclusive au même titre que la montagne, l'arbre. L'œuvre du dieu offerte à

1. Chevaliers gaulois.

l'homme, mais qui n'était point née de la participation humaine. Liscos ne partageait pas sa joie, il lisait dans le ciel comme dans un *volumen* [1], et le feuillet qu'il avait sous les yeux était vierge, pas un signe.

– Les pauvres te vénèrent, lui dit-il, parce qu'ils croient que tu vas leur donner la richesse; tu ne pourras que les décevoir. Les riches se cachent dans leurs villas, la joie populaire leur fait peur. Ils attendent. Tu as cassé les images des dieux qu'ils n'adoraient pas, mais je ne peux insuffler dans leur cœur le respect d'un culte qui, depuis des générations, s'est transformé en superstitions. Parleleur de politique, moi je préfère me taire. Je sacrifierai l'agneau, ce n'est pas plus cruel que de le tuer à la ferme et nous mangerons de la bonne viande au *nemeton* [2]; il y a longtemps que cela ne nous est pas arrivé!

Du haut des collines, les torches rejoignirent les étoiles. Une mer humaine déferla de la voûte des grottes jusqu'au jaillissement de la source. Les hurlements de la foule saluant son vainqueur remirent un peu de baume au cœur de Sabinus.

Lucterius prit la parole :

– Lingons! Nos cohortes ont pu triompher du camp de Vetera! La peur qu'elles inspirent a débarrassé notre cité des sentinelles romaines. Notre sol est à nous! Que n'en est-il encore ainsi de toute la Gaule! Pour mener à bien cette tâche, il nous faut obéir à un homme qui saura rassembler la Lyonnaise et la Belgique en une seule volonté. Cet homme est Sabinus, proclamé César par les troupes de Vetera. Lingons, le reconnaissez-vous pour chef?

– Je le veux! hurla chaque bouche.

– Que ceux qui le récusent n'aient point de honte à le déclarer!

Pas une seule voix ne s'éleva dans le silence de la nuit.

– Je vous jure, dit Sabinus en brandissant son glaive, de ne jamais agir que pour le bonheur des Lingons et pour la liberté de toute la Gaule! Je réclame l'honneur de porter le titre de vergobret, et propose que Lucterius assume les mêmes fonctions, afin de rétablir nos anciennes institutions qui voulaient que la cité obéisse pendant douze lunes aux deux vergobrets élus par le peuple.

– Je le veux! répéta la foule.

– Que chacun en sa demeure prépare la fête du « premier lait des brebis ». C'est en ce jour que je veux prendre Eponine pour femme. Tous, vous êtes conviés à nos noces.

1. Manuscrit.
2. Enceinte sacrée des druides.

– Hourra! clamèrent les Lingons.

Liscos saigna la brebis. Il recueillit le sang dans un crâne humain et le déversa dans l'eau de la Marne; le druide implora Esus de se repaître de ce sacrifice et de ne plus exiger le sang des hommes.

Les torches disparurent derrière la colline. Soudain, englouti par l'opacité de la nuit, Sabinus eut peur que jamais plus le jour ne se levât.

Mya ronchonnait. Sa grosse voix d'adulte et son ventre arrondi par les gâteaux à la crème de lait, dont elle avait abusé chez la grand-mère, la rendaient méconnaissable. Elle courait d'un bout à l'autre de la chambre d'Eponine et enlevait consciencieusement le linge et la vaisselle que Carilla et sa maîtresse déposaient précautionneusement dans des coffres.

– Arrête! cria Eponine en lui donnant une tape sur les fesses.

Alors, profitant d'un moment d'inattention des deux amies, Mya pissa sur une tunique rouge brodée d'or et la cacha sous le lit.

Eponine ne s'en aperçut pas, elle avait bien d'autres sujets d'agacement! Aujourd'hui, tout l'agaçait. Carilla lui répondait à peine, elle attendait que passât l'orage. Mais, au lieu de se calmer, Eponine poursuivit en élevant le ton :

– Carilla, tu te rends compte de la mauvaise foi de ma mère! Oser me soutenir qu'elle était dans les secrets de Sabinus, qu'elle savait tout de l'insurrection, qu'elle avait toujours rêvé de me voir épouser le libérateur des Gaules! Et sa façon de l'appeler César! César le vivant! César son gendre! Pauvre papa, il a dû inventer que le gibier d'eau se chasse de nuit à la lanterne. Il préfère veiller dans son gabion qui pue la laitue séchée plutôt que de partager la couche de sa femme.

– Mets-toi à leur place. Ils vivent des mois dans l'angoisse et te retrouvent ensanglantée et en haillons parmi les soldats!

– Quelques bleus et une éraflure!

– Et moi, tu imagines ce que j'ai vécu? Tu imagines mes transes pendant tous ces jours où je suis restée sans nouvelles de toi? Tu imagines notre arrivée triomphale à Langres, sans Sabinus et sans Eponine? Je n'étais pas fière quand j'ai raconté à tes parents que leur fille était une héroïne et que l'héroïne avait disparu.

– Ne rabâche plus le passé, dépêche-toi! Tous ces coffres doivent être bouclés avant la nuit. Martialis vient les chercher pour les porter à Auberive. La vie commence demain! Comme nous allons être heureux! Sabinus, moi, toi, Mya, Martialis, nous serons à Auberive après la fête des brebis.

– Après tes noces, tu veux dire!

– Mes noces ont été consommées à la grotte de Matrona! Demain, c'est la fête des brebis.

– A propos, la robe? La robe de noces? crièrent-elles ensemble. Et elles découvrirent un petit tas d'étoffe humide sous le lit.

Mya s'était couchée sous la couverture, contre les pieds de sa maîtresse. Eponine, les yeux grands ouverts, fixait la fenêtre haute, attendant anxieusement la première lueur du jour pour bondir hors des draps. L'attente lui parut si longue qu'elle finit par se rendormir. Carilla la réveilla en sursaut, et lui tendit un bol de lait :

– Camulus vient de me le porter. Il a été trait pour toi, c'est le premier qu'a donné une jeune brebis! Attends! Ne bois pas si vite, tu dois fermer les yeux et demander à Matrona de te donner un garçon ou une fille dans l'année. A propos, qu'est-ce que tu préfères, un garçon ou une fille?

– Les deux! dit Eponine. Je voudrais des jumeaux!

– Quelle drôle d'idée!

– C'est trop triste d'être enfant unique! Heureusement que tu es là.

Elles s'embrassèrent et, avec une pointe de mélancolie, Carilla ajouta :

– Maintenant, tu as Sabinus!

– Viens! Allons aux thermes! enchaîna joyeusement Eponine.

Elle se drapa dans un voile de lin. Les deux amies longèrent le péristyle; Mya trottinait sur leurs talons. Elles franchirent la porte voûtée qui donnait sur le vestiaire et abandonnèrent leur vêtement sur l'étagère qui courait sur trois côtés des murs de la petite pièce rectangulaire au plafond en plein cintre. Elles passèrent dans le *tepidarium* en montant une marche. La mosaïque du sol, des dauphins noirs qui s'ébattaient sur un fond blanc, dégageait une douce tiédeur. De grands linges de toutes les couleurs étaient pliés contre les parois décorées de murènes, de rougets et d'anguilles de mer. Elles étendirent deux serviettes et s'échauffèrent les muscles par quelques mouvements de gymnastique. Ensuite, elles se savonnèrent avec du suif de chèvre et se rincèrent à l'eau chaude de la baignoire encastrée dans le mur du fond. Mya assistait à ce rituel familier, mais ne les suivit pas dans la petite pièce ronde de laquelle s'échappait une accablante chaleur. « Ils sont fous ces humains ! » pensait la chienne en voyant par l'entrebâillement de la porte les jeunes filles devenir cramoisies et suer à grosses gouttes. Eponine et Carilla, à la limite de leur résistance, se précipitèrent dans le *frigidarium* et sautèrent dans le bassin central alimenté en eau froide par la bouche-déversoir d'une statue d'Hermès. Mya les entendait glousser et s'asperger d'eau, elle aurait bien voulu se mêler à leurs ébats, mais elle n'eut pas le courage de traverser la fournaise. Les idées claires et le corps délié, les amies retournèrent dans le *tepidarium*. Deux esclaves massaient Régina.

– Ma chérie, dit-elle à sa fille, viens m'embrasser ! Aucune ombre ne doit planer sur le plus beau jour de ma vie !

« Ah ! Cette manie de vouloir jouer les protagonistes en toutes circonstances ! » pensa Eponine qui commençait à frissonner et ne bougeait pas. Carilla la poussa ; elle finit par embrasser sa mère. Elle sentait bon le tilleul.

– Je suis contente de te voir comblée, mère ; mais je crains que l'avenir ne soit pas toujours conforme à tes aspirations !

– Mais de quel avenir plus merveilleux peut rêver une mère ? Être la belle-mère de César !

– Rome ne l'a pas encore admis comme tel, et les autres cités de Gaule non plus ! Je souhaite que Rome ne te reproche pas un jour d'appartenir à une famille de félons.

– Tu parles comme si Sabinus n'était pas le vainqueur de Vetera !

– Vetera n'est pas Rome ! Pour le moment, Cérialis est occupé en Batavie ; Civilis a coupé toutes les digues qui retenaient les eaux. Romains et Germains pataugent dans les inondations. Mais qui sait si un jour Cérialis, ou Civilis, ne tournera pas ses regards vers Langres ?

– Ne dis pas de bêtises ! Rome est trop généreuse pour annexer un peuple qui a choisi son indépendance ; et notre Sabinus est le petit-fils de Jules César, je suis certaine qu'il veut rester l'ami de Rome. Il fait un temps superbe ! La fête va être magnifique ! Pendant que vous vous amuserez, je présiderai dans l'*atrium* le banquet des notables !

Elle poussa un grand soupir :

– Quelle tristesse de vieillir !

Et enchaîna avec un gloussement mutin :

– Je t'ai fait une surprise, j'ai acheté chez Campanus une coiffure postiche qu'il m'a rapportée tout droit d'Italie, à la dernière mode, exactement celle que porte Domitia, la femme de Vespasien. Tu verras, un amour de coussinet de bouclettes qui rehausse le front et donne un air de majesté! Oh! ma chérie! Tu ne devrais plus te faire de raie, la raie c'est trop province!

– Vraiment, mère, je ne tiens pas à ressembler à cette vieille Romaine dont les turpitudes ont scandalisé tout l'Empire! C'est indécent de penser à ces futilités pendant que son époux l'Empereur fait route vers Rome et que son fils Titus massacre les Juifs aux portes de Jérusalem. Viens, Carilla, je veux que tu me fasses une raie et un chignon!

– Un chignon! maugréa Carilla, avec des cheveux qui effleurent à peine les épaules...

Carilla était ravie de son chef-d'œuvre. Sa maîtresse resplendissait de beauté. Elle avait bien fait d'insister pour lui mettre cette camisole de laine; les journées étaient fraîches. Eponine ouvrit le coffret de bronze que lui avait offert Sabinus, et qui contenait ses joyaux de noces. Elle mit autour de sa taille la chaîne d'or et répartit les plis de sa fine tunique de lin ourlée d'une frange dorée. Elle orna son cou d'un collier de deux rangs de perles de verre allongées d'où pendait un gros cabochon, suspendit à ses oreilles des pendeloques incrustées d'émail. Elle jeta un coup d'œil dans son miroir, pila dans un mortier un peu de terre de Sienne pour raviver la couleur de ses joues éteinte par le carmin de sa tunique. Carilla drapa le long voile de fils d'or, un pan encadrait le visage et dissimulait la navrante minceur du chignon. Une broche en bronze argenté et ciselé, en forme de petit chien, maintint le drapé du voile sur l'épaule gauche. Pendant que Carilla allait revêtir sa tunique et sa surjupe de bure ocre et verte, Eponine passait avec amour à l'index de sa main gauche l'anneau d'or sur lequel était gravé : « Si tu m'aimes, moi je t'aime encore plus. » Elle engagea une bague au chaton en entaille jusqu'à la deuxième phalange de l'annulaire; elle plaça au-dessus et au-dessous du coude de son bras droit des bracelets en bronze torsadé. Elle était prête, il ne lui restait plus qu'à mettre dans le coin de son oreille quelques gouttes de parfum. Elle déboucha le petit flacon de verre brunâtre constellé de bulles et, le tenant par une des anses en forme de ruban, elle en promena le col sur son cou.

Elle entendit Aquilinus se racler bruyamment la gorge et crier :

– Eponine! La voiture t'attend! Ma pauvre chérie, dit-il en l'embrassant, ton mariage m'inquiète. Ton Sabinus nous mène à la catastrophe. Ce garçon n'est pas un mauvais bougre, mais il s'emporte et agit sans discernement.

Le magistrat destitué ne pouvait arriver à oublier que son gendre avait traité sa fille de putain.

– Il ne commande pas à ses nerfs! marmonna-t-il en allumant sa pipe et en montant dans la *carruca* [1] décorée de jonquilles.

Carilla pouffa de rire en voyant la saucisse de crin qui auréolait le visage outrageusement fardé de Régina. La belle-mère de César était vêtue d'une tunique grise et bon genre qui mettait en valeur sa face de cocu de comédie.

La voiture sortit du portail; mais, oh! stupeur, les deux chevaux rutilants de médailles, de rubans et de bouquets ne purent faire un pas plus avant. Le *cardo* était le théâtre d'un embouteillage monstre. Nez à nez, les attelages étaient bloqués dans les deux sens. Des charrettes, regorgeant de légumes, de volailles, de porcs, de moutons, de tonneaux, d'ustensiles de ménage en fer et en terre cuite, descendaient vers l'arc de Jules César où avait lieu, comme tous les ans à la même époque, la grande foire de Langres; tandis que des voitures, dans lesquelles étaient empilés des jeunes gens aux costumes bariolés, remontaient vers le Champ-de-Mars où devait se dérouler la fête des épousailles. De tous les véhicules fusèrent des : « Longue vie, Eponine! Joie et bonheur à Eponine! » On lui lançait des fleurs. Les enfants assaillirent la *carruca;* elle eut la fâcheuse idée d'en embrasser un. Tous les bambins réclamèrent leur baiser en tirant sur son voile.

– Allons à pied! finit-elle par dire.

Sabinus, assis sur l'estrade au milieu du Champ-de-Mars, commençait à s'impatienter. N'y tenant plus, il emprunta un cheval et alla au-devant d'Eponine. Les voitures montèrent sur les trottoirs pour lui faire place. Son manteau rouge, maintenu sur les épaules par deux grosses fibules reliées par une chaîne, flottait au vent et découvrait son sayon blanc brodé d'argent. Il vola vers Eponine, la saisit par la taille et l'installa sur sa monture. Ils arrivèrent sur l'esplanade en caracolant, fendant une foule en délire. Eponine prit place sur l'estrade à côté de Sabinus.

Liscos prit la parole :

– Tous ici êtes témoins que Caïus Julius Sabinus a fait choix d'Eponine pour épouse! Sabinus, t'engages-tu à subvenir aux besoins

1. Voiture, carrosse.

d'Eponine jusqu'à la mort, à la protéger, à la respecter en tant que future mère de tes enfants?

– Je le veux! répondit Sabinus.

– Eponine, t'engages-tu à être fidèle à ton époux jusqu'à la mort?

– Je le veux! dit-elle d'une voix assurée.

Ils s'embrassèrent; l'assistance hurlait et trépignait de joie, les garçons faisaient de grands cercles dans le ciel avec leurs écharpes. Alors, Martialis, la larme à l'œil, tendit un petit paquet à Sabinus qui l'offrit à Eponine. Elle ôta la faveur et présenta à la foule la paire de pantoufles brodées, symbole gaulois de l'amour conjugal!

Liscos sacrifia la brebis; mais le druide restait perplexe. Les viscères de la victime comportaient deux foies! Semblable anomalie ne s'était jamais vue; il ne savait quelle prophétie en déduire. Il conclut qu'abondance de biens ne nuit pas.

Eponine et Sabinus se mêlèrent à la foule; ils embrassaient des joues et serraient des mains tandis que les harpes, les tambourins, les doubles flûtes et les trompettes s'installaient sur l'estrade. Dès les premières mesures, un cordon de jeunes gens repoussa l'assistance pour ménager une piste de danse au milieu de la place. Ils firent ainsi une grande ronde dont les jeunes filles occupèrent le centre. Et, chacun choisissant sa chacune, ils pirouettèrent, faisant et défaisant les couples, mêlant figures et farandoles, doublant l'orchestre de leurs chants où se répondaient les accents guerriers des garçons et les mélodies bucoliques des filles. Sabinus et Eponine virevoltaient au milieu des paysans en sayons et pantalons verts, rouges, bleus, jaunes, et des paysannes en chitons blancs et surjupes de couleurs tendres. Les harpes pleuraient, les flûtes riaient; au hasard de la danse, Eponine vit Carilla dans les bras de Camulus; comme il la serrait!

Martialis, claudiquant et sifflotant, veillait à l'installation des jambons, des fromages et des galettes sur les tréteaux disposés en bordure des baraquements. D'énormes bassines de lait caillé étaient posées sur des trépieds entourés de moutons affublés de rubans et de pompons. Le jour de la fête du premier lait des brebis, on ne buvait pas de bière!

Eponine chantait, dansait sans répit, la tête lui tournait; elle ne pouvait même plus mettre un nom sur le visage de tous ces cavaliers qui se la repassaient de main en main.

– Comme tu es jolie! lui dit Lucterius, comme tu as l'air heureuse! Que ce bonheur dure toute ta vie! Si un jour tu as besoin de moi, sache que je ferai l'impossible pour toi.

– Mais, j'ai Sabinus pour veiller à mon bonheur!

– Sabinus est bien jeune! Je pourrais te protéger comme un père, j'en ai l'âge.

– J'ai un père! rétorqua Eponine surprise par la subite sollicitude de ce trop fringant quadragénaire.

– Le pauvre homme a bien vieilli ces derniers temps! Considère au moins que je suis ton ami.

– Mais, bien sûr, Lucterius, les amis de Sabinus sont mes amis.

Et la farandole l'attira au loin. Comme le vent emporte la feuille, la danse entraînait sans cesse Eponine hors des bras de Sabinus. Enfin, ils se rejoignirent, se regardèrent et, sans mot dire, coururent vers la voiture en osier de Sabinus, tandis que les danseurs épuisés se ruaient sur la mangeaille.

Les roues cerclées de fer crissaient sur les dalles du *cardo;* Sabinus, debout, fouettait le cheval; Eponine, en riant, criait :

– Plus vite! Plus vite!

Soudain, elle hurla :

– Arrête-moi chez moi! Je ne veux pas aller à Auberive sans Mya!

Elle sauta à terre. Le chignon n'avait pas résisté à leur folle course; les cheveux en bataille, les joues en feu, elle réapparut suivie de Mya et se jeta dans les bras de Sabinus. Ainsi enlacés, ils contournèrent le marché aux bestiaux assourdissant de bêlements, de grognements, de mugissements; le marché aux légumes où choux, carottes, raves et poireaux transformaient en palettes multicolores les voitures à bras des marchandes des quatre-saisons. Ils traversèrent la forêt bruissante du clapotis des sources. Des bourgeons piquetaient de vert les grands bras tendus des arbres. Un faon courait au loin. Sur une colline, la double pente d'un toit en pierre blanche se profilait à l'horizon.

– Auberive! clama Sabinus.

Ils pénétrèrent dans une première cour, que prolongeait à l'ouest une deuxième cour entourée d'un portique *. Ils s'arrêtèrent près du bassin central. Deux chiens-loups dormaient sous l'auvent qui précédait les appartements. Les cours étaient désertes; métayers et serviteurs étaient à la foire et à la fête. Sabinus prit Mya dans ses bras pour la présenter aux cerbères; ils la reniflèrent et se rendormirent. Eponine fut impressionnée par l'ampleur de la villa aux murs de pierres minutieusement jointoyées, d'une blancheur aussi éclatante que la double pente du toit. Une aile semblait avoir été adjointe, vers le sud, au bâtiment central initial. Les colonnes de marbre accusaient la froideur des murs nus du péristyle. Sabinus tira de sa bourse une grosse clef dont le manche de bronze représentait une tête de molosse. Il ouvrit à deux battants la porte médiane qui donnait sur la salle de réception, au sol recouvert d'un ciment triste et gris parsemé de petits cubes noirs. Cet *œcus* [1] communiquait avec la pièce familiale. Des bûches étaient posées dans un foyer ovale, prêtes à être allumées. Une table et quelques fauteuils animaient à peine la pièce. Eponine prit la main de Sabinus; il régnait à Auberive une absence de vie qui l'angoissait. Ils traversèrent la bibliothèque. Le désordre, l'amas de *volumen,* de feuillets de papyrus qui encombraient la table et les étagères, lui apporta un peu de chaleur. Au bureau du maître de céans correspondait un réduit où étaient rangées armes et cuirasses. Une tenture donnait sur un couloir au bout duquel était leur chambre, reliée par une baie à un boudoir qui ouvrait directement sur le péristyle.

« Quelle tristesse, cette enfilade de pièces presque vides aux parois uniformément blanches, pensa-t-elle; il faudra que je fasse venir un peintre et un mosaïste; mais en aurai-je le temps? Le mariage qui, d'ordinaire, apporte la sécurité aux filles m'emplit d'inquiétude, que sera demain? Demain sera-t-il ici? » Elle frissonna :

– Il fait froid, murmura-t-elle en se pelotonnant dans les bras de Sabinus.

Sa bouche frôla l'oreille de son époux, elle chuchota :

– Serre-moi fort! Aime-moi! Aime-moi!

Elle ne voulait plus penser à l'avenir, mais seulement jouir de ce bonheur présent, sentir sur elle les mains de Sabinus.

Il alluma la petite cheminée d'angle de la chambre, qui ne recevait qu'une faible lumière par la porte donnant sur le péristyle.

Avec une infinie délicatesse, il fit glisser l'épaulette de la tunique. Elle sentit se dresser la pointe de son sein dans la bouche chaude de Sabinus; les mains de Sabinus faisaient déferler en elle des vagues de frissons; elle n'était qu'attente. Elle se souvint de la rage avec laquelle il l'avait possédée sous la tente de Civilis. Il murmurait : « Ma femme! Tu es ma femme! » Elle osa des caresses, elle voulait qu'il l'appelât « son amante », elle voulut qu'il la prenne comme sont prises les biches dans la forêt. Soudain, elle s'aperçut que le soleil couchant moirait de rose les veines des colonnes. Un brouhaha confus couvrit la chanson de l'eau courante tombant de

1. Salle de réception.

la bouche d'un triton dans le bassin de marbre. Des bruits de pas, des tintements de vaisselle, des meubles tirés, des ordres lancés la sortirent du lit. Sabinus avait déjà remis ses braies. Elle soupira : « Ne pourrais-je jamais prendre le temps de faire l'amour, ne pourrais-je jamais avoir le temps de perdre mon temps, avoir le temps de rester avec lui, avoir le temps de ne rien faire? »

– Dépêche-toi, ma douce! Il faut que tout soit prêt pour l'arrivée de nos invités à la première heure de la nuit!

Un grand chariot, garé dans la cour, avait ramené tous les serviteurs qui s'affairaient dans l'*œcus*. Ils dressaient les tréteaux, étendaient les nappes blanches sur lesquelles les jeunes filles parsemaient des *oreilles de souris* [1], disposaient les gobelets, les cuillers d'argent et les candélabres.

Enfin, Carilla parut :

– J'ai dû repasser chez tes parents, j'avais oublié ton nécessaire de toilette!

Eponine n'eut que le temps de faire déposer sur les tables les aiguières d'argent, les plats chargés de légumes bouillis assaisonnés de vinaigre et de miel, d'allumer les chandelles, de répartir les plaques d'ivoire sur lesquelles étaient tracés les noms des convives. Les premiers invités arrivaient sous le portique. Tandis que Sabinus accueillait ses compagnons d'armes, Camulus et le primipile Paulus suivi de sa concubine, une créature pulpeuse à la toison de feu, une *rheda* de voyage, couverte de poussière, s'immobilisait dans la cour. Eponine alla au-devant de Valentinus qui venait témoigner l'amitié des Trévires. Lucterius aidait sa mère à descendre de leur cabriolet. Personne n'avait jamais vu le vergobret, célibataire endurci, en compagnie d'une jeune femme. Il avait l'habitude de terminer ses soirées avec les esclaves du maître de maison, mais cette nuit, c'est Eponine qu'il cherchait des yeux. Un petit gamin aux joues roses et bien nourries, Filiolus le manchot, dételait les chevaux et les menait dans un des nombreux baraquements qui entouraient la cour d'entrée. Les groupes se succédèrent, envahissant l'*œcus*. Les invités, jeunes et exubérants, ne ressemblaient en rien aux convives lugubres et compassés qui se pressaient chez Régina. Les hommes, en sayons mi-longs, animaient de couleurs criardes la nudité des murs. Les femmes appétissantes ne semblaient guère farouches. Un petit homme chauve, Martialis, tanguait entre les couples, saluant un ami ou morigénant un serviteur. Les esclaves présentèrent aux

1. Myosotis.

convives de grandes bassines pour se laver les mains. Chacun prit sa place à table, Eponine entre Sabinus et Lucterius, encadrés par les personnages les plus importants, les plus jeunes en âge ou en gloire relégués aux extrémités. Tous avaient apporté leur serviette et leur couteau. On se servait dans le plat, à tour de rôle, Sabinus le premier. Les hommes offraient un petit cube de légume odorant à leur voisine, épouse, concubine ou compagne de hasard. De jeunes esclaves aux gorges provocantes versaient le vin; Carilla veillait en reine sur ce gynécée, sans quitter Camulus des yeux. D'immenses présentoirs surchargés d'huîtres remplacèrent les plats d'amuse-gueule. Se succédèrent : volailles à la peau croustillante, ragoûts au fumet de thym et gibiers savamment découpés. Les serviteurs distribuèrent des bols de terre rose ornés de personnages en relief et emplis de sauces piquantes aux relents de saumure de poisson. Avec une louche d'argent, un esclave accroupi près d'un cratère de bronze remplissait, d'un vin épais, les énochoées. De la pointe de son petit couteau pliant au manche d'ivoire représentant un lévrier qui court après un lièvre, Sabinus offrait à Eponine, après les avoir trempés dans la sauce, les meilleurs morceaux de filet de marcassin. Les serviteurs, plus nombreux que les maîtres, débarrassèrent et apportèrent des coupes de verre pour se rincer les doigts et de grandes jattes d'îles flottantes embaumant le miel et le poivre. Des pyramides de sablés et de dattes jonchaient les tables. Martialis donna le signal; il ouvrit les deux battants de la porte qui donnait sur le péristyle; en un tournemain, un plancher fut installé sur le bassin entouré de porteurs de torches. Des danseuses nues sous des voiles exécutèrent des danses lascives au son des tambourins et des flûtes. Le spectacle se poursuivit par un mime. Un adolescent à la démarche oscillante, le visage couvert de céruse, jouait le rôle de l'héroïne. L'amant, la face barbouillée de cannelle, empêtré dans un manteau bariolé, était surpris par le barbon drapé de blanc. Les histrions grimaçaient, mimaient des obscénités, clamaient des grivoiseries. La farce bouffonne se terminait par une scène de fessée collective à culs nus. Les spectateurs riaient de bon cœur, à l'exception de Régina que la vulgarité outrageait. Aquilinus couvrait les rires par ses ronflements. Mya courait entre les sièges, glanant de-ci, de-là, quelques miettes de galettes. Les garçons lutinaient les filles. Dans l'euphorie générale, Sabinus se leva sans attirer l'attention. Lucterius et Valentinus le suivirent. Ils longèrent le portique, un tintamarre joyeux vint jusqu'à eux. Esclaves, serviteurs, métayers et paysans continuaient la fête dans la cour. Les tonneaux étaient mis en perce, fromages et jambons étaient tranchés à tours de bras. Les farandoles couraient autour des voitures. Les chefs gaulois pénétrèrent dans le bureau. Sabinus alluma les chandelles de la suspension de bronze. Tous trois prirent place dans les fauteuils ronds.

– Comment cela se passe-t-il à Trèves? demanda Sabinus.

Valentinus ne savait pas parler calmement. Il mettait le même enthousiasme à construire une machine ou à exposer son point de vue. Ingénieur inventif et lettré brillant, il avait l'art de subjuguer. Il se leva, posa un pied entre les barreaux du dossier de son siège et, pour une fois, parla bref :

– Trèves est en paix. Classicus, qui te salue, a été proclamé César. Labeo, en fuite, erre dans les forêts, n'osant rendre si piteux compte de sa mission à Cérialis. Les auxiliaires romains nous ont juré fidélité; nous leur avons donné quelques mauvaises terres, ils paraissent satisfaits.

– Tu ne crains pas, interrompit Lucterius, que deux Césars pour une seule Gaule, ce soit trop?

– Le César de la Belgique peut faire bon ménage avec le César de la Celtique! La plèbe est épatée par les titres. L'important est qu'elle suive nos enseignes le jour de l'insurrection générale.

– Tu vas un peu vite, Valentinus, reprit Lucterius. L'insurrection générale ne peut être décidée qu'au cours des assises où seront représentées toutes les cités de Gaule. Or, justement, les nouvelles sont mauvaises.

– Oui, enchaîna Sabinus, j'ai ici les dépêches des Arvernes, des Eduens, des Rèmes et des Séquanes qui refusent de se rendre à ma convocation.

– Tu ne m'étonnes pas! sourit Valentinus, ils ont fait même refus à Classicus qui les conviait à Trèves. Ils proposent que le conseil des chefs ait lieu en pays neutre. Je ne vois pas pourquoi il serait plus difficile de les engager dans la lutte pour l'indépendance à Reims [1] qu'à Trèves ou à Langres.

– De toute façon, je ne serais pas allé à Trèves! hurla Sabinus. Le titre de Classicus est usurpé.

– Pas plus que le tien! ricana Valentinus.

– Le choix de Reims ne me plaît pas, poursuivit Lucterius. Le légat de Belgique y réside. La cité a toujours été fidèle à Rome. Les mandatés y subiront trop d'influences et seront à la merci des

1. Durocortorum.

pots-de-vin offerts par les agents de Rome. Je n'appelle pas Reims un terrain neutre.

– Je n'irai, affirma Sabinus, que si leur *duumvir*, Julius Auspex, m'assure qu'aucun Romain ne sera témoin de nos débats.

– Ils n'ont pas besoin d'entrer à la curie pour influencer les votes, renchérit Lucterius. Tu es le vainqueur de Vetera, Sabinus, tu dois exiger que la rencontre ait lieu à Langres.

– Jamais Classicus n'y consentira, conclut Valentinus. Croyez-moi, le choix de Reims pour ces assises est très acceptable. Nous nous y rendrons en armes et ferons camper nos cohortes aux portes de la cité. Les Romains n'oseront pas intervenir. D'ailleurs, Cérialis est toujours en Batavie. La Xe légion est partie en Judée porter secours à Titus. Il nous suffit de décider les cités gauloises à s'unir. Le peuple est excédé par les tributs et les réquisitions. La guerre sera votée, et nous la gagnerons. L'armée élira son chef; Classicus accepte l'épreuve.

– Je l'accepte aussi, conclut Sabinus. Que le meilleur gagne pour la libération de la Gaule!

Tous trois jurèrent sur le glaive de Lucterius.

Tandis que la fête se poursuivait jusqu'à l'aube, Eponine et Sabinus s'esquivèrent dans leur chambre. Elle tira la tenture. La nuit fut courte. Sabinus était déjà levé quand elle se réveilla.

Sabinus, dans la bibliothèque, dictait tous ses messages pour les magistrats des cités gauloises. Il leur faisait savoir qu'il acceptait de se rendre à Reims, et les engageait à y venir personnellement pour participer au vote. Les Gaulois devaient choisir entre la guerre et la paix; opter pour une guerre de libération ou une paix d'esclavage. Les assises s'ouvriraient solennellement la 14e nuit des calendes de mai, à l'occasion de la fête sacerdotale des « Feux de mai ». Il apposa son sceau sur de la cire chaude au bas de chaque *volumen* et alla rejoindre Eponine qui, aidée de Carilla et de Martialis, essayait de ranger le contenu de ses coffres, tout en se désespérant du manque d'étagères et de meubles.

– Je te croyais à la chasse, dit-elle en l'embrassant.

– A la chasse! Comme si j'en avais le temps! Je veux te faire visiter nos fermes et nos carrières; tu vas devoir t'en occuper pendant mon séjour à Reims et peut-être même pendant plus longtemps!

Ils décidèrent d'y aller à cheval; Rix sembla ravi de cette promenade. La campagne prenait sa robe de printemps. Déjà les jacinthes perçaient entre les jonquilles. Ils suivirent la vallée de l'Ource jusqu'au *pagus* de Vilotte et, par la forêt de Châtillon, ils se dirigèrent vers une grande bâtisse de bois perchée sur une butte arrosée par le ruban argenté de la Laignes.

– Voici Griselles [1], dit Sabinus. J'y ai passé mon enfance. C'est ici que reposent mes parents.

Il lui fit visiter l'inconfortable bâtisse protégée par de hauts murs. Un filet d'eau courante traversait la salle commune de part en part. Les fils de soie des toiles d'araignée scintillaient sous le rayon lumineux intermittent qui filtrait par l'ouverture d'un volet battant au vent. Des chauves-souris apeurées se cognaient au torchis noirci par la fumée de la cheminée d'angle. Eponine fut saisie d'angoisse dans ce décor de tragédie. Elle poussa un cri et se retrouva affalée sur la terre battue. Elle venait de se tordre le pied. Sabinus accourut :

– As-tu mal?

– Non. Mais regarde! On dirait une trappe!

Il l'aida à se relever. Il semblait perdu dans ses souvenirs d'enfance.

– Je me souviens, dit-il. Cette trappe mène à un souterrain. J'y jouais à la guerre avec Martialis. Les galeries font des méandres qui s'entrecroisent. Pauvre Martialis, je me cachais, il avait si peur! Une fois, je suis ressorti sous les fortifications de Vertault [2] à trois milles d'ici. Veux-tu venir voir? ajouta-t-il en déboîtant les planches à l'aide de son glaive.

– Oh non! répondit Eponine. Quittons ce lieu! Je m'y sens mal à l'aise.

– Tu as raison, je dois te présenter tant de braves gens qui travaillent pour nous. La journée sera longue!

Le galop de leurs chevaux affolait les moutons que les bergers menaient sur les hauts plateaux. Tout en cheminant, Sabinus racontait :

– Ces galeries ont été creusées par mes ancêtres à l'époque de l'Indépendance où Lingons et Eduens se faisaient la guerre. Ils y déposaient leur trésor pour le cacher à l'ennemi. Un jour, j'ai découvert un sac de monnaies à l'effigie de Philippe de Macédoine. Peut-être devrais-tu, pendant mon absence, y engranger du blé, des salaisons et des tonneaux. On ne sait pas ce que la guerre nous réservera?

Jusqu'à la venue de la nuit, ils visitèrent métairies et carrières,

1. Griseium (Côte-d'Or).
2. Vertillum.

buvant le vin de Chablis chez l'un, mangeant le fromage de brebis chez l'autre. Sur le chemin du retour, ils croisèrent Martialis et Filiolus le manchot qui rentraient de la pêche, les musettes pleines de sandres. Ils soupèrent dans le salon qui jouxtait la bibliothèque. Deux petits fauteuils ronds en bois se faisaient face de part et d'autre d'un guéridon recouvert d'une nappe à franges. Ils dînaient à la mode gauloise et refusaient d'adopter le lit romain pour prendre leurs repas. Eponine regardait danser les flammes du foyer; après un long silence, elle dit timidement :

– Le jour après cette nuit, Toutilla, mère de Lucterius, doit me visiter avec le peintre qui a décoré son *atrium.* Me permets-tu de lui demander un projet pour Auberive?

– Bien sûr! acquiesça Sabinus d'un air distrait.

Par la pensée, il était déjà à Reims.

Le lendemain, après le repas de la mi-journée, les deux vergobrets et les notables de Langres, la toge volant au vent, traversaient le *forum,* gravissaient les degrés du portique et pénétraient dans la curie. L'intérieur du monument ressemblait à un marché couvert. Il se composait d'une nef centrale entourée d'un péristyle. Une mosaïque à damiers noirs et blancs décorait le sol; des plaquettes de cornaline de Brévoire tapissaient les parois. Les notables prirent place sur les gradins en charpente qui s'appuyaient au mur opposé à celui de l'entrée. Sabinus et Lucterius montèrent sur le podium et s'assirent dans des fauteuils, l'assistance se massait, debout, pour assister au spectacle. Deux gardes amenèrent l'accusé. Sabinus déclara la séance ouverte. Le *tabellarius* [1], installé derrière sa table, lisait le procès-verbal; de vagues sons parvenaient aux oreilles de Sabinus perdu dans ses pensées. Le plaignant réclamait justice pour le meurtre de son esclave; l'accusé prétendait avoir le droit de châtier un berger qui faisait paître ses moutons sur une terre lui appartenant. Un gros homme, Gabinianus, l'avocat de la défense, s'avança en bas du podium, prit une profonde respiration et, d'un geste magistral, renvoya un pan de sa toge sur son épaule. Il jeta un coup d'œil à la clepsydre posée sur la table. Il avait droit à deux heures pour convaincre les magistrats et se jurait de les utiliser en entier pour faire admirer son savoir, son éloquence; le seul moyen valable de se procurer de futurs clients. Gabinianus attaqua d'une voix grave et imperturbable :

– Quoi de plus utile que d'exercer un art où l'on trouve des armes

1. Greffier du tribunal.

toujours prêtes pour soutenir ses amis, porter secours aux étrangers, préserver un malheureux de sa perte, enfin jeter dans l'esprit d'un ennemi la terreur et l'effroi...

Il prit un ton menaçant, hautain, tragique, dénonça les intolérables pratiques superstitieuses des adversaires, qui avaient osé déposer dans le temple une tablette magique sur laquelle son nom, inscrit à côté de celui de son client, était voué à la malédiction des dieux. Il se lança dans de grandes envolées poétiques; l'herbe verte où paissaient de paisibles moutons avait été souillée par le sang d'un homme! Il cita Virgile! Les orateurs novices, dont le talent était encore sur l'enclume, s'abreuvaient d'éloquence, avides d'entendre et d'emporter chez eux quelques traits saillants et dignes de mémoire. Sabinus surveillait la clepsydre; du meurtre, point n'était question. Il interrompait, priait l'avocat d'en venir aux faits, déclarant qu'il était pressé d'en finir; mais rien ne pouvait interrompre le cours de l'interminable harangue; on se perdait dans les mille degrés qui formaient l'échelle de l'argumentation. Gabinianus se fit un mérite de traîner sa plaidoirie jusqu'à l'épuisement de la clepsydre. Des lieux communs empruntés à la philosophie portèrent l'orateur aux nues!

Sabinus pensait au discours qu'il ferait à Reims, il devrait être concis et dépouillé. Il faudrait allier la force des idées, l'élégance et l'éclat des expressions. Il faudrait frapper fort et vite, avant que l'attention de l'auditoire ne se dissipe. Enfin, le moment de prononcer la sentence arriva; il condamna les deux parties à payer une amende à la cité : l'une pour avoir usurpé le bien d'autrui, l'autre pour s'être fait justice elle-même. C'était toujours autant de pris pour armer ses soldats! Il n'eut pas le courage d'assister à l'audience suivante. Lui et Lucterius se firent remplacer. Ils rentrèrent à Auberive, s'enfermèrent dans la bibliothèque, et préparèrent leurs discours pour les assises de Reims.

Dans l'*œcus,* Eponine et Toutilla buvaient un sirop de groseille et regardaient des modèles de dessins tracés sur des rouleaux de papyrus que leur présentait un jeune homme vêtu à la romaine d'une tunique courte sur des jambes nues.

– Ces croquis sont ceux qu'a utilisés mon maître Fabullus sous les ordres duquel j'ai travaillé à la *Domus Aurea* [1] de Néron. Vous ne pouvez imaginer les splendeurs qui ornaient les murs de ce palais. J'ai cru mourir de chagrin, il y a deux ans, quand le sénat

1. Palais doré.

a condamné la mémoire de l'Empereur et que la *Domus Aurea* a été détruite pour en rendre l'espace à la jouissance publique. Fabullus a dû quitter Rome en grande hâte, et j'ai pu trouver asile à Langres, chez mon oncle Campanus.

– Et, ma chère, interrompit Toutilla, un jour où le jeune Primus me faisait une livraison de ces merveilleuses céramiques roses de la Graufesenque, il m'a proposé de peindre mes murs.

– Quelle fraîcheur! s'extasia Eponine en contemplant l'esquisse d'une fausse fenêtre peinte par taches rapides, presque négligées, et qui ouvrait sur un paysage lacustre. Oh! Et ce bouquetin dansant! Et ces guirlandes de lauriers sur fond noir! Et ces fins chapelets de perles! Peux-tu me faire quelque chose de semblable sur ces murs ennuyeux?

– C'est toujours grande joie pour moi d'exercer mon art! dit Primus d'une voix qui chantait le latin avec un zézaiement enfantin. Je pourrai commencer dès que je me serai procuré les colles, les pinceaux et les poudres de couleurs. Accepterais-tu de me loger? Mon oncle désirera certainement louer la chambre qu'il me prête si je ne lui sers plus de commis. Ainsi je profiterai de toute la durée de la lumière; ma vieille mule marche bien lentement pour faire un aussi long trajet deux fois par jour!

Il fut convenu qu'Eponine en parlerait à son époux et porterait la réponse chez Campanus.

A souper, Eponine et Sabinus monologuaient sans se répondre; il pensait à la guerre qu'il allait devoir faire, elle hésitait entre le chapelet de perles et la guirlande de lauriers.

Ils n'avaient pas fini l'omelette aux dattes, que Camulus se faisait annoncer. Sabinus l'entraîna dans son bureau. Les chandelles fondues étaient remplacées par des neuves, ils discutaient toujours, faisant le compte des cavaliers, des fantassins et surtout des armes à commander chez Aquilinus. Le jour pointait quand Sabinus se glissa dans le lit, prit Eponine dans ses bras et lui murmura :

– Comme tu es belle!

Il avait déjà quitté la chambre quand Carilla apporta le lait chaud au miel. Elles traversèrent l'*œcus* et se rendirent aux thermes, la seule partie de la maison qui enchantât Eponine. La grande piscine de mosaïques blanches permettait de faire au moins trois brasses! Quelle merveille! Quant à la chambre tiède, les murs étaient décorés de panneaux bleu outremer, bleu pâle, bleu-vert, vert pâle, entourés par des cadres rouge bordeaux. Eponine aurait passé toute la journée dans cette pièce à se faire masser par Carilla;

mais elle devait s'habiller à la hâte, Martialis avait promis de les emmener chez le menuisier. Avec la voiture à deux chevaux, il ne fallait pas moins d'une heure pour arriver à Langres. La rue des menuisiers coupait le *cardo* à angle droit vers le bas de la ville. Les ateliers occupaient le rez-de-chaussée d'habitations bourgeoises. La venelle résonnait du crissement des scies et de la frappe des marteaux. On manquait à chaque pas de se faire éborgner par les gamins qui transportaient planches et meubles. Fortis avait une échoppe à trois fenêtres. On venait de loin pour lui commander ses fameuses armoires à portes grillagées. Il présentait des cartons sur lesquels étaient dessinés les sièges et les coffres à la dernière mode. Eponine et Carilla poussaient des gloussements d'admiration; elles voulaient tout! Enfin, après avoir longtemps palabré pour obtenir un prix et, surtout, un délai acceptables, Eponine jeta son dévolu sur deux méridiennes dont l'accotoir se terminait par une applique de bronze en forme de tête de chien, un troupeau de petits guéridons à pieds en pattes de lions, des fauteuils dont les dossiers étaient faits de fins barreaux, des tabourets tripodes, un pupitre sculpté. Toujours courant, elle passa dire à Primus que son mari était d'accord, qu'il pouvait commander ses couleurs. Avant de rentrer, elle entraîna Carilla dans les rues basses, envahies de colporteurs. Elles contournèrent la fontaine jusqu'au quartier des vanneurs. Assis sur le pas de leur porte, les vieux tressaient l'osier; des gamins marchandaient des paniers, se bousculaient près des passants. Eponine tomba en arrêt devant des fauteuils à haut dossier; il lui en fallait plein! Ce serait si agréable, l'été dans le péristyle! Elle s'étourdissait, ne voulait pas penser à la guerre. Elle voulait vivre, être heureuse.

Carilla alla acheter deux grosses boules vertes de « barbe à papa », montées sur une longue tige. Elles riaient, se barbouillaient la figure. Elles rentrèrent en chantant et n'entendirent pas les loups qui hurlaient dans la forêt d'Auberive.

Eponine ne voulut pas dîner, mais faire l'amour, faire l'amour! Comme était chaude et rassurante l'épaule de Sabinus!

Auberive s'installait; la guerre se préparait; les amants s'aimaient, mais les époux se taisaient.

Un soir, comme à l'accoutumée, Eponine était allongée sur la méridienne logée dans l'exèdre ménagée dans le mur nord du péristyle; l'air était frais, elle s'était enroulée dans une de ces couvertures moelleuses, orgueil des Lingons. Elle regardait, au-dessus de la colline qui dominait l'ouest de la villa, ce miracle qui se renouvelait avant chaque nuitée, le coucher du soleil. Un cercle parfait, limpide, d'un rouge orangé transparent semblait être éclairé en son revers par la flamme d'une torche. La douce lumière n'éblouissait pas. Sans se déformer, la médaille phosphorescente se laissa attirer par la terre et disparut juste au-dessus du toit. Mya jouait à « saute-mouton » avec les gros chiens, leur mordant les oreilles et jappant s'ils ne mettaient pas assez de complaisance à se laisser martyriser. Seul le bruit des gamelles de soupe mit fin à leurs ébats.

Sabinus sortit de la bibliothèque et raccompagna des hommes en cuirasse jusqu'à leurs chevaux. Il vint déposer un baiser sur le front de son épouse.

– Quelle belle soirée! dit-il.

Il entraîna Eponine dans la cour d'entrée : le long des baraquements, les buissons d'aubépine étaient en fleur. Ils descendirent le terrain en pente douce jusqu'à la rive de l'Ource. La « petite lune » moirait d'argent les pierres blanches sous l'eau transparente. Ils s'assirent sur la racine d'un saule, là où la rivière fait un coude. A droite et à gauche, à perte de vue, l'eau dansante courait sous les arbres.

– Je pars demain! dit-il.

– Penses-tu rester longtemps à Reims?

– Reims ne sera peut-être qu'une étape! Si la guerre est votée, nous ne pouvons laisser aux Romains le temps de faire venir leurs troupes. Je devrai prendre la route de la frontière italienne pour leur barrer le passage.

– Mais, Sabinus, je n'avais pas compris cela; je croyais que tu partais pour une assemblée pacifique!

– Je pars à la tête de mon armée, ma douce. Rome attend la décision de notre conseil. Comprends-tu que si les chefs gaulois choisissent la paix, Langres redevient romaine; et tout recommence comme avant. Comme avant pour les autres, pas pour nous. Tutor, Classicus, Valentinus et moi serons bannis ou peut-être... Nous n'avons plus le choix, mais il nous faut décider le reste de la Gaule! Je te ferai porter régulièrement de mes nouvelles; mais je prends Martialis avec moi. Tu vas te trouver bien seule. Je penserai à ces fresques dont tu vas surveiller la réalisation. Il dépend du succès de mes armes de vivre longtemps heureux dans notre maison. Demande à ce Primus de faire un portrait de toi, je le veux en face de la porte de l'*œcus*. Cette villa est la tienne et sera celle de nos enfants.

Ils rentrèrent. Elle se serrait tout contre lui; il avait posé son bras sur l'épaule d'Eponine.

– Ce n'est pas à une mauvaise paix que j'aspire, dit-elle, tu dois les convaincre; toi seul peux rendre la liberté aux Gaules. Je ferai tout ce que tu me demanderas.

Primus arriva cette nuit-là et s'installa dans une petite chambre, dans l'aile sud, au-dessus des cuisines.

A l'aube, Eponine se drapa dans un châle vert émeraude, ses cheveux dénoués tombaient sur ses épaules. Elle boucla elle-même la cuirasse de Sabinus, lui tendit son casque et son glaive, l'embrassa et lui mit son torque d'or autour du cou. Elle se mordit la lèvre pour ne pas pleurer et partit en courant.

Le soleil se levait sur l'Ource; Eponine parut dans la cour, tenant Rix par la bride. Carilla apporta une coupe de vin, Eponine en but une gorgée et passa la coupe à Sabinus. Il regardait son épouse, cette image à jamais resterait gravée dans ses paupières.

– Mets cette écharpe quand Primus fera ton portrait!

Il partit au galop sans se retourner.

Primus, grimpé sur une échelle, chantait à pleins poumons tout en étalant la troisième couche de mortier sur le mur du fond de l'*œcus*. Avec une truelle de fer, il puisait la préparation faite de sable, de chaux et de graviers dans laquelle il avait ajouté des petites brindilles de paille hachée. Il trouvait tous les prétextes pour consulter Eponine : « N'allait-il pas commettre une erreur en faisant les grands panneaux gris-bleu et le panneau central rouge bordeaux? L'inverse ne serait-il pas plus chaud? » Carilla mettait peu d'empressement à faire venir sa maîtresse; elle aimait rester seule avec Primus, l'écouter chanter, il était si beau avec ses cheveux noirs bouclés et ses yeux qui vous caressaient le cœur. Les enduits de toutes les pièces d'habitation avaient été posés en même temps, afin qu'ils aient le temps de sécher entre chaque couche. Les foyers, sans cesse tenus allumés, n'arrivaient pas à combattre cette pesante sensation d'humidité qui vous prenait aux épaules. Seul le boudoir d'Eponine était encore habitable. Pour les repas, un serviteur poussait un peu le métier à tisser et mettait le couvert sur un petit guéridon. Eponine, Carilla et Primus soupaient ensemble et commentaient les croquis de Primus avec passion. Eponine était formelle, elle ne voulait pas de scènes mythologiques! Mars et Vénus ne pouvaient cohabiter avec l'impalpable présence de Matrona! Rien ne l'exaspérait plus que cette nouvelle mode, cette invention de divinités à la fois romaines et gauloises, ces Jupiter-Taranis, ces Mercure-Lug, ces Mars-Teutates, ces Apollon-Virotutis. Elle voyait là une conséquence de la victoire de Rome et ne pouvait admettre que les croyances ancestrales aient été vaincues par les dieux romains. Les manifestations de l'Increé étaient immuables comme lui et ne pouvaient être évoquées par la dérisoire image d'un dieu romain ou par la périssable forme d'un homme gaulois. Pourquoi Sucellus aurait-il eu une barbe et Cernunnos des cornes? Le Grand Protecteur était infiniment plus présent dans le mystère des forêts, dans le jaillissement des sources, dans la domination des montagnes et dans le secret de son cœur. Il n'avait pas besoin de trident pour habiter le fond des mers. Il ne ressemblait pas au forgeron ou au berger.

Un soir, Primus amena pour souper un ami de passage à Langres. Patron d'une équipe de mosaïstes itinérants rattachés à un atelier rhodanien, le voyageur transportait avec lui tout un jeu de cartons représentant les divers modèles qu'il pouvait exécuter. Eponine choisit pour le sol de l'*œcus* un tapis en échiquier composé de trois rangées de cinq carrés chargés de divers dessins géométriques noirs et blancs. Elle voulut que les travaux soient commencés immédiatement. Auberive n'était plus qu'un vaste chantier. Eponine meublait l'attente, la rendait action.

L'ombre du triton dansait sur l'eau du bassin. Une légère brise emportait une volée de coussins blancs loin du soleil levant. Eponine avait fui le bruit des maillets des carreleurs et cette insupportable odeur de chien mouillé.

Mya traversa le péristyle avec la dignité d'une druidesse. Orgueilleuse, elle précédait Eponine. Toutes deux se dirigeaient chaque matin vers le « jardin d'Eponine », comme on se rend à une cérémonie cultuelle, pour assister à l'éclosion du printemps. A peine eut-elle franchi le seuil de la cour d'entrée, qu'Eponine sentit venir vers elle, pour la première fois à Auberive, le bourdonnement de l'odeur des lilas; ce parfum grisant évoqua la senteur qui se dégageait du suspensoir de bronze balancé par le desservant, à Vetera, le jour où fut sacrifié le bœuf blanc. Elle ferma les yeux, Sabinus en cuirasse habitait ses paupières. Comme une somnambule, elle contourna l'ombre ronde des pommiers et entra dans son « jardin ». Du massif qu'elle avait fait planter dans l'angle, entre la baraque du charron et la grange à bois, les fleurs tenaient chacune d'un air distant leur étincelant bouquet d'étamines. La blanche chair des boutons de fraisiers, la délicate couronne bleue des myosotis et des pervenches composaient avec les taches roses et vertes du buisson d'aubépine une palette qui n'attendait plus que le choix du peintre. Alors, elle réalisa qu'elle n'avait jamais eu le temps de regarder les fleurs avec Sabinus; elle ne savait même pas le nom de sa préférée. Grisée par les effluves odoriférants, elle abandonna le massif pour contempler les plumes mauves qui oscillaient au vent, cachant et découvrant de leur ombre de hauts épis lancéolés parés de corolles diaphanes.

Primus courut à la rencontre d'Eponine qui coupait les roses trémières pour en faire un bouquet.

– Viens voir! lui dit-il tout essoufflé. J'ai fini le grand panneau bordeaux!

Il la prit par la main et l'entraîna dans l'*œcus :*

– Imagine! Juste au milieu, je vais peindre une fenêtre ouverte sur un ciel bleu et toi! Toi toute seule dans le ciel! La lumière est superbe aujourd'hui, consacre-moi ta matinée, je veux faire ton portrait.

Eponine appela Carilla :

– Va me chercher l'écharpe verte que je portais le jour du départ de Sabinus!

Elle ôta les épingles qui maintenaient son chignon et, de son peigne d'ivoire, elle lissa ses cheveux. Primus installa son modèle au milieu de la cour intérieure, près du bassin; Eponine se découpait dans le bleu du ciel. Il posa sur un chevalet une planche de bois recouverte d'un enduit et commença à tracer les contours avec un fin bâtonnet de charbon de bois. Son bonheur était intense, Eponine lui appartenait. Mais quelle angoissante appréhension l'envahissait! Saurait-il rendre la perfection de cette vision céleste? Sa prunelle dilatée ne cherchait pas à voir les détails, il la dévisageait de ce regard qui n'est pas le messager des yeux mais qui voudrait toucher, capturer, emmener le corps regardé et connaître les pensées qui l'habitent. Sa main n'obéissait qu'à sa passion. Ce n'était que l'image de l'amour qui se dessinait sur le bois. Alors, seulement, il se demanda de quelle couleur étaient les yeux d'Eponine? Les yeux d'Eponine avaient la couleur de l'amour. Dans la tête d'Eponine bourdonnait la voix de Sabinus : « Mets cette écharpe quand Primus fera ton portrait! » Elle ressentit au bout de ses doigts la tiédeur du cou de Sabinus quand elle lui avait ajusté son torque. Mais, le baiser? Le dernier baiser, elle ne pouvait arriver à s'en souvenir. Les lèvres de Sabinus étaient-elles plus chaudes que les siennes ou, au contraire, avait-elle éprouvé une sensation de fraîcheur? Ce baiser l'avait-il troublée? Ou n'avait-elle pu, même un instant, échapper au désespoir causé par leur séparation? Il fallait pourtant qu'elle arrive à se souvenir. Se souvenir! Elle n'avait toujours pas reçu de nouvelles de Reims. Pourquoi n'était-elle pas à Reims! Elle avait envie de partir pour Reims, comme elle avait eu envie de partir pour Vetera. Mais une voix intérieure, peut-être Dea Matrona, lui disait qu'il fallait qu'elle demeure. Pourtant, attendre devenait au-dessus de ses forces! Ses lèvres étaient froides, elle ne retrouvait toujours pas la mémoire des lèvres de Sabinus. Les lèvres de Sabinus s'entrouvraient, se refermaient, articulaient les mots : « Guerre, Gaule, Indépendance, esclaves, tributs, Vetera, mort, mort... » Sabinus était devant elle, elle le voyait, lui soufflait les mots : « Paix, amour, Eponine, Auberive, bonheur, lilas, soleil... » Mais lui ne l'entendait pas.

Si Langres jouissait d'une paix provisoire, attendant le verdict de Reims, il n'en était pas de même sur les rives du Rhin. Tandis que Classicus régnait sur Trèves, où il avait installé une véritable cour, Tutor continuait la guerre. Le Trévire gagnait victoire sur victoire et prenait possession de Mayence. Il s'était assuré le concours des peuplades et des garnisons du Rhin supérieur, jusqu'au lac de Constance. Partout, sur les bords du fleuve, s'écroulaient les camps et les forteresses de l'Empire. Civilis, auquel s'étaient jointes les armées des peuples germaniques et surtout les hordes bructères de Velléda, tenait Céréalis en échec sur le Rhin inférieur. Rome s'alarma. Vespasien espérait des vents favorables pour revenir de Judée, laissant l'ordre à son fils Titus d'en finir avec Jérusalem. Mucien agissait et se faisait respecter en empereur dans Rome et au sénat, mais il avait grand-peine à maîtriser l'avidité de gloire du jeune Domitien qui ne parlait rien moins que de partir à la tête d'une puissante armée pour réprimer les rébellions gauloise et germaine. Mucien tint bon, il ne confia pas le commandement à Domitien; cependant, il se prépara à l'attaque dans le cas où l'assemblée de Reims ne scellerait pas définitivement une paix favorable à Rome. Les légions prirent la route des frontières : la XXIe, dite *Rapax,* arrivait par le Saint-Bernard, la VIIIe, la XIe, la IIe par le Petit-Saint-Bernard et Genève, la XIVe venait de Bretagne, la VIe, la Xe et la Ire, l'*Adjutrix,* d'Espagne. Ce n'était certes pas de gaieté de cœur que Mucien envisageait une guerre de cette ampleur, mais il voulait à tout prix sauvegarder aux yeux du monde le prestige de Rome que l'interminable résistance des Juifs risquait déjà de compromettre. Sans en parler à Domitien, Mucien envoya à Reims des émissaires chargés de convaincre, et même d'acheter, des délégués gaulois. Ces espions avaient pour mission de rencontrer les magistrats de cités encore neutres, Rèmes, Arvernes, Eduens, Séquanes, de leur faire des présents et de leur promettre que la soumission à Rome serait suivie par de nombreux avantages. Ces émissaires arrivèrent à Reims, vêtus à la gauloise, ils se promenaient sur le *forum,* mais chacun étant surveillé par tous, aucun Gaulois n'osait saluer un inconnu en public.

C'est par un coucher de soleil où la terre semble flamber à l'horizon que Sabinus arriva aux portes de Reims. Il s'arrêta dans une clairière, à l'orée du petit bois de Pompelle, au bord de la Vesle, pour y faire dresser les tentes de ses soldats. On distinguait le « taureau à trois cornes » au bout de sa hampe de bronze qui veillait sur le camp de Valentinus de l'autre côté de la rivière. Les fantassins commencèrent par élaguer les broussailles et allumer des feux. Sabinus et Lucterius transmirent le commandement au primipile et à Camulus puis, suivis de Martialis, ils se dirigèrent vers la demeure de Tritos, l'oncle de Sabinus, qui devait les accueillir pendant leur séjour. La brune n'avait pas apporté de fraîcheur à cette chaude journée de mai. Des centaines de flammes dansaient en quinconce dans la transparence des croisées. Une bonne odeur de bois qu'on brûle vous caressait les narines. Colporteurs et voitures à bras encombraient les ruelles éclairées par la petite torche que portaient les marchands. Les vieilles femmes jacassaient sur le pas des portes. Les hommes, en pèlerines de voyage, en sayons bariolés, en toges, déambulaient sur les places, s'asseyaient sur les margelles des fontaines. Le latin qu'on entendait prenait des inflexions bizarres; il s'y mêlait des mots incompréhensibles pour Sabinus. Des Gaulois gros comme des melons, d'autres maigres comme des asperges, des blonds comme le chaume, des bruns comme la suie, entraient et sortaient des tavernes. Des filles aux visages peints et aux cuisses exhibées leur firent des sourires prometteurs; toute la ville ressemblait à un quartier réservé, toutes les places étaient transformées en marché. Et, comme si chacun craignait que les réjouissances ne durent pas assez longtemps, l'activité du jour se poursuivait fort avant dans la nuit. Les trois Lingons étaient descendus de leur cheval qu'ils menaient par la bride.

– Ma bourse! hurla Martialis, tandis qu'un gamin disparaissait dans la foule.

Après avoir plusieurs fois demandé leur chemin, un mendiant cul-de-jatte, qui s'aidait de ses mains pour faire avancer sa caisse à roulettes, leur indiqua la boutique du revendeur de céramique sise au rez-de-chaussée de l'immeuble de Tritos. Ils cognèrent avec le heurtoir de bronze à la porte qui jouxtait l'échoppe. Un serviteur emmena les chevaux, et Tritos vint au-devant d'eux par l'escalier de bois. Sabinus n'apprécia guère d'être accueilli par un « Ave César! » quelque peu ironique.

– Ne fais pas la grimace, mon cher neveu, enchaîna le quinquagénaire qui ressemblait à une pâtisserie avec sa petite boule posée sur une grosse boule.

Tandis que Martialis s'occupait des bagages, le frère de la mère de Sabinus fit entrer ses visiteurs dans une pièce sombre et spacieuse. La lueur des flammes du foyer faisait danser d'innombrables statuettes en terre cuite blanche alignées sur des étagères le long des murs grenat. Tritos se précipita sur une coupe débordante de pâtes de fruits, la présenta à Sabinus et, faisant mine de ne pas s'apercevoir de son refus, en mit trois dans sa petite bouche ronde.

– C'est bon! ajouta-t-il en mastiquant. C'est bon comme la vie que nous vivons! Je suis heureux de te voir! Ne trouves-tu pas que la vie est belle?

Sabinus était fasciné par la ronde des figurines. Les Vénus sortant du bain, les déesses-mères allaitant un bébé avaient toutes le visage d'Eponine. Il aspirait à être seul.

– Je suis un peu fatigué, se borna-t-il à répondre. Je te prie de m'excuser, mais ce soir, seul mon lit me semblera bon!

Dos au feu, Lucterius caressait de ses gros doigts la courbe des seins et des reins d'une fragile Vénus.

– Bien, bien, enchaîna Tritos. Mais, après la nuitée, réveil à l'aube, demain je vous emmène à la chasse!

« A la chasse! pensa Sabinus. Croit-il que je suis venu à Reims pour aller à la chasse? »

Il avait été convenu que les délégués des cités gauloises ne siégeraient pas dans la curie qui trônait sur la place du *forum,* en face de l'autel dédié à Rome et à Auguste, mais dans l'ancien sénat des Rèmes, une halle ronde en bois située en haut de la cité. Il avait fallu déménager les étals de chaudronniers qui l'avaient transformée en « marché à la ferraille » depuis la construction de la basilique civile. Une haie de porte-enseigne et de sonneurs de trompettes aboutissait à l'auvent qui précédait la porte d'entrée. Le hurlement rauque des *carnyx* accueillait chaque magistrat. Une soixantaine de notables entrèrent, suivis d'un écuyer qui portait leur lance et leur bouclier. Pas un n'était en toge. Certains avaient revêtu la cuirasse ou la cotte de mailles, presque tous étaient en sayons et manteaux de couleurs vives. La procession défila lentement; en franchissant le seuil, les députés murmuraient leur nom à un huissier qui le répétait avec emphase :

– Claudius Cassivélaun, délégué de Arvernes; Claudius Attaiorix, délégué des Séquanes; Tullius Valentinus, délégué des Trévires; Julius Sacroviricnos, délégué des Eduens; Julius Sabinus et Julius Lucterius, délégués des Lingons; Claudius Toutissos, délégué des Bituriges. Suivirent les porte-parole des Pictons, des Rutènes, des Cadurques, des Bellovaques, des Senons, des Lémoviques [1]... Tous, citoyens romains par la grâce de César, d'Auguste ou de Claude, portaient des noms latinisés! Julius Auspex, *duumvir* de Reims, arriva le dernier. Sabinus prit place entre Valentinus et Lucterius sur le deuxième banc des gradins en hémicycle. Julius Auspex monta sur le *podium* et déclara les assises ouvertes. Un silence solennel régnait dans l'assemblée. Rien de semblable n'avait eu lieu en Gaule depuis cent vingt ans, depuis que la convention nationale avait confié à Vercingétorix le pouvoir suprême. C'était la Gaule

1. Voir carte, p. 340.

d'autrefois, ressuscitée, qui parlerait au peuple et réglerait ses destinées. Cela donnait à l'assemblée une majesté presque divine. Mais la langue gauloise avait disparu des mémoires aristocratiques. C'est donc avec les mots imposés par l'occupant que s'exprimèrent les orateurs nourris de lettres latines pendant leurs études à l'université d'Autun. « Comme ces hommes ont l'air riches et heureux! » se disait Sabinus inquiet. Les fibules en or et émail, les lourdes chaînes, les bracelets, les bagues sigillaires et les intailles s'étalaient sur les poitrines, les tailles bien nourries, ornaient les doigts manucurés de ces cossus magistrats. Auspex invita leur doyen, l'Arverne Cassivelaun, à présider aux débats. Le vieillard parla avec lenteur, donnant de la gravité à chaque mot :

– Ma famille, dit-il, s'enorgueillit d'être du même sang que Vercingétorix. Mon attachement à la Gaule ne peut être suspecté! Je vous rappelle que nous ne nous séparerons qu'après avoir décidé du sort de nos cités. La question est simple, il s'agit de savoir si nous sommes prêts à tous les sacrifices pour mener à bien une guerre longue et difficile jusqu'à la victoire qui nous rendra l'indépendance, ou si nous préférons nous résigner à la paix romaine qui est aujourd'hui moins inacceptable que ne serait la paix de demain si nous étions défaits. Je...

– Tu nous proposes de choisir entre les sacrifices et la résignation! hurla Toutissos le Biturige. Mais la Gaule a connu des destins plus glorieux! Souviens-toi d'Ambigat!...

– Silence! clama l'huissier. Il est interdit de couper la parole à un orateur!

– Aujourd'hui, poursuivit Cassivélaun, nous écouterons un avocat partisan de la guerre pour l'indépendance. Que ceux qui souhaitent prendre la parole lèvent la main!

Quatre mains se levèrent. L'huissier disposa quatre corbeilles vides sur un tréteau préparé à cet usage. Devant chaque panier il mit une tablette portant le nom d'un candidat. Les uns derrière les autres, les magistrats se levèrent, puisèrent une boule dans un sac et la placèrent dans la corbeille de leur choix. Sabinus n'avait pas sollicité l'honneur de la parole. Proclamé César après sa victoire de Vetera, il poserait sa candidature au commandement suprême de l'armée si, comme il l'espérait, la guerre était votée. Pendant les allées et venues du vote, une certaine dissipation s'empara de l'assistance. Des Aquitains d'Agen, de Cahors, d'Albi, des représentants des régions de la Loire, de la Somme et de la Seine vinrent témoigner leur amitié et leur admiration à Sabinus. Le député de

Lyon l'embrassa. Lucterius fut emmené à l'écart par Sacroviricnos. Des groupes se formaient, parlant du cours des bovins, des promesses de la récolte, du profit à tirer du commerce fluvial. L'huissier demanda le silence. Tous regagnèrent leur place. Cassivélaun annonça que Valentinus l'avait emporté à une voix de majorité sur Lucterius. Sabinus serra la main du Trévire qui monta sur le *podium*.

– Gaulois! dit-il, ce n'est pas à une déclaration de guerre que je vous invite; la guerre n'est plus à déclarer, la guerre avec Rome dure depuis cent vingt ans, et, dans le cours de cette même année, des généraux gaulois vous ont déjà gagné de grandes victoires. Que vous dirais-je de Tutor, de Classicus, de Sabinus que vous ne sachiez? Ces noms glorieux chantent dans nos cœurs! Mais les laisserons-nous jouir seuls de leurs victoires ou succomber sans nous sous le nombre de l'ennemi? Seule, une mobilisation générale de la Gaule peut faire de nous une nation libre! Rappellerais-je les erreurs de nos ancêtres qui se sont joints trop tard à Vercingétorix, le crime de certaines cités qui fournissaient des vivres à l'ennemi et, pis encore, des cavaliers! Laisserons-nous une fois de plus des Gaulois combattre contre des Gaulois? Il a fallu la victoire de Gergovie pour décider la Gaule à une action générale, eh bien, que Vetera soit notre Gergovie! Si vous avez besoin d'une victoire pour accorder votre confiance, nous avons gagné une victoire, nous réclamons votre confiance! Aucune cité ne peut à elle seule repousser les Romains au-delà des Alpes, et que lui servirait d'être libre si ses frères ne l'étaient pas? Mais la liberté, ce mot qui est sur toutes nos bouches, savons-nous encore ce qu'il veut dire? Non! En revanche, nous ne connaissons que trop bien la signification du mot esclavage : notre esclavage, c'est l'humiliation d'accepter que notre terre soit devenue propriété du peuple romain, c'est l'humiliation de voir nos magistrats municipaux soumis à l'autorité des légats de Lyonnaise, de Belgique, d'Aquitaine. Notre esclavage, c'est le tribut que, cent vingt ans après Alésia, nous payons encore à Rome! Notre esclavage, c'est de tolérer que nos sangliers gaulois suivent les aigles romaines, c'est de voir dans nos cités se dresser des temples dédiés à des dieux que nos pères n'adoraient pas! Mon esclavage, c'est de ne plus savoir les mots que disaient mes ancêtres pour demander du pain! Battons-nous pour réapprendre le sens du mot liberté! Que chacun de nous puisse gouverner son peuple selon ses coutumes, que tous les Gaulois puissent à nouveau se réunir en assises comme aujourd'hui pour décider des grandes affaires de la nation, que nos impôts soient perçus par nous, leur revenu géré par nous, que la terre appartienne à celui qui la fait fructifier! Laisserons-nous encore massacrer nos druides et couper les mains de nos enfants? Aurons-nous moins d'honneur que les Juifs? Il n'y a pas de temps à perdre pour élire notre général en chef! Que plus jamais une bannière étrangère ne flotte devant nos enseignes si ce n'est pour fuir sous nos coups! Pour une Gaule unie, pour la liberté retrouvée, je vous demande de voter la guerre!

Une explosion de « hourras! » fusa de toutes parts. Les délégués se retournaient vers leurs écuyers pour frapper leur bouclier avec leur glaive. Tous trépignaient, criaient : « Vive la Gaule indépendante! Mort à l'oppresseur! Plus de tribut! Brisons les dieux de Rome! » Sabinus se taisait. Il se sentait encore plus victorieux qu'à Vetera, nul doute qu'il serait élu général en chef! Il aurait voulu partager cette grande joie avec Eponine. Il lui écrirait ce soir.

L'huissier réclama le silence. Valentinus regagna sa place en serrant des mains, en embrassant des amis. Cassivélaun hissa sa mauvaise jambe jusqu'à la marche du *podium*.

– Certes, dit-il, l'avenir glorieux que nous propose Valentinus me séduit autant que vous; et je veux bien admettre que nos forces réunies puissent nous donner la victoire. Mais nous devons aussi prévoir le gouvernement de la Gaule, une fois la paix retrouvée. L'Empire romain tire sa force du fait qu'il n'y a qu'une Rome! Quelle cité choisirons-nous pour devenir le centre politique de la Gaule? Quel magistrat suprême aura le dernier mot en cas de discorde? Qui aura la charge d'un impôt national pour payer l'armée et les routes? Je crois raisonnable de penser que la terre arverne, la patrie de Bituit, de Celtill, de Vercingétorix, est la seule à pouvoir régner sur les destinées de la Gaule!

– Tu ne nous énumères que des vaincus! clama Toutissos. Ambigat le Biturige, leur ancêtre à tous, n'a jamais vu ternir sa gloire! Ma cité de Bourges doit être reconnue capitale des Gaules!

– Vous semblez oublier que le peuple de Langres vient de remporter la victoire de Vetera! intervint Sabinus. Que sans le courage des Lingons, vous n'envisageriez même pas de relever la tête! Nous ne gagnerons pas la guerre avec des héros morts mais avec un général vivant! Langres est à la frontière de la Belgique, de la Lyonnaise et de la Germanie; toutes les routes y passent. Langres doit être la Rome des Gaulois!

– Langres? hurla Cassivélaun. Langres qui fut l'alliée de Jules César! Jamais!

– Langres qui refusa d'entrer dans la coalition de Vindex contre Néron! renchérit le délégué des Cadurques.

– Tous vos arguments me semblent dénués de fondement, affirma en se levant Sacroviricnos l'Eduen. La Gaule doit jouir d'un pouvoir central qui ne la coupe pas du monde commercial moderne. Que serait notre avenir si, une fois la paix conclue, nous n'envisagions pas de bons rapports avec Rome, d'égal à égal? Seuls les Eduens peuvent se flatter d'avoir été les premiers dans l'amitié de Rome. Ce n'est pas la guerre qui m'importe, mais la paix qui lui succédera!

– Comment oses-tu alléguer les incessantes trahisons éduennes pour revendiquer la suprématie des Gaules? lança Lucterius en quittant la place.

A l'intérieur de la halle, la lumière déclinait; chaque délégué soutenait que sa cité était la seule digne de présider aux destinées de la Gaule unifiée. Par ce tardif crépuscule de mai, des ombres vociférantes se séparèrent, regagnèrent leur demeure, sans toutefois perdre l'espoir que, le lendemain, un soleil neuf arriverait à les mettre d'accord.

Sabinus et Lucterius se taisaient. Tritos, la bouche pleine, vantait le talent de son cuisinier :

– Ce sauté d'anguille n'est-il pas une merveille? Que pensez-vous de ma sauce au *garum* [1]? Savez-vous que la plus petite fiole de ce concentré d'entrailles de poisson séchées au soleil me coûte le prix d'un anneau d'or?

– Ça empeste et c'est trop salé! grogna Sabinus. Ta fortune doit être bien récente pour que tu la dilapides à de telles niaiseries!

Sans prêter attention à la mauvaise humeur de son neveu, Tritos continuait à se goinfrer et à palabrer :

– Je regrette, mes amis, que vous ne puissiez goûter à mon bouillon d'huîtres à l'ail! Mais les jours sont vraiment trop chauds pour faire voyager ces divines coquilles de Neptune. Natalis, ne t'étais-tu pas régalé à ton dernier passage?

L'homme interpellé sembla émerger d'un rêve. Son visage anguleux, ses yeux profonds et voilés, ne lui donnaient guère l'apparence d'un amateur de bonne chère. Ses longs doigts habiles caressaient l'empreinte d'un lévrier qui ornait la panse d'un bol vide posé devant lui.

– Lors de mon précédent séjour à Reims, j'avais autre chose en tête que le bouillon d'huîtres, reprit Natalis, et ce n'est pas d'anguille que je suis venu te parler. Comprends-tu que l'affaire que je te propose représente une source immense de profits? Les ateliers de terre cuite de La Graufesenque [2] se sclérosent dans l'éternelle reproduction des mêmes décors. J'ai sculpté un grand nombre de nouveaux poinçons, je veux innover, je pense que des inscriptions sur les vases, dans le genre « Bois mon ami », seraient susceptibles d'attirer une nouvelle clientèle. Je souhaite m'installer à Banassac [3],

1. Condiment.
2. Aveyron.
3. Corrèze.

la glaise y est d'excellente qualité. Il me faut de l'argent pour construire des fours, beaucoup de fours. Si j'exporte, si je produis en grosses quantités, je peux arriver à un prix de revient inférieur à celui de La Graufesenque; je peux supplanter La Graufesenque. Mais j'ai besoin d'argent frais. Tritos, tu ne te rends pas compte de l'affaire que je te propose; en devenant avec moi propriétaire de la fabrique, tu disposeras pour tes boutiques de la marchandise au prix coûtant!

– Crois-tu, dit Sabinus, que le moment soit bien choisi pour investir dans l'industrie? Tu sembles ignorer que demain toute la Gaule sera peut-être en guerre!

– Es-tu fou avec ta guerre! Personne ne veut la guerre! rugit Natalis. La guerre avec Rome, ce sont des gens comme moi qui l'ont déjà gagnée! Les officines de terre cuite d'Arezzo en Italie ont été coulées par la prospérité des ateliers gaulois. Tous les bons potiers travaillent en Gaule, les marchands sont plus dynamiques, la terre et l'eau sont meilleures, quant à la technique, regarde ce vernis comme il est brillant, regarde ce beau rouge orangé! Personne ne maîtrise le feu comme nous! (Il montrait, caressait la coupe posée sur la table.) Quant aux vases à légendes de Banassac, les Bretons et les Italiens n'y résisteront pas!

– Quelle chance que la Gaule parle le latin! Sans cela tu ne pourrais pas exporter ta potaille! clama Sabinus en quittant la table.

Emportées par le souffle de Zéphyr, des fleurs de marronniers flottaient sur l'eau de la fontaine. Des roues crissèrent sur les pavés de la place; une *carruca* s'immobilisa. Le cocher sauta de son siège et alla ouvrir le portillon de la voiture. Sabinus pinça le bras de Lucterius; à la trogne rougeoyante et à la démarche oscillante du phaéton, il venait de reconnaître Secundinus. Les deux amis, intrigués, s'assirent sur la margelle de la vasque de marbre. Secundinus, faisant maintes courbettes, aida Auspex, le *duumvir* de Reims, à mettre pied à terre. Le magistrat éloigna Secundinus d'une bourrade, se tourna vers l'intérieur de la voiture de voyage, et murmura :

– Les Gaulois n'oublieront pas la générosité de leurs amis. Mais le pardon de la faute ne suffit pas, que Vespasien tienne sa parole et je réponds de la paix!

Une voix autoritaire répondit de la *carruca :*

– N'omets pas de me faire prévenir par ce cocher que je laisserai en ta demeure si tout ne se passait pas comme nous l'avons prévu.

La voiture démarra. Auspex se dirigea vers la halle, suivi à distance par Lucterius et Sabinus, obligés de se rendre à l'évidence : Reims n'était pas une cité neutre!

La deuxième séance des assises s'ouvrit dans le calme et la dignité. Julius Auspex fut choisi comme avocat pour défendre la cause de l'alliance pacifique avec Rome. Certes, il ne suscita pas le même enthousiasme que Valentinus. Son débit morne et pesant n'engendrait que la consternation. La Gaule venait de remporter une victoire et, à l'instar des peuples vaincus, n'espérait qu'en la clémence du tyran. L'impossibilité à se mettre d'accord sur le choix d'une cité souveraine fournit à l'orateur son premier argument. Il allégua ensuite les catastrophes que ne manquerait pas d'entraîner une guerre nationale : le sol ravagé, les récoltes perdues, les villes détruites, les milliers de Gaulois morts, toute cette prospérité gauloise anéantie! Et pour quel résultat :

– Pourrions-nous seulement survivre, isolés de la grande puissance romaine? Qui pourrait alors espérer faire fortune, privé du commerce avec l'illimité monde romain? Rome mettra le temps qu'il faut, mais viendra à bout de notre rébellion! Rome a eu peur! Et, de cela, nous devons reconnaissance aux courageux Lingons et aux courageux Trévires. Rome est prête à payer le prix de sa tranquillité! Depuis le principat de Claude, seuls les Éduens peuvent prétendre à la magistrature romaine; Vespasien promet que tous les Gaulois qui en sont dignes, de quelque cité qu'ils soient, pourront accéder à toutes les fonctions. Toutes nos cités jouiront des privilèges réservés aux colonies latines! Tous les *equites* seront citoyens romains *!

Auspex ne put aller plus avant, il croulait sous les injures; jamais orateur ne se vit conspuer avec tant de véhémence. Le bouillant sang gaulois ne pouvait supporter de tels propos, et pourtant presque tous ces hommes, âprement accrochés à leurs richesses et à leur vie paisible, partageaient en secret le point de vue du *duumvir* de Reims. L'huissier eut grand-peine à rétablir le calme. Les assises auraient dégénéré en pugilat si Cassivélaun n'avait proclamé le scrutin ouvert. Chaque délégué, muni d'une boule noire pour voter la guerre, et d'une boule blanche pour voter la paix, alla derrière un rideau déposer la boule de son choix dans l'urne. Auspex, seul, sans ami, marchait de long en large dans le fond de la halle. Tous les Gaulois, après avoir voté, venaient congratuler Sabinus et l'assurer de leur fidélité. A les entendre, l'urne ne pouvait contenir que des boules noires. Les *carnyx* sonnèrent, tous regagnèrent leur place, la destinée de la Gaule était jouée!

– Vingt-huit boules noires! annonça Cassivélaun.

Le chiffre était énorme, mais Sabinus ne savait pas très exactement le nombre de peuples qui avaient pris part au vote. Il ne put s'empêcher de penser que, si le scrutin s'était effectué à main levée, presque tous ces Gaulois, se sentant jugés par leurs voisins, n'auraient pu se résoudre à paraître lâches.

– Vingt-neuf boules blanches! conclut le président d'une voix atonale. Gaulois! Vous avez choisi de faire la paix avec Rome! Vous avez accepté de vous soumettre à la décision du plus grand nombre, à partir de cet instant, combattre Rome est un crime!

– La lâcheté n'est-elle plus un crime? hurla Sabinus. Depuis quand les Gaulois vainqueurs acceptent-ils les lois de leur ennemi? Les légions de Vespasien sont en marche vers la Gaule, les arrêterons-nous par l'annonce de notre reddition ou par la vaillance de nos armes?

– Aucun Gaulois ne prendra les armes! cria Attaiorix, *duumvir* de Besançon.

Tous se taisaient, confus de leur silence, honteux de leur sagesse.

– Tu te trompes, Attaiorix! clama Sabinus. Les légats de Rome n'auront pas fait le voyage pour rien, Trévires et Lingons iront au-devant d'eux pour les accueillir à la gauloise!

Valentinus, Sabinus et Lucterius traversèrent la halle, s'arrêtèrent sur le pas de la porte, saluèrent l'assemblée de leur épée nue, et galopèrent jusqu'à leurs camps.

Sabinus avait précipité la marche de son armée en direction de Besançon [1]. Son premier objectif était de forcer les Séquanes à se joindre à lui pour attaquer la légion romaine qui attendait à la frontière les ordres de Mucien. Le gouvernement de la Celtique avait notifié à Sabinus et à Lucterius qu'ils pourraient entrer dans Langres sans être inquiétés s'ils dispersaient leurs soldats et venaient jurer fidélité à Rome. Le verdict de Reims avait ébranlé le prudent Lucterius. Il pensait que, si le discours de Valentinus n'avait pu convaincre les Gaulois, la cause de l'indépendance était perdue. Il songeait à préserver sa fortune. Il retourna à Langres où peut-être qu'un jour Eponine se retrouverait veuve! Sabinus résolut d'assumer seul la responsabilité du combat. Peu lui importait d'être proscrit; il gagnerait des victoires, il réveillerait dans le cœur de ses frères gaulois ce grand désir de liberté qui semblait les avoir abandonnés. Nul doute que, s'il triomphait de Besançon, la Gaule aurait confiance en lui, le suivrait. Peu lui importait la décision des notables, n'était-ce pas le peuple qui s'était rallié à Maricc! N'était-ce pas le peuple qui souffrait le plus des sévices de l'occupant! Le peuple exigerait de nouveaux magistrats. Sa grande œuvre de libération était en route, seule la mort pourrait l'arrêter. Il marcha sans relâche jusqu'au confluent de la Tille et de l'Ignon. A Til-Châtel [2], poste de carrefour en territoire lingon, les Romains avaient établi un petit camp de gendarmerie. Sabinus n'eut même pas à livrer combat. Les vétérans romains, plus paysans que soldats, mariés à des filles du pays, se sauvèrent à toutes jambes dans la campagne, cédant la place aux Lingons. Pendant que ses soldats prenaient un repos bien nécessaire avant l'attaque, Sabinus siffla Rix et, accompagné de Martialis, fonça à bride abattue vers Auberive. Il fallait qu'il revît

1. Vesontio.
2. Tile-Castrum.

Eponine avant la bataille; qu'il la revît peut-être pour la dernière fois avant sa mort. S'il ne parvenait pas à la victoire, il ne serait plus qu'un rebelle vaincu, les Romains le condamneraient aux fauves, comme Maricc!

Il pénétra dans la cour d'Auberive; ses molosses accoururent et se couchèrent à ses pieds. Il faisait nuit. La villa semblait endormie. Il ouvrit la porte de l'*œcus,* battit le briquet et alluma une torche. Face à lui, émergeant d'un ciel bleu, Eponine drapée dans son écharpe verte paraissait vivante. Son cœur déborda de tendresse, il avait besoin de la serrer dans ses bras. Il traversa le couloir en courant, la flamme de sa torche vacillait. Il crut mourir : seule dans la chambre, Mya dormait près du lit vide. Il se mit à crier : « Eponine! Eponine! » Il monta quatre à quatre les marches du petit escalier menant aux chambres des domestiques; Carilla aussi avait disparu. Alors, Filiolus le manchot, réveillé par le vacarme, arriva somnolant et apeuré. Il ouvrit de grands yeux ahuris et bredouilla :

– Maître, je vais te préparer ta chambre!

– Où est Eponine? rugit Sabinus.

– A Langres! Elle est partie avec Carilla et le peintre! Aqui...

Sans vouloir en savoir davantage, Sabinus et Martialis reprirent la route du camp. Un tourbillon de questions valsait dans la tête de Sabinus : « Quel motif avait pu pousser Eponine à passer la nuit hors de leur demeure? Condamnait-elle la décision de son époux de poursuivre la lutte? S'était-elle ralliée à la lâche sagesse des notables? Aquilinus était-il redevenu *duumvir* au service de Rome? Son goût de l'aventure l'avait-il jetée dans les bras de ce vagabond du pinceau? »

Soudain, il tira sur les rênes; Rix s'immobilisa.

– Martialis, dit-il, passons chez Aquilinus! Il faut...

Son frère de lait, terrorisé, le coupa net :

– Es-tu fou? A Langres? Ta tête est mise à prix! Tu n'as pas le droit de priver ton armée de son chef!

N'ayant plus d'autre alternative que la victoire ou la mort, Sabinus regagna Til-Châtel en longeant la vallée de l'Ource, puis celle de la Tille.

Dans la grande chambre conjugale de l'ancien magistrat, Eponine, agenouillée près du lit, serrait dans les siennes la main glacée de son père. Aquilinus étouffait, épuisé par la fréquence de ses crises de *dispnaee* [1]. Il demanda à boire, l'eau ruissela aux commissures des lèvres. Il attira sa fille près de sa bouche et articula avec effort :

– La paix est votée, il faut que tu obliges ton mari à se soumettre à Rome. Je lui laisse la coutellerie. Il ne faut pas...

Les mots s'éteignirent dans un râle; d'horribles sifflements partaient de la poitrine du mourant. Eponine sentit les doigts d'Aquilinus se crisper sur sa main. Puis ce fut le silence. Elle ferma les yeux de son père, le baisa au front et lui glissa dans la main droite une pièce de monnaie en argent pour qu'il paye le passeur chargé de transporter son âme dans l'île mystérieuse de Kronos. Priscus entra. Tandis que les femmes s'affairaient à la toilette du mort, qu'une matrone à l'œil de vautour remplaçait le bon sesterce par un faux, estimant que le nocher infernal s'y laisserait prendre, Eponine, calme et sereine, alla rejoindre Régina dans la bibliothèque. Sa mère, déjà drapée dans son voile de veuve, semblait porter toute la misère gauloise. Soupirs et sanglots gonflaient et dégonflaient sa poitrine, mais son œil était sec. Pourtant, ce matin-là, celle qui était anéantie par la perte de son époux n'était pas Régina. Eponine n'avait de nouvelles de Sabinus que par la rumeur publique. L'empereur des Gaules n'était plus qu'un proscrit. Des émissaires envoyés par lui battaient la campagne à la recherche de nouvelles recrues. Des hordes de gamins armés de fourches et de pioches quittaient les villages à la nuit tombante pour rejoindre le général rebelle. Laissant sa mère dresser la liste des notables conviés aux funérailles – tous des inconditionnels de la fidélité à Rome –, Eponine se rendit à la coutellerie. Elle traversa la cour. Le bruit des marteaux sur les enclumes la rassura, la Gaule

1. Asthme cardiaque.

était vivante, son cœur battait au rythme des bras des forgerons. De grandes flammes dansaient derrière les fenêtres cintrées. Une voix intérieure lui murmura : « Tant que ce feu durera, l'Incréé triomphera de Jupiter! » Il fallait qu'elle fasse quelque chose, quelque chose pour prouver à Sabinus qu'elle combattait à ses côtés. Elle franchit la porte basse. Elle suffoqua, agressée par cette chaleur subite. Des petites gouttes perlèrent sur son front, le bruit et la lumière lui faisaient tourner la tête. Nulle femme n'avait jamais pénétré dans cette fournaise. L'âcre fumée s'échappait par des trous percés dans le toit au-dessus de chacun des huit feux. Chaque foyer était entouré de trois hommes torses nus, protégés par un tablier de cuir montant jusqu'aux épaules. Sur une petite enclume, le forgeron maintenait dans des pincettes une barre de fer incandescent et la frappait à grands ronds de bras avec son marteau. Un aide veillait à l'entretien des braises, un autre, protégé derrière un écran, actionnait un soufflet de cuir suspendu à une poutre. Tous les yeux rougis, encastrés dans des faces ruisselantes, se tournèrent vers Eponine avec l'effarement de Vulcain voyant surgir Vénus dans leur antre. Elle reconnut Ucuetis, le contremaître. Ce vieillard avant l'âge, cet homme à la peau collée sur les os, était à côté de Sabinus dans la grotte de Matrona la nuit de la conjuration. Elle fit un pas vers lui.

– Ne reste pas ici! lui dit-il en l'entraînant dans la cour.

Elle lui prit la main et s'adressa à lui comme à un ami :

– Le maître est passé en l'autre vie; mais le travail doit continuer. Je compte sur toi, Ucuetis; les soldats de Sabinus ont besoin d'armes. Rien de ce qui est forgé ici ne doit être livré aux Romains! Sais-tu où se regroupent les volontaires?

– Je le sais! lui répondit-il, mon fils s'est engagé. Ils doivent être à la troisième heure de la nuit à Saints-Geomes, dans la villa de Sabinus. De là, ils partiront rejoindre leur général au poste de carrefour de Til-Châtel.

– Til-Châtel? Mais le camp est occupé par un peloton de gendarmerie romaine!

– Ces pauvres vieux vétérans n'allaient tout de même pas résister aux vainqueurs de Vetera! Les Lingons gagneront la guerre des Gaules, tu verras!

– Ucuetis, il faut que tu te débrouilles pour pénétrer dans les réserves et en sortir toutes les épées et toutes les lances; mets-les dans ma voiture en osier. Je veux les livrer moi-même. Je veux voir ces hommes qui combattront pour Sabinus!

– Ta présence leur donnera courage. Je ferai comme tu as dit!

Il s'inclina, fit un pas vers la forge, puis ajouta en se retournant :

– Sois prudente! Les Romains ne laisseront pas longtemps Langres sans patrouille de gendarmerie!

Le jour sembla à Eponine d'une longueur insupportable. Enfin vint l'heure où les loups hurlent dans les bois. Elle alla chercher Carilla. La voiture était attelée. Les amies finissaient de camoufler leur chargement sous des couvertures, lorsque la *rheda* de Campanius entra dans la cour. Le marchand mit pied à terre. Il s'approcha d'Eponine le plus civilement du monde et, sans avoir l'air de prêter aucune attention aux hampes qui dépassaient des couvertures, il articula d'un ton enjôleur :

– Je t'offre mes condoléances, ma pauvre Eponine!

Il regrimpa sur son siège et repartit.

Eponine regarda la *rheda* de Campanius s'éloigner au galop.

La voiture d'osier prit la route de Saints-Geomes. Des bandes d'hommes couraient de taillis en taillis à travers champs. Trois cavaliers dépassèrent la carriole. L'un d'eux doubla ses compagnons en criant :

– Par Taranis, j'arriverai le premier!

– Secundinus! hurla Carilla.

Fouettant son cheval, Eponine décida de poursuivre les cavaliers. Ils s'arrêtèrent dans une auberge. Eponine gara sa voiture derrière le coin de la maison et attendit. Peu de temps s'écoula. La porte s'ouvrit, Secundinus, la face cramoisie, sortit en s'accrochant au bras de Campanius. Deux inconnus les suivirent et fermèrent la porte. Secundinus et les inconnus partirent au galop sur la route de Til-Châtel. Eponine ne bougea pas tant que la *rheda* de Campanius n'eut repris le chemin de Langres.

A Saints-Geomes, elle trouva Claudius dans la villa de Sabinus.

– Mets la cotte de mailles et reviens avec nous! supplia le primipile.

– Je ne puis manquer les funérailles de mon père, mais assure Sabinus qu'Eponine combat à vos côtés. Je vous ai apporté des armes. Avertis Sabinus que Secundinus rôde dans les parages; je le soupçonne de vendre aux Romains des renseignements sur les mouvements de troupe.

Eponine et Carilla retournèrent en silence à Langres, cachant au plus profond de leur cœur les horribles souvenirs de la bataille de Vetera. La nuit était belle comme sont beaux les étés de guerre. Le chemin était désert; au loin devant elles, les yeux des chouettes se confondaient avec les étoiles.

Eponine n'avait pas dormi; à peine avait-elle eu le temps de se tremper dans l'eau froide de la piscine et de se faire masser par Carilla, une Carilla nerveuse qui répétait sans cesse :

– Je ne comprends pas, depuis que nous avons déposé Primus chez son oncle, il a disparu! Trois fois je suis retournée dans la boutique du marchand italien! Campanius m'assure qu'il ne l'a pas revu!

Eponine, sans l'écouter, se drapa d'un grand voile blanc et entra dans la bibliothèque. Gabinianus, de sa voix de bronze, demandait le silence pour l'ouverture du testament d'Aquilinus. Régina reniflait dans un mouchoir brodé, son ingrat d'époux l'avait abandonnée alors qu'elle n'était plus assez jeune pour séduire un homme digne d'elle, et pas encore assez vieille pour renoncer aux honneurs! Eponine s'assit discrètement derrière les six témoins silencieux et indifférents. Lançant un regard agacé à la retardataire, Gabinianus prit une profonde respiration et attaqua sa lecture :

– Je confie les soins de mes funérailles, de mes obsèques et de toutes choses, édifices et monuments, à ma fille Eponine, à Julius Sabinus fils de Dumnédorix, et à Priscus mon affranchi et procurateur, et les prie de faire toutes ces choses que je désire après ma mort...

Eponine sentit qu'on la dévisageait. Elle leva les yeux et croisa le regard insistant de Lucterius. Son cœur bondit : « Lucterius était à Langres! »

La voix monotone et emphatique poursuivait :

– Je veux que le tombeau que j'ai fait construire soit terminé suivant le modèle que j'ai donné; qu'il y ait une niche; qu'on y place ma statue assise faite du meilleur marbre d'outre-mer. Qu'il y ait sous la niche un lit et deux sièges de repas. Que, devant, on place un autel de marbre et que l'on y dépose mes cendres...

Les mots bourdonnaient, Eponine fixait toujours Lucterius. Sa bouche articula : « Sa-bi-nus? » Les lèvres de Lucterius lui répondirent : « Il-est-fou! Il-faut-que-je-te-parle! »

Eponine n'avait pas besoin d'en savoir davantage. Elle comprit que Sabinus combattait seul! Que son ami l'avait trahi.

La longue énumération des dernières volontés débitait toujours son flot :

– Que cet édifice soit fermé par une clôture de marbre afin de pouvoir être fermé ou ouvert. Qu'il soit entouré d'un verger entretenu par trois jardiniers et leurs aides. Que ma fille Eponine subvienne à ces dépenses. Que sur le monument soient inscrits les noms des magistrats qui auront vu commencer les travaux et le nombre d'années que j'aurai vécu. Que ma fille Eponine accomplisse chaque année les cérémonies sur l'autel aux calendes d'avril, de mai, de juin, d'août et d'octobre; qu'elle subvienne à la préparation des aliments que l'on exposera devant le tombeau. Je lègue tous mes biens et monuments à ma fille Eponine...

Régina suffoqua de colère rentrée. Certes, il lui restait sa dot qui était considérable, mais alors à quoi bon avoir sacrifié toute sa vie à cet homme grossier qu'elle n'avait jamais aimé!

Eponine était angoissée à la pensée qu'elle seule était responsable du repos des mânes de son père. Cette nuit encore, elle s'était juré de se donner la mort si son époux ne revenait pas du combat. En la chargeant du culte dû à l'ancêtre, son père n'avait-il pas voulu la condamner à vivre?

Aquilinus n'avait fait grâce d'aucun détail. Gabinianus déclamait inlassablement :

– Je veux que tout mon attirail pour chasser et prendre les oiseaux soit brûlé avec moi, ainsi que mon bateau en osier, mes vêtements damassés et mes pendentifs en bois de cerf...

Eponine redressa la tête, les paroles devenaient confuses, elle crut entendre comme un roulement de tonnerre...

Gabinianus tendit le stylet. Priscus, les témoins, Eponine apposèrent leur seing en bas du papyrus. Lucterius s'approcha d'Eponine, soudain retentit un effroyable vacarme où se mêlaient le galop des chevaux, le claquement des fouets et les cris des hommes. Eponine se précipita en direction de la coutellerie. Lucterius voulut la retenir :

– Je t'en supplie, n'y va pas!

Elle lui échappa. Courut à toutes jambes. A l'entrée de la cour, une vision d'horreur la foudroya, un peloton de gendarmerie avait envahi la forge. Les Romains armés de fouets et de lances pourchassaient et massacraient les ouvriers.

Lucterius la rejoignit et la prit dans ses bras. A bout de nerfs, elle éclata en sanglots et hurla :

– Pourquoi?

– Eponine, écoute-moi! Des armes ont été livrées aux rebelles. Il faut que tu écrives à Sabinus que tu le supplies d'abandonner. Je ferai porter la lettre. Fais-le! Sans cela nous allons tous périr!

– Jamais! Tu entends, jamais! Si tu sais où est Sabinus, que ne vas-tu le rejoindre? Des milliers et des milliers de Lingons se sont ralliés à lui. Tu auras honte le jour de leur retour!

A coups de fouet, un Romain forçait Ucuetis à monter dans un chariot empli d'otages. A demi mort, le forgeron répétait :

– Gloire à Sabinus! Gloire au libérateur des Gaules!

Eponine se débattait, mais Lucterius la serrait de toutes ses forces contre lui, l'entraînait vers la villa, cherchant des mots qui ne la blesseraient pas, des mots qui pourraient la convaincre, des mots qui ne trahiraient pas son amour. Mais ce fut elle qui parla :

– Laisse-moi, Lucterius! Je t'en prie, laisse-moi! Je dois veiller à l'exécution des volontés de mon père.

Il desserra son étreinte et la regarda partir à la rencontre de Filiolus, le manchot, qui arrivait d'Auberive.

Les sangliers de bronze des porte-enseigne se dressèrent comme pour arrêter la course du pâle soleil qui semblait venir d'au-delà des Alpes. Ne laissant à nul autre la gloire de porter l'étendard qu'avait tenu Eponine, Sabinus, à la tête de son armée, chevaucha durant tout le jour. A l'aube du lendemain, il passa la Saône à gué et franchit la frontière des Séquanes. Foulant les hauts blés, il traversa le grand champ à la rencontre de ses frères ennemis, à la rencontre des taureaux à trois cornes d'Attaiorix qui, de seconde en seconde, se faisaient plus proches. Le clapotis de la rivière, le chant des coqs, le sifflement des merles, l'appel de l'agneau à sa mère furent engloutis par le macabre orchestre où le galop des chevaux rythmé par le hurlement des *carnyx* répondait aux tintements des fers et aux cris des Gaulois. Quand, sur la plaine de Pontailler, le soleil fut à son zénith, les Séquanes avaient battu en retraite. Mais, à la stupeur des vainqueurs, au lieu de se replier vers Besançon, Attaiorix menait son armée démantelée en direction de Langres. Sabinus regarda le champ de sa victoire, le champ de blé parsemé de fleurs de sang gaulois.

– Marche! cria-t-il.

Et, derrière leur chef, les sangliers de bronze firent demi-tour. Ils partirent à la poursuite des taureaux à trois cornes qui, à travers le territoire lingon, se dirigeaient du côté de la vallée de la Bèze.

Les nouvelles recrues s'étaient jointes aux cohortes de Sabinus. Les armes fournies par Eponine étaient bien insuffisantes. Une populace déchaînée de vingt mille Lingons longeait la Bèze au pas de course. Des éclaireurs avertirent Sabinus qu'Attaiorix dressait un camp à Mirebeau. A deux stades de là, de l'autre côté de la rivière, Sabinus installa son retranchement à Bèzouotte. Les nouvelles se succédaient, de plus en plus alarmantes. Cérialis avait laissé ses tribuns militaires patauger en Batavie face à Civilis et avait emmené ses légions reconquérir Trèves. A son retour de Reims,

Valentinus avait trouvé sa cité en pleine bataille. Le renfort de ses troupes avait un moment rendu l'espoir aux Trévires; mais Cérialis avait su, par un discours enflammé, offrir le pardon aux auxiliaires parjures de Labeo et, dans la même journée, il s'était rendu maître de la cité des Belges. Tutor et Classicus avaient réussi à s'enfuir et avaient rejoint Civilis. Valentinus, fait prisonnier, avait été conduit à Lyon où séjournait Mucien. Là, le représentant de Vespasien l'avait condamné aux fauves.

Sabinus, assis dans sa tente à côté de Claudius, écoutait son informateur. La rage brillait dans ses yeux, il dégrafa son manteau, but une coupe de vin et murmura :

– Valentinus, tu seras vengé!

– Sa mort fut horrible! poursuivit le messager. Les lions le déchiquetaient; longtemps il hurla de douleur sans que la vie lui soit ôtée. Alors, Mucien glapit : « Ta félonie a été inutile! Les Romains occupent Trèves! » – « C'est ce qui me console de mourir! » clama Valentinus, et un fauve lui broya la face.

Camulus fit irruption dans la tente. Il était couvert de poussière, sa respiration était haletante, il s'effondra sur le sol et articula dans un souffle :

– Cérialis! Cérialis marche sur Mirebeau!

– Formation de combat! lança Sabinus.

Claudius se précipita pour transmettre l'ordre, tandis que Martialis accourait en portant le casque et l'épée de son maître.

Rix piaffait; Sabinus l'enfourcha et fit face à la colonne.

– Gaulois! clama-t-il, que le sang de Bituit et de Luern bouillonne dans vos veines! Qu'en ce jour soit vengée la mort de Vercingétorix! De Casticc! De Valentinus! Des milliers de morts valent mieux que la servitude! Que soit accomplie la volonté de l'Incréé : Mort ou liberté!

– Mort ou liberté! répétèrent les Lingons.

Il est des pays qui portent la guerre en eux; entre Bèzouotte et Mirebeau, le vaste plateau encerclé par les deux bras de la Bèze semblait marqué par une prédestination. On l'eût dit façonné pour la bataille.

A la rigoureuse cadence des buccins répondirent les hurlements sauvages des *carnyx*. S'observant d'une extrémité à l'autre du champ d'orge, les Romains et les Gaulois passèrent à gué les bras de la Bèze. Les légionnaires avançaient, cuirasse à lame d'acier contre cuirasse à lame d'acier. Les manteaux rouges et les casques de bronze dessinaient des figures géométriques aux contours parfaits.

Ces formidables blocs de sang et de métal semblaient rouler. On ne distinguait rien d'humain. Un monstre d'airain, l'Impérialisme romain, était en marche. Alors, dans un galop échevelé, criant des injures, leurs manteaux à bandes et à carreaux de couleurs disparates volant au vent, faisant cabrer leurs chevaux, les cavaliers gaulois montèrent à l'assaut, suivis par une horde hurlante de fantassins qui, torses et têtes nus, brandissaient des lances, des haches, des fourches et des pieux.

Cérialis n'eut que le temps d'aller se mettre à l'abri derrière ses archers; son avant-garde fut massacrée. L'excitation était à son comble dans le camp gaulois, cavaliers et vélites fonçaient, fonçaient toujours, désorganisant l'infaillible stratégie de Cérialis, labourant la terre, y semant la mort, récoltant les armes.

Sabinus prévoyait le désastre, mais ne parvenait pas à faire entendre ses ordres. Claudius hurlait; il voulait empêcher la dernière centurie de se jeter dans la mêlée, afin de la tenir en réserve. Il fut abattu par ses propres soldats. Leur haine du Romain les rendait sourds et aveugles; ils frappaient d'estoc, de taille et de masse, lançaient le dard et la hache, couraient et tuaient encore.

Un roulement sourd, déchiré par le son des buccins, gronda à l'est. C'était Gallus! Annuis Gallus qui, par ordre de Mucien, arrivait du Grand-Saint-Bernard! Le choc fut rude pour les Gaulois. Se jugeant perdus s'ils étaient pris à rebours, désemparés, ils se regroupèrent autour de leur général. Sabinus reprit la situation en main. Il confia la moitié de son armée à Camulus. Il lui ordonna de répartir ses cavaliers en deux ailes et d'attaquer Cérialis par les flancs. Il prit le reste des hommes et alla à la rencontre de Gallus. Il posta ses soldats au bord de la rivière.

– Il faut les empêcher de passer à gué! cria-t-il.

La nuit commençait à tomber, le combat devenait incertain. Qui de l'Incréé ou de Jupiter avait l'avantage? Les dieux eux-mêmes le savaient-ils?

Sabinus lança Rix dans la rivière jusqu'aux jarrets, il fonçait sur un tribun romain quand un dard l'atteignit au flanc droit. Le choc fut si violent que sa cotte de mailles céda. Sabinus tomba de cheval; son adversaire fut occis par une haste gauloise. Dans l'eau rougie de sang, Sabinus rampa jusqu'à une grande racine à laquelle il s'agrippa pour regagner la berge. Des clameurs percutaient sa tête comme des baguettes de tambour, des Gaulois couraient en désordre, des Romains les poursuivaient. La nuit était venue, on ne distinguait plus l'ami de l'ennemi. La blessure de Sabinus saignait abondamment, il avait peine à se tenir debout. Il se traîna d'arbre en arbre le long de la Bèze. Des fuyards l'aperçurent, le chargèrent sur leurs épaules et reprirent leur course en direction du camp de Bèzouotte.

– Que faites-vous? Retournez vous battre! Laissez-moi! supplia Sabinus dans un râle.

– Tout est fini! répondit le Lingon, le visage noir d'une boue de terre, de sang, de larmes et de sueur. Tout est fini! Sabinus est mort, emporté par le courant de la rivière.

Mais Sabinus n'entendait plus, et son soldat ne le reconnut pas. L'homme, encombré par cette charge inutile, trouvant absurde de risquer sa vie pour un cadavre, l'abandonna dans un taillis sur le bord de l'eau, et fila à toutes jambes.

Toujours poursuivie par les Romains, la débandade de rescapés s'engouffra dans le retranchement de Bèzouotte. Les légionnaires se massèrent par centuries devant la palissade de bois.

– Rendez-vous! cria Cérialis.

Camulus, désemparé, anéanti par la nouvelle de la mort de Sabinus qui se répandait dans le camp, fixa un rameau d'ormeau au fer de sa haste et le brandit du haut de la passerelle en signe de reddition. Les portes s'ouvrirent. Cérialis et Gallus demandèrent le chef :

– Mort! leur répondit-on.

Ordre fut donné aux Lingons de déposer leurs armes sur l'esplanade. Camulus fut emmené en otage.

– Ramassez vos morts! cria Cérialis. Vous êtes tous nos prisonniers!

Des légionnaires cernèrent le retranchement, d'autres occupèrent le chemin de ronde.

En apprenant que Sabinus avait été tué, qu'on l'avait vu disparaître dans la rivière, Martialis s'était mis à courir en sens inverse de ses compagnons. Il cherchait le corps sur les rives de la Bèze. L'eau redevenue transparente laissait apercevoir son lit de cailloux; il scrutait le fond. Il arriva à une racine qui barrait le courant. Il marchait, traînant sa petite jambe, amputé du meilleur de lui-même, soulagé de ne pas voir de cadavre, angoissé de ne pas retrouver son ami. Soudain, il perçut un râle. Aucun doute, un blessé agonisait. Il se précipita. Au loin, les écailles d'acier des légionnaires scintillaient sur la passerelle de Bèzouotte. Le cœur lui manqua, à dix pas de lui, une ombre bougeait, s'agrippait au tronc d'un arbre. Il s'approcha :

– Sabinus! Tu es vivant! hurla-t-il en le serrant dans ses bras.

Sabinus lui sourit d'un œil vitreux.

Pleurant et riant, Martialis ôta la cotte de mailles et le sayon de son frère de lait, lava la blessure à l'eau de la rivière, déchira sa chemise et lui fit un pansement.

– Je vais te porter dans une ferme, lui dit-il. On te soignera et nous irons rejoindre Tutor et Classicus; avec eux nous poursuivrons le combat aux côtés de Civilis.

Dans un souffle presque inaudible, Sabinus murmura à l'oreille de Martialis :

– Eponine! Je veux revoir Eponine! Je veux aller à Griselles! Griselles, tu te souviens?

De tous ces foyers de résistance allumés contre Rome, un seul flambait encore : la Batavie. Cérialis en avait fini avec la Gaule, il retourna combattre son ennemi Civilis. L'empire des Gaules, inauguré dans un camp romain, se terminait dans un camp germain.

Dès le matin, la nouvelle du désastre de Mirebeau s'était répandue dans le pays lingon. Il n'était pas de village, pas de ferme, pas de famille qui ne pleurât un mort ou un prisonnier. Ce jour-là, dans la cité en deuil, les volets de bois restèrent clos. Mais, dans les riches demeures, les notables se congratulaient. Les profiteurs ont toujours préféré l'ordre à la liberté; Eponine ne voulut pas assister à leur triomphe : elle pensait à la revanche. Elle attela sa voiture d'osier et partit pour les grottes de la Marne. Pas un souffle de vent n'allégeait la pesante chaleur de ces plateaux éloignés de toutes mers. Elle dévala la pente et trempa son visage dans le jaillissement de la source. Faisant une coupelle de la paume de ses mains, elle but ce don de Matrona. Il lui sembla communier avec la source, la montagne, la forêt. Une étrange béatitude s'était emparée d'elle en ce jour néfaste. Les filets d'eau qui tombaient du rocher étaient autant de flûtes qui chantaient : « Sabinus vit! Sabinus et Eponine ne seront pas séparés! Sabinus poursuit le combat! » Elle ne pouvait arriver à se persuader de la mort de Sabinus. Elle n'y croirait que le jour où elle verrait son corps. Et si ce jour-là devait arriver, elle irait sans tristesse rejoindre son époux dans l'île des âmes.

Rien ne la retenait à Langres. L'urne qui contenait les cendres de son père avait été déposée sur le laraire familial, en attendant la dédicace du monument. C'est à Auberive qu'elle aurait des nouvelles de Sabinus.

Dans la soirée, Eponine franchissait le seuil de sa villa. Les molosses dormaient sous le portique, ils ne levèrent même pas la tête. Carilla sanglotait; elle qui n'avait pas d'époux se sentait deux fois veuve. Primus était toujours introuvable, et Camulus avait été emmené en otage. Elle prononçait leurs noms à tour de rôle, mélangeant ses souvenirs, mais ne partageant pas son amour qu'elle leur vouait à chacun tout entier. Mya pissa de plaisir sur la mosaïque en revoyant sa maîtresse. Cette joie eût paru incongrue à toute autre qu'Eponine qui, sereine, s'installa dans l'attente. Filiolus faisait le travail de Carilla, qui ne descendait plus de sa chambre.

Deux nuits passèrent. Un vent violent se leva. Le troisième jour déclinait; la tourmente ne se calmait pas. Eponine fermait les volets, elle vit un paysan entrer en courant dans le péristyle. Les molosses grondèrent. Elle se précipita.

– Griselles! dit l'homme à bout de souffle. Griselles brûle! Oh, maîtresse, c'est un grand malheur qui nous arrive! Notre général, notre César, s'est donné la mort!

Une hache venait de s'abattre sur Eponine. Tout héroïsme déserta son corps brisé, anéanti. Muette, son regard égaré implorait une preuve. Le vieillard tripota les franges de son cache-col, il bredouilla :

– Pour ne pas se rendre aux Romains, Sabinus a mis le feu à son domaine de Griselles. Il a été brûlé vif.

Eponine s'enfonça les ongles dans les paumes des mains, elle ne voulait pas tomber, les colonnes se mirent à tourner, le sol se dérobait sous ses pieds.

– Martialis a péri avec lui, murmura le métayer. Tout est fini!

– Comment sais-tu que Sabinus était dans l'incendie? rugit Eponine qui voulait à tout prix garder une lueur d'espoir.

– Je les ai vus! J'ai vu Sabinus en croupe sur le cheval de Martialis, il devait être blessé, je les ai vus entrer à Griselles peu de temps avant que ne flambe le brasier. Je suis venu te prévenir pendant que les femmes jettent de l'eau et battent les flammes avec des branchages pour éteindre le feu.

Elle se mit à courir comme une folle vers l'écurie, elle criait :

– Je selle un cheval! Je t'accompagne! Je veux qu'on fouille les cendres! Je veux le voir! Je veux qu'on retrouve son épée, son torque, je veux toucher!

Les sanglots hachaient ses syllabes. Elle eut froid, de ce froid qu'elle redoutait, de ce froid qui ne le quitterait plus jamais. Ce doux passage dont parlait les druides n'était qu'un mensonge. La mort lui fit horreur. Galopant sur son cheval, elle hurlait de douleur. Elle n'acceptait pas. Elle s'en foutait que les Gaulois aient perdu leur libérateur! C'était son homme à elle qui l'avait quittée. C'était cette bouche tiède qui ne caresserait plus ses lèvres. C'étaient les yeux de son amant qui ne la verraient plus jamais, plus jamais!

Un crêpe noir recouvrait le coteau de Griselles. Comme les entrailles d'une victime agonisante, les braises rougeoyaient. Elle fourragea dans les décombres, mais ne vit que d'informes débris calcinés. Elle se mit à genoux, pencha la tête, défit son chignon et traîna sa longue chevelure dans les cendres. Elle demanda un simple vase en terre, le remplit de poussière encore chaude et, le serrant contre son cœur, retourna à Auberive.

Elle se jeta sur son lit, et sentit sur son corps à jamais solitaire l'horrible morsure des flammes. De douloureux spasmes lui déchiraient le ventre. Carilla pleurait doucement à côté d'elle; Mya dans le creux de son cou tentait de la réchauffer.

Le lendemain, elle donna des ordres pour que celui qui avait été l'empereur des Gaules eût des obsèques grandioses. Les nouveaux magistrats, trop contents d'être débarrassés de lui, ne s'y opposèrent pas. Elle commanda un grand sarcophage en pierre de Tonnerre, en pierre lingonne, et y fit graver :

MONUMENTUM SABINEII
SABINIANI A. N. XXVI [1] *

Elle y plaça l'urne de terre contenant les cendres, son pendentif en bois de cerf et la bague d'or que lui avait donnée Sabinus. Elle demanda aux paysans de dégager des décombres la trappe qui menait aux souterrains de Griselles. C'est là qu'elle voulait que fût porté le cénotaphe de son époux.

Plus de deux mille Lingons suivirent la charrette sur laquelle reposait la cuve de pierre. Eponine s'était drapée dans l'écharpe verte de leur dernier adieu. Les pleureuses psalmodiaient une interminable litanie. Eponine, le visage de marbre, le regard absent, se laissait dériver dans la houle comme une barque sans barreur. Elle serrait dans sa main la petite fiole qui renfermait la liqueur qu'elle avait préparée, la liqueur qu'elle boirait à son retour à Auberive, la liqueur qui pour toujours l'emporterait auprès de Sabinus. Elle descendit les trente-trois marches de pierre. Une grande paix régnait en elle. Il ne lui sembla pas entrer dans un tombeau, elle regarda la petite pièce carrée, le sol dallé, le plafond cintré, comme un propriétaire visite sa future demeure. Les torches coloraient de rose le crépi des murs. Pourquoi donc avait-elle eu peur de voir ce lieu si paisible quand Sabinus avait voulu l'y mener? C'est là que, pour toujours, vivrait

1. Monument de Sabineius, de la famille des Sabinus, mort à 26 ans.

le souvenir de leur amour tandis qu'à jamais, au-delà des mers, son âme et l'âme de Sabinus ne se quitteraient plus. Le druide parla pour les vivants; elle, elle était déjà là-bas.

Lorsque, de retour à Auberive, elle rentra dans cette villa où chaque objet lui parlait de Sabinus, elle demanda à Carilla de la parer de sa robe de noces, elle lissa ses cheveux, passa à son cou un collier d'ambre, à ses poignets des bracelets d'or, se parfuma, embrassa Carilla et la pria d'emmener Mya. Alors, esquissant un sourire, elle s'allongea sur leur lit et serra fiévreusement la petite fiole dans sa main.

Carilla ne dit pas un mot. Elle ne pleurait plus, elle laissa entrouverte la porte qui donnait sur le couloir, elle guettait, prête à intervenir. Cette mise en scène n'était que trop explicite, elle ne laisserait pas son amie attenter à ses jours. Mais Eponine ne faisait pas un geste, elle voulait avant de partir revivre Vetera, la victoire, les grottes de la Marne. La chaleur de Sabinus lui revenait au corps... ce trouble, ce frisson, qui la bouleversait quand, de son bras, il effleurait son bras...

Les molosses aboyèrent.

Non, ils n'aboient pas, murmura Eponine, ils hurlent de joie!

On cogna à la porte. Elle bondit. Donna un coup de poing dans les volets. Carilla se précipita à côté d'elle à la fenêtre. Elles crièrent ensemble :

– Martialis!

Eponine regarda la petite fiole dans le creux de sa main; non, elle n'avait pas bu le poison! C'était bien sur cette terre qu'elle voyait le frère de lait de Sabinus, il était vivant! Elle enferma le flacon dans son coffret à bijoux et courut au-devant de Martialis que Carilla traînait par la main jusque dans la chambre.

– Et Sabinus? cria-t-elle.

– Il vit! Il...

Martialis n'eut pas le temps d'achever sa phrase. Eponine l'étouffait de baisers.

– Mais, poursuivit le petit homme en se laissant choir sur un tabouret, tu dois en garder le secret et continuer à t'affliger en public de la mort de ton époux.

Sa face ronde était d'une pâleur extrême; il allongea sa petite jambe. Les mots sortaient avec difficulté de sa bouche desséchée.

– Tu as faim? lui demanda Carilla.

– Et soif! fit-il dans un sourire lunaire. Prépare aussi un panier de provisions pour Sabinus. Nous allons le lui porter!

– Je vais le voir! sanglota Eponine. Où? Où est-il?

– Dans son tombeau. Il t'attend à quelques pas de son sarcophage, dit Martialis, tout ravigoté par la coupe de vin.

Eponine s'était assise aux pieds de Martialis, elle buvait ces paroles qui lui rendaient la vie. Les couleurs lui revenaient aux joues. Il enchaîna :

– Sabinus a été blessé. Non! Ne crie pas! Il s'en tirera. Je l'ai porté jusque dans le dernier diverticule des souterrains de Griselles. Je suis allé cacher mon cheval dans la forêt et j'ai ramené des pierres. J'ai muré le passage entre la première salle et la deuxième galerie de notre cachette. Ensuite, j'ai mis le feu à la vieille maison de bois pour faire croire que nous avions péri brûlés. Le plus dur a été de retrouver cette foutue deuxième entrée sous les fortifications de Vertault. Enfin j'ai déniché les marches de pierre qui s'enfoncent dans le sol, sous un fouillis de ronces, un vrai *forum* à vipères! Il me semblait revenir en enfance, ma torche de bois éclairait mal, je me perdais dans le dédale des couloirs. Je ne retrouvais plus Sabinus, il s'était traîné jusqu'au muret. Il assistait à ses obsèques. J'ai eu grand-peine à le retenir, il voulait abattre le tas de pierres, il voulait te crier qu'il était près de toi. Dès la cérémonie achevée, quand le silence fut revenu, j'ai ménagé une brèche dans ma construction, je me suis faufilé et je suis venu à Auberive.

Les yeux brillants de larmes, Eponine baisait les mains de Martialis. Carilla apporta un panier dans lequel elle avait entassé des jarres d'eau, de lait, de vin, un jambon, un pot de miel et des fromages. Eponine empila sur un drap un sayon, des braies, des torchons, de la pâte de savon et son coffret de médecines. Elle noua les quatre coins du linge.

Elle aurait voulu emporter ses meubles, toutes ses affaires! Elle voulait s'installer à Griselles! Mais Martialis lui recommanda la prudence. En dehors d'eux trois, personne ne devait rien soupçonner. Si Sabinus était découvert, il n'était que trop certain que les Romains lui réserveraient le même sort qu'à Valentinus.

Mya assistait à cette inaccoutumée nervosité nocturne; un nouveau départ se préparait... Serait-elle du voyage? La tête penchée, elle grognait doucement pour signaler sa présence. Mais Eponine ne s'en aperçut pas, elle enfila à la hâte une tunique de bure et, portant le baluchon tandis que Martialis s'emparait du panier, elle embrassa Carilla :

– Si quelqu'un remarque ma disparition, tu diras que je suis allée à Griselles pleurer sur le tombeau de mon époux.

Elle ajouta :

– Va à Langres dès l'aube, invite ma mère à venir partager avec moi le repas de la mi-journée. Je veux qu'elle soit témoin de ma douleur de veuve. Elle est si bavarde, tout Langres le saura.

Martialis avait attelé un cheval à la voiture d'osier. Eponine fit claquer les guides et, le cœur battant, elle prit le chemin de Griselles. Le vent s'était calmé. A travers la forêt, le chemin de terre était éclairé par la lune, une lune toute ronde qui semblait sourire en cette nuit la plus courte de l'année. Martialis galopait à côté de la voiture. Ils étaient seuls. Un loup hurlait au loin. Une colline calcinée se profilait au milieu de l'horizon comme si elle était l'ombilic de la terre. Eponine arrivait à Griselles, Griselles où l'attendait l'homme qu'elle aimait.

GRISELLES
(Griseium)

70-78

Martialis s'arrêta à l'orée du bois. Il cacha la voiture et les chevaux dans un fourré. L'air était chargé de la senteur amère des cassissiers. Portant le panier et le paquet de linge, Martialis et Eponine continuèrent le chemin à pied. Ils évitèrent les six chaumières qui dormaient au bord de la Laignes et contournèrent la colline. A perte de vue se dressaient les rouvres. A travers les ronces, ils escaladèrent la butte par le septentrion. Ils arrivèrent au milieu des ruines, longèrent un sentier, et descendirent l'escalier de pierre qui menait au tombeau. La flamme de la torche faisait danser les lettres de l'épitaphe. Eponine remarqua pour la première fois, à droite de la dernière marche, une arche basse qui avait été comblée aux deux tiers de sa hauteur. Martialis noua une longe à chacun des colis.

– Monte! dit-il à Eponine.

Elle s'agrippa aux aspérités, posa les pieds sur les arêtes des blocs et parvint jusqu'à la brèche.

– Ne saute pas! lui hurla Martialis. L'autre salle est plus basse, il y a quatre marches sous la voûte!

– Je ne vois plus rien! gémit-elle.

L'angoisse la saisit. Elle se mit à crier :

– Sabinus! Sabinus!

Sa voix se répercuta de galerie en galerie, mais personne ne lui répondit.

Enfin, ses yeux s'habituèrent à l'obscurité, elle parvint à descendre et se trouva dans une deuxième salle identique à la première. Martialis la suivait; il fit glisser les cordages sur le faîte du muret et récupéra le garde-manger.

– Où est Sabinus? demanda-t-elle.

– Donne-moi la main et baisse la tête!

Ils se faufilèrent dans une ouverture ménagée dans l'épais mur de pierre. Éclairés par leur torche, ils cheminèrent le long d'un étroit couloir qui débouchait dans une cave au sol de terre battue. A la hauteur de la voûte, un trou, creusé en entonnoir dans l'épaisseur de la muraille, dispensait dans la pièce une lueur blafarde. Le faible rayon de lune éclairait un visage décharné et barbu. Sabinus et Eponine restaient muets, immobiles, le regard de l'un noyé dans le regard de l'autre, éblouis! Seul le soupirail à ras d'herbe les reliait au monde. Ainsi, longtemps, demeurèrent-ils pétrifiés, n'arrivant pas à réaliser qu'ils étaient encore sur cette terre, vivants! Eponine, enfin, poussa un cri qui lui venait des entrailles, se jeta sur son époux, le serra dans ses bras et libéra un flot de larmes, de larmes de joie, de larmes qu'elle n'avait pas versées le matin des obsèques. Sabinus ne pouvait que répéter : « Eponine! Eponine! » Ses lèvres sèches aspiraient la vie à la bouche gourmande d'Eponine.

– Occupons-nous de ta blessure! dit-elle en déballant ses médecines.

Sabinus avait perdu beaucoup de sang, mais la plaie était saine; elle la lava au savon et appliqua un cataplasme de laine de cou de mouton imbibé d'huile, de vin et de vinaigre. Elle lui serra la poitrine avec une bande d'étoffe. Martialis tendit à Sabinus un gobelet de lait au miel. Il but en faisant claquer sa langue; son œil bleu de bébé inconscient et rieur suivait tous les gestes d'Eponine qui le lavait et l'habillait de linge propre.

Venant d'une ferme lointaine, le cri d'un coq les fit tressaillir. Ils avaient tant de choses à se dire et ils ne s'étaient rien dit. Martialis était arrivé à Auberive déjà si avant dans la nuit; ils avaient eu un si court moment à passer ensemble. Ils se regardaient décontenancés, frustrés.

– Quand reviens-tu? dit-il en l'attirant contre lui.

– Tu me chasses?

– Il faut que tu rentres avant que les hommes ne soient aux champs. Ma pauvre chérie, quelle horrible comédie du malheur tu vas devoir jouer! Reviens à la nuit! Je t'aime. C'est pour rester près de toi que je n'ai pas rejoint l'armée de Civilis. Reviens!

Elle se serra fort, très fort contre lui et murmura dans son cou :

– Je t'aime. Demain, nous aurons toute la nuitée pour nous.

Martialis arracha Eponine des bras de Sabinus et la raccompagna jusqu'à sa voiture.

Tous deux parlaient en même temps, ils égrenaient des banalités, ils évitaient l'essentiel. Elle murmurait :

– La pleine lune a apporté la pluie!

La voix de Martialis ronronnait :

– Je vais aller à Vertault chercher du foin pour faire une litière!

– Sois prudent!

– Personne ne me connaît là-bas. Je reviendrai par l'entrée des remparts, avec la flamme de ma torche, je ferai des flèches aux croisements des galeries pour ne plus me perdre. Nous entrerons par là demain. Je t'attendrai près du cassissier.

– Cherche une source! Vous allez manquer d'eau.

– Viens à cheval! Ton *cisium* pourrait être reconnu.

La lune n'éclairait plus la forêt, le soleil se levait peut-être, mais Eponine ne voyait que les nuages. Comme cette journée allait être longue! Les roues glissaient dans la boue. Sa tunique déchirée et mouillée lui collait à la peau. « Sabinus vit! » se répétait-elle, mais la joie ne l'habitait pas. Ce gibier blessé réfugié dans un terrier, était-ce son héros? Elle avait pitié de lui, et la pitié lui faisait horreur. Attendre, se cacher, avoir peur, était-ce vivre?

Elle dételà son cheval et le bouchonna. Les molosses vinrent sentir sa pèlerine, ils lui sautèrent aux épaules, lui léchèrent la figure. La femelle alla se coucher dans la voiture comme pour s'assurer d'être du prochain voyage; elle savait que son maître vivait, que cette voiture conduisait à son maître. Mya dormait dans la robe de noces abandonnée sur la mosaïque de la chambre. Eponine accomplit en automate tous les gestes quotidiens. Carilla la pressait de questions. Carilla avait retrouvé une raison de vivre. Elle passa tout le jour à confectionner un double sac qu'elle ajusterait sur l'encolure du cheval. Elle y entassa un chaudron, des casseroles, des pots de beurre, de rillettes, une hache, une lampe... Elle prépara une couverture, se ravisa, en mis deux, puis pensa au rasoir, à la pince à épiler, au peigne d'ivoire, au miroir.

La voiture de Régina arrivait dans la cour.

– Ma pauvre chérie! sanglota-t-elle dans les bras de sa fille. Nous voilà bien à plaindre toutes les deux! J'espère que les dieux (elle pensait à Jupiter) te réservent des jours meilleurs! Tu es si jeune! Ta pauvre mère n'a même plus d'espoir! Cet aventurier n'était pas fait pour toi! Enfin, je crois que le calme et l'ordre vont revenir dans notre cité. Ma pauvre chérie, quelle force de caractère tu as! Tu t'es déjà mise à la lecture?

Régina fixait le *volumen* des *Géorgiques* de Virgile qu'Eponine tenait à la main...

– Oui! répondit-elle gênée, et elle glissa le cylindre à Carilla qui s'empressa de le mettre dans le sac pour Sabinus.

Les deux dames en blanc s'assirent devant le guéridon, l'une à côté de l'autre, en face du fauteuil vide de Sabinus dont Filiolus avait dressé le couvert.

– Je n'ai pas retrouvé le gobelet d'argent du maître, murmura le manchot.

– Apporte la truite au lieu de bavarder! coupa sèchement Eponine.

Régina regardait le portrait peint sur le mur. D'une voix sucrée de connaisseuse, elle susurra :

– Le vert est bien dur au teint, ma chérie. Quelle curieuse idée d'avoir choisi cette écharpe pour te faire peindre!

– Sabinus l'aime!

– L'aimait, veux-tu dire, ma pauvre chérie! laissa échapper Régina dans un soupir.

Elle but une gorgée de vin et enchaîna d'un ton protecteur, en mère qui prend sous sa responsabilité le bonheur de sa fille :

– Lucterius m'a demandé s'il pouvait te visiter. Quel bel homme! Sérieux, un grand politique! Je lui ai fait dire que c'était un peu trop tôt, mais que si Toutilla l'accompagnait il n'y aurait pas d'indécence.

– En effet, c'est trop tôt! se borna à dire Eponine, agacée.

– Mais, tu ne vas pas refuser ces innocentes distractions que sont les visites de condoléances? Sans tous ces amis chaleureux qui viennent me vanter les louanges de ton père, je n'aurais plus la force de vivre! Je me pare pour les recevoir, je les écoute et je finis par croire qu'il était tel qu'ils le disent. Vois-tu, je pense que c'est maintenant qu'il m'apporte le bonheur qu'il n'avait jamais su me donner. Bien sûr, ma pauvre chérie, pour toi c'est différent; les gens de notre monde ne peuvent louer ton mari qui a laissé capturer tous ces prisonniers! Surtout que Vespasien ne traite plus la Gaule en pays conquis. On parle de supprimer le tribut! Toutes les cités gauloises seront cités latines!

Eponine se mordait la lèvre et malaxait des petites boulettes de galette. Elle explosa :

– Tant mieux si Valentinus et Sabinus n'ont pas donné leur vie en vain! Tant mieux si cette guerre, aussi malheureuse qu'elle a pu être, a contribué à alléger le sort des Gaulois! Mais permets-moi de ne pas m'en réjouir, de pleurer mon époux et de m'affliger de notre défaite.

Mya comprit au ton d'Eponine que Régina était de trop; elle glissa sous la table et lui mordit le mollet. L'effet escompté se produisit. Dans les cris de douleur et les sentences outragées, Régina remonta dans sa voiture et regagna Langres à toute vitesse pour ne pas manquer son premier visiteur.

Il pleuvait toujours. Eponine attendit la nuit en se prélassant dans l'eau chaude. Elle se fit masser avec des huiles parfumées. Sabinus aurait-il retrouvé la force de l'aimer? Elle ne pensait plus qu'à sa peau nue contre la peau nue de Sabinus. Elle n'eut pas la patience d'attendre la fin du jour. Au crépuscule, elle s'enroula dans une grosse pèlerine marron et, sous l'ondée, traversa la forêt au galop. Martialis l'attendait. Il hurla joyeusement :

– J'ai trouvé une source, tout près de l'entrée de Vertault, un ruisseau aussi clair que celui de Matrona.

– J'ai un chaudron! dit Eponine en riant.

Heureux comme des enfants, ils mirent les chevaux à la longe sous les fortifications et allèrent remplir la bassine. Martialis installa les deux sacs sur ses épaules, prit le chaudron dans une main, et la main d'Eponine dans l'autre. A l'entrée de la galerie la terre était gluante et glissante. Martialis déposa son chargement sur le sol.

– Je vais aller couper du bois, dit-il. Je prendrai les paquets à mon retour. Tu n'as qu'à suivre les flèches!

Il fit demi-tour. Eponine alluma une chandelle et, se guidant aux marques faites sur les murs, elle déambula à tâtons de gauche à droite et de droite à gauche pendant un long moment. Elle arrivait au plus profond du souterrain, au loin, au bout de la galerie, une petite flamme vacillait dans l'obscurité. Soudain, elle se mit à courir, à courir vers la lueur qui se rapprochait; Sabinus venait à elle. Elle se précipita dans ses bras, ils roulèrent à terre. Sabinus étouffa un cri de douleur, mais que lui importait sa blessure, Eponine était là, chaude, douce; elle sentait le coriandre. Elle l'aida à se relever. Ils arrivèrent dans leur tanière. Un fin rideau de fils argentés s'égouttait derrière le soupirail. Un feu de branchages crépitait. Une litière de paille fraîche les attendait près du mur.

– Je vais refaire ton pansement, dit-elle.

– Plus tard! murmura-t-il en ôtant son sayon et ses braies.

Il s'allongea sur la paille. Elle se débarrassa de sa pèlerine, laissa glisser sa tunique. Elle était rose et or dans la lueur des flammes. Elle tomba à genoux près de son époux et embrassa son corps, son corps retrouvé. Étendu sur le dos, les mains derrière la tête, il fermait les yeux. Il se laissait faire, il se laissait aimer. La bouche d'Eponine inventait des caresses. Elle fut étonnée de ressentir en elle-même tout ce plaisir qu'elle donnait. Elle aurait voulu avoir six bouches, dix mains. Était-ce la fumée du feu qui s'éteignait, ou l'ivresse de ses sens qui la faisait pleurer? Elle le chevaucha, s'empala. Son corps osait des danses qu'elle ne savait pas exister. Ruisselante de sueur, elle s'abattit sur l'épaule de son amant. Sabinus étendit sur eux le manteau de bure. Il posa sa main sur le sein d'Eponine. Leurs souffles se mêlèrent. Ils dormaient enlacés quand Martialis arriva, chargé comme une mule. Il ralluma le feu, prépara du vin chaud au miel, disposa les galettes sur un torchon, coupa du fromage avec sa dague et clama joyeusement :

– Le dîner est servi!

Eponine but à la régalade comme un soldat. La tête lui tournait. Ivre de vin et de bonheur, le geste un peu hésitant, elle défit le bandage et renouvela les compresses.

– Dans cinq nuits, tu seras guéri! affirma-t-elle, radieuse.

Ils se regardèrent en silence. Martialis espérait bien que, d'ici cinq nuits, son maître aurait décidé d'aller rejoindre Tutor dans l'armée de Civilis. Sabinus prit la main d'Eponine, l'embrassa et, comme s'il venait de prendre une résolution, il dit :

– Il faut que tu obtiennes la libération de Camulus.

– Il paraît, soupira-t-elle, que les Romains dressent les esclaves de Palestine à combattre dans l'amphitéâtre. Pauvre Camulus, ne crains-tu pas qu'il ne soit trop tard?

– Non, Camulus est un officier de cavalerie, son père possède un riche domaine. Ils ne l'enverront pas dans l'arène. Demande à Lucterius d'offrir une grosse somme d'argent au légat. Ils sont tous vénaux, et Camulus ne représente pas une glorieuse prise de guerre. Ce n'est pas avec la capture de Camulus que Cérialis va impressionner le sénat. Mais, surtout, que jamais Lucterius n'apprenne que je suis en vie.

– Compte sur moi, je suis une veuve inconsolable! rugit-elle en se jetant dans les bras de son époux.

– Il va faire jour, articula timidement Martialis, Eponine, tu dois partir!

– A cette nuit! murmura-t-elle à l'oreille de Sabinus. Ne faites pas de feu dans la journée, la fumée pourrait attirer l'attention.

Sous le portique d'Auberive, Eponine désœuvrée s'était laissée choir dans un fauteuil d'osier. Carilla ronchonnait :

– Si ce n'est pas une pitié de se forcer à avoir l'air triste quand on est heureux! Le bonheur doit se montrer! Le bonheur n'est vraiment du bonheur que si on rend les autres jaloux! Passer ses journées à pleurer la mort d'un homme qui vit et qui vous aime, c'est du gâchis!

Eponine bâillait, elle tombait de sommeil. Elle avait envoyé Filiolus chez Toutilla et Lucterius pour leur dire que la veuve de Sabinus serait honorée de leur visite. Toutilla vint seule.

– Ma chère enfant, lui dit-elle, comme cette grande maison est triste! Pourquoi ne viens-tu pas t'installer à Langres?

– J'ai besoin de vivre près de tout ce qui lui a appartenu. Je ne vis plus que de souvenirs!

– A ton âge?

– Je ne puis m'accommoder du caractère de ma mère; nous passerions nos journées à nous quereller.

Poussée par le désir de satisfaire les caprices de son fils, Toutilla mettait dans son discours la persuasion d'une maquerelle :

– Il est des décisions que Priscus ne peut prendre seul! Tu serais utile à la coutellerie. Mon Lucterius ne tarit pas d'éloges sur toi, il t'aiderait si tu voulais! Hier, à la curie, il a fait une intervention très applaudie! Je pense que son attitude raisonnable va nous attirer les bienfaits de Vespasien. Les Romains n'ont plus rien à redouter maintenant que l'âme de ton cher Sabinus vogue glorieuse vers l'île du septentrion.

Eponine crut opportun de se tapoter l'œil avec son petit mouchoir.

– J'aurais bien aimé voir Lucterius, fit-elle d'un air détaché. J'aurais besoin qu'il me rende un petit service...

– Que de joie cette phrase va lui apporter, ma chère enfant! Sais-tu ce que tu devrais faire? Tu vas préparer ton bagage, je t'emmène pour partager notre repas familial et passer la nuit dans la petite chambre à côté de la mienne. Je ne peux pas me résoudre à te laisser seule ici! Demain, Lucterius t'aidera à mettre de l'ordre dans les comptes de la coutellerie.

– Ta bonté me touche, Toutilla, mais je ne veux pas quitter Auberive! D'ailleurs, la coutellerie est fermée depuis que le contremaître a été pris en otage.

– Au moins, viens dîner avec nous, demain, à la mi-journée.

– A la mi-journée, c'est cela, dit-elle, j'y serai.

Il semblait à Eponine que le jour commençait à décliner. Elle piaffait. Alors, elle trouva le plus sûr moyen de faire fuir la mère de Lucterius. Elle se mit à pleurer et à répéter inlassablement :

– Sabinus! Sabinus! Mon cher époux, pourquoi m'as-tu quittée? Jamais je ne me consolerai!...

Sa fatigue s'évanouit comme elle descendait les marches du souterrain.

Dans le noir, une petite flamme se rapprochait d'elle. Sa vraie journée commençait.

– Viens! dit Sabinus. Martialis a aménagé « notre chambre »!

Il la prit par la main et la fit passer sous une voûte qu'elle n'avait pas remarquée. La lampe à huile était posée sur le sol d'un renfoncement carré d'environ dix pieds de large. Sabinus l'attira sur la couverture qui était étendue sur un tas de foin.

– Il y a même des oreillers! dit-elle en étalant sa chevelure sur les sacs confectionnés par Carilla et que Martialis avait bourrés de fougères.

Il entrouvrit la guimpe d'Eponine et glissa sa main. Les pointes des seins se tendirent. Eponine et Sabinus se rapprochèrent, ils échangèrent une ébauche de baiser du bout de leur langue. Il arrêta de la caresser; elle murmura : « Encore! » Mais déjà, sous la jupe, la main remontait lentement le long de ses cuisses. Son corps se réveillait. A son tour, elle glissa sa main sous le ceinturon. Leurs exigences oublièrent toute pudeur. A la recherche du paroxysme, comme l'ivresse donne soif, la jouissance raviva leur désir tout au long de la nuit.

Toutes les nuits, ils firent l'amour avec frénésie; à la folie! Une semaine passa. De nuitée en nuitée, le contentement de leurs sens devenait leur seule raison d'être. Pour eux, la journée n'était plus qu'une attente impatiente de la nuit. Le crépuscule venu, Martialis trouvait maints prétextes pour les laisser seuls; il allait poser des collets pour les lièvres, des pièges pour les oiseaux; il préparait le souper dans ce qu'ils appelaient la « *salla* [1] ». Eponine avait l'impression d'aimer pour en mourir. Enchaînée par ce désir de chair sans cesse inassouvi, elle se laissait insensiblement gagner par un vague mépris d'elle-même et par l'indifférence à ce mépris. Le corps de Sabinus n'était plus que l'instrument unique et indispensable à l'accomplissement de ses phantasmes, mais Sabinus était mort comme elle était morte le matin de la défaite de Mirebeau.

La pluie avait cessé, la pleine lune était revenue. Des cailles embrochées doraient au feu sous le soupirail. Sabinus, assis sur une botte de paille buvait un gobelet de vin en fixant les flammes. Il était torse nu, une petite ligne rouge lui barrait le flanc. Eponine allongée avait posé la tête sur son ventre. Martialis claudiquait de long en large. Tout à coup, rompant le silence, il se mit à hurler :

– Qu'est-ce qu'on fout ici? J'en ai plein le cul de ce terrier! Tu es guéri, Sabinus! Décide quelque chose. Je veux revoir le jour! Je ne veux pas crever comme une taupe!

– Eh bien! Va-t'en! cria Sabinus. Dis-leur que je suis vivant, ils te donneront assez d'argent pour finir ta vie au grand air, si c'est ça que tu veux!

Martialis lui arracha le gobelet des mains. Il ne se contrôlait plus. Il envoya un coup de poing dans la mâchoire de Sabinus; il était hors de lui; il rugissait ;

– Tu bois trop! Tu baises trop! J'en ai marre!

Du revers de la main, Sabinus expédia son frère de lait au sol. A son tour, Eponine explosa :

– Vous êtes devenus fous! Nous devenons tous fous! Sabinus, il faut faire quelque chose. On ne peut pas continuer à vivre comme ça!

– Tu veux vivre comment? hurla-t-il. Les lions ont fini de digérer Valentinus! Ils doivent avoir faim! Préviens-les que leur prochain repas mijote à Griselles. Je ne veux pas plus me livrer aux Germains qu'aux Romains. Je ne veux pas que Civilis m'exhibe comme une bannière pour envahir la Gaule. Je n'ai plus d'armée. Lucterius collabore avec Rome. Camulus est prisonnier. Quant à toi, Martialis, on te croit mort, tu es mort, Martialis! Nous sommes morts!

Eponine, à bout de nerfs, pleurait le visage contre le mur. Martialis se releva, s'agrippa aux épaules de Sabinus, il le secoua, il bafouillait :

– Si tu savais comme tu vis dans la mémoire de ces gens que je

1. Salle de séjour.

ne connais pas, dans la mémoire de ces pauvres gens que j'ai vus à Vertault. Ils t'appellent « Sabinus, notre héros ». Ils disent : « Il lui a été donné d'entreprendre, un autre poursuivra, nous l'attendons, nous serons avec lui ! » Tous les jours, pendant que tu bois, pendant que tu dors, des centaines d'hommes et de femmes défilent devant ton tombeau, j'entends le roulement de leurs pas sur les dalles. Ils n'ont pas abandonné la lutte. Ils croient encore à la liberté de la Gaule.

Eponine se retourna. Ses yeux remontèrent lentement le long du corps de Sabinus. Elle ne pouvait soutenir son regard. Elle eut froid. Elle se jeta contre son amant, elle sentit sa chaleur, cette chaleur qui était le seul souffle de vie qui leur restait.

– Camulus ! murmura Sabinus. Qu'en ont-ils fait ? Je devrais être à sa place.

Le cheval d'Eponine prit le chemin d'Auberive. Il transportait une ombre.

Carilla ne put se faire ouvrir la porte de la chambre, sa maîtresse refusait de lui répondre. Le visage souillé de sueur, de larmes et de poussière, les pieds encore boueux, la tunique déchirée maculée des traînées du suif des chandelles, Eponine gisait sur le drap de lin blanc. Elle fixait son coffret à bijoux. Là était une certaine fiole. Elle l'emporterait ce soir dans « leur chambre » à Griselles. Bien serrés l'un contre l'autre, ils s'embarqueraient pour l'île du dernier sommeil. Cette pensée lui apporta la paix, elle s'endormit. Il y avait si longtemps qu'elle n'avait pas dormi.

Il lui sembla revenir d'un long voyage dans le vide. Sa main cherchait en vain la main de Sabinus. Un petit rai de lumière ourlait le bas de la porte donnant sur le péristyle. Mya jappait ; sans doute pour inciter les molosses à partager ses jeux. Des lavandières chantaient sur le chemin qui mène à l'Ource. Les sabots d'un cheval martelaient les dalles de la cour. La vie était là, de l'autre côté du volet clos. Elle s'étira et se résolut à entrebâiller la croisée. Le soleil abordait l'ouest du ciel, la mi-journée était entamée. Comme il faisait beau ! Quel gâchis, ce soleil ! Des roses fanées, trop lourdes pour leur tige, se penchaient sur leurs épines. Elle reconnut Lucterius qui faisait les cent pas sous le portique. Elle se cacha bien vite dans sa chambre et appela Carilla. Elle versa de l'eau dans la bassine de bronze, s'aspergea le visage, lissa ses cheveux et enfila une tunique blanche.

– Sers-nous un lait chaud dans le péristyle ! cria-t-elle en se sauvant.

– Du lait à cette heure-ci! maugréa Carilla en se dirigeant vers les cuisines.

– Comme tu es pâle! dit Lucterius.

Bouleversé, il regardait les yeux cernés d'Eponine qui ne semblaient pas le voir. Elle l'entraîna à l'ombre, dans l'exèdre.

– Es-tu malade? murmura-t-il, en s'asseyant face à elle.

– Non! Les maladies peuvent guérir; moi je souffre d'un mal incurable! laissa-t-elle échapper dans un soupir, sans oser le regarder.

– C'est par discrétion que je ne suis pas venu plus tôt, je respecte ton chagrin et je comprends que tu m'en veuilles!

Il tournait machinalement une cuiller dans le bol de lait que venait d'apporter Carilla. Il oubliait qu'il avait horreur du lait.

– Je ne t'en veux pas! fit-elle d'un petit sourire triste en regardant les roses fanées.

– A Reims, j'avais juré de respecter la volonté du plus grand nombre!

– Ce n'est pas la volonté du plus grand nombre que tu as respectée, mais celle des notables! Le peuple, lui, espère toujours sa libération!

– Tu ne me pardonnes pas d'avoir quitté l'armée de Sabinus?

– Si tu ne l'avais pas quittée, je vous pleurerais tous les deux!

– Laisse-moi t'aider! Pourquoi as-tu refusé l'invitation de ma mère?

– Je ne l'ai pas refusée, j'ai oublié! Dis-moi, Lucterius, tous ces hommes qui se sont rendus à Mirebeau, que sont-ils devenus?

– Ils sont dans le camp sous la garde de Gallus depuis que Cérialis est remonté sur le Rhin. Le tribun militaire leur a demandé de s'engager dans les auxiliaires; tous ont refusé. On attend; ils vont être enrôlés de force. J'ai vu le légat, j'ai juré fidélité et soumission au nom de la cité de Langres à condition que Gallus ne les vendent pas comme esclaves. Vespasien acceptera, il tient à assurer la paix en Gaule. J'ai obtenu que les cavaliers puissent racheter leur liberté, Gallus propose une rançon exorbitante; Vespasien a une réputation de grande avarice.

– Je veux payer la rançon de Camulus! rugit Eponine. Je te donnerai tout l'or que j'ai. Occupe-toi de la transaction.

– D'où te vient ce violent intérêt pour Camulus? dit Lucterius (une ombre de jalousie embrumait son regard).

– Il m'a sauvée à Toul, il a été capturé à la place de Sabinus, il était à côté de lui au combat; j'ai besoin qu'il me parle de lui! Oh, Lucterius, c'est horrible de penser que jamais plus Sabinus ne vivra dans cette maison, que ses yeux ne voient plus la lumière du jour!

De grosses larmes, qui n'étaient pas feintes, coulaient sur ses joues. Elle balbutia :

– A quoi me sert-il de vivre, à présent?

Lucterius avait envie de la prendre dans ses bras, de lui crier : « Confie-moi ta vie! J'emploierai la mienne à faire ton bonheur! Je crois au bonheur! » Mais il resta immobile et dit simplement :

– Sabinus n'a pas donné sa vie en vain! Rome a pris conscience du danger gaulois, Rome écoute nos doléances! Sans la folle entreprise de Sabinus, je n'aurais jamais eu l'occasion de faire accepter par Rome toutes ces mesures qui vont changer le sort des Gaulois.

Une détermination calme donnait à son visage une expression de force rassurante. Il poursuivit :

– Eponine, il faut rouvrir la coutellerie! Le légat exige que Langres lui fournisse des armes. Ce serait dangereux de ne pas obéir.

– Oh non! Lucterius, pas ça! dit-elle avec autorité.

– Pour ta sécurité, il faut que je puisse affirmer que la veuve de Sabinus accepte la nouvelle politique.

De sa voix grave, Lucterius cherchait à convaincre Eponine. La coutellerie était pour lui le prétexte qui lui permettrait de la revoir fréquemment. Eponine écoutait... Une idée germait en elle, mais pour la réalisation de son projet, il fallait absolument que Camulus soit libéré.

– Tu as peut-être raison! dit-elle. Mais ce ne serait envisageable que si Camulus pouvait me seconder.

– Je serai près de toi! interrompit Lucterius, peu enclin à retrouver Camulus dans l'entourage d'Eponine.

– Je ferai appel à tes conseils, mais les fonctions municipales t'accaparent tellement! dit-elle avec une pointe de coquetterie.

Il prit pour un encouragement ce qui n'était que ruse pour obtenir la libération de Camulus. Il laissa échapper :

– Ne me force pas à te dire aujourd'hui ce que tu sais depuis longtemps!

Il se leva, se planta derrière le dossier du fauteuil d'Eponine, posa chacune de ses mains sur une épaule, d'une pression forte, solide. Heureusement, elle ne vit pas son visage, elle ne vit pas cet œil d'aigle enserrant sa proie. Elle n'eut pas le réflexe d'échapper à ce contact apaisant. Elle pensa qu'il aurait été bon de pouvoir s'appuyer à ce chêne qu'était Lucterius, mais elle aimait Sabinus, Sabinus qui n'avait plus qu'elle au monde, Sabinus qu'elle sauverait. Elle tourna lentement la tête, ses yeux noyés ne captèrent qu'un regard de compassion qui la rassura. Les mains de Lucterius lâchèrent les épaules d'Eponine, maladroitement, comme gênées de se trouver là.

– Attends-moi, dit-elle, je vais te donner de l'or pour la rançon de Camulus. Reviens vite m'avertir dès que tu auras réussi!

Agacé par l'importance que prenait Camulus, mais réconforté à l'idée qu'il avait glané l'occasion d'une autre visite, il se contenta de dire :

– Merci de me faire confiance!

Il l'embrassa sur la joue. Elle appuya sa tête contre l'épaule de Lucterius, comme pour lui voler un peu de sa force.

Elle alla chercher une cassette emplie de pièces d'or, mais le vrai trésor que Lucterius emportait à Langres s'appelait : Espoir.

Tandis qu'à travers la forêt Eponine galopait en direction de Griselles, un autre espoir animait son cœur. L'espoir, avec l'aide de Camulus, de reconstituer la conjuration.

Martialis et Sabinus attendaient Eponine dans la « *salla* ». Sabinus prit la main d'Eponine et la porta à ses lèvres; il lui sembla que le sang de son époux coulait dans ses veines. Elle eut grand-peine à résister à ce désir d'amour qui l'envahissait. Ils se regardèrent, ils n'avaient plus besoin de se toucher pour savoir qu'ils s'appartenaient.

– J'ai vu Lucterius, dit-elle. J'espère arriver à faire libérer Camulus. Mais je crains que la nouvelle mobilisation de la Gaule soit irréalisable! La politique de Vespasien diminue le nombre des résistants. Lucterius semble obtenir beaucoup d'allégements aux contraintes imposées par Rome.

Sabinus prit un grand temps avant de répondre. Il articula lentement, donnant son poids à chaque mot :

– Lucterius n'obtiendra que ce que Rome souhaite offrir. En échange de notre soumission, Rome nous offrira de devenir des Romains. Mais, Eponine, les Romains ne savent pas qu'ils ont une âme et ils veulent que les Gaulois oublient la leur. Ils travaillent à convertir le monde à leur pensée matérialiste. Les hommes qui auront accepté sans lutter le triomphe de la matière sur l'esprit priveront à tout jamais leurs descendants de la protection de l'Esprit. Devenir un Romain, c'est croire que seules les richesses survivent au corps, c'est nier la transmigration de l'âme. Les Romains dominent les hommes par la force de leur armée, et la matière par la technique. Ils seront à leur tour dominés par des armées plus fortes que la leur, et le progrès de la technique émanant d'hommes sans conscience morale fera périr le monde dans l'eau et le feu. Le jour où le dernier des druides se sera tu, la terre retournera en enfance. L'empereur Claude avait compris que fermer la bouche aux druides était le seul moyen d'amputer la nation celtique de sa supériorité spirituelle; il a voulu réduire notre peuple à la misère morale du sien. Ce n'est pas pour que la Gaule paye moins d'impôts que je continue la lutte. Je veux que les druides apprennent leur science au fils que tu me donneras. Je veux qu'il sache que la terre n'est qu'une infime partie de la création, que du rocher est sortie l'eau, que l'eau donne la vie, que du végétal est né l'animal et de l'animal est né l'homme, que l'homme est doté d'une âme et que cette âme le mènera vers l'Esprit Parfait. Je veux que la connaissance des triades druidiques guide son passage terrestre vers un espoir plus ambitieux que celui de faire fortune. Je veux qu'il ait en mémoire les trois unités primitives : « l'Increé – la Vérité – la Liberté, point d'équilibre de toutes les oppositions »; les trois victoires sur le Mal et l'Anéantissement : « la Science qui permet d'acquérir la connaissance – l'Amour qui, par le désir, crée la vie – la Force Morale qui, à travers les épreuves, domine la paresse, clef de la route de l'Anéantissement »; et les trois craintes du sage : « la crainte d'offenser l'Incréé – la crainte de faire tort à quiconque – la crainte des richesses et de la prospérité excessives ». Je souhaite la paix avec Rome, mais je n'accepterai la paix romaine qu'à la condition de pouvoir vivre en Gaulois. Je sais que, si je te le demandais, tu serais prête à mourir avec moi, mais nous devons vivre, Eponine, pour transmettre le message.

Il la prit dans ses bras et lui dit à l'oreille :

– C'est en toi que j'ai trouvé mes certitudes. Reste près de moi. Ne crois pas au bonheur que promet Rome! Préfère-lui nos défaites.

Eponine se leva, découpa un lièvre en petits morceaux qu'ils mangèrent avec les doigts. Elle se taisait, confuse d'avoir soupçonné son époux de faiblesse. Martialis, la bouche pleine, ne put s'empêcher de dire :

– Le plus raisonnable serait de rejoindre Tutor et Classicus chez Civilis.

Gravement, Sabinus conclut :

– Le combat de Civilis n'est pas le nôtre. Les Bataves se battent pour la gloire, les Germains pour de l'or, les Gaulois pour la liberté! Ce sont les chefs gaulois que je veux recruter. Eponine, il faut que tu ailles voir Liscos! Amène le druide ici. C'est en mobilisant les âmes que nous gagnerons la guerre.

Le jour était levé quand Eponine arriva à Auberive. Filiolus changeait la paille des écuries.

– Tu n'aurais pas dû sortir seule! dit le manchot. D'où viens-tu à cette heure?

– J'étais sur le tombeau de mon époux!

– De grâce! Une autre fois emmène-moi avec toi! Il y a des loups dans la forêt et des brigands sur les chemins.

– J'ai mon glaive sur moi, tu oublies que j'ai fait la guerre! Mais selle un cheval pour toi, je veux bien que tu m'accompagnes où je dois aller maintenant. Saurais-tu retrouver la route du *nemeton* où se cachent les druides?

– Mais, Eponine, reprit le gamin, les druides ont dû abandonner le *nemeton*. Ils se sont dispersés dans la forêt. Certains se cachent dans des abris rocheux, d'autres ont creusé des terriers.

– Sais-tu où est Liscos?

– On dit qu'il vit près de la cascade du Grand Tuf.

Eponine et le manchot traversèrent la forêt en direction de Langres. Après une heure de route, ils abandonnèrent la voie dallée qui relie Châtillon à Langres et, se guidant sur le soleil, ils remontèrent vers le nord-est. La terre conservait l'empreinte des sabots des cerfs qui étaient venus boire pendant la nuit. Ils pénétrèrent dans la profondeur du bois où l'homme ne s'aventure guère. Ils louvoyèrent entre les hauts chênes, il n'y avait plus de piste tracée et le soleil était caché par l'opaque toiture de feuillage. Ils se perdirent, repassèrent dans des endroits déjà vus; une agréable fraîcheur faisait oublier à Eponine qu'elle n'avait pas dormi. L'air sentait bon l'humus. Une colonie de passereaux chantait du haut d'un arbre. Peu farouches, les mésanges se mirent à voleter autour des cavaliers, puis elles prirent de la hauteur et se dirigèrent vers le levant. Eponine et Filiolus les suivirent. A vingt pas devant eux, ils virent un homme en robe blanche sortir de la profonde crevasse qui trouait le tronc d'un chêne séculaire. Du geste du semeur, le vieillard lança des graines aux oiseaux.

– Liscos! cria Eponine, en descendant de cheval et en se précipitant vers le druide.

– Soyez aimés de l'Incréé qui vous envoie à moi! dit le solitaire. Ce sont mes chères mésanges qui indiquent le chemin à tous les fidèles qui me viennent voir et m'apportent de la nourriture. Elles savent que je leur réserve leur part du festin. En échange de ces dons que je reçois, je n'ai à offrir que le réconfort de la parole.

– Ingrats que nous sommes! dit Eponine, nous ne t'avons rien apporté, et pourtant nous mendions ton aide.

Se retournant vers Filiolus, elle ajouta :

– Garde les chevaux! Je dois parler à Liscos dans le secret.

Faisant osciller le bas de sa tunique déchirée sur ses pieds nus, le druide entraîna Eponine auprès de la cascade. L'eau jaillissant d'une butte rocheuse tombait claire et vivante sur une pierre creusée par l'érosion, et se déversait dans un ruisseau bouillonnant.

– Écoute la parole de l'Incréé! dit Liscos.

Le bruissement de l'eau et le piaillement des oiseaux montèrent dans l'air comme un cantique.

– Sabinus vit! murmura-t-elle enfin.

– Tu ne m'apportes pas de surprise, répondit le druide car son âme ne peut mourir, mais veux-tu dire que son esprit habite toujours le même corps?

– Oui. Il se cache à Griselles dans le souterrain creusé sous son tombeau. Il n'a pas abandonné la lutte. Il souhaiterait que tu ailles le voir pendant la nuit.

– Je ne puis quitter ce lieu d'où me parvient la parole de l'Incréé. Chaque druide découvert par les Romains est égorgé dans l'instant. Beaucoup des nôtres sont déjà morts, Eponine. Un grand nombre sont partis pour la Bretagne, d'autres pour l'Irlande. Nous ne pouvons plus nous réunir; ce serait courir au massacre. Quelques-uns comme moi préfèrent rester pour aider ceux qui viennent à eux. Je peux faire savoir à mes frères que celui qui fut proclamé empereur des Gaules continue la lutte pour la liberté. Chacun de nous dira à ses fidèles d'espérer et d'être prêt, chaque fidèle le répétera à ses proches. Tu n'auras qu'à informer du jour et du lieu, les Gaulois seront au rendez-vous de Sabinus. Merci de me rendre l'espoir! Tu peux compter sur moi, j'entre en mon hiver, mais de mes racines monte assez de sève pour donner la vie comme l'arbre en état de mort apparente nourrit la plante vivante du gui.

Il baisa Eponine au front et disparut dans l'épaisseur de la forêt. Les jours commençaient à raccourcir. Déjà venait la nuit, et Eponine n'avait toujours pas eu le temps de prendre de repos. Des mouches dansaient devant ses yeux; il lui semblait marcher sur des vagues.

Carilla ne put la convaincre de rester à Auberive. Épuisée de fatigue, elle s'assoupit, courbée sur l'encolure de son coursier et se laissa conduire jusqu'à Griselles. Sa jument s'arrêta près du cassissier. Comme une somnambule, Eponine pénétra dans le souterrain. Sabinus vint au-devant d'elle, il la prit dans ses bras et la coucha sur « leur lit ».

Ainsi, durant tout le mois d'août, prit-elle l'habitude de venir souper et dormir auprès de son époux, exécutant pendant le jour les missions dont il l'avait chargée. On disait bien dans le *pagus* [1] que la veuve de Sabinus se rendait au crépuscule sur le tombeau de l'empereur des Gaules, mais nul n'aurait eu l'idée de troubler sa méditation.

Un matin de septembre, Lucterius arriva à Auberive. Il descendit de sa voiture un grand panier de raisin et, sans se faire annoncer, appela joyeusement Eponine depuis les marches du portique. Personne ne lui répondit. Il traversa l'*atrium* et se dirigea vers la cuisine pour déposer son présent. Il vit dans la souillarde [2] deux jeunes femmes accroupies sur le sol qui, béates, regardaient une chienne faire la toilette de trois petites boules aveugles et gluantes.

– Quelle merveille! disait Eponine, c'est la première fois que j'assiste à une naissance! C'est étrange, Mya n'a plus l'air d'avoir mal. Crois-tu, Carilla, que moi aussi je serai capable d'oublier si vite la douleur?

– Tu oublieras ta douleur présente comme tu oublieras la douleur de l'enfantement après avoir donné la vie! Oh! Eponine, espère en la vie! Aie confiance en moi...

Elle leva la tête et reconnut Lucterius. Elle bondit sur lui comme une furie :

– Qui t'a permis de venir jusque dans mes appartements? Qui t'autorise à épier mes gestes, mes pensées?

– Ne te fâche pas, reprit-il. Je me réjouissais de te voir émerger de l'état de prostration où je t'avais laissée.

– Émerger! Je « n'émerge » pas! Je m'engloutis! Je suis désespérée! dit-elle d'un ton faussement dramatique.

1. Canton.
2. Arrière-cuisine.

Lucterius eut grand-peine à refréner son envie de rire.

Eponine, dépitée, partit en courant et alla s'enfermer dans sa chambre. Lucterius ne s'attendait pas à trouver tant de vitalité dans l'être déchiré qu'il avait quitté quelques jours plus tôt. Cela ne fit que renforcer sa conviction de la versatilité des femmes. Eponine, descendant de son piédestal, devenait à sa portée. Il tambourina à la porte de la chambre et d'une voix doucereuse susurra :

– J'ai une surprise pour toi.

Il n'obtint pas de réponse; alors, sans se décourager, il enchaîna :

– Camulus sera demain à Auberive!

– Excuse-moi, dit Eponine en lui ouvrant. Je suis à bout de nerfs!

Comme il allait entrer dans la chambre, elle fit un mouvement tournant et se dirigea vers le péristyle. Il la suivit tout en parlant :

– Tu vas pouvoir rouvrir la forge. A vrai dire, je ne comprends pas très bien à quoi te servira Camulus, mais il n'est pas un seul de tes caprices que je ne sois disposé à satisfaire!

Peu de jours plus tard, les molosses firent une véritable danse de joie autour du cheval blanc que Camulus menait à l'écurie d'Auberive.

– Rix! hurla Filiolus.

Eponine et Carilla arrivèrent en courant. Carilla se jeta dans les bras de Camulus, tandis qu'Eponine répétait :

– Rix! Rix! en lui caressant les naseaux.

Camulus baisa la tunique d'Eponine, se releva et dit :

– La mort de notre général a causé la désespérance. Tous les prisonniers prennent part à ton malheur qui est aussi le nôtre.

Eponine embrassa Camulus et laissa échapper dans un soupir de joie :

– Je suis si heureuse que tu sois là! Si heureuse de revoir Rix.

Camulus était mal à l'aise, on l'accueillait comme un ami qui rentre de voyage, il se sentait un acteur tragique égaré dans une scène de comédie, il enchaîna, gêné :

– Rix était retourné seul au camp de Mirebeau après la mort de Sabinus. Les Romains se sont approprié nos chevaux en prise de guerre. Comme la rançon d'un cavalier lui donne le droit de partir avec son cheval, j'ai demandé Rix. Gallus l'offre personnellement à la veuve de Sabinus pour qu'elle garde en mémoire que la forge doit fournir des armes aux Romains qui défendent la Gaule contre ses ennemis. Mais, Eponine, personne n'est digne de monter Rix. Nous ne pouvons accepter qu'il soit le gage d'une indigne fidélité à Rome! Il faut l'abattre, et que ses restes reposent auprès des cendres de son seul maître.

– Bouchonne Rix et donne-lui de l'avoine! dit Eponine à Filiolus en entraînant Camulus à l'écart dans l'exèdre.

Alors, elle prit la main de Camulus et murmura :

– Rix vivra parce que son maître vit!

Camulus crut défaillir; elle poursuivit :

– Sabinus et Martialis se cachent dans un souterrain à Griselles. Je t'y mènerai à la nuit. Il faut que tu prennes la direction de la forge. N'engage que des partisans de la résistance. A chaque commande d'armes par Rome tu produiras la même quantité pour l'armée de libération. Nous organiserons des livraisons de nuit dans le souterrain. Seuls Liscos et Carilla sont dans le secret; veille à ce que Lucterius n'ait jamais de soupçons!

Lucterius était la préoccupation constante d'Eponine. De toute évidence, il respectait un délai décent avant de faire sa demande, mais il s'affichait dans Langres en protecteur de la veuve de Sabinus. Régina et Toutilla considéraient déjà leurs enfants comme promis l'un à l'autre. Les visites de Lucterius à Auberive étaient de plus en plus fréquentes, de plus en plus pressantes. Eponine, avec véhémence, déclarait que jamais elle ne se remarierait, que sa fidélité à Sabinus durerait aussi longtemps que sa vie, mais elle ne pouvait interdire sa maison au nouveau *duumvir*, à l'allié de Rome, sans risquer de devenir l'objet d'une surveillance assidue qui compromettrait la sécurité de Sabinus et l'organisation de la révolte.

Grâce à Liscos, des îlots de résistance se reconstituaient. La première livraison d'armes avait été effectuée à Griselles. En revanche, la bourgeoisie commençait à s'empâter dans un climat de prospérité. La moitié du *pagus* était dressée contre l'autre moitié. Prétendre être neutre équivalait à dire que l'on se soumettait à Rome. Il ne fut pas de semaine où ne se produisirent des actions de déstabilisation. Des détachements de la gendarmerie romaine cantonnée à Til-Châtel patrouillaient dans les forêts pour interdire tout rassemblement et, au moindre incident, arrêter des otages.

Le premier jour de novembre, Eponine, revenant de Griselles, s'était comme chaque matin plongée dans l'eau tiède de sa piscine. Son corps était encore tout alangui par les caresses de Sabinus. Elle pensa à Carilla, qui profitait de ce jour férié pour prolonger sa nuit dans les bras de Camulus. Elle pensa à l'injustice du monde, à l'intransigeance du père de Camulus qui avait refusé de consentir au mariage de son fils avec une servante. Elle se mordit la lèvre, se drapa dans une *palla* [1] de mousseline, et regagna sa chambre en se reprochant son ingratitude envers l'Incréé qui cachait, au plus profond de son cœur et de celui de Carilla, des secrets d'amour alors que tant d'hommes et de femmes n'avaient à dissimuler à leurs semblables que d'inguérissables blessures.

– Eponine! cria Lucterius en courant vers elle. Tu es bien jolie, poursuivit le magistrat, dont le regard de convoitise déshabillait les formes à peine voilées d'Eponine. Mais je m'étonne que tu ne sois pas encore prête, as-tu oublié que le flamine du culte impérial a ordonné à tous les Lingons de se réunir dans le temple dédié à Rome et à Auguste pour assister au sacrifice offert aux dieux en ce jour de Samain [2]. L'édile ne manquera pas de me signaler le nom des absents. Se dérober à la célébration d'une fête est un manquement grave envers Rome. Prépare-toi! Je t'attends.

– Je n'irai pas au temple dédié à Rome et à Auguste! répliqua Eponine de ce ton buté qui mettait Lucterius hors de lui.

Il explosa :

– Sans doute préférerais-tu te mêler aux insensés qui projettent de fêter Samain ce soir dans la forêt? Mais je ne te laisserai pas commettre pareille folie. Nous savons que Liscos se cache dans le bois d'Auberive. Des paysans ont été arrêtés par une patrouille romaine; ils n'ont pas voulu dire à qui ils destinaient les vivres qu'ils transportaient. Les vétérans ont dressé un camp dans les parages, ils finiront bien par trouver le vieux druide.

Il saisit avec force Eponine par le poignet et dit sèchement :

– Va t'habiller! Ou je t'emmène dans cette tenue.

Eponine appela Carilla, mit sa tunique de deuil et se résigna à accompagner Lucterius au temple.

– Attends-moi avec le *cisium* devant l'arc de César, murmura-t-elle à Carilla en l'embrassant.

A la sortie de la cérémonie, qui lui avait paru interminable, elle dut subir les condoléances hypocrites de tous ces notables lingons, heureux de se pavaner en toges romaines et flattés de s'entendre appeler « *duumvir*, flamine, édile! ». Elle alla embrasser Régina et lui annonça qu'elle soupait chez Toutilla, puis elle alla saluer Toutilla et lui dit qu'elle soupait chez sa mère. Lucterius était assailli par les flatteurs et les quémandeurs; elle en profita pour s'esquiver et rejoignit Carilla dans la voiture. Elle prit les rênes et

1. Voile, grande écharpe.
2. Fête des morts (1er novembre).

conduisit son cheval ventre à terre en direction de la cascade du Grand Tuf.

– Il faut absolument avertir Liscos que sa vie est en danger! dit-elle à Carilla.

Eponine retrouva le chemin qu'elle avait pris avec Filiolus. Mais, à la place des empreintes de sabots de cerfs, des traces de chevaux jalonnaient la piste. Du crottin frais attestait le récent passage de cavaliers. Elles arrivaient à la baraque des bûcherons au-delà de laquelle il n'y avait plus de route tracée.

– Continuons à pied! dit Eponine.

Elles descendaient de voiture, quand elles furent rejointes par deux cavaliers romains. L'un d'eux s'approcha d'elles, tandis que l'autre fouillait le *cisium*.

– Il n'y a pas de nourriture! hurla le deuxième vétéran à son camarade.

– De la nourriture? fit Eponine étonnée. Pourquoi aurais-je de la nourriture? Je vais à la mine surveiller si nous sommes bien en mesure de fournir le minerai à temps. Je suis la propriétaire d'une forge qui travaille pour Rome!

– Tu vas à la mine un jour néfaste [1]? Personne ne travaille aujourd'hui! répliqua le sous-officier, peu crédule.

– C'est bien parce que le contremaître ne travaille pas que j'espère le trouver chez lui! rétorqua Eponine sans se démonter.

– S'il est un homme fidèle, il est au temple et non chez lui!

– Qu'en sais-tu? J'étais bien au temple, moi! Et deux femmes conduisent moins vite une voiture qu'un cavalier ne galope sur son cheval! Laisse-moi passer! Niger, l'homme que je cherche, habite une cabane près d'ici. Dis à ton chef que tu as vu Eponine, le maître de forge; il te félicitera de ne pas l'avoir empêchée d'accomplir son devoir pour la grandeur de Rome.

– Je t'accompagne! dit alors le Romain.

– Je t'en remercie! répondit Eponine qui ne connaissait aucun mineur du nom de Niger et aurait été bien en peine de trouver sa cabane.

Les Romains marchèrent au pas, suivant Eponine et Carilla qui avaient pris la direction opposée à celle de la cascade, tournant et retournant à travers les fourrés les plus touffus.

– C'est encore loin? demanda le plus âgé des vétérans qui, les cuisses éraflées par les broussailles, avait dû mettre pied à terre.

1. Jour où toute activité professionnelle était interdite.

– Mais non! dit Carilla, on descend cette butte et on remonte sur celle d'en face.

– Vous avez de bonnes jambes, les filles! bougonna le gros homme dont la face cramoisie ruisselait de sueur. N'y a-t-il pas une autre route pour aller chez ce Niger?

– Oh si! dit Carilla, mais nous voulions cueillir des champignons.

– Des champignons! maugréa le vétéran. J'ai du travail chez moi, j'ai ma toiture qui fuit. Ou je suis en mission et j'exécute ma mission, ou je rentre remettre mes tuiles. Je n'ai pas rempilé pour aller à la cueillette des champignons!

– Tu as raison, renchérit Eponine, n'aie pas de souci pour nous, nous connaissons la route et sommes en sûreté.

– Alors, amusez-vous bien! Nous allons vous abandonner. Dans le fond, le tribun a demandé qu'on lui amène un druide, pas des donzelles, conclut le vétéran qui n'appréciait guère cette promenade dans les ronces.

Et, sans autre explication, les Romains firent demi-tour. Eponine et Carilla continuèrent à marcher jusqu'à ce qu'elles entendent s'éloigner le galop des chevaux. Carilla éclata en sanglots :

– Jamais nous ne retrouverons la voiture! Nous allons tourner en rond jusqu'à la nuit!

– Non, dit Eponine radieuse. Regarde! En bas, il y a un cours d'eau, nous n'avons qu'à le suivre, nous arriverons bien à une ferme ou à une maison.

– Mais la forêt est immense! pleurnichait Carilla. On peut marcher des jours sans voir une maison. Le plus simple est de retourner sur nos pas.

– Mais, voyons, Carilla, je suis incapable de retrouver la voiture, j'ai marché au hasard dans les endroits les plus inconfortables pour les décourager. Allez, viens!

Elles descendirent la colline à travers bois et longèrent le cours d'eau. Elles marchaient déjà depuis longtemps, un rayon rose s'engloutissait derrière la cime des arbres du plateau d'en face.

– Un pont! hurla Eponine. Il y a sûrement un chemin qui mène quelque part!

En s'approchant, Eponine remarqua que deux gros arbres étaient abattus en travers de la passerelle de bois. Il lui sembla entendre des cris de détresse. Un cheval, les membres cassés gisait à moitié coincé sous les arbres, l'arrière-train surplombant le vide. Eponine se précipita. Au milieu de l'eau, une tête et une main apparaissaient et disparaissaient. Un homme était en train de se noyer. Sans prendre le temps de la réflexion, Eponine plongea, donna un coup de poing sur la tête de l'homme en perdition et le ramena sur la berge.

Quelle ne fut pas sa surprise quand elle s'aperçut qu'elle venait de sauver un vétéran romain!

Sa tunique blanche, déchirée et maculée du sang des égratignures de ronces, lui collait à la peau. Elle s'assit à côté de son rescapé. Le Romain lui baisait les mains; il n'en revenait pas d'avoir été sauvé par une femme. Il pleurnichait :

– Je ne sais pas nager. Ces pourris de Gaulois ont entravé le pont! Mon cheval s'est brisé les jarrets et m'a foutu à l'eau. Les autres ne savent pas nager non plus; quand ils ont vu ça, ils sont partis. J'aurais pas dû cavaler en tête!

– Vous étiez nombreux? demanda Eponine.

– Tu penses! La chasse au druide avait mobilisé tout le peloton! Mais qu'est-ce que deux jolies filles font toutes seules dans les bois?

– On cueillait des champignons! hurla Carilla à bout de nerfs. On s'est perdues, on a laissé notre *cisium* sur la grande piste.

– Ah! c'est à vous la voiture! il y a un camarade qui l'a ramenée à la ferme qui nous sert de quartier général. C'est au bout du chemin de l'autre côté de ce foutu pont.

Carilla, les jambes striées d'écorchures, le Romain et Eponine, trempés jusqu'aux os, se dirigèrent vers le campement des vétérans. L'homme enjamba les troncs d'arbre et, d'un coup de dague, abrégea les souffrances de son cheval. Tous trois firent une entrée très remarquée dans le camp. Le tribun se dérangea pour remercier les jeunes femmes courageuses qui avaient sauvé la vie d'un de ses hommes. Il voulut leur offrir du vin chaud, les faire raccompagner; il leur demanda de formuler un souhait qu'il pût satisfaire afin de leur prouver sa reconnaissance. Des otages gaulois étaient parqués derrière une balustrade. Eponine ne pouvait supporter leur regard. Elle demanda qu'on lui rende sa voiture; et, par la route qui contourne la forêt, les amies rentrèrent à Auberive. La nuit était tombée depuis longtemps quand elles franchirent le portail.

Depuis des heures, Camulus et Filiolus les attendaient. Ils marchaient de long en large sous le portique sans oser se regarder. Elles étaient parties sans dire où elles allaient; ils redoutaient qu'elles ne fussent mêlées au drame qui venait de se produire. Au bruit que fit le *cisium* en arrivant dans la cour, ils se précipitèrent et furent atterrés à la vue des tuniques en lambeaux.

– Où étiez-vous? demanda Camulus.

– En forêt d'Auberive! articula péniblement Eponine qui grelottait.

Camulus décrocha son manteau et en couvrit les épaules d'Eponine, qui enchaîna :

– Nous voulions prévenir Liscos que sa vie était en danger. Mais nous n'avons pas pu arriver jusqu'à lui. Filiolus, il faut que tu partes à cheval, prends une torche, des vêtements, oblige-le à abandonner sa robe blanche, ramène-le ici. Nous le cacherons; personne ne viendra le chercher chez moi!

– Eponine, reprit Filiolus les larmes aux yeux, c'est trop tard! Les Romains ont trouvé Liscos. Il a été égorgé près de la cascade du Grand Tuf. Des amis l'ont vu. Les Romains lui avaient cloué les mains à un arbre.

– Et moi, je sauvais un Romain, sanglota Eponine.

– Des ouvriers de la forge viennent de partir pour l'enterrer, murmura Camulus.

Cette nuit-là fut bien courte et bien triste dans le souterrain de Griselles!

Les nouvelles du lendemain furent encore plus alarmantes. La patrouille romaine avait au matin arrêté les dix hommes qui, bêche sur l'épaule, revenaient après avoir donné une sépulture à leur druide. Les otages furent conduits à Til-Châtel où le tribun devait décider de leur sort : l'esclavage ou la mort. Auberive était plongé dans la consternation, quand Lucterius apparut sur les marches du perron.

– Je suis fier de toi, Eponine! clama-t-il. L'édile m'a dit que tu avais risqué ta vie pour un vétéran romain. Le légat le saura, et je pense qu'il voudra t'en remercier personnellement.

– Que m'importe la vie d'un Romain, alors que Liscos a été lâchement assassiné et que dix Lingons ont été pris en otages! Quel mal y a-t-il à enterrer un mort?

– Tu oublies que les traverses ont été mises sur le pont par des Gaulois, que ce pont est celui qu'empruntent quotidiennement les Romains chargés de la sécurité de Langres.

– En quoi la sécurité des Lingons est-elle menacée?

– Les Romains savent que les druides entretiennent l'esprit de révolte. S'ils s'étaient tenus tranquilles, on ne les aurait pas massacrés!

– Eh bien! Lucterius, mène-moi à Til-Châtel, je veux voir le tribun. S'il m'a de la reconnaissance, je lui donnerai l'occasion de me le prouver!

Et c'est ainsi qu'en remerciement de son sauvetage, Eponine obtint la libération des dix otages, non sans avoir assuré le tribun que ses ouvriers mettraient encore plus d'enthousiasme à la fabrication des armes pour la gloire de Rome!

De visite en visite, Lucterius s'enhardissait. Il faisait maintes allusions à l'avenir. Eponine sentait bien qu'une rupture franche était impossible, dangereuse pour Sabinus. Mais les choses ne pouvaient durer ainsi.

L'hiver qui suivit la victoire de Vetera fut précoce. Eponine eût voulu que jamais ne revienne le printemps et que toute l'année ne soit qu'une saison aux longues nuitées.

L'ouverture du soupirail était voilée par un rideau de pluie. Les sandales collaient à la terre humide des souterrains. La paille pourrissait sur le sol. Martialis s'était fait des amis à Vertault, on l'appelait le Vagabond; en échange de menus services, on lui donnait du fourrage frais. Il avait déménagé la « chambre » dans la pièce dallée contiguë au tombeau. Tous les détritus étaient déversés dans un diverticule éloigné de la *« salla »;* il eût été imprudent de risquer d'attirer l'attention en les jetant à l'extérieur. Mais cette décharge devint un repaire de rats; Eponine saupoudra le seuil avec du poison afin de délimiter le territoire des nouveaux occupants.

Le reflet de la flamme de la lampe à huile dansait sur la voûte de la chambre. Une grosse mouche volait autour d'un pot de confiture de fraises posé près de la paillasse.

– Écoute! murmura Eponine, ... à Vetera une mouche tournait autour de la tête de mon cheval quand nous attendions le signal de l'attaque de la cavalerie. Jamais je n'oublierai le bruit de la mouche dans le silence de l'attente!

Ils écoutèrent le grésillement du vol de la mouche et revécurent la bataille.

Soudain, Sabinus se redressa et dit :

– Il faut que tu ailles voir Classicus!

– Mais, il est chez Civilis! rétorqua Eponine.

– Tu dois quitter Langres! Tu dois t'éloigner de Lucterius! Dis à ta mère que tu es trop malheureuse dans cette maison où je ne suis plus; dis à Lucterius que tu as besoin de réfléchir seule. Va à Reims chez mon oncle Tritos.

– Je croyais que tu le méprisais, que c'était un profiteur, un partisan de l'alliance avec Rome?

– A Reims, tu te rendras chez Trinius. C'est un ami sûr. Il se chargera de te trouver un moyen pour parvenir en Batavie. J'ai besoin de savoir si Tutor et Classicus sont prêts à reprendre la lutte à mes côtés.

– Mais Sabinus, chuchota-t-elle en se pelotonnant contre lui, ce voyage risque d'être long, combien de nuits resterai-je sans te voir? Songes-tu à toutes ces nuits et à tous ces jours que tu vas passer seul dans ce trou?

– Demande à Camulus de venir ici la nuit prochaine! J'ai dressé la liste de mes fidèles dans chaque cité. Il faut qu'il leur fasse porter mes messages sans plus tarder. Nous avons besoin de l'appui de toute la Gaule.

Cette nuit-là, Martialis annonça en vain que le souper était servi. Eponine et Sabinus s'aimèrent jusqu'à l'aube. Les coqs s'étaient déjà tus depuis longtemps. A l'entrée du souterrain, Eponine ne pouvait se résoudre à quitter les bras de Sabinus. Il enleva de son cou la médaille représentant les deux mains entrelacées et la donna à Eponine en lui disant :

– Tu la remettras à Classicus!

De retour à Auberive, Eponine avait annoncé son départ pour Reims. Régina n'avait pas manqué de trouver cette décision stupide : aller s'enfermer dans la famille de Sabinus alors que les grandes réceptions d'hiver battaient leur plein à Langres et que le délai convenable du grand deuil touchait à sa fin!

– Enfin! dit-elle à sa fille, que cette retraite te soit salutaire, pense à ton avenir! Et reviens-moi plus raisonnable!

Lucterius avait demandé la permission de l'embrasser et l'autorisation de lui écrire... Il n'était donc plus question pour Eponine de ne pas séjourner chez Tritos. L'oncle aurait renvoyé les lettres en révélant que sa nièce n'était pas chez lui.

Mya courait d'une malle à l'autre. On venait de lui enlever ses petits pour les donner aux métayers, et ces préparatifs de voyage ne présageaient rien de bon.

– Je me demande ce qu'on va aller faire chez l'oncle de Reims, maugréait Carilla, qui s'était résignée à sa condition de concubine mais ne se résignait pas à dormir sans Camulus.

– Tu devrais dire : « ce que *je* vais faire! » rétorqua Eponine, car moi, je n'y vais pas!

– Alors, pourquoi se charger de toutes ces robes de veuve? De toutes ces tuniques blanches brodées et galonnées? reprit Carilla en haussant les épaules.

– C'est toi qui les porteras! conclut Eponine en plaçant un coffret de bijoux dans une malle.

– Quelle nouvelle folie as-tu encore imaginée? soupira la camériste.

– Assieds-toi et écoute! A partir de maintenant, tu t'appelles Eponine et tu vas demander à l'oncle de ton défunt mari de t'accueillir pendant l'hiver, ton chagrin t'a fait prendre en grippe ta demeure conjugale. Je n'ai jamais rencontré Tritos, et tu connais ma vie aussi bien que moi; ton rôle ne sera pas difficile à jouer. Le vieux est très riche, tu pourras exiger une servante, ainsi tu auras quelqu'un sur qui passer tes nerfs!

– Et toi, que feras-tu pendant ce temps-là?

– J'irai en Batavie!

– La Batavie est encore en guerre! Tu es complètement folle! Peut-être as-tu envie de revoir ton ravisseur borgne?

– Arrête de dire des bêtises et assieds-toi sur cette malle, je n'arrive pas à la fermer.

– Mes tuniques vont être toutes froissées! gémit Carilla, déjà installée dans son personnage de maîtresse.

La pluie des dernières semaines avait retardé le travail des champs. Un laboureur abandonnait sa charrue au milieu du sillon pour aller prendre son repas de la mi-journée, quand Eponine et Carilla s'engouffrèrent dans la *rheda.* Filiolus chargea les deux malles et prit les guides.

– Attends! hurla Carilla à son frère.

Elle redescendit de voiture, partit en courant et revint quelques instants plus tard en portant un gros paquet, dissimulé sous sa pèlerine de voyage. Eponine, les yeux mi-clos, pensait à Sabinus. La *rheda* démarra. Carilla s'endormit. Eponine tira la courtine de la petite fenêtre; perdue dans son rêve, elle s'ingénia à reconstituer dans sa mémoire leur chambre de Griselles. Elle voulait, dans ses moindres détails, imaginer la nuit qu'elle ne vivrait pas. Filiolus avait pris la direction du nord en empruntant la voie qui contourne la forêt. La voiture traversa le pont sur l'Aubette, à présent dégagé, laissa sur sa gauche la ferme de La Chaume, toujours occupée par le peloton de gendarmerie, et s'engagea sur la route dallée qui conduit à Montigny.

Les freins crissèrent, la *rheda* s'immobilisa devant la borne milliaire du poste de carrefour. La voix de Filiolus hurlant : « Nous n'avons pas de marchandise à déclarer! » fit tressaillir Eponine. Quelle ne fut pas sa surprise quand sa main heurta le museau de Mya qui sortait par la fente du manteau de Carilla.

– Tu l'as emmenée! cria-t-elle.

Furieuse d'être réveillée en sursaut, sa compagne se borna à répondre d'un ton sec :

– Je suis la patronne, oui ou non? J'ai le droit de faire des caprices! Je ne veux pas rester toute seule avec un vieillard!

Dans la « maison rouge » de Bar-sur-Aube, Eponine, Carilla et Filiolus étaient attablés devant un bol de soupe au pain trempé quand un : « Par Taranis, j'ai soif! » lancé d'une voix graillonnante et avinée les fit bondir. D'un seul mouvement de tête, les deux amies se retournèrent vers le nouvel arrivant.

– Secundinus! murmura Eponine.

– Je l'espérais mort! enchaîna Carilla, en faisant pivoter son tabouret pour tourner le dos à l'assistance.

– Deux cervoises, bien servies! hurla le voyageur titubant en s'asseyant seul à une table.

– Tu as vu sa chaîne d'or, sa boucle de bronze, ses bracelets et son sayon tout neuf, chuchota Carilla.

– Viens! lui dit Eponine, montons nous coucher. Toi, Filiolus, il ne te connaît pas, essaie de savoir ce qu'il fait et où il va!

Trop occupé à vider ses chopines, Secundinus ne remarqua pas la sortie des jeunes femmes et de leur chienne.

Resté seul, Filiolus demanda une cervoise. Il fit exprès de renverser le pichet sur le dallage. La cruche se brisa. Les clients se retournèrent.

– Excusez-moi, dit-il, je suis si maladroit avec ma main en moins!

– Une autre cervoise! clama l'aubergiste.

– C'est bien aimable à vous, reprit Filiolus, mais je n'ai pas sur moi assez d'as * pour payer deux cervoises!

– Allez, fiston, viens t'asseoir à ma table, je t'invite! C'est trop triste de boire seul! lança joyeusement Secundinus.

Filiolus ne se le fit pas répéter.

– Où vas-tu? lui demanda Secundinus.

La conversation s'engageait mal. Allait-il subir un interrogatoire, lui qui était venu pour poser des questions!

– Alors, tu me réponds! Et tu bois! grogna Secundinus. Tu me donnes soif à rester devant ton gobelet plein, et je n'aime pas les carpes!

– Je suis venu de Langres pour vendre des matelas que fabrique mon père, hasarda le manchot. Je m'occupe de la vente depuis que je ne peux plus travailler.

– Et tu en trimbales beaucoup de matelas?

– Il ne m'en reste plus, s'empressa d'affirmer Filiolus. Demain, je rentre!

– Ça te rapporte combien?

Le manchot commençait à se dire que le métier d'espion était bien difficile. Il n'avait toujours rien appris. Tout en triturant les franges de son cache-nez, il bredouilla :

– Ben, ça dépend, il y a les petits matelas et les grands matelas, et puis ça dépend de la housse! Mon père n'est pas riche, il me donne ce qu'il peut...

– Eh bien, je te propose de travailler pour moi. *Je fais dans l'objet d'art.* Ça rapporte gros! Ce ne sont pas des babioles que je vends. Rien que du beau, en bronze et en argent! Et puis, aussi en ivoire sculpté, regarde! Ce couteau pliant et ce peigne, ça en représente des verres de cervoise! Par Taranis! On me laisse mourir de soif! Qu'on m'apporte une *pincta* [1]! cria-t-il.

Il enchaîna d'une voix pâteuse :

– Allons, bois! La cervoise donne la parole facile, et la parole facile, c'est la réussite assurée pour un vendeur! Demain, je t'emmène, je vais à Reims pour m'associer avec un vieux grigou qui possède un dépôt de terre cuite de Banassac.

Filiolus ne put quitter son nouvel ami avant d'avoir absorbé sa *pincta* de bière. Titubant, il alla frapper à la porte de Carilla et d'Eponine. Il s'endormit sur le dallage, sans qu'il soit possible de lui extirper un seul mot.

1. Pichet de 0,93 litre.

Filiolus ronflait; Mya, incommodée par ce bruit, grognait; Eponine et Carilla ne purent fermer l'œil de la nuit. Une lueur éclaira le parchemin déchiré de la croisée. Carilla secoua violemment son frère.

– Alors, raconte! dit Eponine en le bousculant à son tour.

Le pauvre garçon tenait sa tête à deux mains tant elle lui semblait lourde. Sa mémoire avait chaviré dans les pichets de cervoise. Soudain, il poussa un cri :

– Je me souviens, il veut m'emmener avec lui à Reims chez un marchand de terre cuite!

– Chez Tritos! laissèrent échapper Eponine et Carilla.

Il fut décidé de partir immédiatement, pendant que Secundinus cuvait ses chopines. Mais il ne pouvait plus être question de se rendre chez le vieil oncle.

– En route pour Triniacum [1]! dit Eponine en s'asseyant sur l'épais coussin de damas qui recouvrait la banquette de la *rheda*.

A la halte suivante, ils se firent servir un repas dans leur chambre; ils repartirent avant la première lueur de l'aube et ne revirent pas Secundinus. Au matin du troisième jour, Reims était en vue. La voiture contourna la cité en longeant la muraille du côté du levant et arriva au carrefour des quatre routes tracées par Agrippa. Eponine entrouvrit le rideau de la petite fenêtre, l'imposante masse de la Porte-de-Mars lui donna l'impression de voyager en terre étrangère. Les trois arcades, flanquées chacune de deux colonnes, rappelaient aux passants la puissance de Rome et la gloire de Jules César. Elle fut heureuse de ne pas avoir à passer dessous, heureuse de ne pas séjourner dans cette cité si profondément romanisée et dans laquelle résidait le légat de la Gaule Belgique. Ils prirent la voie dallée qui s'enfonce vers le septentrion. A la deuxième borne

1. Domaine de Trinius (actuellement Trigny, Marne).

milliaire, ils tournèrent à gauche sur un chemin de terre. La *rheda* s'arrêta.

– Il faut que vous montiez la côte à pied! dit Filiolus.

Eponine et Carilla grimpèrent la pente sur laquelle trottinaient des troupeaux de moutons qui regagnaient pour l'hiver les bergeries de la plaine de Reims. Mya courait devant, en jouant à affoler les brebis. Sous le ciel gris, l'air charriait une bonne odeur de champignon.

– La propriété rurale de Trinius est à la sortie de la forêt! cria Eponine en se réinstallant dans la voiture.

Elle apercevait entre les troncs droits et élancés des érables dénudés le grand plan d'eau d'un étang. Il lui sembla être de nouveau en Gaule. Elle vit à l'horizon la double pente rose du toit de tuiles de Triniacum. Il n'avait pas plu depuis plusieurs jours, la terre était sablonneuse. La voiture s'engagea sous l'arche centrale de la porte ménagée dans l'enceinte du *latifundium* [1]; elle traversa la *pars agraria* [2] entourée par les bâtiments d'exploitation, passa devant une petite résidence, sans doute celle du régisseur, qui était une réduction de la demeure-château des maîtres avec sa galerie en façade et ses tours d'angle. Un portail monumental coupait le mur qui séparait cette cour agricole de la *pars urbana* [3]. La voiture roulait sur une allée bordée de pelouses; elle s'arrêta devant l'élégant portique, soutenu par des piliers de bois, qui courait tout le long d'un imposant palais campagnard flanqué de deux maisonnettes. Des serviteurs se précipitèrent. Un homme à la quarantaine robuste était planté, les jambes écartées, sur la première marche du perron. Il caressait d'un air perplexe les crocs de sa moustache blonde en regardant descendre de la *rheda* ces deux jeunes femmes ravissantes qu'il ne connaissait pas. Il s'empressa d'aller au-devant d'elles.

– Es-tu Trinius? demanda Eponine.

– Pour te servir! Et j'ose ajouter que ma demeure sera la tienne aussi longtemps que tu le souhaiteras! Mais ta voiture est bien crottée, viens-tu de loin? bredouilla le riche cultivateur qui ne devait pas avoir l'habitude de ce genre de surprises.

– Je viens de Langres, je suis Eponine, veuve de Sabinus, et voici Carilla, ma chambrière.

1. Vaste propriété terrienne.
2. Grande cour agricole et artisanale close sur trois côtés; le quatrième côté est ouvert sur les terres cultivées.
3. Enclos comprenant le jardin d'agrément et la maison d'habitation des maîtres.

– Entrez, mes enfants! Vous êtes chez vous.

Il les précéda dans la maison qui ne comportait pas de couloir. On passait d'une pièce à l'autre par une ouverture dissimulée par une draperie. Il les invita à s'asseoir dans les fauteuils d'osier qui étaient disposés autour d'une table ronde, au centre d'une salle aux murs nus. Il alla remettre des fougères sèches dans la cheminée pour attiser le feu, puis, plaçant une chaise en face de ses visiteurs, il s'assit à califourchon et dit :

– Que puis-je pour vous? J'avoue que le motif de ce voyage excite furieusement ma curiosité.

Un jeune garçon apporta une œnochoé de bronze, des coupes en verre et une assiette de gâteaux au miel.

– Je n'ose vous offrir du vin, je pense que vous n'êtes pas faites à ces boissons d'homme.

Ses yeux brillants dévisageaient Eponine. Il s'empara du pichet et lui servit un sirop de framboise épais et visqueux. Elle y trempa les lèvres. Il remarqua qu'elle faisait la grimace.

– Tu es comme moi! s'esclaffa-t-il. Tu n'aimes pas les sucreries, il fallait le dire! Je sens que nous allons bien nous entendre, lança-t-il en allant chercher du saucisson et du vin blanc... Alors, que penses-tu de mon vin?

– Il pique! rétorqua Eponine qui se laissait gagner par la jovialité de son hôte.

Trinius se réinstalla sur sa chaise et, tout en savourant le produit de sa vigne, beugla de sa voix de *carnyx :*

– Je t'écoute!

Eponine n'osa révéler l'existence de Sabinus à cet inconnu qui paraissait si content de son sort.

– Il est, à Langres, dit-elle, des hommes qui ne se résignent pas à voir mourir la Gaule. Je travaille pour eux; ils m'ont assurée de ta fidélité à notre cause. Je voudrais que tu m'aides à trouver un moyen pour aller en Batavie.

– En Batavie! hurla-t-il. Mais le bruit qui circule depuis hier n'est donc pas venu jusqu'à toi?

– Nous n'avons parlé à personne.

– Civilis n'a pu se résoudre à engloutir tout son territoire sous les eaux. Il a rencontré Cérialis sur le pont de Nimègue [1] et a obtenu une paix avantageuse pour son peuple, en mettant bien en évidence qu'il ne dépendait que de lui de noyer les légions romaines

1. Batavodurum.

si le légat n'accédait pas à ses désirs. Cérialis a sauté sur l'occasion pour annoncer au sénat que les Bataves s'étaient rendus, et il a cédé à Civilis tout ce qu'il exigeait. La Batavie reste un pays libre qui ne reconnaît qu'un seul chef : Civilis. Le Borgne a été absous de tous ses crimes et a regagné son palais de Nimègue. C'est la première paix signée par deux vainqueurs! Civilis et ses amis, Classicus et Tutor, ont juré fidélité à Rome, une fidélité qui ne leur coûte pas très cher : les Bataves sont dispensés du tribut et du service obligatoire! On dit même que Tutor a donné sa fille en mariage à Civilis. En tout cas, les deux Trévires qui étaient arrivés sur les rives du Rhin avec toute leur famille vont certainement y rester maintenant qu'ils jouissent de l'amnistie. Tu penses bien qu'ils n'ont pas envie de rentrer en Gaule pour subir le même sort que Valentinus!

Eponine réalisa qu'il n'y avait pas de temps à perdre, la Gaule jusqu'aux rives du Rhin allait s'installer dans la romanisation. A Trèves, à Langres, en Batavie, Cérialis avait réussi son entreprise de pacification.

Jules César avait gagné la guerre des Gaules, Cérialis était en train de gagner la paix romaine.

– Jamais, dit-elle, des hommes comme Classicus n'accepteront de se soumettre à Rome! Je pense qu'il a été contraint de feindre mais qu'il n'attend qu'une occasion pour reprendre le combat. Trinius, tu dois nous aider!

Il partit d'un formidable éclat de rire, peut-être pour masquer la gêne qu'il éprouvait à se trouver devant une femme qui avait plus de courage que lui. Il enchaîna :

– Que veux-tu de moi? Crois-tu que je vais barrer la route du retour aux légions de Cérialis? Ma petite Eponine, je n'aime pas les Romains; tout au moins, je n'aime pas les voir en Gaule; à Rome ils ne me dérangent pas! J'aurais pris les armes à la tête de mes *clients* si l'assemblée de Reims avait voté la guerre, mais à présent, je n'ai pas envie qu'on saccage mes récoltes, mon domaine, que ma maison soit brûlée! J'exporte mes asperges, mes fraises, ma toile de laine, pourquoi irai-je foutre en l'air tant d'années d'effort, j'ai bien assez de soucis! Tous mes ouvriers me quittent pour aller en ville! Il n'y avait jamais eu d'esclaves sur ma terre, aujourd'hui, mon *vilicus* [1] n'arrête pas de me tourmenter pour que j'en achète! Vois-tu, beaucoup des vaincus des guerres d'indépendance terminent

1. Régisseur.

leur vie au service des alliés des vainqueurs qui se les procurent dans les ventes aux enchères. Mais on ne tire rien de bon de gens privés de tout espoir. Les ergastules [1], où l'on enferme le soir des troupes de forçats marqués au fer et qui travaillent le jour en gardant aux pieds leurs entraves, sont pour les maîtres une cause de ruine autant que de déshonneur. Cependant, les foyers, les uns après les autres, désertent la campagne. J'ai dû fermer un atelier de tissage de drap de laine, les femmes suivent leur mari. Alors, j'ai tout de même fini par céder, j'ai acheté des Lingons. Oh! Ne pousse pas de cris! Crois-moi, tomber sur un maître comme moi, c'est ce qui pouvait leur arriver de mieux. Je les répartis en petites équipes sous la direction d'un intendant, je leur concède une vie familiale, des repos raisonnables et un pécule qui, économisé as par as, leur permettra d'acheter un jour leur liberté. Ainsi, ils prennent soin de mes terres, des outils, de peur de perdre ces avantages. Mais, vois-tu, maintenant, même en l'administrant avec une sage humanité, le coût de la main-d'œuvre dépasse mes revenus. Alors, je modernise, je remplace plusieurs hommes par une seule machine. Si cela t'intéresse, je te montrerai mon *vallus* [2]. Cette année, deux esclaves ont suffi à la moisson. On fait passer dans les blés une caisse montée sur des roues et armée à l'avant d'une lame en dents de scie qui coupe les épis tandis qu'un mulet pousse par-derrière. Mais l'ingéniosité ne suffit pas pour assurer la rentabilité, les charges sont trop lourdes. Mes aïeux avaient toujours dépensé sans compter, ils équilibraient leur budget par les guerres ou la mainmise sur les impôts. Certes, je n'entretiens plus d'*ambacti* [3], mais je me dois d'offrir des combats de gladiateurs! Et le procurateur expédie mes impôts à Vespasien. Comme tu vois, j'ai à me battre ici si je veux conserver mon domaine; beaucoup de voisins commencent à vendre parcelle après parcelle, leurs fils s'engagent dans l'armée romaine pour faire fortune. Qui crois-tu qui va te suivre dans ton armée de libération? Des mécontents, qui sont toujours les mêmes quel que soit le régime, des mauvais ouvriers qui ne trouvent pas de maître, des vagabonds, des proscrits!

– Tu te trompes, Trinius! interrompit Eponine. Il existe dans toutes les castes des hommes qui refusent la domination étrangère!

– Des mots! rétorqua le paysan qui commençait à s'énerver. Moi, ici, je ne sens pas la domination étrangère, la terre appartient à

1. Bâtiment où l'on enfermait les esclaves.
2. Moissonneuse.
3. Gardes privées.

celui qui la fait fructifier, Triniacum est à moi! Même si Vespasien en tire du profit. J'ai beaucoup de peine de voir une femme comme toi se lancer dans une aventure stupide; la Gaule transformée à nouveau en champ de bataille est une aberration à laquelle je ne participerai pas! Reste ici quelque temps, tu verras ce que c'est que de communier avec la terre, de vivre avec les saisons, d'attendre la pluie ou le soleil, de voir mûrir le raisin et naître les agneaux. Je me fous de Rome, du légat, du procurateur et même des druides. Je ne redoute que la grêle sur les moissons et la foudre sur la grange pleine. J'aime aller à la chasse, à la pêche, et j'aimais faire l'amour à ma douce épouse qui est morte. Reste ici! Tu me plais bien, et si tu le veux, un jour, deviens ma femme puisque nous sommes veufs tous les deux.

Eponine était anéantie par ce flot de paroles et bouleversée de constater à quel point la décision de Reims reflétait l'état d'esprit des Gaulois. Elle se demandait comment, du fond de son souterrain, Sabinus allait arriver à remobiliser la Gaule? Comment elle allait tenir tête à tous ces prétendants sans risquer de s'en faire des ennemis dangereux?

Carilla s'était endormie dans son fauteuil. Eponine fit diversion en le faisant remarquer à Trinius; tous deux s'en amusèrent. Le maître de maison s'excusa de ne pas avoir tenu compte de la fatigue des voyageuses, les conduisit à leurs chambres et leur indiqua le chemin des thermes, situés dans le pavillon ouest.

Comme pour atténuer ses propos, il quitta Eponine en lui disant :

– Vive la résistance gauloise! Sans elle je ne t'aurais pas connue et vive Lucterius! Tu as été discrète, mais j'ai tout de suite deviné que c'était lui qui t'avait envoyée vers moi! Quels bons moments j'ai passés avec lui et Sabinus au mois de mai! Nous partagions alors les mêmes idées, je n'ai jamais pu supporter ce vaniteux de Julius Auspex!

Le lendemain, il se mit à neiger. Eponine avait collé son front à la vitre qui obstruait la petite ouverture de sa chambre perchée au-dessus du portique. Le crissement des scies et le bruit du marteau sur l'enclume montaient jusqu'à elle. A perte de vue, la campagne était déserte. Eponine se demandait comment elle allait arriver à démêler cet imbroglio. Elle ne pouvait pas se résoudre à faire confiance à Trinius et, pourtant, il était indispensable qu'elle lui révélât la vérité. Elle décida de partir à sa recherche.

– Il est à la chasse, lui dit un serviteur, il ne rentrera pas pour dîner, les valets ont emporté les provisions. Quand il va à la chasse au sanglier, Trinius a l'habitude de se faire servir le repas de la mi-journée dans une hutte de l'autre côté de l'étang.

– Selle un cheval! Et fais-moi accompagner, je vais l'attendre à la hutte!

Les chevaux avaient pris le galop. De légers flocons brillaient dans les cheveux défaits d'Eponine. Le temps était doux, la neige fondait au sol. Pas un bruit, la nature semblait morte et la forêt désertée, elle pensa à Liscos. Ils arrivèrent à la hutte avant les chasseurs.

– Laisse-moi! dit-elle au garçon d'écurie. Je veux attendre seule, ne crains rien pour moi : j'ai retenu le chemin et j'ai toujours un glaive sur moi!

Tandis que le gamin retournait à Triniacum, elle poussa la porte entrebâillée et pénétra dans la cabane. Au milieu de la pièce, des bottes de paille étaient disposées en cercle autour d'un foyer. Un trou avait été ménagé au centre du toit de chaume pour l'évacuation de la fumée. Elle découvrit une réserve de bois sec, sortit de son aumônière un briquet de fer et un silex. Elle s'agenouilla et prépara le feu. Elle étendit sa pèlerine pour la faire sécher et s'allongea sur la paille. Elle réfléchissait à ce qu'elle allait dire à Trinius; soudain, elle entendit hurler les chiens. Le galop des chevaux se rapprocha.

Trinius, ayant remarqué de loin la fumée qui sortait de la hutte, entra dans un grand mouvement de colère, prêt à chasser l'intrus. Il resta sans voix, fasciné par la beauté d'Eponine dans la lueur des flammes.

– La chasse a-t-elle été bonne? dit-elle en allant vers lui.

Il la saisit par les épaules et voulut l'embrasser; alors, oubliant toute prudence, elle laissa échapper dans un souffle :

– Je ne suis pas veuve! Ce n'est pas Lucterius qui m'a envoyée vers toi, mais Sabinus!

Comme il desserrait son étreinte, elle ajouta :

– Je l'aime!

Trinus se retourna, hurla à ses compagnons :

– Rentrez à Triniacum! Je vous rejoindrai, nous dînerons à la propriété!

Il tira la porte, s'assit sur une botte de paille et, d'un ton sec, articula :

– Assez d'enfantillages! Je veux la vérité!

La vérité, Eponine la lui conta fidèlement. Ses illusions s'évanouissaient; il se sentait ridicule; décidément, il ne comprendrait jamais rien aux femmes. Après un long silence, il dit seulement :

– Pourquoi, hier, m'avoir laissé parler de moi comme si mes problèmes pouvaient devenir les tiens?

– Demande-moi ce que tu veux! Mais, je t'en supplie, ne révèle à personne l'existence de Sabinus!

– Ce que j'aurais voulu, tu ne peux me l'accorder! Je ne veux pas te baiser sur un tas de foin! Et sans doute suis-je un idiot de ne pas le faire, mais j'ai pitié de toi et ma pitié gâcherait mon plaisir!

– Ce n'est pas de ta pitié dont j'ai besoin, mais de ton aide! rétorqua-t-elle en le fixant dans les yeux.

– Ne retourne pas à Langres! Mieux vaudrait que Sabinus meure, il ne peut plus rien pour toi!

– Je préférerais te tuer plutôt que de risquer que tu le dénonces! hurla-t-elle en portant la main à son glaive.

Trinius la ceintura de ses bras et l'immobilisa contre lui. Elle éclata en sanglots contre son épaule.

– Ma pauvre enfant, dit-il en lui caressant doucement les cheveux, je ne te veux aucun mal. Tu peux avoir confiance en moi. Je vais même essayer de te faire le bien que tu souhaites puisque tu n'acceptes pas le bien que je voudrais te faire. Rentrons. J'étouffe dans cette cahute!

– Tu aimes le vin blanc et tu montes à cheval comme un *eques*, quel gâchis ! soupira-t-il en la précédant sur les marches de la galerie de Triniacum.

Trinius n'avait aucune sympathie pour les riches marchands de la ville, mais il avait promis à Eponine de l'aider ; il se rendit donc chez Tritos et se fit montrer les derniers modèles de vases de Banassac. Son bon sens lui ayant rappelé que les sesterces étaient trop difficiles à gagner, il avait quitté l'échoppe muni de précieux renseignements sans démunir sa bourse. Il n'avait rien acheté. Il revint de Reims en hurlant :

– La route est libre ! Tritos m'a raconté que Secundinus était parti pour Nimègue, il espère vendre sa marchandise aux Bataves dont les demeures ont été pillées ; il espère aussi racheter à bon compte l'orfèvrerie volée par les soldats.

Eponine décida que Filiolus conduirait Carilla le jour même chez le vieil oncle. Sans écouter Trinius davantage, les amies montèrent dans leur chambre. Carilla vida une malle. Elle n'arrivait pas à décider quelle tunique elle allait choisir pour réussir son entrée en « Eponine ».

– Tu ne vas pas mettre une robe brodée, protesta Eponine, c'est ridicule ! Tu es sensée arriver directement de Langres ! Et ne te couvre pas de bijoux, je ne porte jamais de bijoux en voyage.

Trinius fit irruption sur la galerie du premier étage :

– Eponine, dit-il, laisse Carilla s'habiller seule, j'ai à te parler ! Tu bouscules toutes mes habitudes, je fais tous tes caprices et tu ne m'écoutes même pas !

Elle le suivit dans la salle commune.

– Comprends-moi, dit-elle, il n'y a pas de temps à perdre, j'ai peur qu'il arrive de Langres un message pour moi et que Tritos réponde qu'il ne m'a pas vue !

– Je crois, enchaîna Trinius, que j'ai trouvé quelqu'un pour t'accompagner à Nimègue. Chez Tritos, il y avait un peintre qui va de ville en ville pour chercher du travail. Mais, ici, il n'a pas trouvé de clients, nous avons des artistes qui se sont installés dans la région. Alors, Tritos lui a conseillé de profiter de la récente paix en Batavie et de proposer ses services à Civilis. Je lui ai dit de venir à Triniacum, qu'un de mes serviteurs voulait apprendre le métier et que je le lui céderai comme commis s'il lui convenait. Qu'en penses-tu ?

– C'est une idée merveilleuse ! s'exclama Eponine. Ainsi je pourrai rencontrer Classicus sans être reconnue.

Eponine s'empressa d'aller fouiller dans le sac de Filiolus et s'empara d'un pantalon, d'une chemise, d'une pèlerine à capuchon et d'un ceinturon. Quelques minutes plus tard, Carilla en dame et Eponine en garçonnet descendaient l'escalier. Le regard de Trinius se promenait entre l'épaule dénudée de l'une et les cuisses moulées dans des braies de l'autre. Soudain, comme terrassé par une vision d'horreur, il murmura :

– Tes cheveux! Tu as coupé tes cheveux!

– J'ai l'habitude. Ils repousseront! répondit Eponine en se mordant la lèvre.

Un serviteur annonça l'arrivée du peintre. Eponine et Carilla restèrent figées comme des statues de marbre. Elles regardaient Primus franchir le seuil. Le jeune Romain n'en croyait pas ses yeux : Eponine était devant lui! Eponine était le commis qui devait l'accompagner! Il ne remarqua même pas Carilla. Il prit ce qu'il croyait être une expression indifférente et articula sans qu'aucun son ne sortît de sa bouche :

– Je te remercie, Trinius! Ce garçon me convient.

Le silence gêné se serait éternisé si Trinius n'avait invité les jeunes gens à boire le vin de l'adieu. Primus et Eponine n'osaient se regarder. Trinius commençait à trouver son idée stupide. Il entraîna Eponine à l'écart. Il essaya de la convaincre de renoncer à son projet; il énuméra les risques d'une telle entreprise. Mais ce fut en pure perte.

Primus, de plus en plus abasourdi, assista au départ de Carilla en *rheda*.

– N'oublie pas que tu es veuve, lui recommanda Eponine. Garde toujours un air affligé, et si Tritos te pose des questions qui t'embarrassent, pleure! En réponse à chaque lettre que tu recevras, tu remettras au messager un des billets que j'ai écrits. Ils sont dans le coffret à bijoux.

Eponine embrassa Carilla et lui tendit Mya. Filiolus fit claquer son fouet.

Primus était impatient de partir. Il n'osait pas poser de questions devant Trinius. Il s'enlisait dans l'absurde.

– Il faudrait une mule pour mon commis! hasarda-t-il.

De mauvaise grâce, Trinius offrit la mule, prit Eponine dans ses bras et lui murmura :

– Reste!

– A bientôt! dit-elle en enfourchant son rejeton de bourricot aux os saillants et à la panse tombante.

Trinius était debout sur le perron, les jambes écartées; il caressait sa moustache et regardait s'éloigner ce garçonnet qui lui avait offert deux jours de rêve, deux jours pendant lesquels il avait cru que sa vie pouvait recommencer.

Primus, monté sur sa vieille carne, descendait la pente du coteau, suivi par un mulet bâté qui transportait le matériel. Eponine se dandinait derrière sur sa mule. « Il faut que je m'achète un cheval! pensa-t-elle. Je ne peux faire un aussi long trajet sur une telle monture! » Elle maudissait le sort qui lui avait envoyé Primus comme compagnon de route. Elle se répétait : « Il me croit veuve, il est amoureux de moi, il est le neveu de ce traître de Campanius! » Ils marchèrent jusqu'à la tombée de la nuit; ni l'un ni l'autre ne pouvait se résoudre à rompre le silence.

Primus entra dans la cour d'une « maison rouge ». Elle le suivit. Il l'aida à mettre pied à terre, une immense tendresse illuminait son regard, il murmura :

– Eponine! Tu peux avoir confiance en moi! Je voudrais tellement comprendre! Je ferai tout ce que tu me demanderas.

Elle lui sourit, s'appuya à son bras et déclara qu'elle n'avait pas faim. L'aubergiste les mena dans un dortoir. En face de la porte, une fenêtre haute dispensait une vague clarté blafarde. Des bassines d'eau souillée traînaient sur le sol. Huit châlits étaient adossés aux murs. Assis sur leur paillasse, deux hommes jouaient aux dés. Ils buvaient et juraient. Eponine faillit recevoir en pleine figure l'eau d'une bassine que l'un des joueurs venait d'envoyer sur la tête d'un ronfleur. Primus prit la main de son commis, et l'entraîna à l'autre bout de la pièce. Ils s'installèrent de chaque côté de la fenêtre.

– Qu'étais-tu devenu? demanda Eponine. Carilla t'a cherché durant des jours!

– Je ne pouvais rester chez mon oncle Campanius, il voulait à toute force m'associer à sa sale besogne de dénonciateur. Entre nous, je pense que Tritos ne vaut guère mieux, j'ai retrouvé chez lui les mêmes chenapans. Mais, Eponine, je t'en supplie, explique-moi la raison de ta fuite! Les Romains ont-ils confisqué Auberive? J'ai eu grande peine pour toi en apprenant que Sabinus avait péri à la guerre. Il n'est pas de jour où je n'ai songé à te rejoindre! Mais je savais que tu m'aurais chassé. Pourquoi tous ces mystères? La veuve de Sabinus serait plus honorablement reçue à Nimègue que mon commis!

– Viens t'asseoir près de moi! dit-elle en baissant le ton, et ne répète à personne ce que je vais te confier. Je dois dans le secret rencontrer Classicus. Un mouvement de résistance se reconstitue en Gaule et nous avons besoin de savoir si nous pouvons compter sur les Trévires.

Elle se garda bien de parler de Sabinus.

– Je t'aiderai! murmura-t-il en lui prenant la main.

Il ajouta, sans oser la regarder :

– Permets-moi de te protéger, maintenant que tu es seule!

– Tout ce que je te demande, répliqua-t-elle en retirant sa main, c'est d'obtenir du travail chez Classicus et de m'amener en sa demeure.

– Tricheur! hurla un joueur de dés en se ruant sur son adversaire.

L'autre tira son couteau. Dans l'indifférence générale des ronfleurs, une lutte à mort s'engagea. Le tricheur finit par planter son glaive dans le ventre de l'homme déjà assommé, s'empara de son magot et disparut en courant. Le cadavre gisait au milieu de la pièce.

– Essaye de dormir! dit tendrement Primus à Eponine.

Il l'allongea sur sa paillasse, la recouvrit de sa pèlerine et se coucha sur le sol à côté d'elle. Il la regarda s'endormir. Il ne la quitta pas des yeux de toute la nuit. La toile de laine laissait deviner le modelé du corps d'Eponine. Il posa la main sur sa hanche, elle ne bougea pas. Il voulut se convaincre qu'elle ne dormait pas, qu'elle acceptait la caresse.

La neige tombait sans relâche. Les flocons s'étaient entassés sur le rebord de la fenêtre et ne laissaient plus passer la lumière. Eponine fouilla dans son sac, en sortit deux camisoles qu'elle superposa sous son sayon. Elle s'entortilla dans un long cache-nez et ferma sa pèlerine avec une fibule. Le vent soufflait en tourbillon dans la cour.

Plus ils avançaient vers le nord, plus le ciel gris semblait se rapprocher de leur tête. Les mules enfonçaient jusqu'aux genoux dans la neige poudreuse des sentiers abrupts. Ondulante comme une mer secouée par la tempête, la forêt de petits chênes s'étendait à perte de vue. Seuls les hurlements des loups apportaient un témoignage de vie. Ce n'est qu'à la nuit tombante qu'ils arrivèrent à Mézières. Trempés jusqu'aux os et transis de froid, ils embarquèrent sur une *vegeiia* qui remontait la Meuse.

Le bateau, poussé par le vent qui soufflait dans sa large voile, glissait entre les roches et les cabanes haut perchées. Une lumière violente accentuait les contrastes. Les falaises, creusées de grottes mystérieuses, évoquaient à Eponine les fabuleuses aventures que lui avait contées sa grand-mère. Toutes les nuits, elle partait en rêve à Griselles. Elle cherchait la chaleur de la peau de Sabinus; ses membres étaient glacés par l'hiver de l'absence. Primus, tout le jour, faisait des croquis d'Eponine. En silence, la mine de plomb au bout des doigts, il lui volait ses yeux, sa bouche, qui désormais ne le quitteraient plus. Au matin du troisième jour, la Meuse serpentait à travers les marécages et les tourbières. De grandes prairies dormaient, en attendant que l'herbe repousse et que les bêtes aillent aux prés.

Ils débarquèrent à Deffert. Un simple ponton et une cahute faisaient office de port à quelques pas du village de planches construit autour du puits. Un essaim d'hommes roux, couverts de peaux de bêtes, se précipita pour décharger les amphores d'huile, les tonneaux de vin, les sacs de grains et les caisses de céramiques. Des chariots bâchés attendaient pour acheminer les livraisons vers l'*oppidum* [1] des Bataves.

Eponine et Primus suivirent la caravane. Au loin, les quatre collines de Nimègue émergeaient de la plaine. Figure de proue de l'île des Bataves, l'*oppidum* semblait voguer sur le grand Waal.

Ils passèrent sous les hourds [2] qui reliaient les deux tours de la porte monumentale. Des huttes rondes, qui abritaient les acolytes et les gardiens de troupeaux de Civilis, encerclaient une place encombrée par les chariots des marchands ambulants. Sur le haut du plateau, un deuxième portail donnait accès au quartier des nobles. Un garde demanda à Eponine de décliner son identité.

– Nous sommes artisans peintres, déclara Primus. Je viens de la part de Tritos de Reims proposer mes services à Classicus le Trévire.

– Entre, compagnon! lui répondit le Batave en lui indiquant une vaste maison tournée vers le couchant.

La neige glissait sur le bord des toitures en écailles de bois, et s'égouttait sur les colombages des façades.

Les nuages refoulaient une bonne odeur de hêtre brûlé. Des

1. Village fortifié.
2. Charpente disposée en encorbellement au sommet du chambranle du portail.

étables voisines, parvenait le beuglement des bovins. De belles filles plantureuses et blondes, le teint transparent rosi par le froid, traversaient la cour d'un pas nonchalant, l'amphore ou le panier posé sur la tête.

Primus et Eponine attendaient sous l'auvent du palais des Trévires. Un esclave vint leur annoncer que Classicus les verrait le lendemain à l'audience publique qu'il accordait chaque matin dans sa grande salle. Il les conduisit dans la soupente d'une grange qui leur était allouée en guise de chambre. Un air glacial s'engouffrait par une ouverture ménagée sous le toit. Ce trou béant donnait sur le village des Trévires où s'entassaient pêle-mêle les écuries et les demeures des officiers et des clients de Classicus.

– J'ai faim! soupira Eponine en s'allongeant dans le fourrage.

Primus ouvrit son sac, prit un saucisson, commença à le couper en rondelles, mais Eponine s'était déjà endormie.

Une foule bigarrée déambulait dans la galerie du premier étage. Les chaînes, les fibules, les ceintures d'or et de bronze rutilaient sur les sayons et les manteaux de damas. Le *vexillum* des Trévires était accroché entre deux fenêtres au-dessus d'un fauteuil recouvert de soie rouge. A Nimègue, comme à Trèves, Classicus entretenait une véritable cour.

Le peintre et son apprenti étaient adossés à l'un des pilastres qui soutenaient la voûte en coque de navire. Ils attendaient que Classicus passât près d'eux. Eponine avait placé sur sa main ouverte la médaille offerte par le chef trévire à Sabinus. La haute stature de Classicus se rapprochait. Son regard se fixa sur le gamin qui s'appuyait à un pilier. La beauté de cet adolescent lui rappelait un visage connu. Il vint à lui, regarda la médaille et dit le plus naturellement du monde :

– Qu'attendez-vous de moi, jeunes gens? Je vous écoute.

– Je me nomme Primus, je suis peintre et je voudrais te montrer les cartons que je suis capable de reproduire sur tes murs.

– Je suis impatient de les connaître, suivez-moi! répliqua Classicus en plantant son regard d'acier dans les yeux d'Eponine.

D'un pas martial, il traversa la salle sans plus s'occuper des quémandeurs qui le poursuivaient.

– Par Taranis! murmura un colosse à la face cramoisie en dévisageant le garçon qui passait devant lui en portant une pile de dessins.

Tandis que le Trévire emmenait Eponine et son compagnon dans le *tablinum*, Secundinus, sûr de livrer une information qui lui rapporterait gros, courait vers le palais de Civilis.

Classicus tira la tenture. Il était impatient de comprendre, il posa sa main sur l'épaule de l'apprenti et laissa échapper dans un souffle :

– Eponine! Quelle nouvelle folie as-tu imaginée? Le porte-enseigne de Vetera serait-il devenu peintre?

– J'avais besoin de venir jusqu'à toi sans que Civilis soit au courant de ma visite, répondit Eponine. Primus a décoré ma villa d'Auberive et souhaite travailler pour toi!

– Je t'avoue que je n'ai jamais songé à foutre de la couleur sur les planches de cette baraque! Mais ma maison te sera toujours ouverte, je vous engage, si tel est ton désir!

Il poursuivit, en s'adressant à Primus :

– Laisse tes cartons sur la table et mets-toi tout de suite à l'ouvrage, passe donc de l'enduit dans la galerie!

Il appela un garde, donna ordre que l'on installe dignement ses peintres et qu'ils ne manquent de rien.

– Allez! conclut-il.

Puis, il ajouta :

– Reste, petit, j'ai bien connu tes parents, j'aimerais que tu me donnes de leurs nouvelles.

Primus et le garde sortirent. Classicus s'assura que personne ne rôdait derrière la draperie et invita Eponine à s'asseoir. Il marchait de long en large, les pouces enfoncés sous son ceinturon :

– Alors? dit-il, je pense que tu n'as pas coupé tes cheveux et entrepris ce voyage pour me recommander un barbouilleur! La famille de Valentinus n'a pas été inquiétée à Trèves, la veuve de Sabinus serait-elle proscrite à Langres?

– Sabinus vit! lança fermement Eponine.

Classicus reçut le coup en pleine nuque. Il s'immobilisa, prit une grande respiration et fonça sur Eponine en hurlant :

– L'imbécile! Il vit et il n'est pas venu nous rejoindre quand il en était encore temps! Avec lui, peut-être aurions-nous gagné la guerre!

– Il ne voulait pas combattre sous la bannière d'un Germain!

– Et maintenant, qu'espère-t-il? maugréa Classicus en haussant les épaules.

– A Langres, il a reconstitué un réseau de résistance. Camulus dirige la forge et nous fournit des armes. En ce moment, Sabinus dépêche des messagers dans toutes les cités de Gaule. Au printemps, des bandes de francs-tireurs donneront le signal de l'insurrection. Jamais les Romains ne pourront faire face à autant de fronts à la fois. Sabinus te demande d'entrer dans la coalition. Il m'a chargée de te remettre cette médaille. Quelle réponse lui rapporterai-je?

– J'ai juré fidélité à Cérialis! rétorqua Classicus.

Eponine se leva, le regarda dans les yeux et articula lentement :

– L'officier aux ordres de Civilis a donné sa parole à Cérialis! Dégage-toi de la tutelle de Civilis, tu redeviendras un homme libre, le général en chef de l'armée des Belges!

– Beaucoup de mes hommes sont fatigués de la guerre, Eponine, ils veulent jouir de l'amnistie et souhaitent rester ici.

– Et les autres?

– Les autres espèrent retourner à Trèves, mais ils préfèrent la paix romaine à la guerre gauloise!

– Si tu quittes Nimègue, ne serait-ce qu'avec une petite escorte de fidèles, Civilis se vengera bien vite sur les Trévires qui seront restés. Leur seul espoir de survie sera de te suivre. Quant aux habitants de Trèves, ils s'intallent dans la paix, soit, mais si la révolte éclate, pas un Gaulois ne sera dans le camp des Romains. Toute la Gaule aura confiance en voyant à nouveau réunis les généraux de Vetera!

– Valentinus est mort!

– Il a offert son sang à l'Incréé pour que vive la Gaule! Feronsnous de son sacrifice une mort inutile? Si tu acceptes le joug, Classicus, à jamais la Gaule restera romaine. Qui oserait tenter ce que les hommes de Vetera n'ont pu mener à bien?

Classicus ne répondait rien, son âme de soldat se réveillait au discours d'Eponine. Il se revoyait chevauchant à Crémone, il entendait les hurlements des *carnyx,* les cris de victoire. Il se demandait s'il serait capable d'égrener les jours qui lui restaient à vivre sans plus jamais ressentir l'excitation de la bataille. Il se dit : « N'est-il pas plus glorieux de mourir au combat que de s'éteindre dans un fauteuil, et s'il m'était permis de régner à nouveau sur Trèves? »

Le bruit des pas pesants et rythmés d'un escadron de gardes se rapprochait de la tenture. Classicus alla voir.

Il rabaissa le pan d'étoffe qu'il avait soulevé, ouvrit une porte basse dissimulée par une tapisserie et murmura :

– Tu trouveras une échelle, attends-moi sous les combles!

A peine avait-il eu le temps d'enfouir la clef dans sa bourse que les hommes du Batave entraient dans la pièce.

– De quel droit, hurla-t-il, pénétrez-vous chez moi sans y être invités? Civilis ose-t-il me traiter en otage?

– Calme-toi! dit le sous-officier. Sa Sublimité Civilis, roi des Bataves, a été très contrarié par une rumeur qui est venue jusqu'à lui. Il paraît qu'un peintre réputé, qui jadis travailla à la *Domus Aurea* de Néron *, t'a proposé ses services. Le roi ne peut tolérer que la demeure d'un de ses vassaux soit plus richement décorée que son palais. Il exige que nous lui amenions ce peintre sur-le-champ.

– Ce n'est que cela! fit Classicus en jouant la désinvolture. Je vais le faire mander et l'accompagnerai auprès du roi.

– Un de tes gardes nous a dit qu'il était ici avec toi, riposta un Batave.

– Vous voyez bien que je suis seul! Suivez-moi! clama Classicus d'un ton qui ne permettait aucune réplique.

Il sortit le premier, les hommes de Civilis lui emboîtèrent le pas.

Entouré de géants, Civilis attendait, assis sur son trône. Il était nerveux. D'aussi loin qu'il vit arriver Classicus et Primus, il se leva et hurla :

– Où est l'autre peintre? On m'a dit qu'ils étaient deux!

– Je prends seul les décisions, rétorqua Primus en s'inclinant. Mon commis s'occupe du matériel, il ne fait qu'exécuter mes ordres.

– A Nimègue, moi seul donne des ordres! interrompit Civilis.

– Dois-je comprendre, intervint Classicus, que je n'ai pas le droit d'engager un peintre si cela me chante?

– Tu as tous les droits excepté celui de trahir nos alliés! Retourne en ta demeure et dis à cet apprenti que je l'attends avec impatience! Je suis sûr qu'il a de grands talents puisque Primus l'a choisi. Je veux me rendre compte par moi-même de ce dont il est capable! Primus ne me refusera pas l'honneur d'attendre sa venue en ma compagnie!

Puis, quittant son air doucereux, le Borgne désigna Primus à ses sbires et leur ordonna de le mettre au secret.

Primus, encadré par les soldats, passa de couloir en couloir, franchit une poterne et pénétra dans un souterrain. Derrière le guichet d'un cachot, il reconnut l'ivrogne qu'il avait rencontré chez son oncle.

Secundinus, drapé dans son manteau neuf, affublé de toute sa quincaille, lui tendit un gobelet de vin à travers les barreaux et lui dit d'un ton goguenard :

– Par Taranis, je suis charmé de ta compagnie, je n'ai pas de plaisir à boire seul!

Les gardes poussèrent le peintre dans la basse-fosse voisine et verrouillèrent la grille. Les pas s'éloignèrent. La serrure de la poterne grinça.

– Tu m'entends, Primus? cria Secundinus.

Il n'eut pas de réponse, mais poursuivit :

– Tu as intérêt à dire la vérité, Civilis sait qu'Eponine est à

Nimègue! Il me garde ici jusqu'à ce qu'il en ait la preuve. Et ça ne saurait tarder! Écoute-moi! Tu peux t'en tirer, et même nous pouvons partager une bonne récompense! Ils vont sûrement t'interroger, dis-leur que nous avons monté l'affaire tous les deux pour livrer à Civilis la veuve de Sabinus qui complote contre Rome. Civilis veut à toute force prouver sa bonne volonté à Cérialis. Il te sera très reconnaissant.

– Je n'ai pas vu Eponine depuis la mort de son époux! hurla Primus en donnant des coups de poing contre la cloison.

– Je sais qu'elle transportait des armes à Langres, j'ai l'œil sur elle! Maintenant, elle veut venger son mari. Ne te mêle pas de ça, petit! Qu'est-ce que tu en as à foutre? Ton oncle serait fâché après moi si je n'essayais pas de te sauver.

Les gardes revinrent, mais ce fut Secundinus qu'ils emmenèrent. Un avorton d'une quinzaine d'années tremblait de peur devant Civilis.

– Alors! C'est ça Eponine? dit le roi des Bataves en dardant son regard de cyclope sur Secundinus.

– Grand roi! Tu t'es laissé abuser! Ce n'est pas lui qui portait les cartons du peintre. Donne-moi une escorte et je te jure que je retrouverai Eponine!

– Fais vite! Ou crains pour ta vie! conclut le Batave.

Tandis qu'une dizaine de Barbares sous la conduite de Secundinus se livraient à une sauvage perquisition dans le château des Trévires, Primus était amené dans la « salle de vérité ». Au centre de ce cul-de-basse-fosse, des tisons incandescents donnaient juste assez de lumière pour laisser deviner les squelettes des roues et des presses qui jonchaient le sol. Les pieds et les mains enchaînés à des anneaux scellés dans un mur lardé de clous, Primus, terrifié, regardait l'horrible sourire des deux rouquins qui, penchés sur les braises, faisaient rougir la pointe de leur haste.

La sentinelle qui l'avait accueilli au portail de Nimègue, les jambes écartées, le fouet à la main, hurla rageusement :

– Vous étiez deux en arrivant! Où est l'autre?

Primus n'avait plus qu'un seul espoir : avoir assez de force pour laisser à Eponine le temps de fuir. Il répondit calmement :

– Sans doute passe-t-il l'enduit dans la galerie comme je le lui ai commandé.

– C'est une femme qui t'accompagnait! Dis-moi son nom!

– On t'a menti! Le gamin est orphelin, son père était soldat, j'ai eu pitié de lui, je l'ai emmené pour lui apprendre le métier, je...

Il n'eut pas le temps de finir sa phrase qu'il sentit la morsure du fouet. Un mouvement de recul le fit s'embrocher au mur.

– Son nom? beuglait la sentinelle.

Les hastes se rapprochaient de lui. Il ferma les yeux et serra les dents, mais ne put retenir un hurlement de souffrance.

Lanière, fer rouge et cris se succédèrent sans répit. Inlassablement, les mêmes phrases bourdonnaient dans son coma :

– Eponine! Dis-nous qu'Eponine était avec toi! Que venait faire Eponine à Nimègue?

Sa bouche articulait encore : « Eponine n'est pas à Nimègue! » Sa chair était brûlée, déchiquetée. Il perdit connaissance.

– Envoyez-lui une bassine d'eau à la gueule pour le réveiller! glapit la sentinelle. Il faut qu'il parle!

L'homme savait que Civilis se vengerait sur celui qui avait laissé entrer un ennemi de Rome. Alors, comme une lueur de vie passait dans l'œil de Primus, il tira son glaive, s'approcha d'un anneau et posa la lame sur le poignet droit du peintre :

– Que venait faire Eponine? Qui vous a envoyés?

Il n'eut pas de réponse.

Le sang gicla, la main resta, désormais inutile, accrochée au mur, le bras s'affaissa.

Primus revit une dernière fois le portrait d'Eponine dans l'*œcus* d'Auberive. Sa douleur cessa. Le passeur l'attendait; il partit pour l'île des âmes.

– Le crétin! grogna la sentinelle.

– Eh bien! Fouillez! Vous ne trouverez pas Eponine pour la bonne raison qu'Eponine n'est pas chez moi! avait déclaré Classicus.

D'un air paisible, il avait ordonné qu'on lui servît son souper. Il s'installa, bien en vue des Bataves, sur la longue table de bois, au centre de sa chambre. A chaque plat que lui présentait son affranchi, il lui glissait quelques mots à l'oreille. Les pas des soldats résonnaient au-dessus de sa tête. Tandis qu'un esclave lui apportait le dessert, son affranchi, en toute hâte, exécutait sa mission. Du toit d'une grange, il sauta sur le toit du château et, par un œil-de-bœuf, pénétra sous les combles. Pour le retour, il fit prendre le même chemin à Eponine. Il la cacha dans une charretée de foin. L'attelage de bœufs, de sa démarche paresseuse, franchissait les portes de Nimègue, quand Eponine fut prise de vomissements. Son estomac lourd lui comprimait la poitrine. Des perles de sueur ruisselaient sur ses tempes. La charrette s'arrêta devant une hutte en plein champ.

– Attends ici, dit le Trévire en aidant Eponine à sortir de sa cachette, tu ne verras personne, le gardien de vaches n'habite cette cabane qu'à la belle saison. Classicus t'enverra des vêtements et une voiture.

– Je ne partirai pas sans Primus! Pourquoi ne t'a-t-il pas accompagné?

– Civilis le garde en son château. Je ne sais rien de plus. Il faut que tu essaies de dormir, tu as l'air si fatiguée!

La nuit passa, mais Eponine ne put parvenir à trouver le sommeil. Elle avait froid, et ses nausées revenaient à intervalles irréguliers. Elle s'inquiétait pour Primus, redoutant le pire pour lui s'il s'était tu, et le pire pour elle s'il avait parlé. Elle n'avait plus qu'un souhait, retourner le plus vite possible à Griselles. Sa mission se soldait par un échec, elle n'avait pas réussi à convaincre Classicus.

Au petit jour, elle vit arriver un chariot bâché. Elle alla au-devant d'un gros homme drapé dans une loque de soie rouge et verte.

Levant le bras d'un geste théâtral, l'homme déclama :

– Puisque les dieux t'ont faite pour le plaisir, sache que ton ancien maître t'a donnée à notre illustre compagnie!

Eponine le regardait, comme si elle avait eu affaire à un fou. Imperturbable, il poursuivit :

Eh oui! sauvage Napée [1]
De tes charmes, Classicus est lassé!
Il veut qu'à notre art je t'initie,
A Thalie, il a fait don de ta vie!
Si mon propos te semble obscur,
Et si tu maîtrises la lecture,
Ces quelques mots tracés par lui
Mettront fin à tes ennuis.

Il entrouvrit son manteau, tira avec majesté un rouleau de papyrus enfoui dans un grand sac de toile qui lui battait les flancs et le tendit à Eponine. Elle lut à la hâte :

« Pars avec ces histrions. Ils étaient venus en ma demeure pour me donner la comédie. Mais je n'ai pas le cœur à jouir de leurs farces. Je leur ai offert de l'or pour qu'ils t'emmènent avec eux. Ils croient me débarrasser d'une concubine encombrante que j'avais éloignée du palais pour contenter mon épouse. Surtout, ne les quitte pas avant Reims! Civilis fait surveiller tous les bateaux en partance. Le Batave a soumis Primus à la question. Le pauvre garçon a succombé. Sois prudente! Secundinus a disparu. Pour ce que tu m'as demandé, je ferai parvenir la médaille à Camulus si j'estime la chose réalisable. »

Eponine chancela. Il lui sembla qu'elle venait de tuer Primus. Elle ne put retenir ses larmes.

– Que veux-tu, dit le barbon, il faut t'y faire! Classicus ne voulait plus de toi! Ça n'est pas une raison pour chialer, la tristesse fait fuir le public. Tu ne seras pas malheureuse avec nous. Tu t'appelleras Napée puisque, telle la nymphe, tu m'es apparue dans la vallée!

1. Nymphe des vallées.

Et il lui donna une tape sur les fesses pour lui prouver sa compassion et lui montrer qu'il savait honorer les femmes. Il regardait d'un air désespéré l'accoutrement et les cheveux courts de sa nouvelle recrue, il se demandait ce qu'il allait bien pouvoir en faire. Il ajouta d'un ton bourru :

– Tu as plus l'air d'un gars que le gars qui joue la donzelle! Enfin! Quels sont tes talents?

– Je peux chanter, dit Eponine qui pensait à Primus.

– C'est ça! Tu chanteras pendant les intermèdes!

Il se retourna et cria :

– Mammia, sors-lui des hardes!

Une matrone moustachue entortilla le corps et la tête d'Eponine dans des voiles brochés d'argent qui étaient d'une propreté douteuse, et l'aida à monter dans le fourgon. Mammia alla s'asseoir à côté du barbon, sur un banc à l'avant, prit les rênes et le chariot démarra.

– Comment t'appelles-tu? demanda à Eponine un homme à la face poupine et joviale.

– On me nomme Napée.

– Moi, je suis Eunomie, c'est moi qui joue les matrones, reprit le gros bébé allongé sur une des paillasses qui entouraient trois panières d'osier. Je te présente Lyconide, l'amoureux et Phédrie, la jeune première.

– Salut! firent les deux jeunes gens, sans interrompre leur partie de dés.

Le plus jeune, qui répondait au nom de Phédrie, leva vers Eponine des yeux de gazelle et, le petit doigt en l'air, prit le cornet avec une grâce digne de Régina buvant un sirop de framboise. Eunomie désigna à Eponine une paillasse à côté de deux hommes occupés à barbouiller de blanc les masques de femmes et de marron les masques d'hommes réservés aux pantomimes [1]*. Il poursuivit les présentations :

– Mégador, l'amoureux éconduit, et Strobile, l'esclave de comédie.

– J'espère que tu sais faire la cuisine, bougonna Mégador.

– Quelle idée de nous encombrer d'une femme! renchérit son compère.

Eponine pensa que si elle avait rencontré ces deux lascars sur un chemin, elle les aurait pris pour des bandits.

Eunomie vint s'asseoir près d'elle.

1. Pantomime : sorte de spectacle total s'inspirant de thèmes tragiques et mythologiques.

– Tu as faim? lui demanda-t-il avec un sourire maternel.
– Oh non! répondit Eponine, je ne me sens pas très bien.
– Pendant certains jours, reprit le préposé des rôles de femmes mûres, le voyage doit être bien fatigant pour les filles! Dans notre métier il n'y a que des hommes, en dehors des ribaudes qui dansent entre les actes. Elles voyagent dans le fourgon à décors qui nous attend sur la grande route. Quant à Mammia, c'est plus une femme! C'est le patron. C'est elle qui tient la caisse et, crois-moi, elle fait la vie dure à son Euclion de mari. N'empêche que lui, c'est un artiste! Tu le verras dans *l'Aululaire*[1]! Ça va être une belle représentation à Reims! Pas comme tous ces mimes * qu'on joue partout! Moi, vois-tu, je n'aime pas les gesticulations des cocus et les coups de bâton, ça fait rire, mais je préfère les vieilles comédies. Plaute et Térence, on ne les joue presque plus. C'est passé de mode...
– J'étouffe! Je voudrais respirer un peu d'air frais, tu ne peux pas soulever un coin de la bâche? interrompit Eponine.
Elle se précipita, se pencha à l'extérieur et vomit.
– Ma parole, tu es enceinte! lui dit Eunomie en l'aidant à se rasseoir.
Eponine n'y avait pas songé, mais elle réalisa qu'il n'y avait aucun doute possible, elle attendait un enfant.
– Non, répondit-elle, ce sont les cahots du chemin, mais je m'y habituerai!
– De toute façon, tu as intérêt à le cacher aussi longtemps que tu le pourras, lui murmura la nourrice barbue, si l'Euclion et sa Mammia s'apercevaient d'une pareille tuile, ils ne te garderaient pas!
« Enfin! se dit Eponine, j'aurai à mon retour une bonne nouvelle à annoncer à Sabinus! » Elle se livra à un rapide calcul et en déduisit qu'il naîtrait aux vendanges et qu'au printemps elle serait encore capable de monter à cheval.
Sur un petit chemin de traverse, à l'entrée de la route de Reims, un *carrus*[2] attendait. Six filles aux longs cheveux noirs s'activaient, des chaudrons à la main, autour d'un grand feu.
– A la soupe! cria Mammia.
Chacun vint lui tendre son bol. La patronne remplit celui des protagonistes et ne gratifia les « danseuses grecques » que d'une

1. *La Marmite* de Plaute.
2. Chariot, fourgon.

seule louche, « pour qu'elles ne s'empâtent pas! » prétendait-elle. Après un temps de réflexion, Eponine eut droit à deux louches, un peu moins que les acteurs, un peu plus que les filles, en souvenir des générosités de Classicus.

– Phédrie, ronchonna Mammia, ne mange pas le pain trempé, pense à ta silhouette!

– Ma silhouette, parlons-en! minauda la jeune première d'une voix en pleine mue, qui pourrait remarquer la finesse de ma silhouette dans ce sac à choux! D'ailleurs, on ne regarde pas les personnages qui entrent sur le côté par la porte des « hôtes »! Ou j'entre par le fond, par la porte « royale » et j'ai une tunique neuve, ou on me fiche la paix et je bouffe, na!

– On ne parle pas la bouche pleine! *Bouffe* et tais-toi! rétorqua Euclion.

– Si tu grossis, je te chasse! hurla la patronne.

– Fais attention, Mammia! Si tu le chasses, je pars avec lui, susurra tendrement l'amoureux en déposant un baiser sur la nuque de son camarade.

Bombant le torse, il poursuivit :

– Ce ne sont pas les propositions qui me manquent! L'an dernier, à Autun, au grand théâtre, dans *le Brigand* [1], j'ai été plus acclamé qu'un imperator vainqueur! J'avais déjà regagné les coulisses que, du haut des gradins, mon public criait encore : « Lyconide, reviens! »

– C'était à Autun? ricana Mégador. Je croyais que c'était à Fourvière qu'on t'avait crié « Reviens! », le jour où tu avais fui sous une pluie de pommes!

– Cocu! Jaloux! hurla Lyconide en se jetant sur le rieur.

– Gare à toi si je m'en mêle! glapit la douce colombe de sa voix de crécelle, tout en se tenant sagement à l'écart.

Eponine se mit à aimer ces histrions, adulés sur les planches, honnis dans la vie, ces éternels enfants qui se battent pour rire et qui appellent jeu ce que les autres nomment travail! Ces hommes libres qui ne connaissent pas d'autre maître que celui qui leur donne de quoi manger le lendemain. Depuis qu'elle en avait compris la cause, ses nausées avaient cessé. Elle essayait de se souvenir des termes de la lettre de Classicus : « Si la chose est réalisable! » « Tout espoir n'est donc pas perdu! » se dit-elle en remontant dans le chariot. Eunomie lui prêta une couverture. Confiante en l'avenir, elle allait s'endormir quand Primus, debout

1. *Laureolus* de Catullus.

dans une barque, lui apparut. Il souriait. De la nacelle, qui s'éloignait, montait un chant :

Mon amour n'ai pu te l'avouer
Ton secret point ne l'ai révélé
A jamais l'amour et le silence
Me font revivre en ta douce présence!

Assis en face de la haute cheminée, Trinius écoutait avec effroi le récit d'Eponine.

– Ma pauvre enfant, lui dit-il, j'aurais dû t'empêcher de partir! Une femme n'est pas faite pour supporter toutes ces épreuves. Et, pour finir, cette cohabitation avec ces gens de peu a dû être intolérable!

– Tu te trompes, Trinius, j'ai eu de la peine en les quittant. Mammia m'a suppliée de rester : « Nous élèverons ton enfant! m'a-t-elle dit, nous lui apprendrons les cabrioles, nous lui offrirons un chien! » Moi qui pensais qu'ils me jetteraient dehors en apprenant mon état, j'ai dû m'évader pendant la nuit en arrivant à Reims! Pauvre Phédrie, il était si heureux qu'il avait passé toute la soirée à tailler et à coudre une brassière!

– Mais, que comptes-tu faire de cet enfant? Dès que ta grossesse sera visible, tu seras obligée de passer pour une femme de mauvaise vie ou de révéler l'existence de Sabinus?

– Non! Je connais une mixture dont les femmes enduisent leurs cheveux pour les rendre fauves, elle contient une substance grasse qui relâche les chairs. Je m'en ferai des applications afin que tout mon corps grossisse en même temps que mon ventre. On pensera que je me suis épaissie.

– Mais, ce gosse, une fois né, qu'en feras-tu? Sois raisonnable! Il te faut un mari, un mari qui, aux yeux de tous, passe pour le père de ton enfant. Épouse-moi! Fais ton enfant ici et laisse-le-moi! Tu seras libre d'aller voir « ta mère » à Langres aussi souvent que tu le souhaiteras.

– Tu sembles oublier que mon enfant a un père! Mon enfant naîtra et grandira auprès de son père!

Eponine était impatiente de retourner à Griselles; elle se fit cajoleuse :

– Sois gentil, Trinius, envoie un serviteur à Carilla, chez Tritos!

Que ce messager se présente de la part de Régina de Langres, qu'il demande à voir « Eponine », qu'il lui annonce que sa mère est souffrante et la réclame de toute urgence. Qu'il s'arrange pour lui glisser subrepticement que je l'attends ici.

La commission avait été faite dans les termes dictés par Eponine, mais deux jours s'étaient écoulés et Carilla n'arrivait toujours pas à Triniacum.

Le matin du troisième jour, Eponine avait accepté d'accompagner Trinius à la chasse. La lumière commençait à décliner. Des esclaves traversaient la cour en portant sur les épaules la dépouille d'un sanglier. Eponine descendait de cheval quand elle vit Carilla qui relevait avec grâce le pan de son manteau pour monter les marches du perron. Les deux amies se tombèrent dans les bras.

– Voici trois jours que je t'attends! lui dit Eponine. N'as-tu pas compris mon message?

– Ce n'est pas parce que ta mère est malade que les clepsydres doivent arrêter de s'écouler! Nous avions hier à souper le légat et le *duumvir,* je ne pouvais tout de même pas plaquer comme ça ce pauvre Tritos qui ne sait qu'inventer pour me faire plaisir!

– Tu veux dire : pour faire plaisir à Eponine!

– Pas du tout, c'est bel et bien à sa petite Cara qu'il veut faire plaisir!

– Que lui as-tu raconté? s'exclama Eponine, au paroxysme de l'angoisse.

– Que tu es bête! minauda Carilla en plissant son nez de chat, je ne lui ai rien raconté du tout. Il m'appelle Cara depuis le soir où il m'a apporté un sablé au miel en me disant : « Mea cara [1], tu fais la joie de mes vieux jours! » J'ai trouvé ça si drôle que je lui ai demandé de m'appeler toujours ainsi. Il était si ému qu'il a oublié de retourner dans sa chambre! Il m'a fait promettre que je ne le quitterai plus, qu'est-ce que tu veux, j'ai promis! Comme cela nous serons un peu parentes!

Eponine se précipita sur une carafe et avala un verre d'eau.

– J'espère qu'il ne t'a pas demandé de l'épouser? laissa-t-elle échapper au bord de l'évanouissement.

– Bien sûr que si! Mais comme je ne savais pas quoi répondre, je me suis souvenu de tes conseils, j'ai pleuré et j'ai murmuré : « Oh! Tritos, ne me demande pas d'être infidèle à la mémoire de Sabinus. Je t'aime, mais je ne puis t'épouser! » Il est fou de

1. Ma chérie.

bonheur que mon amour pour lui soit assez fort pour se passer du mariage!

– Je te remercie! Tu me fais jouer un joli rôle; comme veuve éplorée, on ne fait pas mieux! Lucterius m'a-t-il écrit?

– Bien sûr! Au premier message, j'ai répondu comme tu me l'avais dit. Mais, tu sais, Tritos est très jaloux! La deuxième lettre, il a voulu la lire et il m'a déclaré qu'il se chargeait de la réponse. Depuis, tu n'as plus reçu de courrier.

Eponine eut un petit sourire, jamais il ne lui serait venu à l'idée d'user de ce stratagème pour se débarrasser des assiduités de Lucterius. Mais, tout compte fait, elle se sentit soulagée.

– Où est ta malle? dit-elle avec autorité, nous rentrons à Auberive!

– Ma malle! Toutes les affaires qu'il m'a offertes ne tiendraient pas dans cinq malles! De plus, je reste!

– Tu es folle! riposta Eponine. Nous partons! La plaisanterie a assez duré!

Carilla éclata en sanglots :

– Je ne veux plus revoir Camulus! Je ne veux plus passer toutes mes journées à craindre qu'il soit dénoncé, je ne veux plus avoir peur que tu ne rentres pas! Peur qu'on découvre la cachette de Sabinus! Je veux être heureuse, je me moque que la Gaule soit libre! Je ne veux plus voir la guerre. A Reims, au moins, il n'y aura pas la guerre! Tritos m'a bien expliqué, les Romains, c'est le bonheur des Gaulois qu'ils veulent.

– Tritos, ne trouvera-t-il pas curieux que tu n'ailles pas soigner ta mère?

– Je ne lui ai pas dit qu'elle était malade. Je lui ai raconté que nous étions fâchées parce qu'elle m'avait volé mon héritage et que je ne retournerai jamais à Langres où on avait confisqué les biens de Sabinus. « J'en ai assez pour deux! » m'a-t-il répondu. Et tu voudrais que je laisse échapper une occasion pareille!

Eponine était devant une étrangère.

– Primus est mort! dit-elle, en espérant que le choc ramènerait Carilla à la raison.

La pauvre enfant se mit à trembler, en proie à une véritable crise de nerfs. Elle hurla :

– Tous! Tous! Camulus, toi, Sabinus, Martialis! Vous mourrez tous! Je ne veux pas mourir! Je veux être heureuse!

Eponine comprit qu'elle ne pouvait plus faire partager ses secrets à Carilla, sa présence à Auberive eût été dangereuse. Elle la raccompagna à sa voiture.

– Veille sur ta sœur! cria-t-elle à Filiolus.

Et, prenant son amie dans ses bras, elle lui chuchota :

– As-tu songé à ce qui arrivera le jour où Tritos apprendra la vérité?

– Je sais bien qu'un jour, je devrai partir. Mais pas maintenant, je n'en peux plus! Pardonne-moi, Eponine! Je t'aime tant! Je n'ai pas ton courage!

Le visage baigné de larmes, elle ouvrit la portière, une boule de poils sauta du coussin et se faufila sans que les amies, trop émues, y prêtassent attention.

La *rheda* avait déjà disparu quand Eponine s'aperçut que Mya lui léchait le bout des doigts.

Trinius avait sorti du hangar la *carruca* qui n'avait pas servi depuis la mort de sa femme. Il l'avait faite repeindre en rouge, de ce rouge profond qu'elle arborait le jour déjà si lointain de ses noces. Il regardait s'éloigner cette tache de sang sur la neige. Il savait que jamais plus il ne reverrait Eponine.

Eponine se fit déposer à la porte de Vertault. Il faisait nuit. Elle regarda les sept larmes de l'Incréé qui dessinaient dans le ciel un chariot attelé. Elle se souvint qu'un jour, Liscos lui avait dit qu'à chacune des larmes de diamant correspondait sur terre un *nemeton.* Exactement au-dessus de Griselles, scintillait le cheval de tête du petit chariot. Emmitouflée dans sa pèlerine en grosse laine, elle marcha longtemps. La neige crissait sous ses pas. Mya s'accroupissait à chaque tournant pour marquer son itinéraire. Elles firent le tour du ravelin, sous les fortifications. Enfin, Eponine retrouva l'entrée du souterrain. Elle avança dans le noir en longeant la paroi; Mya la suivait *aux pieds.* Une lueur apparut après le coude du deuxième diverticule. Eponine pressa le pas. Ses tempes répercutaient les battements de son cœur; elle pensa que Sabinus venait au-devant d'elle. En s'approchant, elle constata qu'une torche, récemment allumée, était fixée à un piton scellé entre deux pierres. elle prit la torche, retrouva les marques faites sur le mur et se dirigea vers la « *salla* ».

Du chaudron posé sur les braises se dégageait une bonne odeur de ragoût. Au sol, la paille était fraîche. Elle courut dans la cave aménagée en chambre. L'angoisse s'empara d'elle. Sabinus était introuvable! Elle redouta le pire, et se mit à hurler : « Sabinus! Sabinus! Martialis! » Elle courut dans tous les sens, se heurta à la réserve d'armes, à des sacs de grains, à des tonneaux de vin, tourna à gauche, à droite; personne! « C'est une folie d'avoir fait venir Camulus! Peut-être a-t-il été suivi! » se répétait-elle. Mya retourna dans la « chambre », sentit les oreillers et se coucha. Soudain,

Eponine repensa à cette torche accrochée volontairement près de l'entrée. Elle reprit espoir et alla s'asseoir contre le mur, sous le piton. Elle n'aurait pu dire combien de temps elle attendit ainsi. La flamme pâlissait, il ne restait plus que fort peu de résine sur le brandon. Mya, reniflant le sol, vint la rejoindre. Tout à coup, la chienne partit comme une folle, Eponine hurla :

– Mya! Ici, tout de suite!

Mais ce fut la voix de Sabinus qui lui répondit.

Martialis restait consterné devant son ragoût. Eponine et Sabinus ne touchèrent pas au plat, ils avaient tant de choses à se dire, tant de baisers à se donner. Dans leur excitation, parfois ils parlaient ensemble. Parfois, ils se taisaient et se noyaient dans le regard de l'autre. Sabinus avait posé la main sur le ventre d'Eponine. Allongés sur une botte de paille, ils regardaient, par le soupirail, le jour se lever.

– Les braves gens! lui dit Sabinus, ils sont très malheureux, tu sais, il ne faut pas croire ce que te raconte Lucterius. Rome a peut-être allégé le sort des riches, mais les pauvres sont, comme par le passé, dépossédés de leurs récoltes. Il ne leur reste même pas de quoi nourrir leur famille. Ils voulaient me voir, comprends-tu? Camulus a fait venir tous ceux de Vertault et de Langres dans la forêt. A la nuit, je leur ai parlé. Il en était même venu de plus loin. Camulus reçoit des messages des Boïens, des Éduens, des Arvernes. Le peuple est avec nous. Il faudra nous passer des notables!

– Pense à Maricc! Et pense à l'enfant! dit Eponine en posant sa main sur la main de Sabinus.

– Maricc ne connaissait pas le métier des armes! Il n'avait avec lui que des paysans boïens armés de fourches et de faux. Toute la Gaule va nous suivre! Nous avons des armes! Classicus viendra, je le connais!

Eponine avait dormi à Griselles dans les bras de Sabinus. Une lumière crue éclairait le squelette blanchi du cassissier. Martialis leur servit deux bols de lait fumant.

– Vous avez du lait? fit Eponine.

– Nous ne manquons de rien! rétorqua Martialis. Les amis ont creusé une fosse dans le sous-bois. Ils y déposent plus de nourriture que nous ne pouvons en manger. A la nuit, je pars aux provisions.

Il regarda de ses bons yeux de chien fidèle et ajouta :

– Quelle belle journée!

– Mais nous n'avons plus de cheval, il serait mort de froid! Martialis l'a donné. Comment vas-tu retourner à Auberive? dit Sabinus dans un soupir.

– Je n'irai plus à Auberive! Ces allées et venues finiraient par paraître suspectes. Une veuve, même désespérée, ne va pas tous les jours de sa vie sur le tombeau de son époux. Lucterius a dû parler. La bonne société de Langres doit penser que je me console dans le lit de Tritos. Eponine et Sabinus sont morts pour Langres, je reste à Griselles!

Sabinus se leva et se mit à crier :

– Jamais je n'accepterai que tu attendes notre enfant dans cette cave! Tu as besoin de confort! Il ne peut naître ici! Tu auras besoin de soins, il aura besoin de lumière!

Elle murmura :

– Je veux vivre près de toi!

La colère de Sabinus tomba. Pour la première fois, il voyait Eponine pleurer. Il la prit dans ses bras :

– Calme-toi! Nous trouverons bien un moyen pour ne pas nous quitter. Tu m'installeras une cachette près d'Auberive. Il faut faire revenir Carilla, elle souille ton nom et je ne suis pas tranquille de la savoir chez Tritos. Pour notre sécurité, tu dois exhiber ton veuvage à Langres!

Eponine n'avait pas avoué toute la vérité au sujet de Lucterius. Elle redoutait qu'en apprenant son retour à Auberive, l'espoir de la conquérir ne se rallumât dans le cœur du *duumvir*.

– Oh, Sabinus! Je t'en supplie, laisse-moi vivre quelques jours ici! Après, je ferai tout ce que tu voudras!

Elle s'était serrée tout contre lui; ses lèvres effleuraient la bouche de Sabinus. Il glissa la main sous la tunique d'Eponine. Martialis n'avait pas dormi de la nuit; il partit en clopinant s'installer sur sa paillasse à l'entrée de la réserve d'armes.

De jour en jour, le souterrain devenait une demeure de plus en plus confortable. Eponine se sentait chez elle. Martialis avait déposé dans la fosse la liste des outils indispensables : une scie, une hache, des clous. Une nuit sans lune, ils étaient partis tous les trois au cœur de la forêt et avaient abattu un chêne. Sabinus et Martialis en avaient transporté les tronçons dans leur repaire. Toute la journée avait été employée à débiter des planches. Ensuite, ils se mirent à fabriquer les meubles : deux tables, l'une pour le bureau de Sabinus, l'autre pour les repas, des coffres, trois tabourets, des bols, des assiettes, des cuillers.

On ne pouvait priver Mya des sorties nocturnes; alors commença la période du dressage. Empêcher de brailler un braccoïde gaulois n'était pas une tâche facile! Ces promenades, qui avaient invariablement pour but la fosse au ravitaillement, constituaient une aventure périlleuse, mais leur permirent de rester en bonne santé. Bien sûr, il n'était pas question de quitter la tanière quand le sol était couvert de neige, les traces de pas auraient pu leur être fatales. La lessive était pour Eponine un véritable cauchemar; le linge n'arrivait pas à sécher. Elle avait tendu une corde de chanvre devant le feu mais, si le vent s'engouffrait dans le soupirail, il refoulait la fumée, sayons et camisoles se couvraient de suie. Il leur fallut se résoudre à porter des vêtements encore humides ou maculés de noir. Leur vie était parfaitement organisée, ils se couchaient quand apparaissait la première lueur du jour. Pour Eponine et Sabinus, le lointain chant du coq sonnait l'heure des amours. Sabinus allumait la lampe à graisse, s'asseyait sur leur lit et regardait Eponine se dévêtir. Chaque aurore, il éprouvait la même émotion à voir s'arrondir le ventre d'Eponine.

– Marche! lui disait-il.

Sa démarche de faisane qui porterait en ses entrailles des œufs d'or excitait son désir. Il l'appelait d'un geste, elle s'allongeait près de lui; avec une infinie délicatesse, il la caressait comme un objet d'art. Il maîtrisait ses propres exigences pour lui prouver son amour. Il espérait que l'enfant avant de naître percevrait le trouble du bonheur.

– Des bourgeons! hurla Martialis en apportant deux bols de lait. J'ai vu des bourgeons au cassissier!

Eponine se précipita dans la bassine posée sur le sol; Sabinus lui versa un pot d'eau fraîche sur le corps. Ils se vêtirent à la hâte et coururent dans la *« salla »*. Par le soupirail, ils virent leur étoile scintiller dans un ciel diaphane. Au loin, un rossignol chantait. Mya sautait sur les meubles, impatiente de sortir, Mya la muette, Mya qui avait appris à ne plus aboyer.

Ils n'avaient pas prévu que la nuit serait aussi claire. Ils avaient fixé le rendez-vous avec Camulus à la naissance de la petite lune. Heureusement, le sous-bois était sec et ne laissait pas d'empreintes.

– C'est curieux! dit Eponine en regardant sa tunique déchirée, les ronces sentent l'approche du printemps avant les fougères!

Ils marchèrent longtemps, s'arrêtant à chaque futaie, s'assurant qu'ils n'étaient pas suivis. Mya ne s'écartait pas d'eux. Ils entendirent un cri de chouette, Camulus était arrivé. Accroupi sous un rouvre, il attendait. Dès qu'ils furent à portée du regard, il tendit le bras et ouvrit le poing.

– Classicus a renvoyé la médaille! murmura Eponine au comble du bonheur en remettant à Sabinus la preuve de la réussite de son ambassade.

– L'affranchi de Classicus m'a assuré qu'en cas de conflit tu pouvais compter sur son maître, dit Camulus. Sa position lui interdit toute provocation à la révolte, mais si Cérialis commande à ses légions d'attaquer les Gaulois, il jure que tu le trouveras à tes côtés. Il refuse seulement de rompre le premier le pacte de paix. Il ne t'a pas écrit de crainte que son messager ne soit fouillé.

– Je ne lui demande pas de déclarer la guerre, rugit Sabinus, mais de nous aider à la gagner! As-tu la réponse des Senons?

Camulus parut embarrassé :

– Mon frère que je leur avais envoyé est revenu, dit-il, mais Gedemo ne l'a pas reçu. Il lui a fait répondre qu'il ne parlerait que d'égal à égal au chef de la conjuration.

– Ton frère a-t-il nommé le chef?

– Non! Gedemo te croit mort!

– Laisse-moi y aller! intervint Eponine.

– Et s'il te demande le nom du père de l'enfant que tu portes, que répondras-tu? Tritos?

Le visage de Camulus se crispa. Il pensa à Carilla, Carilla qui l'avait trahi, Carilla qu'il ne parvenait pas à oublier.

– Personne ne soupçonnera mon état! affirma Eponine.

Sabinus ne put obtenir d'Eponine qu'elle renonçât à ce voyage; elle en régla les moindres détails. Les étoiles scintillaient encore dans le ciel lorsque Camulus reprit le chemin de Langres, il devait comme chaque jour être présent à l'ouverture de la forge.

Pendant une semaine, Eponine se frotta tout le corps, sauf le ventre, avec de la cendre de hêtre mélangée à des oignons pilés. Les massages produisirent l'effet escompté, sa grossesse fut travestie en embonpoint. Elle dut attendre encore quelques jours. Il avait été décidé qu'elle partirait la nuit de l'équinoxe de printemps.

Tous les ans, à la même époque, des milliers de voyageurs se rendaient à la foire de Vertault. Cinq temples se dressaient dans la cité sainte et, pendant trois jours, les pèlerins allaient déambuler en procession d'un *fanum* à l'autre. Au milieu d'un tel encombrement, c'eût été une véritable malchance qu'Eponine fût reconnue.

Le soleil n'était pas encore levé ce vingt-deuxième jour du mois de mars, quand Eponine sortit du souterrain. Elle longea les fortifications et attendit sous un hêtre l'arrivée de la foule. Quand elle se faufila parmi les badauds, le *forum,* d'un stade de long, était déjà noir de monde. Bousculée par des enfants qui couraient dans tous les sens, elle contourna les étalages des colporteurs et retrouva, comme convenu, une *rheda* stationnée au bas des marches du temple dédié à Vindonnus [1]. Elle regarda le cocher, reconnut Cadiche, le frère cadet de Camulus, monta en voiture. La *rheda* démarra.

Les chevaux galopaient sur une avenue plantée d'arbres. Sur le versant occidental s'élevait les thermes sacrés d'où jaillissait l'eau guérisseuse.

– Arrête-toi! cria-t-elle à Cadiche.

Elle alla se prosterner devant un autel sculpté qui représentait trois déesses mères. Elle regarda l'amoncellement d'ex-voto qui entouraient le sanctuaire.

– Protectrices de l'enfance! murmura-t-elle, vous qui avez déjà soulagé tant de misères, protégez celui qui va naître, faites qu'il soit libre dans un pays libre et que, jusqu'à sa mort, il honore son père!

D'un trot régulier, les chevaux franchirent le plateau du Tonnerrois et remontèrent la vallée de l'Armençon. La pluie tombait au loin sur l'épaisse forêt d'Othe. Au confluent des deux rivières, ils passèrent sur le pont de bois et longèrent l'Yonne jusqu'à Sens [2]. Du haut de la colline, dès le premier virage et tout le long de la descente, Eponine contempla la cité des Senons. Protégés par des murailles percées de trois portes monumentales, les temples, la curie, les hauts immeubles délimitaient deux grandes rues qui se coupaient à angle droit. Cadiche contourna les remparts, suivit encore pendant quelques milles la vallée de l'Yonne et s'arrêta devant le portail d'une briqueterie.

1. Dieu guérisseur gallo-romain.
2. Agedincum.

A Reims, au même moment, une *carruca* rutilante de phalères de bronze, traînée par quatre chevaux tintinnabulants, s'arrêtait dans la cour de la demeure de Tritos. Une dame, portant la haute perruque flavienne, descendait de voiture. Elle donna une tape sur la joue de sa jeune esclave et dit d'un ton impérieux :

– Préviens le maître de céans que Régina, veuve d'Aquilinus, souhaite le voir!

Tritos, le sourire aux lèvres, s'empressa de venir accueillir la mère d'Eponine.

– Chère Régina, dit-il en s'inclinant, j'aurais aimé être averti de ta venue afin de te recevoir comme tu le mérites.

– Commence par ne pas me laisser prendre froid dans les courants d'air!

Dès qu'elle fut assise près du feu, Régina explosa, coupant la parole à Tritos qui tentait de l'amadouer par des flatteries.

– Je n'ai que faire de tes fadaises, Tritos, je ne puis tolérer plus longtemps que tu déshonores ma fille! Lucterius m'a montré cet insolent écrit que tu lui as fait parvenir. Comment oses-tu prétendre qu'Eponine t'aime?

– Régina, écoute-moi, il n'y aurait pas de déshonneur si tu la décidais à m'épouser! Moi, je n'ai qu'un souhait, en faire ma femme. Le délai de son veuvage est respecté, elle ne désire pas retourner à Langres. J'ai du bien et je l'aime; fixe toi-même la date de nos noces!

– Si ma fille acceptait de se remarier, ce ne serait sûrement pas avec un cousin de Sabinus qui tient boutique! lança Régina d'un ton outragé. Des partis plus honorables s'offrent à elle! Ne te trompe pas sur l'objet de ma démarche, Tritos, je ne suis venue que pour la chercher et la ramener à Langres. Je ne t'écouterai pas plus longtemps, je t'ordonne de la faire venir!

Tritos, sûr de l'amour de sa petite Cara, appela un serviteur et lui commanda de prier sa maîtresse de descendre.

Régina, le visage rougi par la colère, tapotait du bout des doigts le bras de son fauteuil. Un esclave souleva la tenture. Carilla parée comme une impératrice parut dans l'embrasure.

– Entre, ma chérie, susurra Tritos, ta mère a voulu nous ménager la surprise de sa visite!

Carilla restait clouée sur place. Les joues de Régina virèrent au blanc. Tritos prenait cette esclave pour Eponine! Les mains de Régina se crispèrent sur le bras du fauteuil. Mais alors, où était sa fille? Régina appela à son secours toute sa réserve de sang-froid et, du ton le plus mondain qu'elle put, elle s'exclama en chevrotant :

– Eh bien! « ma fille », tu n'embrasses pas ta mère?

Carilla, d'un pas flageolant, s'approcha. Régina poussa un grand soupir qui la calma, se leva et prit sa fille dans ses bras :

– Eponine, mon enfant, dit-elle en détaillant les bijoux, tu es éblouissante! Me voilà rassurée, je craignais qu'on ne te gardât de force!

– De force? ricana Tritos. Elle n'a jamais été aussi heureuse!

Carilla ne parvenait pas à articuler un mot.

– Nous aurons tout le temps pour parler, poursuivit Tritos. Ma petite Cara, je pense que tu devrais mener ta mère à sa chambre!

A peine la portière de la chambre était-elle fermée que Régina renvoyait les servantes occupées à ranger ses bagages. Elle s'assit sur le lit et, retenant le son de sa voix, elle articula en martelant chaque syllabe :

– Maintenant, Carilla, j'exige que tu m'expliques cette comédie!

Carilla éclata en sanglots. Régina lui saisit les poignets et, tout en la secouant, elle répéta inlassablement :

– Où est Eponine? Vas-tu parler à la fin! Je veux savoir où est ma fille!

– A Auberive! finit par dire Carilla entre deux hoquets.

– Ne mens pas! Tu sais très bien qu'elle n'est pas à Auberive. La villa est close. Personne n'y habite. Camulus loge à Langres et les métayers ont recueilli les horribles chiens de Sabinus. Eponine ne t'a pas laissée ici sans te dire où elle allait! Tu ne t'imagines tout de même pas que c'est pour te faire plaisir que je n'ai pas révélé la vérité à Tritos! Ma petite, je te propose un marché : tu me dis tout ce que tu sais et je me tais, ou tu t'obstines dans ton silence et j'apprends à ton amant que tu es une esclave qui a usurpé le nom de ma fille. Il te chassera, reprendra les bijoux, les robes, tout le monde saura qu'Eponine a disparu! As-tu décidé d'être responsable de la mort de ma fille?

– Moi, vouloir la mort d'Eponine? murmura Carilla en tombant aux pieds de Régina.

– Alors, parle, mon enfant! N'as-tu pas compris que c'est pour la sauver que j'ai fait mine de te prendre pour elle? Lucterius voulait venir ici la chercher lui-même. J'ai pu le convaincre de me laisser partir à sa place. Tout le monde sait à Langres que des hommes travaillent en secret à organiser une nouvelle révolte. Eponine est assez folle pour se mêler à ces choses dans le seul but de venger la mort de Sabinus. Tous ces gens, un jour, seront arrêtés. Pour sauver Eponine, tu dois parler!

Carilla ne savait plus du tout où elle en était. Elle embrassa la main de Régina et murmura :

– Moi aussi je veux sauver Eponine, j'ai si peur pour elle! J'ai si peur!

Régina fit asseoir Carilla à côté d'elle et la prit dans ses bras. Un coin de la tenture se souleva, Tritos passa la tête.

– Tout va bien? dit-il.

– Oui, oui. Tout va bien! répondit Régina, mais nous avons tant de choses à nous raconter! Laisse-nous, Tritos, nous descendrons pour le souper.

Les pas s'éloignèrent. Carilla se moucha et reprit plus calmement :

– Eponine m'a ordonné de jouer ce rôle afin de lui permettre d'aller voir Classicus en Batavie sans que Lucterius le sache. Elle est rentrée de Nimègue, mais je ne sais pas si elle a vu Classicus. Elle voulait que je retourne à Auberive avec elle; je l'ai suppliée de me laisser ici; elle est repartie seule. Je ne sais rien d'autre.

– Avant votre départ pour Reims, recevait-elle des visites?

– Toutilla et Lucterius sont venus plusieurs fois à Auberive.

– Sortait-elle?

– Seulement pour aller sur le tombeau de son époux!

Carilla se garda bien de révéler l'existence de Sabinus et de parler du souterrain.

– Qui l'accompagnait sur cette tombe?

– Elle y allait seule, à cheval.

Soudain, comme frappée par un éclair, Régina dit d'un ton sec :

– Mais, puisque tu étais censée être Eponine, elle n'a pu venir chez Tritos! Où l'as-tu vue pour la dernière fois? Avec quelle voiture est-elle rentrée à Langres?

Carilla n'osa parler de Trinius. Elle se tut.

– Tu l'auras voulu! cria Régina en se dirigeant vers la porte.

– Non! sanglota Carilla en lui barrant le passage. Un ami de Reims lui a prêté une voiture!

– Carilla, conclut froidement Régina, il est l'heure de descendre pour le souper. Tu seras la cause du drame qui va se produire. Je te le demande pour la dernière fois : où est Eponine?

– Camulus! articula presque inintelligiblement Carilla.

Elle tremblait. Désespérée, elle ajouta en bafouillant :

– Camulus, le maître de forge, doit savoir où la trouver!

– Tu viens de sauver Eponine. Mon enfant, prépare-toi pour le souper!

– Tu as les yeux bien rouges, ma petite Cara! remarqua Tritos en trempant les doigts dans la bassine que lui présentait un esclave.

– Il faut la comprendre, minauda Régina, elle t'est reconnaissante de toutes tes gentillesses et se reproche de ne pouvoir encore accéder à tes désirs. Laisse faire le temps, Tritos, il est trop tôt pour parler de mariage! Mais je crois que ta présence lui fait du bien. Je suis heureuse de l'avoir vue. Je repartirai seule après la nuitée.

A Sens, Eponine avait été reçue en princesse. Gedemo résidait dans une superbe villa sur les bords de l'Yonne. Un grand jardin planté de tilleuls séparait la briqueterie de la demeure.

– Remettons à demain les conversations sérieuses! avait dit Gedemo en accueillant Eponine.

Il avait convié tous ses clients à souper. Danseuses au corps ondulant sous les voiles, jongleurs, montreurs d'ours faisaient diversion entre chaque plat. Le vin coulait à flots dans les coupes d'or. Gibiers et ragoûts se succédaient. Gedemo n'avait rien négligé pour prouver à Eponine le faste de « sa cour ».

A l'aube, les hurlements d'une impressionnante meute réveillèrent Eponine. Gedemo caracolait à la tête de ses clients. Il partait à la chasse comme on part à la guerre.

Eponine attendait dans sa chambre. Un archer vint la prier de le suivre. Il la mena dans une salle encombrée de trophées. Gedemo était assis derrière une table.

– Laisse-nous! dit-il au soldat.

Il enchaîna :

– Assieds-toi, Eponine. C'est la première fois de ma vie que je parle politique avec une femme! Oui, oui, je sais, tu portais la cotte de mailles à Vetera, mais tout de même! Nous ne sommes pas en Germanie ou en Bretagne! Les Gaulois n'ont pas encore subi la loi des femmes! Alors, ainsi, tu te dis le chef de la conjuration?

– Classicus a déjà répondu à mon appel. A Langres, j'ai des hommes et des armes.

– Et moi, tu crois que je vais « répondre à ton appel »?

– Préfères-tu le joug de Rome?

– N'espère pas que la Gaule entière obéisse à une femme! Et à une Lingonne de surcroît! Quelle part de gloire Langres a-t-elle donnée à la Gaule?

– Vetera!

– Sabinus a gagné une victoire, mais il a perdu la guerre! C'est Brennos le Senon qui, le premier, a montré au monde la grandeur du peuple gaulois! Brennos, le seul à avoir été jusqu'à Rome! C'est aux Senons que revient de droit le principat des Gaules! Je ne refuse pas l'appui des Lingons, mais c'est moi qui donne les ordres. Puisque tu as des hommes et des armes, marche sur Lyon et attaque la cohorte urbaine qui y est cantonnée. Ces quinze cents Romains sont chargés, à eux seuls, de protéger la paix romaine. L'événement fera assez de bruit pour obliger Cérialis à réagir. Classicus par le nord et moi par le sud, nous prendrons Cérialis dans un étau.

– Rome enverra d'autres légions. J'ai fait alliance avec d'autres cités qui refuseront de t'obéir!

– Si je pars en guerre, la guerre ne cessera que le jour où j'aurai le principat des Gaules, dussé-je me battre contre des Gaulois!

– Est-ce ton dernier mot?

– Consulte tes alliés! Je ne saurais exiger d'une femme une décision immédiate! Ton Cadiche me portera ta réponse avant la prochaine lune. J'offre un combat de gladiateurs, ce soir à l'amphithéâtre. Y viendras-tu?

– Je ne prends pas de plaisir à voir tuer des hommes!

– Alors, ne songe plus à la guerre!

La nuit tombait lorsque Régina, dans la cour de sa villa de Langres, et Eponine, devant la porte de Vertault, descendirent de voiture.

La silhouette empâtée, Eponine éprouvait de la difficulté à se mouvoir. Pendant une semaine, elle traîna d'une paillasse à l'autre, dormant tout le jour et une partie de la nuit, mangeant fort peu. Petit à petit, ses épaules, ses jambes reprirent leur sveltesse. Sa gaieté lui revint; elle se mit à chanter en tressant la corbeille d'osier qui serait le berceau de son enfant. La nuit des calendes de mai [1] *, elle décida d'accompagner Sabinus et Martialis dans la forêt. Camulus les attendait.

– Tout est prêt! dit-il. L'armée sera à tes ordres aux ides [2] de mai. La nuitée prochaine, j'effectuerai la dernière livraison d'armes.

– Il ne faut pas les mettre dans le souterrain, rétorqua Sabinus. Il faut au contraire transporter toutes celles qui sont ici dans une grange afin de pouvoir les distribuer sans dévoiler notre cachette. Où as-tu fixé le point de ralliement?

– Mon père met sa ferme à notre disposition.

– As-tu une idée de l'effectif?

– Trois mille hommes!

– Combien en restera-t-il en arrivant à Lyon? soupira Sabinus. A chaque poste de bénéficiaire, à chaque poste frontière, nous allons nous heurter à un peloton de gendarmerie! Combien de temps les légions du Rhin mettront-elles à réagir?

– Classicus sera là pour les arrêter! lança Camulus qui n'envisageait point d'autre issue que la victoire.

– Tu oublies Gedemo! intervint Eponine. Quand il saura que Sabinus en personne est à la tête des armées, il viendra!

Sabinus réfléchissait. Il poursuivit :

– Il ne faut rien négliger, il faut nous assurer du secours des archers senons. Camulus, envoie Cadiche promettre à Gedemo que, si la Gaule triomphe, Langres ne revendiquera pas le principat.

1. 1er mai.
2. 15 mai.

– Y renoncerais-tu? demanda Eponine.

– Vois-tu, la Gaule que je souhaite serait une grande cité de soixante peuples qui élirait chaque année ses deux vergobrets. Si un seul de ces peuples domine les autres, jamais nous ne vivrons en paix. Rome a obtenu des Gaulois qu'ils cohabitent sans se jalouser, profitons de l'enseignement.

– Tu oublies, rétorqua Eponine, que les Gaulois obéissent actuellement à un seul maître : Rome! Les Gaulois ont besoin d'un maître!

– Les Gaulois ont besoin de choisir leur maître, ils ont le droit de le juger et le devoir d'en changer s'il ne leur convient plus! Je me moque que Langres soit une cité-capitale, je ne souhaite pas régner sur la Gaule. Notre chef doit être élu par les assises nationales.

– Les assises nationales, maugréa Martialis, tu as vu le résultat!

Sabinus haussa les épaules et enchaîna :

– Il ne peut exister de vote honnête dans un pays où les légats de l'Empereur de Rome sont tout-puissants. Chassons les légats, mais ne revenons pas en arrière! Il faut que nos jeunes industries de La Graufesenque, de Lezoux se développent, il faut qu'il s'en crée d'autres.

– Il me semble entendre Lucterius! soupira Eponine.

– Lucterius est un homme de bon sens et de peu d'honneur! dit Sabinus en s'assombrissant.

Il n'aimait pas que l'on prononçât le nom de celui dont l'amitié lui faisait si cruellement défaut. Mais, cette nuit, il avait besoin de parler, il poursuivit :

– Dommage qu'il soit au service de la grandeur de Rome et non à celui de la grandeur des Gaules! C'est un habile politicien. Si nous gagnons la guerre, nous aurons besoin d'hommes comme lui.

Seuls les chênes qui se profilaient dans le ciel sombre furent les témoins de ce qu'aurait pu être la Gaule. L'air était doux, il faisait bon rêver et espérer. L'enfant bougeait doucement dans le ventre d'Eponine.

– Liberté! se dirent-ils en accompagnant Camulus jusqu'à son cheval.

Camulus décida de passer par la ferme de son père avant de rentrer à Langres. Déjà, ses trois frères étaient attablés devant un plat de charcuterie. Ils s'occupaient de l'exploitation agricole depuis que l'aîné et le cadet avaient quitté le domaine pour travailler à la forge. Camulus était devenu le héros de la famille. Chaque frère était responsable d'un noyau de révoltés. Camulus donna ses ordres. Le soir même devait être passé le message du rassemblement. Il recommanda que l'armure, le casque et les armes de Sabinus soient déposés dans la chambre du père. Il s'occuperait seul de la livraison des armes pour l'armée, nul ne devait connaître le souterrain. Il savait que la torture faisait parler les plus braves. Il conduisit Rix à l'écurie et prit un autre cheval.

En refermant le portail, il remarqua deux hommes qui parlaient. « C'est curieux, pensa-t-il, ils étaient déjà là quand je suis arrivé! » Il reconnut le plus âgé des deux. Il se demanda ce que Priscus, l'affranchi d'Aquilinus qui habitait à Langres chez Régina, pouvait faire à cette heure matinale devant la porte d'une ferme située à un mille de Vertault. Il savait que Priscus le jalousait. Alors qu'il s'était vu couché sur le testament d'Aquilinus, l'affranchi avait rageusement assisté à la nomination de Camulus à la direction de la forge. Par dépit, il était devenu le confident de Régina; à Langres, les mauvaises langues jasaient.

Sur le chemin du retour, Camulus se sentit suivi. Il mit son cheval au pas et tendit l'oreille. Aucun doute possible, le cavalier ralentit son allure pour ne pas le dépasser.

Dans la journée, il croisa Priscus dans la cour.

– Tu as un nouveau cheval? lui dit l'affranchi.

– Eh oui! répondit Camulus, mon père m'en a fait don.

– Il ne t'en veut plus d'avoir quitté la ferme?

– Il n'y avait pas assez de travail pour cinq fils!

– Tu es tout le temps fourré chez lui, à ce qu'on dit!

– On dit trop de choses!

– On dit aussi que tu sais où est Eponine!

– Eponine est à Reims!

– Bien sûr! Alors tu devrais aller à Reims pour lui rendre les comptes de la forge! A propos, Régina revient de Reims! Elle m'a chargé de te dire qu'elle souhaiterait te voir pour te faire une commission de la part de Carilla.

Et Priscus rentra dans la villa. Camulus s'enferma dans son bureau et réfléchit. Il était sûr de ne jamais avoir été suivi quand il se rendait dans le bois de Vertault. Chaque fois, il était parti à des heures différentes et n'avait jamais emprunté le même chemin. Mais le danger se précisait, il ne ferait pas la livraison d'armes. En revanche, la ferme du père était surveillée. Il fallait changer le lieu du rendez-vous. Quant à cette visite de Régina à Reims, il devait en avertir Eponine au plus tôt. Il appela Cadiche et lui dit :

– Attelle un *carrus* et dépose-moi sous les fortifications de Vertault!

Quand ils furent arrivés, Camulus ordonna à son frère de passer chez le père pour convenir d'un autre endroit de rassemblement.

– Veille à semer les suiveurs! lui lança-t-il en prenant le chemin qui mène au souterrain.

Il se guidait aux flèches, quand il eut la surprise de voir Mya qui venait au-devant de lui. La chienne le précéda dans la chambre d'Eponine et de Sabinus. Réveillés en sursaut, les époux assaillirent Camulus de questions.

– Il faut absolument que je vois ma mère afin qu'elle cesse ses poursuites. Camulus, dis à Régina de venir seule demain au temple de Vindonnus, je l'y attendrai à la première heure, conclut Eponine.

A l'heure convenue, Priscus déposa Régina en bas du portique du grand temple de Vertault. Eponine, drapée dans une ample pèlerine de gros lainage, attendait dans le vestibule.

– Enfin, soupira Régina, tu me fais mourir d'inquiétude! Ma pauvre chérie, comme tu te négliges, tu n'as plus forme humaine!

– Mère, interrompit Eponine, ne me pose pas de questions! La moindre indiscrétion pourrait être cause de ma mort. As-tu dit à Lucterius que je n'étais pas à Reims?

– Mais non, ma chérie, j'ai seulement essayé de le rassurer en le persuadant que Tritos avait menti. Je lui ai raconté que je t'avais trouvée trop déprimée pour supporter le voyage.

– Fais-le patienter! Assure-lui que je serai de retour pour les calendes de juin! Il est indispensable que l'on me croie à Reims pendant encore quelque temps. Bientôt, je reviendrai à Auberive. Mère, des amis me logent, mais trop de vies sont en jeu pour que je te charge d'un pareil secret.

– Tu ne t'es jamais confiée à moi, mais je ne t'en veux pas. Je te supplie d'être prudente! Aie confiance en moi, je n'ai plus que toi au monde. Je puis même t'aider si tu le souhaites! Quand te reverrai-je?

– Camulus te tiendra au courant, mais je t'en prie, cesse de le faire suivre!

– Quel autre moyen avais-je de te retrouver?

– Es-tu sûre de Priscus? S'il te pose des questions, que lui dirastu?

– Je ne vois qu'un seul moyen pour l'empêcher de vouloir en savoir davantage : rentre à Auberive! Ferme ta porte à tout le monde, j'expliquerai à Lucterius que tu es souffrante. Ces volets clos te rendent suspecte.

Régina rejoignit Priscus dans la voiture et lui dit :

– J'ai vu une amie qui arrive de Reims. Eponine sera à Auberive demain!

Eponine reprit le chemin de Griselles. Elle écrivit un message pour demander une voiture et le déposa dans la fosse aux provisions. Elle retourna donc à Auberive.

Elle ouvrit tous les volets, demanda à la femme du métayer de lui préparer ses repas et attendit dans l'angoisse les ides de mai.

Tous les deux jours, à l'heure où les femmes vont à la fontaine, elle traversait Langres en *cisium* afin qu'on la voie. Elle reçut des lettres de Lucterius et y répondit de façon incohérente, comme si sa raison était dérangée.

Priscus faisait semblant de croire qu'Eponine était revenue de Reims; mais il avait reconnu Eponine quand elle pénétrait dans le temple de Vertault. Depuis que Régina lui avait menti, il agissait seul. Ses serviteurs ne suivaient plus Camulus, mais les frères de Camulus. L'activité de toute la famille lui parut suspecte. Il mit Campanius au courant de ce qu'il avait découvert. Le marchand italien lança ses espions sur l'affaire.

Eponine n'allait plus à Griselles. Régina venait la voir à Auberive, traînant un grand nombre d'esclaves avec elle, pour que le retour de sa fille fût connu de tous. Elle fut parfaite, héroïque! parlant dans toutes les assemblées de l'état de déraison dans lequel sa fille était prostrée. « Les médecins sont à son chevet! » affirmait-elle.

Cadiche avertit Eponine que le rassemblement aurait lieu dans la forêt, à une heure de marche du souterrain, près de la cabane de la simplette qui élevait des poules. Les armes de Sabinus seraient déposées dans la masure de la vieille.

Le jour qui précédait les ides, Lucterius accompagna Régina à Auberive. Eponine, allongée sur son lit, les regardait d'un œil vitreux, mastiquant sans cesse des sucreries pour justifier son obésité. Elle s'adressait à Lucterius en l'appelant « mon pauvre Sabinus » et rabâchait inlassablement :

– Comme c'est gentil, mon pauvre Sabinus, d'être venu me voir! Mais il faut que tu retournes là-bas, ta place n'est plus ici!

La scène était insupportable. Lucterius entraîna Régina vers la voiture.

Eponine bondit de son lit dès qu'ils furent partis et entassa des vêtements dans un sac. Elle fit atteler le *cisium*; le métayer la déposa au temple de Vertault.

– Des amis me ramèneront, dit-elle, rentre à Auberive!

En fin d'après-midi, Martialis, Sabinus et Eponine étaient assis dans la « *salla* ». Elle sortait du sac tous les chiffons qu'elle y avait entassés.

– Pourquoi toutes ces tuniques? ricana Martialis.

– Parce que trois femmes qui vont acheter des œufs ne peuvent pas être inquiétées.

Munis d'un rasoir de bronze en demi-lune, Martialis et Sabinus se rasèrent de près. Eponine les affubla de perruques, de tuniques et de pèlerines. Ils prirent chacun un panier au bras et, Mya en tête, partirent pour la masure de la simplette. Ils marchaient depuis une demi-heure, quand ils virent Camulus qui, au galop, fonçait vers eux. Il prit Eponine en croupe et cria :

– Retournez le plus vite possible dans le souterrain! Les vétérans romains encerclent la cabane!

Camulus passa la nuit à Griselles; prostrés sur les paillasses, Sabinus, Martialis et Eponine l'écoutaient :

– Vous ne pouvez imaginer les atrocités qui ont été commises par les Romains! Mon père, tous mes frères, les serviteurs ont été enfermés dans une grange et le centurion y a mis le feu! Deux autres fermes ont été brûlées. Le peloton de gendarmerie de Til-Châtel et une *turme* de cavalerie de Mirebeau patrouillent dans tout le *pagus*. Je n'arrive pas à comprendre qui nous a trahis! Beaucoup de volontaires qui se rendaient au rassemblement ont été massacrés. Les autres sont rentrés chez eux en courant. Les Romains ont fait des centaines d'otages. Ils ont trouvé ton casque et ton armure chez la simplette; la pauvre vieille a été égorgée. Ils ont coupé la tête à Rix. Parmi ces assassins, il y avait des Gaulois! J'ai reconnu Secundinus.

– Comment as-tu réussi à leur échapper? demanda Sabinus.

– Les deux hommes qui m'avaient pris en chasse ne parleront plus! Ils sont morts! L'un d'eux était Priscus.

Ils se mirent en cercle autour de la petite flamme de la lampe à graisse, élevèrent les bras vers la voûte et psalmodièrent un chant à la gloire des héros morts.

Sur tout le territoire lingon, les fermes et les demeures furent soumises à la perquisition. Le chef mystérieux de cette conjuration était toujours recherché. Les noms de Camulus et d'Eponine étaient sur toutes les lèvres. La forge fut fermée, les ouvriers furent arrêtés et vendus aux enchères sur un marché d'esclaves. Régina passa quatre jours à Auberive, n'osant plus espérer le retour d'Eponine. Souhaitant même qu'elle ne revînt pas. Enfin, elle retourna à Langres pour mettre de l'ordre dans ses affaires. Elle ne pleura pas la mort de Priscus; elle se reprochait sa faiblesse, qui l'avait poussée à en faire son confident, son besoin de plaire, qui l'avait poussée à en faire son amant. Lucterius prit Langres en horreur, il se démit de sa charge de *duumvir* et partit pour Autun [1], où le recteur de l'université lui offrait une chaire de rhétorique.

Dans la cité lingonne, petit à petit, le souvenir de la journée sanglante s'estompa. Cérialis pardonna. Il ordonna que l'on cessât les poursuites. Il fit jurer fidélité pour l'avenir et oublia le passé. Le calme revint. Les Lingons connaissaient les conséquences de la révolte, ils choisirent l'ordre et la paix.

Campanius avait cédé sa boutique, il avait craint les représailles. Il alla s'installer à Reims.

Régina vendit la forge et emménagea définitivement à Auberive. Jour après jour, elle tissait, ne recevant personne, ne levant les yeux du métier que pour regarder le portrait de sa fille.

– Non, décidément, je n'aime pas cette écharpe! soupirait-elle.

Et elle reprenait ses navettes.

Jérusalem était vaincue, les Lingons faisaient des matelas, des tissus de laine, coulaient des statuettes de bronze, s'enrichissaient, allaient aux thermes, à l'amphithéâtre, au temple de Jupiter! La valeur militaire de Titus, la clémence de Cérialis étaient venues à bout de l'âme de deux peuples.

1. Augustodunum.

Depuis la tragique nuit des ides de mai, les reclus vivaient enfermés dans le souterrain, exclus du monde. Pour aucun d'eux, il ne pouvait être question de retourner à Langres. Il était devenu inutile et dangereux d'aller à la fosse, leurs amis ne se hasardaient plus à venir la remplir. Il fallait vivre sur les provisions amassées dans les caves. Certaines nuits bien sombres, Sabinus allait mettre de la glu aux arbres pour prendre des oiseaux. Eponine ne sortait plus, la date approchait. Assis autour du feu, ils construisaient l'avenir, entretenaient l'espoir, faisaient des projets. Ils se mentaient à eux-mêmes. Ils se mirent à jouer aux dés, Sabinus perdait, ils virent là un signe du destin et rangèrent les dés.

Les feuilles du cassissier jaunirent. Les nuits devinrent plus longues.

Un matin, ils mirent un tonneau en perce, il n'en restait plus que quatre.

– Les routes doivent être moins surveillées, dit Sabinus.

Il se leva, prit un grand temps de réflexion et enchaîna :

– Camulus et Martialis, il faut que vous partiez! En dix heures de nuitée vous pourrez sortir du territoire lingon. Camulus, tu iras à Reims chez Trinius; toi, Martialis, à Nimègue chez Classicus!

– Comment parvenir jusqu'à Nimègue? soupira Martialis.

– Dans le bois, tu trouveras bien des bandes de proscrits, des vagabonds, fais-toi passer pour un voleur! Tu trouveras des frères.

– En sommes-nous réduits à vivre de rapines? maugréa Camulus.

– Il faut prendre des contacts avec l'extérieur, je ne peux pas croire que la Gaule se résigne. Je ne puis plus assurer l'initiative de la révolte. Je ne puis abandonner Eponine. Mais que retentissent les *carnyx* gauloises, je chargerai au premier rang. Dites-le à Gedemo, à Classicus, à tous ceux qui continuent la lutte.

– Sabinus, interrompit calmement Eponine, ne reste pas ici!

Laisse-moi, je ne pourrai vous suivre. Peut-être vaudrait-il mieux que cet enfant ne naisse pas!

– Tais-toi! hurla Sabinus. Je suis certain qu'un jour Martialis et Camulus viendront nous chercher. Tu auras la force alors de faire plusieurs milles à pied dans la forêt. Je porterai l'enfant et nous monterons en voiture. Nous irons là où les amis auront reconstitué une armée. Camulus et Martialis, vous partirez à la tombée du jour. Préparez votre sac, prenez des provisions! Ne vous hasardez jamais à venir nous voir et ne communiquez à personne le lieu de notre retraite, ce serait mettre en danger la vie d'Eponine. Ne revenez ici que pour nous chercher!

On décida de dormir avant l'heure du départ. Martialis pleura tout le jour, il n'avait jamais quitté son frère de lait.

Ils s'embrassèrent à l'entrée du souterrain.

– Que l'Increé vous protège! dit Sabinus.

– Que Matrona veille sur toi! dit Camulus.

Martialis et Eponine ne pouvaient parler.

Camulus retrouva son cheval, détacha la longe et prit Martialis en croupe. Ils se faufilèrent à travers bois, baissant la tête sous les basses branches; à peine entendait-on le bruit des sabots foulant le jeune tapis de feuilles mortes. Martialis se retourna, il voulait, une dernière fois, revoir leur étoile. Mais le ciel était nu.

Pour Eponine et Sabinus, l'attente, la longue attente commençait. Cette solitude à deux, qu'Eponine avait tant souhaitée à Auberive, devint pesante. Leur amour allait-il pouvoir y résister? Tout dialogue, depuis le départ des amis, était devenu impossible. Dans leurs têtes tournoyaient des questions qui ne pouvaient recevoir de réponses. Ils ne savaient, ils ne sauraient plus rien de ce qui se passait dans le monde, plus rien concernant les êtres chers. Ils n'avaient plus rien à se dire; ils s'épiaient, devinaient les pensées de l'autre. Ils refoulaient cette litanie d'interrogations qui les angoissait : quelles souffrances les Lingons enduraient-ils à présent? Quel comportement avait adopté Lucterius pendant la répression? Eponine redoutait que l'on inquiétât sa mère, elle se reprochait le chagrin qu'elle lui causait. Elle pensait à Carilla; comme elle lui manquait! Sabinus avait échoué, il se vouait une rancune qui le plongea dans une agressivité muette. Prostration, soupirs, regards hostiles devinrent pour Eponine des symptômes de haine. Elle s'enferma dans sa culpabilité : sa grossesse empêchait Sabinus d'agir. Et un enfant allait naître dans cette tombe! Ce trop lourd silence ne pouvait plus se partager. Ils en arrivèrent à ne plus pouvoir se supporter; ils finirent par s'éviter. Eponine dormait pendant que Sabinus allait poser les pièges ou chercher le gibier. Sabinus dormait pendant qu'Eponine découpait dans un drap des brassières, des langes. Ils n'osaient se coucher ensemble. Ils attendaient l'enfant, le retour des amis, la mort...

Il se mit à pleuvoir. Il plut pendant des jours et des nuits. Eponine regardait l'eau couler le long des branches nues du cassissier. Elle ne sentait plus tambouriner en elle les petits coups de pieds impatients. Soudain, elle eut très mal au dos. Elle se leva, éprouva le besoin de s'étirer, mais un terrible poids pesait sur ses reins. Un éclair subit lui traversa l'esprit : « Comment ai-je pu mettre le berceau dans une pièce sans lumière! C'est ici, dans la *"salla"* éclairée par le soupirail qu'il faut installer notre chambre! » pensa-t-elle. Alors, elle se mit en devoir de transporter la paillasse, les couvertures, le berceau, le coffre à linge dans la pièce la plus confortable. Elle ne voyait plus la pointe de ses pieds, tant son ventre était gros, mais avec un acharnement de démente, elle poussait, tirait les meubles, s'asseyait quelques instants pour reprendre son souffle et s'attaquait à nouveau à sa tâche de déménageur.

Quand Sabinus revint, trois lièvres attachés à la perche qu'il portait sur l'épaule, il eut un coup au cœur. Les meubles étaient entassés pêle-mêle dans le couloir entre les deux pièces. Il pensa que leur tanière avait été repérée; saccagée. Il hurla : « Eponine! », d'une voix étranglée par l'angoisse. Il la découvrit qui, bras tendus, les fesses en arrière, s'arc-boutait sur le rebord d'une table. Il rit; comme ce fut bon de rire!

– Maman fait le nid! s'esclaffa-t-il.

– Aide-moi, idiot! Tu vois bien que j'installe la chambre.

– Était-ce bien nécessaire?

– Indispensable!

Elle donna les ordres, plus à gauche, à droite! Elle montait sur le tabouret, rangeait des étagères, des coffres.

– Donne-moi à boire, dit-elle en s'effondrant sur le lit, je suis épuisée! (Elle fit une grimace.) Oh, Sabinus! Je ne sais pas ce que j'ai! C'est comme une crampe, là, dans le bas du ventre!

– Ça t'apprendra à remuer les meubles toute seule, au lieu d'attendre ton mari! dit-il tendrement en l'embrassant. Repose-toi! Cela va passer, je vais préparer le souper.

Sabinus découpait le lièvre, Eponine se cramponna à la table, une deuxième douleur, plus violente que la première, lui tenaillait les entrailles.

– Le repas est prêt! clama Sabinus.

La douleur devint lancinante. Eponine se leva. Elle s'aperçut que la paillasse était inondée.

– J'accouche! hurla-t-elle affolée, débarrasse la table.

Sabinus, subitement paniqué, jeta à terre bols et cuillers et murmura :

– Crois-tu que cela se passe comme pour les brebis?

– Pas tout à fait! répliqua Eponine en essayant de rire, tu n'auras pas à lui lier les pattes!

Elle ne put en dire davantage, les crampes se succédaient, de plus en plus violentes. Elle se demandait s'il était normal de souffrir autant, elle plongeait dans l'inconnu. Entre deux hoquets, elle murmurait :

– Je ne sais pas! Je ne sais pas comment me mettre! Jamais je n'ai parlé de ces choses, avec personne! Sabinus, fais tiédir de l'eau! Prépare des linges! Crois-tu que je vais mourir? Et l'enfant? J'ai peur!

Sabinus la déposa sur la table, la coucha sur le dos; d'instinct, elle plia les jambes. Sabinus attisait le feu, emplissait d'eau le chaudron, courait d'une pièce à l'autre, ne sachant plus où était le coffre à linge. Après ce déménagement, il ne trouvait plus rien, il finit par déchirer son sayon. Eponine vit Mya qui, assise contre le mur, la regardait. Elle se souvint des petites respirations saccadées de la chienne pendant qu'elle faisait ses petits. Elle se mit à l'imiter, à haleter, sa peur se dissipa. Les douleurs montaient par vagues, se calmaient, reprenaient plus aiguës.

– Sabinus, cria-t-elle, viens! Viens! Prends-moi dans tes bras! Mets tes mains là, sur mon thorax! Appuie! Oh oui, appuie!

De grosses gouttes de sueur tombaient du front de Sabinus.

La douleur était devenue linéaire, ininterrompue. Eponine gémissait doucement. Soudain, elle poussa un grand cri, Sabinus desserra son étreinte, fit le tour de la table et vit une petite touffe de cheveux noirs entre les cuisses d'Eponine. Alors, il prit la tête dans ses mains et la fit légèrement tourner pour faire passer les épaules; comme il faisait aux brebis. Eponine fournit un suprême effort, il ne se rendit même pas compte qu'il tirait son enfant, que son enfant était né!

– C'est un garçon! murmura-t-il dans un souffle, en le déposant sur le ventre de la mère.

Elle se redressa :

– Oh non! dit-elle horrifiée, j'ai fait un monstre! Qu'il est laid! Il est tout plissé, tout gluant, tout gris, je ne veux plus le voir!

– Je le trouve très beau! clama Sabinus qui s'affairait, ayant retrouvé son calme.

Il brisa une coupe de verre et, avec un tesson * coupa le cordon. Il éleva le nouveau-né à bout de bras, prouvant par ce geste rituel qu'il l'acceptait pour fils. Il lui donna une tape sur les fesses et, satisfait de l'avoir entendu brailler, le lava à l'eau tiède.

– Et je trouve qu'il me ressemble! ajouta-t-il. Regarde-le!

– Sabinus! C'est horrible! cria Eponine, les douleurs reprennent! Oh, je t'en prie reprends-moi dans tes bras!

Une heure plus tard, les pattes posées sur le bord du berceau tressé par Eponine, Mya regardait dormir deux petits garçons empaquetés jusqu'au menton dans des bandelettes.

Sabinus faisait le ménage.

– Donne-moi du saucisson et du pain, dit Eponine, je meurs de faim!

Elle dévora.

– C'est vrai que tu ne les trouves pas trop laids?

Elle éclata de rire :

– Nous ne nous disputerons plus! Tu voulais l'appeler Valentinus, je voulais l'appeler Sabinus; Matrona nous a contentés tous les deux.

Le lendemain, Valentinus et le petit Sabinus prenaient ensemble leur première tétée. Eponine avait un sourire épanoui.

– Sabinus, je ne te trouve pas assez en admiration, tu n'as pas remarqué la perfection de leurs oreilles, et leurs petits ongles! Sabinus sera le plus intelligent, regarde son front!

– Valentinus a des fesses plus potelées!

– Il est plus fort, c'est l'aîné! Tu ne t'intéresses qu'à leurs fesses!

– Bien sûr, c'est moi qui les lange!

– Sabinus tète doucement, Valentinus est un goulu!

Sabinus reprit ses fils. Il contemplait le berceau, il était indécis. Il se demandait s'il fallait les coucher l'un à côté de l'autre ou la tête de l'un aux pieds de l'autre? Il se décida pour la deuxième solution et entrecroisa une corde entre les bords du panier pour empêcher ses fils de tomber.

Dès la nuitée suivante, Eponine vaquait à ses occupations. Ils avaient repris leur rythme, ils dormaient le jour, ils vivaient la nuit. Les bébés, eux, dormaient et criaient le jour et la nuit. Il fallut redéménager la chambre. Des chasseurs auraient pu entendre les hurlements qui s'échappaient du soupirail.

Eponine dut découper une des tuniques qu'elle avait apportées pour déguiser Martialis et Sabinus. Il fallait faire une deuxième layette. Elle tailla des bonnets, des bandelettes. Elle composait des chansons, les chantait à Sabinus quand le jour se levait. A la tombée de la nuit, Mya prenait son poste de garde près du berceau. Eponine et Sabinus couraient dans la forêt jusqu'au torrent, se baignaient nus dans l'eau bouillonnante de la cascade. Ils rentraient emmitouflés dans leurs pèlerines, se tenant par la taille. Oh, la joie des retours, la peur dissipée, les rires du petit Sabinus et de Valentinus, les jappements de Mya, le fumet du ragoût, l'ivresse du vin, la braise qui éclairait de rose les joues des enfants, et la longue journée tout entière consacrée à l'amour! A Griselles, l'attente avait un parfum de bonheur.

Martialis avait pris la route au temps des vendanges. Les agriculteurs engageaient des journaliers. De ferme en ferme, il arriva jusqu'à Toul et embarqua sur une *vegeiia* appartenant au cousin de Camulus. Il nettoya le pont, fit les corvées de chargement, de déchargement, et parvint à Nimègue.

Classicus le fit recevoir par son intendant. Le Trévire, un ancien de Vetera, eut pitié de lui, ne le renvoya pas, et le nomma chef des cuisines de l'école des gladiateurs. Mais l'audience privée que Martialis réclamait inlassablement à Classicus était de jour en jour remise au lendemain.

Camulus, d'une traite, arriva à Triniacum. Il dit au serviteur qui venait au-devant de lui :

– Avertis ton maître que je lui apporte des nouvelles d'Eponine!

– Trinius est dans la cave, il assiste au pressage du vin.

– J'attendrai!

Le serviteur hésita avant de laisser entrer cet homme aussi crotté qu'un bandit de grand chemin. Enfin, Trinius parut.

– Que sais-tu d'Eponine? Parle! dit Trinius, impatient.

– Elle a rejoint Sabinus! répondit Camulus.

– Et l'enfant?

– Peut-être est-il né!

– Où sont-ils?

– En sûreté!

– C'est pour me dire cela que tu as crevé un cheval et que tu n'as pas pris le temps de te raser?

– Je suis recherché! Eponine m'a assuré que tu m'aiderais.

– Qui es-tu?

– On m'appelle Camulus.

– Tu es le Camulus dont Cérialis a mis la tête à prix? Je ne puis te garder chez moi!

– J'ai besoin d'argent et je voudrais que tu demandes à la

concubine de Tritos de venir ici pour te voir. Il ne faut pas prononcer mon nom.

Trinius maudissait les dieux qui lui avaient envoyé Eponine. Il voulait qu'on le laissât en paix. Il ne savait à quoi se résoudre. Il finit par céder, à la condition que Camulus parte dès le lendemain; il l'invita même à souper, il avait besoin qu'il lui parlât d'Eponine.

La matinée s'achevait, la voiture conduite par Filiolus entra dans la cour. Carilla, amaigrie, laissant traîner son écharpe couleur de poussière, gravit le perron. Camulus l'attendait sur le seuil. Elle crut défaillir. Elle avait oublié qu'il était aussi beau.

– Ce fut horrible à Langres, n'est-ce pas? murmura-t-elle.

– Oui! dit simplement Camulus.

Il observait ce petit visage triste, cette tunique sévère, cette étrangère qui ne ressemblait pas à Carilla.

Elle chuchota :

– Et Eponine?

– Quand je l'ai quittée, elle était sur le point d'accoucher.

– Mais, je ne savais pas! Elle ne m'a rien dit!

– Cela aurait-il changé quelque chose?

Les yeux cernés de Carilla s'emplirent de larmes; elle dit dans un grand soupir :

– Camulus! Je suis si malheureuse!

– Tu es riche et aimée, non!

– Tritos a tellement changé! Il me hait. Il me bat, il a repris tous mes bijoux, il me fait suivre quand je sors, il ne me répond pas quand je lui parle.

– Pourquoi restes-tu?

– Je suis suivie, te dis-je.

– Depuis quand?

– Je ne sais plus!

– Ne mens pas! Depuis quand es-tu suivie? cria Camulus en lui saisissant les poignets.

Elle s'effondra sur un tabouret, se moucha. Camulus la regarda avec tant de pitié qu'elle se décida à parler :

– Un soir, nous... enfin, Tritos m'a dit qu'il recevait à souper un ami de Langres. J'ai feint d'être souffrante et je me suis enfermée dans ma chambre. Quelques jours plus tard, j'ai appris que Campanius avait ouvert une boutique à Reims. J'ai toujours évité de passer dans la rue de son échoppe mais, un matin, je l'ai croisé sur le *forum*, j'étais au bras de Tritos. Je suis sûre qu'il m'a reconnue.

Tritos ne m'a pas fait la moindre allusion, je n'ai pas osé lui avouer la vérité, et maintenant il sait que je ne suis pas Eponine.

Camulus se taisait; il faisait le bilan de la situation : « Campanius, se dit-il, a conseillé à Tritos de rendre la vie impossible à Carilla pour l'obliger à s'enfuir; il la fait surveiller, en espérant qu'elle ira se réfugier auprès d'Eponine. »

– Et aujourd'hui, dit-il, as-tu été suivie?

– Il n'avait pas besoin de prendre cette peine, Tritos connaît l'affranchi de Trinius; il a deviné que j'étais ici.

– Alors, sauve-toi avec Filiolus!

– Je n'ai pas un sesterce, où irai-je?

– Va à Auberive! Il y a toujours les métayers. J'essaierai de te faire parvenir des nouvelles, mais surtout ne t'aventure pas à aller dans le souterrain. Campanius et ses hommes ne te lâcheront pas, ils te retrouveront.

Camulus accompagna Carilla à sa voiture et lui remit la moitié des pièces d'argent que lui avait données Trinius.

– A Auberive, cria-t-il à Filiolus, au galop! Et ne vous arrêtez pas en route!

Il regarda Carilla, remarqua les ongles rongés.

– Pourquoi as-tu fait cela? murmura-t-il, on s'aimait bien!

– Tu ne voulais pas m'épouser et tu ne penses qu'à la guerre!

– On n'épouse pas un proscrit, Carilla! Je suis recherché et j'ai une tâche à accomplir!

Il l'embrassa. Elle le supplia de l'emmener avec lui. Il sourit, la fit monter dans la *rheda* et dit :

– Non! Je vais partir le premier, attends encore un peu. Si tu as été suivie, nul doute que les agents de Campanius se jetteront à ma poursuite. Je représente une meilleure prise. Le légat a promis mille sesterces pour ma capture!

Il alla chercher son cheval à l'écurie. Trois cavaliers étaient dissimulés derrière une grange, au détour du chemin. Camulus prit le galop. En passant près des trois hommes, il entendit :

– Par Taranis! C'est Camulus!

Une poursuite acharnée s'engagea. Camulus avait de l'avance. Il quitta la route de Reims et pénétra dans la forêt. Il se retourna, il n'y avait plus que deux hommes à ses braies, Secondinus et un gamin. Il se demanda si le troisième cavalier n'était pas à la poursuite de Carilla? Il arrivait au bord de l'étang. Il força son cheval à entrer dans l'eau et, le tirant par la bride, il nagea vers la rive opposée. Le gamin plongea, les rattrapa. Camulus se jeta sur lui et l'étrangla. Tandis que le cadavre coulait, Camulus enfourchait son cheval et disparaissait à bride abattue dans les taillis. Secondinus ne savait pas nager, il perdit la trace de Camulus.

Dès le lendemain, Camulus était à Sens et attendait que Gedemo veuille bien le recevoir.

Le même jour, à Reims, dans une arrière-boutique encombrée de verrerie, de tonneaux de vin et d'amphores d'huile, Campanius et Secundinus faisaient leur plan d'attaque. Ils choisissaient les espions qu'ils enverraient dans toutes les cités de la Gaule Belgique. Ils étaient sûrs de toucher la prime. Camulus ne pouvait leur échapper.

Carilla, anéantie par le remords, se cramponnait aux coussins de la *rheda* qui filait au galop forcé.

Au bruit des sabots sur les pavés, Régina se précipita dans la cour. Elle reconnut Filiolus et la voiture de sa fille. Les dieux auraient-ils entendu ses suppliques?

Les deux femmes allèrent l'une vers l'autre.

– Et Eponine? crièrent-elles ensemble, chacune attendant de l'autre une réponse qu'aucune des deux n'était en mesure de fournir.

– Je savais bien qu'il te chasserait! enchaîna Régina.

– Que fais-tu ici? rétorqua Carilla. Cette villa n'est pas la tienne!

– Ta chambre est prise! dit Régina d'un ton glacé. Tu coucheras au-dessus des cuisines.

– Où est Mya? demanda Carilla.

Régina haussa les épaules sans répondre, rajusta une petite mèche de son chignon toujours aussi impeccable, et retourna à son métier à tisser.

L'inquiétude les rendait agressives. Entre la mère et l'amie d'Eponine commença un incessant échange de questions et de reproches. Carilla ne parlait pas du souterrain, mais elle y pensait sans cesse. Un matin, ne pouvant plus résister, elle décida de désobéir à Camulus, et demanda à Filiolus de l'emmener au tombeau de Sabinus. Elle descendit dans la crypte; la torche que les gens du village maintenaient constamment allumée éclairait le cénotaphe de marbre. Ses yeux s'habituèrent à la demi-obscurité. Elle remarqua l'arche murée. Les moellons parfaitement imbriqués prouvaient que cette issue n'était pas employée. Pourtant, elle savait qu'Eponine et Sabinus étaient là, tout proches d'elle. Elle ressortit, demanda à Filiolus de s'assurer que personne ne les avait suivis. Tout autour d'eux, les ruines de la demeure, envahies par les herbes et les ronces, étaient désertes. Elle redescendit, se colla contre la porte obstruée et se mit à appeler Eponine. Elle sanglotait, s'arrachait les ongles aux pierres et hurlait toujours :

– Eponine! Eponine! Réponds-moi! C'est Carilla!

Le manchot arriva en criant :

– Tais-toi! Tu es folle, on t'entend du dehors! Viens!

Elle s'effondra sur le sol en pleurant. Il la relevait, quand ils entendirent une plainte de l'autre côté de la cloison. Dans le silence, elle reconnut le jappement de Mya. Carilla approcha son visage d'un vide laissé entre deux pierres et chuchota :

– Mya va chercher ta maîtresse! Va Mya! Va!

Filiolus finit par entraîner de force Carilla.

A partir de ce jour, Carilla chaque matin supplia son frère de la mener au tombeau. Il refusa, cacha les harnachements des chevaux pour s'assurer que Carilla ne sortirait pas sans le prévenir, et la menaça même de tout dire à Régina. Les scènes entre le frère et la sœur devenaient de plus en plus violentes. Régina, attirée par leurs cris, exigea une explication. Carilla se jeta aux pieds de la mère d'Eponine :

– Je sais où ils sont, aidez-moi! Il faut les secourir, ils vont mourir si nous ne les aidons pas!

– Qui « ils »? fit Régina.

– Eponine et Sabinus!

– Tu es devenue folle, ma pauvre fille! dit Régina. Sabinus est mort!

– Il vit! hurla Carilla, et Eponine est allée le rejoindre!

Régina ne savait plus si elle devait gifler Carilla pour lui avoir aussi longtemps menti ou l'enfermer dans sa chambre comme une démente. Filiolus se taisait; elle se jeta sur lui :

– Et toi, savais-tu aussi que Sabinus n'était pas mort?

– Oui! Mais Camulus me tuera s'il apprend que je te l'ai dit!

Régina les entraîna dans la chambre d'Eponine et tira la tenture. Elle marchait de long en large. Les dieux lui fournissaient enfin l'occasion de jouer un rôle!

– Gardons la tête froide! dit-elle avec autorité. Aucun domestique, personne ne doit deviner notre secret. Il faut trouver le moyen de communiquer avec Eponine sans lui faire courir de risques. Dépeignez-moi les lieux!

Elle écoutait gravement.

– Une porte murée, dites-vous! Et la chienne est venue quand vous avez appelé?

– Oui! répondit Carilla, qui maintenant mettait tous ses espoirs en la mère d'Eponine.

– Il faut nous servir de la chienne! Mais comment? soupira Régina.

L'œil de Carilla se mit à briller :

– J'ai une idée! dit-elle. Le jouet de Mya, il est resté dans son panier!

Les enfants, à quatre pattes sur la paillasse, martyrisaient Mya qui se laissait faire.

Eponine tournait une cuiller de bois dans le chaudron. La tête et les os d'un lièvre mijotaient dans un brouet de glands et d'herbes.

– Cette nuit, j'irai à la pêche! dit Sabinus.

– Il faudrait voler une chèvre! soupira Eponine, je ne vais plus avoir de lait.

– Nous ne resterons plus longtemps ici! dit Sabinus, le cassissier est en fleur. Camulus va venir nous chercher! Je le connais, il a convaincu Gedemo. Le Senon m'enverra une armée s'il a l'espoir de devenir le maître de la Gaule.

– Que Matrona protège Camulus, notre seul espoir! murmura Eponine en apportant un pichet.

Elle versa un peu de vin dans le fond d'une coupe qu'elle s'apprêtait à emplir d'eau.

– Non! dit Sabinus, pourquoi économiser? Bientôt, nous serons partis! Les enfants sont assez solides pour faire la campagne avec toi dans un chariot.

Eponine mit la tête du lièvre dans une jatte de bois et appela Mya. La chienne ne regarda même pas son plat. Elle dressa les oreilles et partit en courant.

– Laisse-la! dit Sabinus. Ces petites courses dans les couloirs lui font du bien.

Ils se mirent à table. Sabinus, de son pied nu, caressait la cuisse d'Eponine.

– Il reste encore du jambon, dit-il, je vais en chercher.

Il passa derrière Eponine et glissa la main sur ses seins.

– Allons-y ensemble! murmura-t-elle.

Ils ne prirent point le chemin de la réserve, mais celui de la chambre. Valentinus et le petit Sabinus essayaient d'arracher quelque chose de la gueule de Mya. Eponine s'approcha et reconnut le petit lapin de bois que Martialis avait naguère sculpté pour Mya. Elle s'en empara et demeura perplexe. Sabinus avait déjà ôté ses braies.

– Regarde! dit-elle. Comment ce jouet a-t-il pu venir ici? Je suis certaine de ne pas l'avoir apporté.

Ils fixaient le morceau de bois aux couleurs écaillées, quand elle s'aperçut qu'il y avait une inscription : « IN HOC LEPORE EPISTOLA JACET [1]. » Sabinus lui arracha le paquet des mains et l'examina. Il ôta une petite cheville. Un feuillet de papyrus avait été glissé dans le ventre du lapin creusé avec une gouge. Eponine déroula le papyrus près de la lampe et reconnut l'écriture de Régina :

> « Le manchot a déplacé une pierre dans la porte murée du tombeau pour jeter son jouet à Mya. Suis avec lui et sa sœur à Auberive. Camulus est parti de Reims pour sa mission. Écrivez si on peut vous porter des vivres. Précisez le lieu. Glissez réponse dans trou entre troisième et quatrième pierre du muret. Prenons toutes précautions. Ne pouvons dire quand nous viendrons. »

Sabinus brûla le message. Il regarda Eponine. Ils ne comprenaient rien. Eponine bouscula tout ce qui se trouvait sur la table-bureau de Sabinus. Elle s'empara d'une tablette enduite de cire et d'un style.

– Je t'interdis d'écrire! hurla Sabinus. Ce message est peut-être un piège tendu par Lucterius. Les paysans viennent chaque jour rallumer la lampe du tombeau, veux-tu nous faire prendre?

– Mais, Sabinus, je n'ai plus de lait! Comment vais-je nourrir les enfants? Je veux seulement demander qu'on attache une chèvre au saule près de la cascade.

– Non, te dis-je. Nous allons attendre de l'autre côté du mur le retour de Filiolus!

Il prit une botte de foin, une lampe et du saucisson. Eponine coucha les jumeaux dans le berceau et dit la phrase rituelle à Mya :

– Veille sur eux! Nous sortons!

Ils s'installèrent contre le muret, firent l'amour et s'endormirent. Quand ils se réveillèrent, il ne restait presque plus de graisse dans la lampe. Ils attendirent encore un long moment. Soudain, ils perçurent un bruit de pas et un chuchotement; Filiolus n'était pas seul. Eponine reconnut la voix de Carilla, elle ne put s'empêcher de crier le nom de son amie.

1. Une lettre est dans ce lapin.

Elles s'agenouillèrent toutes deux de part et d'autre du muret. Elles pleuraient de joie, parlaient à voix feutrée, détachant chaque syllabe. Filiolus alla faire le guet. Elles oublièrent le danger, voulurent tout se raconter, enchaînèrent questions et réponses : Tritos, le retour à Auberive, la naissance de Valentinus et de Sabinus, la peur, leur peur...

– Oh, Eponine! dit Carilla, ne peux-tu sortir, me fixer un rendez-vous? Je voudrais tant te voir!

– Ce serait trop risqué! Connais-tu la cascade à deux milles de Vertault? Il y a un saule qui a des racines hors de l'eau. Attache une chèvre à l'une de ces racines! Il me faut du lait pour les enfants.

– Oh, Eponine! Je t'en supplie, laisse-moi les voir!

– Partez! cria Sabinus. Quelqu'un peut venir dans le tombeau! Conduis la chèvre et sauve-toi sans nous attendre!

– Je ferai tout ce que tu me commanderas. Je donnerai ma vie pour toi!

– Pars vite! murmura Eponine. Dis à ma mère que je lui demande pardon pour tout le mal que je lui fais.

Dès que Mya vit Eponine revenir dans la chambre, elle disparut en courant. Elle poussa de petits cris devant le muret et s'en revint. Carilla n'était plus là. Elle savait que Carilla était venue, mais elle n'avait pas quitté le berceau.

La nuit suivante, Eponine et Sabinus partirent chercher la chèvre. A deux pas de la racine, Eponine remarqua un pied de primevère.

– C'est curieux, dit-elle, il y a trois nuits, quand nous sommes venus, il n'y avait pas de fleurs!

– Elles ont dû pousser! objecta Sabinus.

– Il n'y avait pas de feuilles non plus!

Elle voulut en cueillir une branche; la motte de terre dissimulait une tablette de cire qui venait d'être enterrée. Elle lut : « Des vivres seront déposés dans la cabane de la simplette. »

Ils ramenèrent la chèvre. Eponine était folle de joie à l'idée que ses enfants ne manqueraient plus de rien. Sabinus s'inquiétait. Ces allées et venues risquaient de tout compromettre avant l'arrivée de Camulus. Il ramassa des branches et fabriqua une barrière pour la chèvre. On lui mit de la paille et on l'installa près du soupirail pour qu'elle jouisse de la lumière.

Les nuits qui suivirent, Eponine et Sabinus ne s'éloignèrent pas du souterrain. Eponine devenait impatiente, les réserves étaient épuisées.

– C'est trop bête! dit-elle, peut-être y a-t-il du blé, des fruits, de la graisse d'oie? Si tu ne veux pas aller à la cabane, j'irai seule!

De mauvaise grâce, Sabinus finit par se laisser convaincre. Il redevenait anxieux et désagréable. Il avait espéré que Camulus serait de retour aux premiers jours du printemps et déjà, au loin, dans la campagne, les blés étaient lourds.

La masure, engloutie par les herbes folles, n'avait plus de porte. Les planches du toit à moitié effondré camouflaient des sacs de grains, des salaisons, une amphore d'huile, un panier de tomates. Sous les tomates, il y avait une tablette gravée de la main de Régina :

> « Le cousin du naute de Toul a envoyé un messager. Il a demandé que les enfants du matelassier entrent en contact pour assurer subsistance. Il ne peut revenir avant le printemps prochain. Des assises secrètes auront lieu en novembre. »

Ils lurent, relurent et effacèrent les lignes gravées.

Eponine reprenait espoir. Elle saisit la main de Sabinus et murmura :

– Camulus est en liberté! Il a pu organiser des assises! Il sait que Carilla est à Auberive, il communique avec elle, nous ne manquerons plus de nouvelles!

Et, avec un petit sourire, elle ajouta :

– Ma pauvre mère, comme nous la connaissions mal!

– Un an! Encore une longue année à attendre! soupira Sabinus.

Camulus exhibait tour à tour un menton glabre ou barbu. Il allait de cité en cité, changeant de nom et de cheval. Chaque jour, il abandonnait davantage son identité et son espérance. Il mendiait la guerre à des hommes qui ne rêvaient que de paix. Même les farouches partisans de l'indépendance, et il en restait encore, lui faisaient la même réponse : « Gloire à Sabinus! Nous admirons son courage, nous serons à ses côtés si la guerre éclate, mais nous ne la déclarerons pas! » Il n'arrivait pas à les convaincre qu'une domination étrangère est un plus grand mal qu'une guerre. Il avait cependant pu réunir quelques sympathisants dans la forêt des Carnutes *, à la première heure de la nuit des calendes de novembre. L'âme de Vercingétorix planait sur eux. Senons, Carnutes, Eduens, Venètes, Lingons avancèrent jusqu'au grand chêne séculaire, témoin de la gloire passée. En silence, ils firent un seul faisceau de toutes leurs armes.

– Gloire à Sabinus qui fut proclamé empereur des Gaules! dirent tous ces hommes.

– Gloire à Eponine, sa courageuse épouse! dit une voix.

Tous se retournèrent; Camulus reconnut Lucterius.

– Avant d'ouvrir les assises, dit Gedemo, je dois être assuré qu'au lendemain de la victoire vous me consentirez le principat des Gaules!

– Il revient de droit à Sabinus! interrompit Lucterius.

– Sabinus y renonce! objecta Camulus.

Gedemo obtint aisément satisfaction. Aucun des assistants n'avait l'envergure d'un chef politique, à l'exception de Lucterius. Mais Lucterius n'était pas venu pour déclarer la guerre. Aucun d'eux, d'ailleurs, et surtout pas Gedemo, n'accepta d'en prendre l'initiative. On se sépara sans avoir progressé en rien. Lucterius invita Camulus à séjourner quelque temps chez lui, à Autun.

1. Saint-Benoît-sur-Loire (Loiret).

Le titulaire de la chaire de rhétorique de l'université avait acquis, à quelques milles de la cité moderne d'Autun, une villa de tradition gauloise, d'un confort modeste, et que Toutilla gérait avec rigueur, pour ne pas dire avec avarice. Le séduisant célibataire s'était loué une chambre au-dessus d'une officine de teinturier dans la basse ville. Il aimait, de sa petite fenêtre sous le toit, regarder sécher les écheveaux bariolés; mais, en réalité, le volet restait le plus souvent fermé. Lucterius utilisait cette chambrette pour recevoir ses compagnes de hasard. Pour un temps, il renonça à ses plaisirs et y installa Camulus.

Les deux hommes s'assirent sur le châlit, seul meuble de la pièce.

– Je ne parviens pas à oublier les horreurs que j'ai vues à Langres! Je ne parviens pas à oublier Eponine! dit Lucterius. Ce que tu me racontes est pire que ce que j'imaginais. Comment a-t-elle pu enfanter dans une cave sans l'aide d'une femme?

Il n'osa livrer toute sa pensée à Camulus; il se mit à haïr Sabinus.

– Je ne puis te garder ici, lui dit-il. Cérialis te croit le chef de la conjuration. Mais il est généreux, il veut la paix, il a pardonné à Civilis, à Classicus, à Tutor, aux légions rebelles de Trèves. Je te donnerai de l'argent, va le voir, fais amende honorable et jure fidélité à Rome. Tes biens ont été confisqués, les terres de ton père sont devenues propriété de Vespasien. Tu étais décurion dans les auxiliaires lingons, crois-moi, engage-toi! Cérialis ne refusera pas un cavalier tel que toi. Dans vingt-cinq ans, tu seras riche et citoyen romain.

– Je crois que tu as raison! dit Camulus.

Lucterius le regarda, étonné de l'avoir si facilement convaincu. Il poursuivit :

– Nous ne pouvons pas abandonner Eponine. Elle ne pourra pas survivre longtemps dans ce trou. Sabinus ne peut en sortir, il serait condamné à mort; mais elle, il faut aller la chercher quand il en est encore temps. Elle doit vivre!

– Tu ne connais pas Eponine, jamais elle ne quittera Sabinus!

– Dis-moi où se trouve leur cachette! Je la déciderai.

– Je me tuerai plutôt que de te le dire; et je n'irai pas! Je ne prendrai pas le risque d'être suivi. Je ne livrerai pas Sabinus. Je me retire, que puis-je faire d'autre? Des hommes plus efficaces que moi travaillent pour lui. Martialis est chez Classicus. Si les Trévires prennent l'initiative, toute la Gaule suivra!

– Classicus ne bougera pas! rétorqua Lucterius.

– J'en aurai le cœur net. Demain, je partirai pour Nimègue!

– Ne prends pas de risques inutiles, fais ce que je t'ai dit! Engage-toi! Si tu peux entrer en relation avec Sabinus et Eponine, conseille à Eponine de venir ici, elle habitera seule dans cette chambre si elle le désire. Je puis me charger de plaider auprès du légat pour obtenir la vie sauve à Sabinus. Qu'il renonce à sa folle entreprise. Mais, rassure-toi, je n'interviendrai que si Eponine me le demande.

Lucterius obligea Camulus à accepter une grosse somme d'argent. Il lui sembla un peu expier sa défection.

Camulus n'avait plus rien à faire à Autun; il se mit en route pour la Batavie. Il prit pension dans une auberge à la porte de Nimègue. A force de payer à boire à tous les ivrognes locaux, il finit par savoir tout ce qui se passait dans le palais. Martialis venait d'être nommé chef de la cuisine privée de Classicus. Un de ses nombreux aides devint un familier de Camulus. Et, tout naturellement, un jour, l'aide amena son chef pour le présenter à son nouvel ami. Les deux Lingons firent mine de ne pas se connaître et convinrent secrètement d'un rendez-vous.

Le lendemain, à l'heure dite, ils se retrouvèrent sur le pont qui traverse le Rhin. Ils marchaient côte à côte.

– J'ai mis du temps avant d'arriver jusqu'à Classicus! dit Martialis. Maintenant, je lui parle chaque jour. Il ne se passionne plus que pour les combats de gladiateurs! Il a de l'amitié pour Sabinus. Il est prêt à intervenir auprès de Cérialis pour obtenir sa grâce. Mais, pour cela, il faut que Sabinus se rende!

– Jamais il n'acceptera! rétorqua Camulus.

– Je ne puis me résoudre à le voir finir sa vie dans ce tombeau! J'irai, je lui parlerai; peut-être, pour Eponine, acceptera-t-il?

– Va le rejoindre, il a besoin de toi! Mais ne lui demande pas de se livrer. Attends mes instructions. Je vais m'engager dans les auxiliaires. Je serai avec d'autres Gaulois. Puisqu'ils ont choisi le métier des armes, peut-être arriverai-je à les convaincre de faire la guerre pour la libération de la Gaule et non pour la gloire de Rome. Si l'Incréé veut que la Gaule revive, il me permettra d'arriver à Griselles à la tête d'une armée. Passe par Auberive, tu y verras Carilla. Reste en contact avec elle, je lui ferai parvenir des nouvelles.

– Tu oublies qu'elle ne sait pas lire!

– Je lui ai envoyé un messager qui m'a appris que Régina était avec elle. Régina se charge du courrier.

– N'est-ce pas dangereux?

– Lucterius, Classicus, Gedemo et tant d'autres savent que Sabinus vit! Cérialis ne doit pas l'ignorer, mais il pense qu'il est réduit à l'impuissance.

– Je dois rentrer, dit Martialis, c'est l'heure du grand service!

– Dis à Classicus que tu vas tenter de décider Sabinus à se rendre. Nous gagnerons du temps. Moi, je vais essayer d'offrir une cohorte à Sabinus!

Lucterius avait-il parlé en faveur de Camulus? Personne ne le sut jamais, mais Camulus fut amnistié et admis dans la cohorte Bretagne qui formait les ailes auxiliaires de la XXe légion commandée par Annuis Gallus.

Camulus perdit l'espoir de convertir ses camarades à la cause de la liberté quand il apprit le départ de la XXe légion pour la Judée. Tandis qu'il traversait les Alpes et s'acheminait vers le port de Brindisi [1], il envisagea de déserter; mais la sagesse le poussa à utiliser ce temps de campagne pour se faire des amis sûrs. Cérialis avait fait preuve de clémence, mais il avait préféré éloigner Camulus. Pour plus de sécurité, il avait contraint un ancien décurion lingon à reprendre du service. L'homme avait depuis longtemps prouvé son attachement à Rome. Il fut chargé de surveiller Camulus.

– Heureux de te voir rentrer dans le droit chemin! dit Secundinus en tapant sur l'épaule de Camulus. Oublions le passé et devenons amis! Par Taranis! Où nous allons, le principal est de sauver sa peau!

– J'obéirai à tes ordres, tu es mon décurion! répondit Camulus.

Il s'empressa d'envoyer un messager pour conter de vive voix à Carilla son étrange aventure.

1. Brendusium (Italie).

Martialis avait repris ses habitudes à Griselles. Les nuits de petite lune, il allait chercher dans la cabane de la simplette les vivres et la lettre de Régina que Filiolus y avait déposés. Les rumeurs les plus contradictoires circulaient dans Langres au sujet du siège de Massada *, où les zélotes * résistaient courageusement aux légions romaines. Dans le souterrain, on commençait à se demander si Camulus était toujours en vie. On parlait de son retour sans trop oser y croire. Sabinus s'était installé dans une sorte d'ataraxie. S'il n'avait rendu la liberté aux Gaules, il avait du moins réussi à vivre en ignorant Rome. Il ne connaissait aucune des contraintes imposées par l'occupant. Il ne parlait ni d'avenir ni de guerre. Il planait dans un rêve éveillé, et peut-être ne souhaitait-il pas que cet état prît fin.

La maternité avait épanoui Eponine. La douce rondeur de ses seins et de ses hanches était un incessant objet de convoitise pour Sabinus. On aurait pu la prendre pour une femme heureuse si on ne s'était pas attardé sur la mélancolie de son regard. Eponine voyait ses fils grandir et pensait à leur destin.

Les jours succédaient aux jours, le cassissier bourgeonnait, donnait ses fruits, perdait ses feuilles. Le seul contact des reclus avec le monde extérieur était la prose de Régina. Les lettres se voulaient apaisantes, relataient mille riens, des potins de gens qui ne semblaient pas souffrir de l'occupation romaine. Régina avait toujours ignoré la misère des milliers d'hommes et de femmes qui n'appartenaient pas à sa classe sociale. Mais, un jour, elle écrivit ce que pour la première fois elle venait de voir : la cour d'Auberive avait été le lieu désigné pour la collecte en nature due à l'Empereur. Ordre avait été donné à tous les paysans du *pagus* de venir y déposer les sacs de blé, les moutons, les volailles et même les œufs. Elle vit ces gens en longues files donner le fruit de leur travail pour nourrir les légions romaines campées sur le Rhin. Elle regarda le visage en larmes de ces femmes qui savaient que cet hiver leurs enfants ne mangeraient pas à leur faim. Elle avait vu, et jamais plus elle n'oublierait. Elle terminait sa lettre par ces mots : « Comment ai-je pu croire que les Juifs qui avaient décidé de résister jusqu'à la mort à Massada étaient des insensés qui tuaient leurs protecteurs? »

Eponine désobéit à Sabinus et répondit à sa mère. Elle tint un journal et, à chaque nouvelle lune, alla déposer les feuillets sous une grosse pierre dans la cabane de la simplette.

Par une claire nuit d'août de la sixième année de leur réclusion, Sabinus, Martialis, Eponine, les enfants et Mya partirent pour la cascade. Arrivé dans une clairière, Sabinus fit asseoir son petit monde autour de lui. Il regardait le ciel. Pointant du doigt l'étoile qui scintillait au-dessus de Griselles, il demanda à Valentinus :

– Te souviens-tu de son nom?

– C'est le cheval de tête du petit chariot! répondit l'enfant.

– Je n'aime pas regarder le ciel! dit le petit Sabinus. C'est trop grand! Trop loin! J'ai peur! Je suis mieux chez nous.

– L'incapacité de supporter l'infini est une des trois causes de la mort! poursuivit Sabinus. Les deux autres sont l'amour déréglé du bien-être et l'ignorance!

– Ne sont-ils pas bien jeunes pour apprendre ces choses? dit Eponine en souriant.

– J'avais leur âge quand Liscos me les a enseignées. C'est l'âme de Liscos qui, momentanément n'ayant plus d'outil charnel, m'aide de ses conseils et me dirige vers la vérité qu'il voit plus nettement maintenant que le voile physique qui l'obscurcissait à son entendement est tombé pour lui. Et cela durera jusqu'à ce que l'esprit de Liscos estime devoir reprendre une enveloppe de chair pour poursuivre son évolution par la vie, la souffrance et la mort. Sachez, mes enfants qu'il n'existe qu'un seul Être tout-puissant, éternel et infini en qui réside toute Sagesse et toute Perfection. Du néant, l'Incréé par sa voix créa la matière, l'anima par l'esprit pour lui donner vie, et dota d'une âme son chef-d'œuvre : les hommes.

– Les hommes, c'est qui? demanda le petit Sabinus.

– C'est *tatula* [1] et Martialis! dit Valentinus.

– Quand je vous parle des hommes, rectifia Sabinus, je veux dire : tous les hommes qui vivent sur la terre.

1. Papa.

– Parce qu'il y en a d'autres que nous? interrogea le petit Sabinus étonné.

– Mais, bien sûr, il y a beaucoup d'hommes, de femmes et d'enfants sur la terre. Ces légumes que t'envoie ta grand-mère ont été cultivés par des hommes. Le chaudron dans lequel Martialis fait la soupe est une œuvre des hommes. Vois-tu, il y a longtemps, des hommes ont découvert qu'en mettant certaines roches au feu il s'en libérait du métal; ce métal, ils l'ont forgé, moulé pour fabriquer les objets dont tu te sers. Cette pèlerine que tu portes, ce sont les hommes qui ont tondu la laine des moutons, qui ont filé la laine, tissé le fil, cousu l'étoffe.

– C'est comment un mouton?

Les yeux d'Eponine s'emplirent de larmes.

– Allons nous baigner! dit-elle.

La proposition fut accueillie par des cris de joie. Du plus loin qu'elle vit l'eau, Mya se mit à courir. Les enfants abandonnèrent leurs vêtements sur la berge et plongèrent.

– Regarde comme ils nagent! dit Sabinus. Pas un enfant de leur âge ne nage aussi bien!

– Oui, mais ils n'ont jamais vu un enfant de leur âge! soupira Eponine. Sabinus, les choses ne peuvent durer ainsi. Nous n'avons pas le droit de les isoler du monde.

– Ils sauront tout ce qu'ils doivent savoir! rétorqua Sabinus, tant mieux s'ils ignorent l'appât du gain, l'ambition, les rivalités mesquines, le mensonge.

– Ils croient que la terre n'est qu'une grande forêt, ils ne peuvent imaginer ce que tu leur expliques; ils n'ont rien vu, leur mémoire est vide. Que deviendront-ils? Je veux qu'ils vivent comme les autres enfants.

Eponine ne se résignait pas. Sa longue patience était à bout. Elle ne s'abandonnait plus aux caresses de Sabinus. La peur d'enfanter un être sans avenir la paralysait.

Enfin, une longue lettre de Régina apporta des nouvelles de Camulus. Ils s'assirent dans la « *salla* », autour de la table. Eponine alluma la lampe à graisse. Sabinus lut à haute voix :

> « Hier, comme nous soupions, Carilla et moi, est arrivé à Auberive un compagnon d'armes de *notre ami*. L'homme m'a dit s'appeler Sextus. Il a perdu une jambe à Massada, ce qui lui a valu le privilège d'embarquer à Césarée dans le premier navire en partance pour Rome. Je vous rapporte ses paroles :

“ Brûlés par le soleil et manquant d’eau, de jour en jour les auxiliaires se sont mis à haïr un peu plus les Romains. Gallus n’est pas un chef inhumain, mais l’Empereur le presse d’en finir en Judée, la citadelle perchée sur son piton rocheux paraissait imprenable, il aurait été assassiné par un tribun qui convoitait son commandement s’il n’avait utilisé tous les expédients, les plus sanguinaires, pour contraindre les insurgés à capituler. On nous ordonnait, à nous Gaulois, de charger les catapultes avec des esclaves juifs, des vieillards, qui allaient s’écraser de l’autre côté des murailles, aux pieds de leurs fils. Ceux d’entre nous qui refusaient d’obéir étaient crucifiés sur-le-champ. Chaque matin, pour inciter les zélotes à se rendre, un tribun leur faisait des promesses qui n’étaient jamais tenues. Alors, dans le désespoir, sachant qu’ils ne pourraient vaincre Rome, mais pour lui voler sa victoire, derrière leurs murs, en chantant des psaumes à leur dieu, les Juifs ont tué leurs femmes et leurs enfants et se sont donné la mort. Rome n’a vaincu qu’un charnier. Pendant que les légionnaires fêtaient leur honteux triomphe, *notre ami* a dit à ceux de la cohorte Bretagne : Aurons-nous moins de courage que les Juifs? Il nous a révélé qu’un chef nous attendait en Gaule et l’avait chargé de réunir une armée. Tous nous avons juré de le suivre plutôt que de demeurer dans l’esclavage. Gallus attend à Césarée l’arrivée d’une légion qui devra maintenir l’ordre dans la Judée conquise. Ensuite, avec son armée, il doit rejoindre le camp de Cologne. Il passera par Langres. *Notre ami* fait dire à son chef de garder espoir. Il viendra le chercher. ”

Je ne sais, mes enfants, si nous devons nous réjouir? Lourde est ta responsabilité, Sabinus!

Votre mère, votre amie jusqu’à la mort. »

Sabinus brûla les feuillets de papyrus. Eponine serrait ses fils dans ses bras. Elle pensait à ces femmes de Massada qui avaient sacrifié leurs enfants pour qu’ils ne connaissent pas la servitude. Elle demanda à Matrona de ne pas exiger d’elle une pareille horreur. L’attente lucide devenait une agonie.

Mais, bientôt, une autre lettre apprit que Gallus ne faisait pas route vers Cologne. Vespasien l’avait envoyé combattre sur les rives du Danube.

Comme un homme atteint d’une maladie mortelle s’embarque pour le tour du monde, Eponine s’efforça de faire de chaque jour un jour de bonheur. La peur et l'angoisse donnaient à leur vie encore plus de prix.

Les enfants apprirent à lire dans Virgile, à chasser les oiseaux avec leur père, à faire la cuisine avec Martialis, à écrire avec leur mère. Dans les lettres à Régina, ils disaient qu'ils avaient tressé un panier, ou confectionné un tabouret, ou joué à la course avec Mya. A l'aube, Eponine composait des chansons. Le jour, elle faisait l'amour pour le plaisir, rien que pour le plaisir. Elle connaissait un moyen pour éviter d'avoir des enfants. Elle hésita avant de se livrer à cette préservation humiliante pour son âme – la triade druidique chantait l'amour qui engendre la vie –, et humiliante pour son corps – cette pratique lui semblait obscène. Le don devenait refus. Cependant, elle choisit délibérément de ne pas avoir d'autre enfant, elle savait qu'elle n'aurait pas le temps de l'élever. Alors, elle tondit le ventre de la chèvre, là où le poil n'est que duvet et en fit des tampons qu'elle humecta de vinaigre. Quand elle voyait l'œil de Sabinus s'illuminer de désir, elle s'isolait dans sa chambre et plaçait le poison dans sa chair faite pour donner la vie. D'avoir osé commettre ce crime aux yeux de la loi druidique exacerba son plaisir, toutes les audaces lui étaient permises, la honte ne pouvait plus l'atteindre, elle s'abandonnait tout entière, sans retenue à la jouissance.

La nuit, ils allaient tous se baigner sous la lune, Sabinus parlait de l'Increé, Eponine de Vercingétorix.

Valentinus ne comprenait pas pourquoi il fallait faire la guerre pour reconquérir la liberté. La liberté, ils la vivaient.

Trois ans passèrent. Depuis de longs mois, aucune nouvelle de Camulus n'était arrivée. Était-il mort sur le Danube? Eponine n'osait en parler à Sabinus, mais elle songeait à aller à Autun pour voir Lucterius, pour lui confier ses enfants. Ils avaient l'âge d'entreprendre des études sérieuses. Elle voulait qu'ils vivent.

Eponine regardait par le soupirail le jour se lever. Il allait faire une chaude journée. On était en mai. Elle caressait Mya. Les enfants dormaient. Sabinus se remémorait la leçon d'astronomie qu'il ferait à la nuitée à Valentinus et à son frère. Mya partit en courant. Eponine la suivit. Elles arrivèrent devant le muret du tombeau. Beaucoup de monde était là, de l'autre côté de la cloison. Eponine entendait la foule descendre les marches. Une voix s'éleva :

– Que l'Increé pardonne à celui qui n'est point initié de prendre la parole, puisque ses ennemis nous ont privé de la lumière de nos druides. En ce huitième anniversaire de ton sacrifice, Sabinus, nous venons nous recueillir et nous souvenir! Que nos enfants apprennent à leurs enfants le nom de Sabinus! Que toujours brûle cette flamme pour que nos âmes demeurent libres et toujours espèrent en l'amour de l'Increé! Et que jamais ne s'éteigne notre lutte pour la liberté!

– Vercingétorix, l'Arverne! clama une autre voix.

– Gloire à ton nom! répondit la foule.

Alors, retentit sous les voûtes le nom de tous les héros morts pour l'indépendance gauloise :

– Sacrovir l'Eduen! Vindex l'Aquitain! Maricc le Boïen! Sabinus le Lingon!

– Gloire à ton nom! murmura Eponine.

– Eponine! Eponine! hurlaient Martialis et Sabinus.

Elle arriva en courant dans la « *salla* ».

– Regarde! dirent-ils.

Elle s'approcha du soupirail. Dans le petit trou rond de lumière, s'avançait une troupe de cavaliers. A leur tête, Camulus brandissait le *vexillum* des Lingons!

Camulus fit arrêter le peloton près du cassissier et partit au galop en direction des remparts de Vertault.

Eponine alla chercher dans la chambre le torque d'or de Sabinus et le lui mit autour du cou. Les enfants hurlaient :

– Des chevaux! Des chevaux!

Martialis boucla le ceinturon de Sabinus et lui tendit son glaive. Eponine embrassa ses fils, les prit par la main, et tous, Mya en tête, sortirent du souterrain. Camulus les attendait.

– Que Matrona soit remerciée d'avoir protégé ta vie! dit Eponine.

– Combien as-tu d'hommes? demanda Sabinus.

– Tout ce qu'il reste de la cohorte Bretagne : trois cents cavaliers et neuf cents fantassins. Nous avons établi notre *castellum* [1] à Til-Châtel. La légion de Gallus est au *castra* [2] de Mirebeau. Le préfet de notre cohorte est un Breton, il hait Rome, t'admire et t'investira de son commandement. Nous avons pour mission de réquisitionner des vivres et de les acheminer au camp de Cologne. A notre arrivée, le poste de Til-Châtel n'abritait que deux centuries de vétérans chargées de maintenir l'ordre.

Camulus prit son cheval par la bride; ils marchèrent jusqu'au peloton. Camulus fit monter Eponine, les enfants et la chienne dans un *carrus*. Il détacha les deux chevaux qui étaient à la longe derrière le chariot et les mena jusqu'à Martialis. Sabinus flatta l'encolure de son cheval, pensa à Rix et monta en selle.

– Cavaliers de la cohorte Bretagne, voici votre chef! cria Camulus.

– Longue vie à Sabinus! hurlèrent les hommes.

Prenant la tête du peloton, Sabinus clama :

– A Til-Châtel!

Ils regagnèrent le *castellum* au galop forcé. Une vision d'horreur

1. Camp particulier aux troupes auxiliaires.
2. Camp permanent des légions romaines.

les y attendait : les anciens combattants de Massada avaient exterminé tous les vétérans romains et avaient empilé leurs corps au centre de la cour.

– Enterrez ces hommes! cria Sabinus.

Il suivit Camulus dans un baraquement. Un petit homme brun et trapu, aux yeux de la couleur des vagues, lui tendit son casque en disant :

– Je suis Weroc, ma cohorte est à tes ordres!

– Pourquoi ce massacre? hurla Sabinus.

– Crois-tu qu'eux aussi auraient obéi à tes ordres?

– Il fallait les désarmer et les jeter dehors! Gallus va se venger sur les civils.

– Gallus ne le saura pas!

– Tu es naïf, Weroc! L'un d'eux devait tenir Gallus au courant de tout ce qui se passe ici. En ne voyant pas venir son informateur, il comprendra. Fais sonner le rassemblement!

Tous jurèrent fidélité à Sabinus et l'acclamèrent.

– Gaulois! leur dit-il, l'expérience vous a montré combien la liberté diffère de la servitude. Vous savez que la pauvreté sans maître vaut mieux que la richesse avec l'esclavage. Quelle honte, quelle douleur n'avons-nous pas supportées depuis que ces étrangers ont porté leurs regards sur la Gaule? Ne vaudrait-il pas mieux être égorgés et périr plutôt que de promener nos têtes tributaires? Amis, parents, faisons notre devoir alors que nous conservons encore le souvenir de la liberté, afin d'en laisser à nos enfants le nom et la réalité. Mon dessein en vous adressant ces paroles n'est ni de vous inspirer la haine du présent (vous le haïssez) ni la crainte de l'avenir (vous le craignez), mais de vous louer d'avoir de vous-mêmes choisi le parti nécessaire. Ne redoutez pas les Romains, ils ne sont pas plus vaillants que nous. Certes, il ne peut être question pour notre cohorte de mettre en déroute les légions romaines. Mais nous allons brûler toutes nos récoltes! Privés de blé, les Romains ne pourront livrer bataille. Et l'Empereur n'exposera pas ses légions à la famine quand il saura que notre terre est devenue impuissante à remplir ses caisses! Ayez confiance! Notre sacrifice nous assure la victoire! Nous devons tenir ici le plus longtemps possible, le temps que toute la Gaule sache que le combat a repris. Creusez une galerie souterraine qui nous permettra d'effectuer des sorties. Creusez un fossé autour du *vallum!* Construisez une deuxième palissade! Mettez le déblai entre les deux murs! Que les décurions et les centurions me suivent pour prendre les ordres! Bretons! Lingons! Les Gaulois se souviendront de vous! Je vous souhaite bonne chance!

Tous se mirent au travail. Des vivres pour un mois furent amenés au camp. Sabinus envoya des cavaliers dans chaque ferme du *pagus* pour attaquer les patrouilles romaines qui venaient au ravitaillement. De grandes files de réfugiés venaient se mettre à l'abri au *castellum* après avoir incendié leurs greniers. Des messagers partirent pour toutes les cités de Gaule, non pour convaincre les magistrats, Sabinus savait qu'ils ne bougeraient pas, mais pour mobiliser les paysans, les enjoindre de brûler les récoltes, de tuer les sentinelles, de priver les Romains du tribut.

L'appel fut entendu. Dans toute la Gaule, les agriculteurs se laissèrent égorger plutôt que de verser l'impôt. Les Romains se vengeaient, prenaient des otages, procédaient à des exécutions. Les paysans qui n'avaient plus de toit se regroupaient dans les forêts, constituaient des armées de fortune, vivaient de rapine. La Gaule se réveillait.

Cérialis était à Cologne quand il apprit la rébellion. Il fit savoir à Gallus qu'il lui interdisait d'attaquer le *castellum* de Til-Châtel avant son arrivée. Il ne s'entoura que d'une garde restreinte et partit en toute hâte pour le *castra* de Mirebeau. Gallus venait de rentrer d'un voyage éclair. Il accueillit le légat avec arrogance :

– Où sont tes légions? Tu aurais pu t'éviter le dérangement si tu avais l'intention de venir seul!

– Nous ne pouvons nous offrir le luxe d'assiéger leur retranchement, répondit Cérialis, nous n'avons pas la possibilité de nourrir nos hommes. Je veux voir Sabinus! Lui seul est capable d'arrêter ce gâchis. Si nous le laissons faire, la terre fertile de Gaule ne sera plus qu'un champ de cendres! Vespasien ne me pardonnerait pas de le priver d'une telle source de revenus.

Il appela son secrétaire et dicta un message :

> « Sabinus, je n'entreprendrai pas une guerre avec des Gaulois, les alliés de Rome, sans avoir tout tenté pour l'éviter. Pense à la paix que j'ai accordée aux Bataves. J'écouterai tes doléances comme j'ai écouté celles de Civilis. Je t'attendrai à la XIe heure du jour [1] * sur le pont de la Bèze, à trois milles de ton camp et du mien. Je serai sans arme et sans escorte. Je compte sur ta loyauté pour faire de même. Si nous ne nous quittons pas

1. Environ 17 heures.

amis, je te donne ma parole de général romain de te laisser partir librement sans attenter à ta vie ni à ta liberté. »

Il signa de sa main : « Petilius Cérialis », roula le feuillet, apposa son sceau, fit venir le héraut et l'envoya porter le *volumen* à Sabinus.

Gallus assistait à la scène, silencieux et immobile. Avant de sortir, il se retourna et dit :

– Sache, Cérialis, que l'Empereur se méfie de ta trop grande clémence envers les Gaulois. Il apprécie mes méthodes, il m'est reconnaissant d'en avoir fini avec la Judée. Je suis en possession d'un manuscrit revêtu du seing de Vespasien, qui me donne le crédit d'agir en son nom.

Et il regagna sa tente.

Le héraut d'armes, escorté de quatre cavaliers, se présenta devant la passerelle de Til-Châtel.

– J'ai un message du légat de l'Empereur pour votre chef! cria-t-il.

A l'aide d'une poulie et d'une corde, les Gaulois firent descendre un panier et remontèrent le *volumen.*

Quand on lui remit le pli cacheté, Sabinus eut un sourire; il s'attendait à cette convocation. Il parcourut les lignes sans manifester d'étonnement et tendit le feuillet à Eponine.

– Tu ne peux y aller! dit Eponine. Crois-tu que Cérialis ait oublié Vetera et Bèzouotte? Et toi, as-tu oublié que tu es proscrit?

– Je veux croire en la parole de Cérialis, et il faut que Vespasien sache pourquoi nous nous battons; je ne courrai pas le risque de périr dans la bataille avant de l'avoir dit.

Elle posa sa tête sur l'épaule de son époux et murmura avec une infinie tendresse :

– Avoue que tu veux prouver à Cérialis que tu n'as pas peur! Tu veux lui prouver que ce n'est pas la peur qui t'a fait te cacher pendant neuf ans, mais la certitude que ta vie était utile à la Gaule.

Leurs regards se pénétrèrent, il sourit :

– Tu serais pour moi un cruel ennemi à si bien me connaître!

Il l'embrassa, lui donna son glaive et sortit de la tente en disant :

– Avertis Camulus! Mais qu'on ne vienne pas à ma rencontre avant la tombée du jour!

Il prit son cheval, et quitta le camp par la poterne donnant sur la tranchée afin que la troupe ignorât son absence.

Le soleil réchauffait de ses rayons inutiles la terre incendiée. Cette année, les récoltes auraient été belles. Sabinus pensait au sacrifice des paysans. « Mais ils auront leur récompense! se dit-il, les Romains quitteront notre sol. » Il traversa la forêt de Velours, arriva près d'une source. L'eau d'une rivière souterraine jaillissait en bouillonnant vers la campagne. Elle chantait sa joie de courir en liberté. Des truites virevoltaient autour des cailloux. Il suivit la rive droite de la Bèze; à quelques pas devant lui, un cavalier drapé de rouge l'attendait sur le pont de bois. L'ombre des grands arbres verts qui bordaient la rivière dansait sur l'eau courante. Les pas de son cheval résonnèrent sur les planches. Il s'arrêta. Les deux hommes se firent face.

– Je savais que tu viendrais, Sabinus! Tu as du courage, mais tu es un fou! Qu'espères-tu : impressionner Rome? Battre ses légions invincibles? Tu sais bien que si Rome vous déclare la guerre, elle y mettra le temps qu'il faudra, mais elle la gagnera! Qu'espères-tu faire avec douze cents hommes que tu n'as pu faire avec vingt mille?

– Rappeler aux Romains que tous les Gaulois ne sont pas soumis!

– Rome veut la paix!

– Et nos récoltes!

– Rome traite la Gaule en alliée!

– La Gaule sera l'alliée de Rome quand l'Empereur dispensera les Gaulois de taxes! Quand l'Empereur autorisera les druides à exercer leurs ministères! Quand les magistrats de chaque cité rendront la justice librement, sans avoir à en référer au légat de l'Empereur! Quand l'Empereur permettra aux Gaulois d'avoir une armée! Quand les Gaulois ne seront plus contraints de s'associer aux crimes de Rome et de combattre d'autres peuples asservis! Quand on ne forcera plus les Gaulois à adorer César! Car il n'est pas d'autre Dieu pour nous que le créateur de toutes choses!

Cérialis poussa un soupir, leva les épaules et dit avec lassitude :

– Crois-tu sincèrement que je puisse transmettre à Vespasien de telles exigences? Ne crains-tu pas de déchaîner sur la Gaule la colère de Rome?

– L'Increé est à mes côtés, je n'ai pas de crainte qui pourrait m'atteindre!

– Ta femme et tes enfants sont à Til-Châtel, m'a-t-on dit!

– Eponine, mon épouse, te tiendrait le même langage!

– Et tu as attendu neuf ans pour me dire cela! J'aime ce pays, Sabinus, mais je remercie les dieux de m'avoir fait naître dans une patrie qui ne saurait être menacée. Je vais tenter d'obtenir des allégements. Je peux t'obtenir ta grâce et celle de tous les conjurés si tu donnes l'ordre aux paysans de reprendre leur travail et aux auxiliaires de réintégrer la légion. Il n'y aura pas de levée d'impôts avant les prochaines calendes. Respecte la trêve. Que tes bandits cessent d'assassiner les sentinelles. Aux calendes, je t'attendrai ici. J'aurai vu l'Empereur.

– Aux calendes, toute notre terre sera brûlée, Cérialis! Et vous devrez partir! Je te donne trois jours! Trois jours doivent te suffire pour comprendre la différence qui existe entre un allié et un esclave!

– L'Empereur ne peut perdre ce que Rome a acquis!

– Je ne puis revenir sur mes conditions! Et je sais qu'il ne dépend pas de toi de les accepter, conclut Sabinus.

La nuit tombait. Le Romain et le Gaulois se saluèrent et reprirent le chemin de leur camp. Sabinus mit son cheval au pas. Au loin, devant lui, une ferme déchiquetée n'avait plus de toit. « Qu'importe! se dit-il, que la terre nous demeure et nous reconstruirons! » Il pensa à Eponine : « Non! Til-Châtel ne sera pas un nouveau Massada; dès demain, je la ferai conduire à Auberive avec les enfants. » Il se mit à maudire sa destinée qui l'obligeait à choisir entre deux crimes, ravager son pays ou l'abandonner à la servitude. La forêt était sombre. Il avançait sans regarder, ses chemins lingons, il les connaissait par cœur. Dix hommes débouchèrent d'un fourré; l'un d'eux tira une flèche qui tua son cheval; les autres se précipitèrent sur lui. Il n'avait pas d'arme. On le frappa et on le ligota. On le jeta dans une voiture qui était cachée dans les taillis. Un cavalier lui arracha son casque et s'enfuit. La *rheda* démarra.

Longtemps, Sabinus resta sans connaissance. Quand il rouvrit les yeux, Secundinus était assis à côté de lui.

Ce soir-là, le peloton de cavalerie avait ramené au *castellum* toute une famille de paysans. Romains et Gaulois s'étaient battus dans la cour de la ferme. Un légionnaire, après avoir coupé la main droite des trois fils de la maison, s'était jeté sur une fillette de dix ans et l'avait violée. Les cavaliers gaulois avaient tué cinq Romains et mis le feu aux granges.

Eponine était agenouillée près de la gamine. Elle avait soigné ses chairs ensanglantées. Elle lui parlait d'oubli et d'espoir. Une petite fenêtre éclairait le baraquement des réfugiés. Des vieillards, des blessés, des femmes, des enfants restaient là, parqués, attendant la distribution de soupe. Eponine fixait la fenêtre; au loin, la lueur rose s'engloutissait dans la terre, et Sabinus n'était toujours pas de retour. Elle embrassa la fillette et alla sur le chemin de ronde de la palissade. Le vent s'était levé et fouettait ses cheveux qu'elle n'avait pas eu le temps de coiffer en chignon. Elle scrutait l'horizon, droite comme un arbre, dans sa tunique de bure marron. Inquiets, eux aussi, Martialis et Camulus vinrent la rejoindre.

– Bientôt il fera nuit! dit-elle. Selle un cheval, Martialis, je veux aller au-devant de Sabinus! Et si je ne le trouve pas, j'irai à Mirebeau voir Cérialis!

– Je t'accompagne! dit Camulus.

Ils chevauchaient depuis trois milles, quand ils virent quatre cavaliers romains se diriger vers eux. Camulus reconnut un des tribuns de Gallus.

– Je venais te parler! cria l'officier. Approche sans crainte, mes hommes ont ordre de ne pas bouger!

– Pourquoi Sabinus n'est-il pas rentré au camp? demanda Eponine.

– Sabinus renonce à son projet insensé. Cérialis l'a convaincu d'implorer sa grâce auprès de Vespasien. Il est parti pour Rome!

– Pour Rome! hurla Eponine, tu mens! Je ne te crois pas! Il ne serait pas parti sans me revoir!

– Nous ne lui en avons pas laissé le temps! Nous venons vous communiquer les ordres de Gallus, car vous n'avez plus de chef! Demain, toute la Gaule saura que Sabinus est en route pour Rome. Camulus, retourne à Til-Châtel, et souviens-toi que tu occupes un *castellum* de la cohorte auxiliaire attachée à la XXe légion de Rome! A l'aube, Gallus demandera l'ouverture des portes. Il vous promet le pardon, si vous jurez fidélité. Vous partirez sur-le-champ pour Cologne. Si vous n'ouvrez pas les portes, nous vous tuerons tous!

S'étant acquittés de leur mission, les Romains firent demi-tour.

Eponine retourna à Til-Châtel avec Camulus et fit en pleine nuit atteler une voiture. Elle alla chercher ses enfants. Martialis les fit monter dans la *rheda.* Valentinus prit Mya dans ses bras et hurla qu'il ne partirait pas sans sa chienne; le temps pressait, Martialis lui passa son caprice, et grimpa sur le siège à côté d'Eponine.

Le jour se levait quand ils arrivèrent devant la porte du *castra* de Mirebeau. Eponine descendit de voiture et se présenta à la sentinelle :

– Je suis Eponine, femme de Sabinus! Je veux voir Cérialis!

– Le légat ne te recevra pas! Retourne chez toi! Je ne peux pas te laisser entrer! répondit l'homme.

– J'attendrai ici, fais prévenir le légat! Qu'on lui dise que la femme et les enfants de Sabinus supplient d'être reçus et se mettent sous sa protection.

La sentinelle confisqua le glaive de Martialis, ouvrit la poterne latérale, entra dans le camp et referma la porte à clef.

De l'autre côté du *vallum,* des centurions criaient des ordres.

– Combien sont-ils? demanda Eponine, en entendant le vacarme que faisaient les fantassins et les chevaux pour former les rangs.

Les buccins sonnèrent. Les deux battants des deux portes centrales s'ouvrirent pour donner le passage à la XXe légion. Les enfants regardaient émerveillés!

– Où vont-ils? demanda Valentinus.

La sentinelle revint par la petite porte et fit signe à Eponine de l'accompagner.

Cérialis était seul sous sa tente. Eponine entra, tenant ses enfants par la main. Le légat se leva, regarda Eponine droit dans les yeux et dit d'une voix grave :

– Ce n'est pas moi qui ai fait arrêter Sabinus!

– Parce qu'on l'a arrêté?

– Oui! J'ignorais que Gallus avait un mandat d'arrêt signé par Vespasien.

– N'es-tu plus légat? rétorqua Eponine. En ce cas, à quel titre souhaitais-tu rencontrer Sabinus?

– Je suis le légat! Mais sans doute Gallus espère-t-il le devenir.

– Comment Sabinus a-t-il pu croire à la parole d'un Romain?

– La Gaule et Rome ne sont pas en guerre, Eponine! Sabinus n'est pas un général ennemi! Rome n'a pas à respecter un chef de bande!

– Tu penses que Sabinus n'est qu'un chef de bande?

– Ce que je pense est sans intérêt pour Vespasien puisqu'il a jugé bon d'agir sans m'en informer.

– Tu as attiré Sabinus dans un guet-apens!

– Tu m'accuses d'un crime que je n'ai pas commis! Vous auriez mieux fait de vous méfier d'un certain Secundinus, un Lingon. C'est lui qui a révélé le complot à Gallus.

– Je sais qu'il a déserté quand la XXe légion était sur le Danube.

– Mais tu as l'air d'ignorer qu'il était resté le mouchard de Gallus. Ne perdons pas de temps, écoute-moi, Eponine, et fais ce que je te dis. Il faut que la cohorte Bretagne réintègre la XXe légion, que les massacres et les incendies cessent. Il faut que l'ordre en soit donné par Camulus au nom de Sabinus. Ce geste de soumission peut sauver la tête de ton époux lors de son procès qui va s'ouvrir à Rome en présence de Vespasien. Je te jure que j'affirmerai à l'Empereur qu'il s'était soumis, qu'il m'avait quitté avec l'intention d'exiger de ses hommes le serment de fidélité à Rome.

– Pourquoi te croirais-je?

– Parce que ce que je te dis est vrai! hurla Cérialis qui ne trouvait plus que ce mensonge pour assurer la paix, pour prouver à Vespasien que sa démarche avait été efficace et que les initiatives de Gallus avaient tout compromis, pour se prouver à lui-même qu'il n'avait pas manqué à sa parole et que Sabinus aurait la vie sauve.

Chaque argument qu'il fournissait à Eponine transformait son mensonge en vérité. Il finissait par croire à ce qu'il disait. Il enchaîna :

– Sabinus m'a énoncé les causes profondes qui l'avaient poussé à prendre la tête de la révolte. J'ai compris que ce soldat, dans les veines duquel coule le sang de César, avait peine à se résigner à la servitude. Peut-être qu'à sa place j'aurais fait de même! Mais, il a réalisé l'inutilité de son geste, il a reconnu que Rome ne pouvait pas ne pas triompher. Son cœur de Gaulois s'est refusé à porter la honte d'avoir ruiné son pays. Je lui ai tenu les mêmes propos que ceux que j'avais tenus à Civilis. Je lui ai promis que les Gaulois seraient traités comme le sont les Bataves, en alliés! J'irai à Rome. Je dirai à Vespasien que tout serait rentré dans l'ordre si Gallus n'avait pas commis la folie de faire enlever Sabinus. Maintenant que tu connais la vérité, tu vas écrire sous ma dictée.

Il fit asseoir Eponine à sa table-bureau et lui tendit un feuillet de papyrus et une plume.

– Je ne peux pas! dit-elle.

Une voix hurlait à Eponine : « Il ment! N'écris pas! Sabinus ne s'est pas désavoué! » Elle réalisa que son refus condamnait Sabinus. Elle n'avait pas le choix, elle devait obéir à Cérialis pour sauver son époux. Elle serra les dents pour ne pas pleurer et prit la plume. Cérialis la regarda. Il comprit qu'elle ne l'avait pas cru et dicta :

« Cher Camulus, Sabinus faisait route pour t'annoncer qu'il s'était soumis à Cérialis quand il a été enlevé. Il faut que les choses se passent comme si Sabinus était revenu au camp. Sa volonté était que les portes soient ouvertes à la XXe légion. Que tous les auxiliaires implorent le pardon et jurent fidélité à Rome. »

La main d'Eponine tremblait, elle leva vers Cérialis un regard implorant. Mais Cérialis tourna le dos et poursuivit sa dictée :

« Il faut que des messagers partent sur-le-champ avertir les cités que le combat a pris fin. Il faut que les paysans rentrent chez eux et respectent l'ordre. Cérialis a donné sa parole que tous seront amnistiés. Sabinus ne vous abandonne pas; à Rome dans un climat de paix, il obtiendra plus de Vespasien qu'il n'aurait pu obtenir après la défaite de la Gaule. »

– La défaite de la Gaule! répéta Cérialis.

Il relut et dit :

– Signe!

Il prit la plume et ajouta de sa main :

« Ceci a été écrit librement en ma présence et j'en certifie la véracité. Petilius Cérialis. »

Il appela le héraut, lui donna le rouleau cacheté et lui commanda de le remettre à Camulus avant l'arrivée de Gallus.

– Tu es libre! dit-il à Eponine. Mais ne retourne pas au *castellum.* Va chez toi avec tes enfants! Mon escorte accompagnera ta voiture.

Elle sortit de la tente sans dire un mot.

– A Auberive! cria-t-elle à Martialis.

Elle ouvrit la portière de la *rheda,* s'assit entre ses enfants, les prit dans ses bras.

– On va aller à Rome? demanda Valentinus.

– Je ne veux pas que tu pleures! dit Sabinus junior [1].

Le fracas des sabots sur les pavés attira Régina et Carilla. La venue de cavaliers romains à Auberive les épouvanta. Mais quelle ne fut pas leur surprise quand elles virent Eponine et deux petits garçons descendre de voiture. Mya sauta aux épaules de Carilla. Valentinus se précipita tout habillé dans le bassin, tandis que Sabinus junior caressait du bout des doigts le marbre des colonnes. Leur mission étant accomplie, les cavaliers s'en retournèrent. Carilla s'époumonait pour faire sortir Valentinus de l'eau. L'enfant la regardait d'un air buté. « Où a-t-il été chercher ces yeux noirs? » pensa-t-elle. Elle dévisageait ce gamin pâle à la mâchoire volontaire. Il la défiait et lui lança :

– *Tatula* a dit qu'Auberive était à nous! Je n'obéis qu'à *tatula!*

– Allez, viens, Valentinus! Je te donnerai de la crème aux œufs!

– Comment sais-tu que je m'appelle Valentinus?

– Parce que je sais que Valentinus a mauvais caractère et qu'il est gourmand!

Régina et Eponine se ragardaient, muettes. Régina, drapée dans une écharpe verte, souriait d'un vague sourire absent.

– Tu n'embrasses pas ta fille? dit-elle à Eponine. Je suis si seule depuis que mon époux est mort à la guerre! Tu te souviens de lui, il était le petit-fils du grand César! Excuse-moi, j'ai du travail, je te verrai plus tard! Ma fille ne sait pas écrire, elle me dicte les lettres qu'elle fait parvenir à sa fille. La pauvre enfant s'est retirée à la campagne, je ne sais plus très bien où. Elle a deux petits garçons, elle aussi. Tu viens, ma fille! dit-elle à Carilla, c'est l'heure de notre courrier.

Eponine était atterrée. Rien, dans les lettres de Régina, ne laissait pressentir son désordre mental.

Carilla se jeta dans les bras d'Eponine et murmura :

1. En latin, le plus jeune des deux.

– Je ne voulais pas que tu le saches! Pas là-bas! Il y a des années que c'est comme cela. Au début, j'ai essayé de la raisonner. J'ai fini par accepter de partager son rêve; elle rit souvent, elle n'est pas triste. Et Sabinus? Camulus?

Eponine prit la main de Carilla. Elle avait retrouvé son amie. Les enfants couraient d'un bout à l'autre de la villa, s'émerveillant de tout. Sabinus junior était tombé en arrêt devant le portrait d'Eponine :

– Plus tard, je serai peintre! Et tu porteras pour moi de belles tuniques! dit-il à sa mère.

Eponine répondait avec parcimonie au flot de questions de Carilla. Elle ne pensait qu'à Sabinus et préparait son plan. A la hâte, elle se rendit aux bains, demanda à Carilla de lui faire un chignon. Elle alla dans sa chambre, où Régina faisait régner un désordre indescriptible, empila des tuniques, des écharpes et des sandales dans un coffre. Elle finissait de se draper dans un voile grenat, quand Martialis arriva avec les toges blanches bordées d'une bande de pourpre * que Filiolus était allé acheter à Langres pour les enfants. Eponine en revêtit ses fils. Elle voulait qu'à Rome nul n'ignorât que Julius Sabinus était citoyen romain. Elle alla chercher dans un coffret deux rondelles de bois de cerf qu'elle suspendit au cou de Sabinus junior et de Valentinus. Elle espérait que ce talisman, jadis porté par ses ancêtres, assurerait à ses fils la protection de l'Incréé.

– Prépare-toi! dit-elle à Carilla, nous ne mangerons qu'un peu de jambon et de fromage. Nous partons pour Autun.

– T'ai-je contrariée? dit Régina en pleurant. Pourquoi me laisses-tu seule? Reste ici, si tu le veux, mais n'emmène pas ma fille! Je ne peux pas écrire les lettres sans elle! Et il faut que ces lettres soient écrites, sa fille est si malheureuse, on ne peut pas la laisser sans nouvelles!

– Tu ne seras pas seule, bredouilla Eponine, il y a Filiolus; il te dictera les lettres et il les portera.

– Filiolus est un négligent! Depuis des jours et des jours, il ne nous donne plus le courrier.

– Je te promets que je t'écrirai!

– Mais ma pauvre *amma* [1], comment pourrais-tu m'écrire puisque tu es morte! répondit Régina en retournant dans sa chambre.

Filiolus finissait de laver la *rheda*. Martialis monta sur le siège. Eponine, Carilla et les enfants allaient s'installer sur les banquettes,

1. Maman.

quand ils découvrirent Mya sur un coussin. Eponine la prit dans ses bras et la tendit à Filiolus :

– Je te confie Auberive, Filiolus! Veille sur Régina!

– Tu es méchante! grogna Valentinus. Pourquoi tu ne veux pas que Mya vienne avec nous?

– Elle est trop vieille, mon chéri, pour faire un aussi long voyage. Nous la retrouverons au retour!

– Parce qu'on reviendra?

– Bien sûr!

La *rheda* roulait à vive allure dans le bois de Grandmont quand Martialis vit un homme couché sur le chemin, à quelques pas devant lui. Il tira sur les guides. La voiture s'arrêta, il courut près de l'homme qui portait une cotte de mailles. Le sang coulait d'une profonde blessure à la cuisse droite. Le blessé respirait.

– D'où viens-tu? lui demanda Martialis.

– De Til-Châtel! Ils sont tous morts! J'ai pu m'échapper par la tranchée, mais je n'ai pas la force d'aller plus loin!

Eponine prit une de ses camisoles dans la malle. Elle fit un pansement et hissa, avec l'aide de Martialis, le rescapé sur le siège avant.

– Nous le ferons soigner à Autun! dit-elle. Ne perdons pas de temps.

Elle s'assit à côté du blessé.

– Raconte! dit-elle.

– Camulus avait sonné le rassemblement. Il nous a annoncé que Sabinus avait été arrêté. Si tu avais vu nos gueules, tout notre courage a foutu le camp! Alors, il a parlé, il a dit qu'il fallait être digne de notre chef! Qu'il fallait qu'il soit fier de nous! Il a fait ouvrir les portes et nous a donné l'ordre d'aller au-devant de la légion de Gallus et de l'attaquer. Il caracolait au premier rang! Oh! Cette vision d'horreur, l'arrivée de la légion, comme un monstre d'acier, avec en tête le porte-enseigne qui brandissait au bout de sa haste le casque de Sabinus. Tous on a compris que notre général avait été assassiné. On a foncé dans le tas! J'ai tué deux centurions! Mais, à dix contre un, on n'a pas résisté longtemps. Camulus est mort! Sabinus est mort! Et moi, je vais crever!

– Essaie de dormir! dit Eponine. On te soignera en arrivant.

Carilla sanglota pendant tout le voyage. Elle ne pouvait faire taire ses remords. Eponine pensait que même s'il en avait eu l'intention, il ne serait pas facile à Cérialis de convaincre Vespasien de la soumission des Gaulois. Camulus avait bien compris que la lettre avait été dictée. Elle aurait voulu le revoir, elle aurait voulu qu'il fût inhumé à Griselles. Mais Sabinus était en vie, et elle était décidée à tout tenter pour le sauver.

Ils entrèrent dans la cour de la villa rurale de Lucterius. Eponine confia le blessé aux deux serviteurs accourus à l'arrivée de la voiture. Toutilla vint au-devant des visiteurs.

– Eponine! Pourquoi as-tu tant tardé à venir? dit-elle.

Elle fit conduire Carilla et les enfants dans une petite chambre sous le toit. Dans la grande salle, qui donnait directement sur le portique de bois, Lucterius et un jeune homme, assis de part et d'autre d'un guéridon percé de trous, jouaient aux *latrunculi* [1].

– Laisse-nous! dit-il à son élève.

Il prit Eponine dans ses bras :

– Comme tu es pâle! Il n'est pas un jour où je n'ai souhaité que tu viennes!

– Sabinus a été attiré dans un guet-apens. Gallus l'a fait conduire à Rome. Lucterius, il faut que tu m'aides! Nous avons deux fils.

– Où est-il à Rome?

– Gallus avait un mandat d'arrêt signé de Vespasien. Cérialis m'a parlé d'un procès. Je ne sais rien d'autre. Je veux aller à Rome!

– Cette rébellion de Til-Châtel était une folie!

– Il n'y a plus de Til-Châtel! Gallus a massacré Camulus et tous ses hommes.

– J'ai des amis à Rome. Nous partirons après la nuitée. Toutilla gardera tes enfants.

– Non! Je les emmène. Si nous devons revenir, nous reviendrons tous les quatre!

1. Pions qui ressemblent à ceux des échecs et que l'on fichait dans les trous de la table.

ROME
(Roma)

juin 78

C'était le début du mois de juin, et pourtant il pleuvait.

Le cocher, perché sur le siège avant de la *carruca,* fouettait les quatre chevaux harnachés d'une simple bricole attachée à leur poitrail. La berline roulait à vive allure, traversant les bois, les cultures et les villages, suivie par le *carrus* à bagages dans lequel avaient pris place Carilla, Martialis et Alexis, l'affranchi de Lucterius.

Eponine, assise entre ses deux fils, faisait face à Lucterius; elle lui posait sans cesse les mêmes questions : était-il sûr que son ami Stella serait disposé à les recevoir? Était-il assez bien introduit au palais pour lui obtenir l'autorisation de voir Sabinus? Sabinus aurait-il la possibilité de se faire assister par un avocat? Qui était actuellement le meilleur avocat de Rome? N'arriveraient-ils pas trop tard?

Lucterius la berçait de paroles rassurantes. Il l'aiderait à sauver Sabinus. Cependant, il ne pouvait réussir à chasser de son esprit l'espoir qu'elle devienne libre, l'espoir qu'elle finisse par accepter son amour. Si, par mégarde, un mot, un regard, une pression de main le trahissaient, Eponine faisait mine de somnoler. Elle écourtait les indispensables haltes dans les auberges sordides et malfamées, mais il n'était pas possible de parcourir plus de cinquante mille [1] sans prendre de repos. En début d'après-midi du troisième jour, ils traversaient Vienne et, neuf jours plus tard, vers la fin de la matinée, ils pénétraient dans le faubourg réservé à la plèbe de Rome sur la rive droite du Tibre. Dans un brouillamini de ruelles immondes bordées de masures à demi effondrées, une foule d'indigents déambulait en haillons. Cette population cosmopolite * ne vivait que des subsides distribués par l'Empereur; ses seules occupations étaient les courses du cirque et les tueries de l'amphithéâtre. La *carruca*

1. 75 km.

s'arrêta devant le pont Aemilius; il fallait patienter pour attendre le passage. Les voitures se suivaient au pas entre une nuée de badauds qui regardaient passer les bateaux de chaque côté de l'île Tiberine. Au centre de l'île, trônait le temple d'Esculape, lieu de cure, et « hôpital de Rome ». En arrivant de l'autre côté du pont, Valentinus et Sabinus junior s'agenouillèrent sur la banquette pour regarder par la fenêtre. La voiture, sans cesse immobilisée dans les embouteillages, se traînait à travers le *Forum Boarium* [1], sorte de foire aux bestiaux encombrée par les campements des bouviers et des mariniers. Les enfants étaient déçus, était-ce donc cela Rome, la plus grande ville du monde? Ils s'engagèrent dans le *vicus Jugarius,* bordé de boutiques et d'échoppes d'artisans. Tout au long de la rue résonnait un horrible tintamarre de crissements de scies et de coups de marteaux. Soudain, Valentinus poussa un rugissement : il venait de découvrir sur sa gauche le gigantesque Capitole reconstruit par Vespasien. Il était frappé de stupeur tant claquaient au soleil les colonnes de marbre blanc de Pentélique, le toit de bronze doré, les portes en lames d'or, les quadriges de Jupiter, de Minerve et de Mars qui se dressaient au-dessus du fronton.

– Viens voir! cria Sabinus junior.

Alors, se penchant à la fenêtre de droite, ils aperçurent les six grandes baies en plein cintre du colossal palais des Césars qui, avec sa succession de toits en terrasses et sa multitude de statues, semblait surveiller tout ce qui se passait en bas, à ses pieds, sur la grande place. Sortant de la bousculade, ils arrivèrent sur le *forum.* Ils n'en croyaient pas leurs yeux. Ce n'était qu'un jaillissement de temples, de portiques, de colonnes, de statues de bronze doré, de frontons multicolores. Lucterius ne pouvait répondre à toutes les questions dont les enfants l'assaillaient :

– Devant vous, c'est le temple de Saturne, siège du Trésor public; plus bas, ces tribunes, les rostres, seront cet après-midi entourées de badauds accourus pour entendre pérorer les orateurs et les poètes; à côté de la fontaine, perché en haut de ses marches, se dresse le temple des Dioscures; les deux grands bâtiments qui se font vis-à-vis, ce sont les basiliques Julia et Emilia, lieux de rencontres et palais de Justice; là-bas, le temple rond est dédié à Vesta; le rectangulaire est celui de Jules César; et, tout au bout, vous voyez les trois arches de l'arc d'Auguste!

1. Marché aux bœufs.

– Comme c'est beau! s'exclama Valentinus.

– Oui! soupira Eponine, les Romains sont riches de l'argent des vaincus!

Ils longèrent l'austère façade de la curie et s'engagèrent dans le *clivus Argentarius* [1].

– Cette maison sans fenêtres est affreuse! dit Sabinus junior.

– C'est le *Tullianum* [2]*!* répondit Lucterius.

Eponine se mordit la lèvre et frissonna.

Des litières portées par deux ou quatre esclaves et suivies chacune par un essaim de clients et de mignons encombraient la chaussée, bousculant les hommes en toge qui cheminaient sur leur mule et les plébéiens qui rentraient du marché. Les cris des colporteurs et les invectives des impatients bloqués dans les embouteillages fusaient de toutes parts. Sabinus junior se pencha à la fenêtre et se mit à hurler :

– Que les maisons sont hautes! Je n'arrive pas à voir le toit!

Il compta : six étages!

– Comment est-ce que ça peut tenir debout?

– Ça ne tient pas toujours! ricana Lucterius. Regarde!

Des charrettes transportant des pierres avaient complètement interrompu la circulation devant le trou béant d'un immeuble en reconstruction. Plus loin, juxtaposées, les hautes façades des *insulae* [3] se succédaient. Les toits semblaient se toucher tant la rue était étroite. A chaque étage, des balcons et des pergolas étaient décorés de fleurs. Des venelles serpentaient entre ces blocs bien plus hauts que larges et dont les murs paraissaient d'une extrême fragilité.

Ils passèrent devant une épaisse muraille aveugle.

– C'est l'enceinte de la *domus* [4] d'un riche citoyen! dit Lucterius.

– Les riches n'ont pas de fenêtres? demanda Sabinus junior.

– Chez eux, tout est à eux, même la lumière du ciel! rétorqua Lucterius. A l'intérieur de leurs murs, ils aménagent des jardins, des péristyles, des portiques! A Rome, riches et pauvres habitent dans la même rue, les riches en bas, les pauvres en haut, comme au cirque!

La voiture était encore arrêtée, mais cette fois par des hommes qui faisaient la queue devant une échoppe.

1. Rue des banquiers qui montait sur la colline du Quirinal.
2. Prison.
3. Immeubles de rapport.
4. Villa urbaine.

– C'est la boutique d'un *tonsor* [1]! expliqua Lucterius. Tous les Romains passent une bonne partie de la matinée chez le barbier. Ils se font raser, épiler, poncer les joues, friser les cheveux au petit fer, mais surtout ils parlent politique et colportent tous les potins.

– Arriverons-nous bientôt? demanda Eponine qui se reprochait d'avoir caché la vérité à ses fils et que ce babillage futile agaçait.

– Prends patience! Nous ne devons plus être bien loin, mon ami Stella habite sur la colline du Quirinal... La première rue à droite, et ensuite la troisième à gauche! hurla-t-il au cocher.

Des cris retentirent de derrière un rideau qui fermait une sorte de boutique.

– Ce doit être une école! enchaîna Lucterius.

– Pourquoi ces cris? demanda Valentinus.

– Quand les élèves sont insupportables, le maître les bat!

– Je n'irai pas à l'école! conclut Sabinus junior.

Ils passèrent devant une fontaine, longèrent le temple de Flore et s'arrêtèrent devant la double porte qui occupait le centre d'un long mur de pierres.

L. Arruntius Stella habitait dans une de ces *domus* qui, disséminées sur les pentes des collines, constituaient des trouées horizontales dans l'alignement vertical des *insulae.* A l'abri de la foule, le riche ami de Lucterius pouvait flâner dans son jardin, écouter le gazouillis de sa source ou contempler les statues qui ornaient son péristyle, mais il n'avait qu'un ordre à donner pour que ses porteurs le transportent sur le *forum,* à la curie, aux thermes, au cirque ou à l'amphithéâtre.

Quatre esclaves se précipitèrent et firent entrer les voyageurs dans l'*atrium.* Une vingtaine d'hommes, les clients de Stella, cherchaient à capter l'attention de leur protecteur. Ils s'empêtraient dans des flagorneries et ne quittaient l'emphase des louanges que pour réclamer leur sportule [2], solliciter une faveur, un manteau neuf ou un simple dîner. Un petit homme rondouillard, au crâne aussi luisant que les joues, allait de l'un à l'autre, d'un poète à un locataire, d'un chevalier à un affranchi, dosant refus, invitations et cadeaux. Il marchait à grandes enjambées, faisant danser le lourd drapé de sa prétexte [3] *. Ses yeux noirs cernés d'un bourrelet de graisse ne s'attardaient sur personne. Soudain, son regard se posa sur Lucterius.

1. Barbier.
2. Pension journalière versée par le protecteur ou patron à son client.
3. Toge de magistrat bordée d'une bande de pourpre.

– Je vous verrai demain! lança-t-il à la cantonade.

Ses esclaves, de jeunes garçons aux cheveux longs, poussèrent les clients vers la sortie. Ainsi vidée, la pièce paraissait plus vaste. Les murs, sur lesquels des scènes de la légende d'Hercule semblaient surgir d'un décor de théâtre, étaient percés de plusieurs portes. Tandis que Sabinus junior s'étonnait de voir que le toit était troué juste au-dessus d'un petit bassin [1] et que Valentinus regardait avec effroi les masques de cire [2] exposés dans les niches d'une exèdre, Stella tendait à Lucterius ses deux mains chargées de bagues.

– Que les dieux te soient propices! Et qu'ils soient remerciés de t'avoir envoyé à moi!

– Je crains que mon séjour ne t'apporte plus de désagréments que de plaisirs! répondit Lucterius en embrassant Stella.

– C'est toujours un plaisir que de revoir un ami aussi lettré que toi! Mais le plaisir est encore accru si l'ami mène avec lui une aussi charmante compagne! dit-il en dévisageant Eponine.

Et, ravi de son trait de galanterie, il enchaîna malicieusement :

– Et, si j'ai bonne mémoire, c'est un plaisir dont tu n'es guère prodigue!

– Ne te méprends pas! objecta Lucterius. Eponine n'est pour moi qu'une amie très chère; son époux, Julius Sabinus, a été arrêté; il doit être jugé à Rome. Ce procès est l'unique but de mon voyage.

– Ah! fit Stella.

Il ne pouvait s'empêcher de penser que les dieux venaient de lui envoyer des visiteurs bien encombrants. Un an passé en Bétique lui avait rapporté une somme assez rondelette pour espérer devenir consul *suffectus* [3]. L'arrestation du chef des rebelles de la Gaule chevelue ne passionnait guère ses concitoyens; mais il ne tenait pas à ce que l'on racontât qu'il protégeait un ennemi de l'Empire.

Un sifflement interrompit le silence. Stella regarda avec fierté sa toute neuve *horlogia ex aqua* [4] qui venait de « siffler » l'heure du *prandium* [5]. Il se pencha vers le cylindre de verre, constata que le niveau d'eau avait atteint la gravure de la VIIe heure [6].

– C'est merveilleux! dit-il d'un air de bébé ravi, cette machine siffle à chaque changement d'heure, je ne conçois pas que l'on puisse s'en passer!

1. Bassin, réserve d'eau de pluie.
2. Images des ancêtres.
3. Titre honorifique.
4. Horloge à eau.
5. Collation de la mi-journée.
6. Midi, heure d'été.

Se tournant vers Eponine, il lui demanda :
– Tu n'avais pas dû voir ça en Gaule?
Elle eut un petit sourire et songea à Griselles, à la branche du cassissier dans la lumière du soleil levant qui annonçait l'heure de l'amour.

– Mon père, qui était *duumvir* à Langres, possédait une horloge à eau! dit-elle.

– Allons! Vous devez être fatigués par le voyage, je vous invite à partager mon frugal déjeuner!
Il les précéda dans la petite salle à manger d'été. Le paysage champêtre peint sur les murs prolongeait, au-delà de la baie, les bosquets de buis piquetés de roses de Paestum qui encadraient le bassin. La maîtresse de maison les attendait près de la table circulaire qui faisait face à un grand lit en forme de croissant.

– Ianthis, dit Stella, je te présente Eponine, une amie de Lucterius et l'épouse de ce Julius Sabinus!

Pendant les formules de politesse et l'installation des enfants, de Carilla, de Martialis et d'Alexis sur des tabourets, Eponine et Ianthis se jaugeaient. Curieusement, quand elles s'allongèrent, chacune à un bout du lit, elles en étaient arrivées toutes deux aux mêmes conclusions. « Cette jeune femme est jolie, s'habille avec goût et modestie, suit la mode sans s'affubler de cette stupide perruque en nid d'abeilles, elle paraît intelligente, mais ce doit être pénible d'avoir pour époux un homme si commun! » pensait Eponine, tandis que Ianthis remerciait les dieux de ne pas être mariée avec un ennemi de Rome!

– Servez-vous! dit Stella, vautré dans les coussins au milieu de la banquette. Vous n'aurez rien d'autre à manger que ce qui est devant vous : salade de bête noire [1] au vinaigre et au miel, cochonnailles de Gaule, fromages fumés du Velabre et grenades de Carthage. Il ne convient pas de se charger le ventre avant d'aller aux thermes!

– Sois remercié pour ton hospitalité! dit Lucterius. Sais-tu où a été conduit Sabinus? Tu m'as paru être au courant de son arrestation!

– Je t'avoue que ces rébellions provinciales ne déchaînent pas les passions de mes amis. Tu connais Atedius Melior et Julius Proculus, ils ne se soucient guère que de ce qui se fait à Rome! La date du jugement n'est pas encore fixée, tout au moins à ma connaissance.

1. Nom donné par les Latins à la betterave.

D'ailleurs, aux ides de juin seront célébrées les « Petites Quinquatries [1] ». Les jours de fête sont néfastes aux affaires des hommes, on ne rendra pas la justice.

– Sais-tu si Sabinus a été conduit en prison? demanda Eponine.

– Sûrement pas! répondit Stella. Ne sont enfermés au Tullianum que les condamnés à mort! Julius Sabinus n'est encore qu'un accusé! De plus, il est citoyen romain, il ne peut être jeté dans un cachot comme un esclave ou un pérégrin [2]. Il doit être chez un particulier en résidence surveillée, mais je ne fréquente pas ces hommes de peu qui se font des revenus en gardant les prévenus.

Stella claqua des doigts, Argynnus, son jeune esclave au visage de fille et aux cuisses aussi lisses que ses joues, mélangea dans un cratère de l'eau et du vin de Falerne. Il remplit une coupe et la présenta à son maître. Stella but le premier et passa la coupe à Lucterius; l'esclave la replongea dans le vase de bronze et l'offrit aux dames.

– Il faut absolument que je vois Sabinus! dit Eponine.

– Après la méridienne [3], nous irons tous les quatre aux thermes d'Agrippa, je pense que Marullus, appariteur de justice, doit savoir où le trouver, c'est lui qui a la charge des convocations aux audiences impériales. Il passe tous ses après-midi entre les thermes publics et les promenades en quête d'une invitation à dîner. Nous ne pouvons pas ne pas le rencontrer!

– N'as-tu pas entendu dire en quelles dispositions était l'Empereur au sujet de mon mari?

– Stella, tu connais beaucoup de monde, mais moi, je ne connais que toi à Rome! Il faut qu'Eponine soit introduite au palais! dit Lucterius en saisissant la main d'Eponine.

– Venez ce soir à la *cena* [4] chez moi! Je pensais donner un souper de sept convives. Eh bien! Nous serons neuf! Crispinus y sera. Je l'ai convié ce matin en lui faisant visite. Ne me regarde pas ainsi, Lucterius! Moi aussi, malgré ma fortune, je suis astreint à me conduire comme un vulgaire client. Et qui est mon patron? Un Égyptien, un affranchi, un ancien marchand de poisson, qui est devenu un des hommes les plus riches de Rome grâce à la faveur de Domitien! C'est le nouveau commandant de sa garde! Et je

1. Les 13, 14, 15 juin, les joueurs de flûte parcouraient Rome masqués et déguisés en femmes.
2. Homme libre de souche provinciale et qui n'est pas citoyen romain.
3. Sieste.
4. Dîner.

trouve plus de profit à lui rendre mes devoirs du matin qu'à convaincre mille électeurs.

– Je compte aussi sur toi pour me guider dans le choix d'un avocat, hasarda Eponine.

– Rien ne presse! objecta Stella, tu n'as pas intérêt à entretenir un de ces bavards paresseux tant que la date de l'audience n'est pas fixée. De plus, je crains fort qu'un homme bien en cour ne redoute de déplaire à Vespasien en acceptant d'assister un rebelle.

– Comment oses-tu appeler Sabinus un rebelle! rugit Lucterius. Cérialis est prêt à témoigner que Sabinus s'était soumis. Seul un rapt a porté la confusion dans une affaire qui était déjà classée. Tu sembles également ignorer que Julius Sabinus est du sang de Jules César!

– Vraiment, pourquoi chercher un avocat? Lucterius, tu es citoyen romain, rhéteur à l'université d'Autun, ta fidélité à Rome n'a jamais été suspectée et tu es gaulois, tu ne risques pas de te compromettre en plaidant pour Sabinus. Réfléchis, qui pourrait le défendre mieux que toi?

– Il me semble, interrompit Eponine, qu'un avocat qui a de longue date l'estime de l'Empereur aurait plus de poids!

– Nous en reparlerons! conclut Stella en se levant. Je ne saurais écourter ma sieste. Eponine, tu peux prendre ton repos dans le *triclinium* d'hiver, nous partirons au sifflement de la IXe heure!

Ianthis les accompagna. Carilla allongea les enfants qui étaient épuisés de fatigue.

– Je voudrais voir *tatula!* dit Sabinus junior. C'est vrai qu'il n'est pas en prison?

– Mais oui! Tu l'as entendu, il n'est pas en prison! soupira Eponine.

– Qu'est-ce qu'on va lui faire?

– Je ne sais pas!

– Il n'est pas un bandit!

– Non! Il voulait être un Gaulois!

– Lucterius a dit qu'il était citoyen romain!

– Moi j'aimerais mieux être romain que d'être en prison! conclut Valentinus.

– On va retrouver *tatula,* tu le promets, et on retournera chez nous! chuchota Sabinus à l'oreille de sa mère.

Elle les embrassa.

– Dormez maintenant! murmura-t-elle.

– Où allons-nous loger? demanda Carilla.

– Je n'ai pas assez de chambres pour vous recevoir ici ! enchaîna Ianthis. Nous sommes propriétaires de tous les immeubles de la rue du Poirier et, au numéro dix, une *cenacula* [1] vient d'être libérée par le poète Martial qui s'installe dans une petite maison. Ce n'est pas très confortable, mais vous serez chez vous ! Je vais donner des ordres pour y faire transporter vos malles. Carilla pourra prendre possession des lieux, pendant que nous chercherons Marullus ! Je vais te faire apporter un châle et une tunique, tu ne peux aller aux thermes dans ton manteau de voyage !

Eponine n'eut pas le temps de se reposer, l'horloge sifflait la IXe heure. Chacun se dirigea vers une litière : Stella dans sa toge à bandes pourpres, Lucterius drapé de blanc, Eponine et Ianthis dans de légères et souples tuniques de cotonnade des Indes, la première rouge garance, la seconde jaune safran, recouvertes de longs châles, l'un violet, l'autre du noir profond de la noix de galle rehaussé de broderies d'or. Un essaim de jeunes esclaves précédait les litières, hurlant et poussant les badauds pour frayer un chemin dans les embouteillages à travers les étals des marchands. Tout Rome était dehors, riches et pauvres ; c'était l'heure où tous les Romains allaient aux thermes ! Les *ornatrix* [2] de Ianthis trottinaient derrière leur maîtresse. Elles portaient l'ombrelle, l'éventail en plumes d'autruche et la précieuse *capsa* [3] d'argent qui renfermait tout le nécessaire de toilette. Le cortège suivit les venelles qui descendaient du Quirinal, sortit de l'*Urbs* [4] et traversa la grande plaine du Champ-de-Mars toute hérissée de temples et de portiques. Eponine mit pied à terre devant l'entrée monumentale des thermes d'Agrippa. Ianthis lui prit le bras. Une foule d'hommes et de femmes se pressait sous le porche.

– Les femmes se baignent-elles nues avec les hommes ? demanda Eponine.

– Bien sûr ! rétorqua Ianthis, même les vieilles, les grosses et les laides ; mais toi, tu n'as pas à avoir honte !

– Nous vous retrouverons du côté ouest de la grande piscine d'eau froide ! lança Stella.

Elles traversèrent la palestre, manquant à chaque pas de recevoir une balle dans les jambes ou sur la tête. Des groupes d'hommes et de femmes jouaient à divers jeux, des pelotes, lourdes comme des

1. Appartement.
2. Caméristes, coiffeuses.
3. Trousse à maquillage.
4. Centre urbain à l'intérieur des murs.

boulets, étaient bourrées de sable, des ballons gonflés d'air volaient de main en main au milieu des rires et des cris. Des jeunes gens tapaient avec leur épée sur des poteaux. Un linge rouge entortillé autour de son énorme ventre, un chauve gloussait en lutinant des gamins nus. De doctes vieillards se dirigeaient vers la bibliothèque. Elles entrèrent dans le vestiaire des femmes, plièrent leurs vêtements sur une étagère, et se drapèrent dans une fine étoffe de lin. Elles commencèrent par s'allonger dans une pièce tiède aux murs brillants de pâtes de verre de toutes les couleurs. Le soleil entrant à profusion par la large baie faisait scintiller les ors de la voûte. Bientôt, elles durent s'asseoir en tailleur, la place manquait. Empilée comme de la saumure de poisson dans une boîte, toute cette viande dégageait une odeur nauséabonde de sueur et de mélange de parfums.

– Comment allons-nous trouver ce Marullus dans un tel amas de chair? soupira Eponine. J'allais te demander à quoi il ressemblait, mais ils se ressemblent tous! Ils sont tous vieux et laids!

– Les jeunes sont encore à la palestre! dit Ianthis en riant. Marullus n'est pas ici, allons dans la chambre de sudation!

Là, ils étaient tous gluants, dégoulinants, les cheveux collés, béats, le regard plus abruti que celui du triton qui gisait sous leurs pieds.

– C'est comme ça tous les jours? demanda Eponine. Ils n'ont donc rien à faire?

– A Rome, personne ne travaille après la méridienne! Les bains sont gratuits, c'est un peu la villa des pauvres! Tiens, le chauve qui a peint son crâne en noir pour faire croire qu'il a encore des cheveux, c'est un consul; à côté de lui, le petit maigre, c'est peut-être un colporteur! Ici nous sommes tous égaux.

– Je me sens gênée, tous ces hommes me regardent.

– Parce que tu es belle!

– A Langres, les femmes ont un quartier réservé, et les femmes de la bonne société se baignent chez elles!

– Comme c'est province! A Pompéi aussi, il y a des bains pour les femmes, mais pas à Rome *.

Elles se trempèrent dans la baignoire d'eau chaude, se firent frictionner par leurs esclaves et allèrent retrouver Lucterius et Stella à la piscine en plein air.

« Je perds mon temps! se disait Eponine. Nous ne retrouverons jamais Marullus, autant chercher une fibule dans une botte de foin! » Elle n'avait certes pas le cœur à admirer toutes ces statues qui encombraient les couloirs, elle était assourdie par l'horrible vacarme que faisaient les baigneurs en plongeant, en chahutant, par tous ces garçons de taverne qui vous harcelaient de leurs aboiements : « Olives de Venafrum! Goûtez mes saucisses! Saucisses bien chaudes! Capelliana [1]! Demandez mes Capelliana! »

– C'est lui! cria Ianthis en désignant un avorton osseux et gris qui bondissait dans l'eau.

Il se perdit dans la foule presque aussi dense dans le bassin que sur le solarium. Stella leur faisait de grands signes.

– Baignons-nous vite, dit-il, je ne peux pas le rater au vestiaire!

Eponine éprouva enfin un certain bien-être en se plongeant dans l'eau froide. Elle écourta son massage; visiblement, l'homme qu'elle cherchait n'était pas là; le massage était payant. Elle retrouva Ianthis installée devant une tablette sur laquelle son *ornatrix* avait disposé tous les pots de fards.

– Assieds-toi! lui dit-elle. Iola va te peindre pour la *cena.*

– Je te remercie! lui répondit Eponine. Mais je ne le souhaite pas.

Tandis que la jeune esclave étalait la céruse sur le front et les bras de Ianthis, de l'ocre sur ses joues, de la lie de vin sur ses lèvres, de la poudre d'antimoine sur ses cils et ses paupières, Eponine pensait à Sabinus. Elle était à bout de nerfs, il fallait qu'elle le retrouve, qu'elle le voie!

– Partirons-nous bientôt! dit-elle avec impatience, en détournant son regard du gros homme qui gloussait en se faisant tripoter la verge par un mignon.

Stella avait été harponné par vingt fâcheux en quête d'une invitation à dîner, mais il n'avait toujours pas vu Marullus. Sous le fallacieux prétexte de le rencontrer, il traîna Eponine dans tous les lieux de promenade. Ils commencèrent par le Champ-de-Mars, le portique d'Europe, les *Saepta* [2] *Julia,* puis déambulèrent dans les bosquets du portique de Pompée, à côté du théâtre. Ils remontèrent en litière, toujours suivis des esclaves de Stella, s'arrêtèrent sous de nouveaux portiques, dans de nouveaux parcs, au Pincio, sur l'Esquilin. Tout Rome se promenait. « Ce sont des moutons! pensait Eponine, ils font tous la même chose en même temps! » Stella dosait ses sourires en fonction de la beauté des femmes et de la richesse des hommes. Ils croisaient des femmes du monde en couleurs chatoyantes, suivies de leurs esclaves et de leurs galants;

1. Pâtisseries venant de chez Capellius, traiteur réputé.
2. Portiques.

des demi-mondaines couvertes de bijoux, paradant sous leurs ombrelles; des flâneurs à la recherche d'invitations et d'aventures; des filles publiques en toge [1], adossées à un arbre, balançant leur réticule; des groupes de gamins jouant avec des noix ou des osselets.

– Marullus! cria Stella.

Un petit homme aux cheveux trop longs et à la tunique trop courte se retourna, ahuri; il n'en croyait pas ses yeux, c'était Stella qui l'appelait, lui qui d'ordinaire faisait mine de ne pas le voir. Sans prendre congé de celui qu'il accaparait depuis un long moment, il accourut en souriant, exhibant une denture aussi trouée que son manteau. Stella, sans s'encombrer de formules de politesse, lui lança :

– Viens chez moi pour la *cena!* Tu y verras quelqu'un qui souhaite te parler. Mais c'est une affaire dont je ne veux pas me mêler.

– Il me faudra donc décommander Atedius Melior qui m'avait convié! rétorqua Marullus en faisant l'important.

– Évite-toi cette peine, car il soupe chez moi! ricana Stella qui n'était pas dupe.

– Mais je ne puis me présenter en ta demeure avec ce vieux manteau, ne pourrais-tu m'en...

– Tu pourras te couvrir de manteaux neufs si tu rends le petit service qu'on attend de toi! coupa Stella d'un ton méprisant tout en claquant des doigts pour appeler ses porteurs de litière.

Après maintes courbettes, l'appariteur de justice fit demi-tour.

– Comment te remercier? dit Eponine.

– En faisant bonne figure à mon souper! Mes amis n'aiment pas les femmes tristes! Quitte cette mine sinistre! Mes porteurs resteront à ta disposition. Ah! mon cher Lucterius, l'amitié est parfois un pesant fardeau! Bien sûr, tu logeras chez moi mais, de grâce, nous converserons d'autre chose. J'ai écrit de nouveaux vers sur lesquels je voudrais avoir ton avis!

Eponine remonta dans sa litière. La recherche de Marullus les avait menés à l'autre bout de l'*Urbs*, dans ces jardins que Vespasien avait fait planter sur l'emplacement de l'ancien palais de Néron. L'horizon était bouché par la colossale bâtisse circulaire de l'amphithéâtre Flavien [2] *. De gigantesques échafaudages se balançaient sur la façade extérieure. Alors que tout Rome ne songeait qu'à ses plaisirs, des milliers d'esclaves transportaient les plaques de marbre

1. Les péripatéticiennes étaient astreintes à porter la toge.
2. Le Colisée.

dont ils revêtaient les trois étages d'arcature. Seuls le claquement des fouets et les cris scandant l'effort différenciaient ces grappes humaines d'une fourmilière. Les rues adjacentes n'étaient qu'un immonde bourbier. Eponine traversa le quartier de Subure, peuplé d'esclaves en fuite, de malfaiteurs en tout genre, de petits commerçants miséreux et de péripatéticiennes puant le bouge.

Écœurée par la trop grande misère des uns et par la perpétuelle course au plaisir des autres, Eponine monta l'escalier qui zigzaguait sur la façade de brique de sa nouvelle demeure. Elle courut voir ses fils. Ils étaient couchés, mais ils ne dormaient pas. Ils assaillirent leur mère de questions. Tout au long du voyage, ils avaient pensé qu'ils retrouveraient leur père en arrivant à Rome. Eponine estima de son devoir de leur expliquer la vérité, une vérité pleine d'espoir; elle allait se battre comme une lionne pour sauver Sabinus. Elle les embrassa et ferma les volets pour qu'ils ne la voient pas pleurer. Elle visita les quatre pièces de l'appartement dans lesquelles traînaient les malles, cinq paillasses, un brasero bancal, des bassines et des pots de chambre rafistolés. Leur logis était aussi démuni de confort que la façade fleurie était riante et prometteuse.

– Soupe et va au lit! Ne m'attends pas, dit-elle à Carilla, je rentrerai tard! Demain, réveille-moi à la première heure!

Martialis faisait griller des saucisses sur la braise du brasero :

– Je t'accompagne! dit-il. Tu ne peux sortir seule, le soir, les rues de Rome sont de véritables coupe-gorge.

– Stella m'a laissé une litière, les porteurs m'attendent devant la porte!

Résignée à subir les travaux forcés de la perpétuelle fête romaine, Eponine se rendit chez Stella. Elle arriva la dernière. Déjà les huit convives avaient ôté leurs chaussures et pris place sur les trois lits du grand *triclinium* d'été. Ianthis était allongée sur le *lectus medius* [1] entre Stella à sa droite et Lucterius à sa gauche. Le *nomenclator* [2] annonça Eponine. Stella présenta ses invités. Sur le lit de droite était Atedius Melior. Il devait être fort riche si l'on en croyait le nombre des camées qui ornaient ses doigts et la finesse de la mousseline de sa *synthesis* [3]. Il entourait d'une main baladeuse Lycoris, une jeune personne outrageusement peinte qui n'osait bouger la tête de peur que ne s'effondrât la pyramide de boucles qui quadruplait la hauteur de son front. Séparé du couple par un

1. Lit du milieu.
2. Esclave chargé d'annoncer les invités.
3. Ample tunique de dîner sans ceinture.

coussin, un homme au visage anguleux et à l'œil perçant semblait absorbé par la dégustation d'une coupe de vin de Falerne, mais dévisageait la nouvelle venue :

– Les Gauloises trouvent impudique de se dévêtir aux bains, mais elles osent affronter les regards le visage nu, dit-il. Auraient-elles le corps torve?

– Martial! ricana Stella, c'est trop tôt pour être agressif, attends d'avoir entendu mes vers! Notre grand poète est furieux aujourd'hui, l'Empereur lui a refusé l'induction d'eau pour sa petite ferme de Nomentum! Eponine, je t'ai réservé la place d'honneur, à côté de Crispinus! Personne mieux que lui ne pourrait te parler du palais. Domitien, le fils de l'Empereur, le tient en toute particulière estime.

– Nous mourons de faim, allonge-toi! dit Crispinus, en serrant contre sa poitrine le jeune garçon au visage de fille qui répondait au nom de Cestos.

Eponine se demandait pourquoi Stella l'avait fait cavaler tout l'après-midi; elle ne voyait pas Marullus. Un esclave lui délassa ses sandales et passa délicatement sur ses pieds une éponge d'eau tiède parfumée au cinnamome [1]. Trois enfants, portant les statuettes des dieux lares [2], firent le tour de la salle tandis que deux autres chassaient les mauvais esprits de la part de festin réservée aux morts en aspergeant de verveine les débris de mangeaille figurés sur la mosaïque du sol. Un serviteur déboucha une amphore de vin. Stella montra avec fierté l'étiquette de son Falerne centenaire et soupira :

– Le vin vit plus longtemps que nous autres, pauvres créatures chétives!

Avec une passoire, l'esclave filtra une sorte de vinasse épaisse pour en extraire la poix indispensable à sa conservation, versa le vin dans un cratère et le mélangea à de la neige. Neuf serviteurs plongèrent chacun une coupe dans le breuvage glacé et la tendirent à chaque convive. Stella porta le toast à Vesta [3]. Ses devoirs pieux accomplis, Stella frappa dans ses mains, estimant que le temps était venu de s'occuper des vivants. Une vingtaine de *ministratores* [4] apportèrent les plats d'argent et les coupes de cristal sur la table. Le supplice d'Eponine commença. Dans une posture fort inconfor-

1. Arbrisseau aromatique d'Asie (qui ressemble au laurier).
2. Divinités protectrices du foyer.
3. Déesse du foyer.
4. Serviteurs.

table, appuyée sur son coude gauche, ne disposant que de sa main droite pour manger, elle se souvenait avec nostalgie de son tabouret de Griselles. Alors, défilèrent les neuf services. Les hors-d'œuvre : des oursins, une poule grasse sur des asperges, une terrine d'huîtres chaudes, des pâtés de volaille. Vint ensuite la *cena* proprement dite : des tétines de truie farcies, le *minutal* [1], des sarcelles bouillies, un civet de lièvre. Quand arriva le rôt de volaille, Eponine était écœurée par cette cavalcade de boustifaille et, pourtant, c'était le seul plat qu'elle eût dégusté avec plaisir. Tout ce qu'on lui avait servi jusque-là était tellement sophistiqué, si copieusement arrosé de *garum,* nimbé de truffes, de champignons, qu'il lui avait été impossible de distinguer la viande du poisson. L'huile, le poivre, le vinaigre, le miel, le sel, le mélange de fruits, de sauces grasses, de boudins tuaient toute saveur spécifique. Elle rêvait du lièvre rôti de Martialis et des asperges sauvages cueillies dans la clairière. Et le Falerne coulait à flots. Un bruit de cymbales lui fit tourner la tête. Un esclave venait de glisser sur la carcasse d'une sarcelle que Crispinus avait négligemment lancée par-dessus son épaule. Le plat d'argent roula, laissant sur le sol une bouillie de farine, d'œufs et de biscuits, dans laquelle surnageaient des dattes et des noix.

– Ne le ramasse pas! hurla Stella, on ne touche pas à la nourriture des morts!

Les *ministratores* apportèrent d'autres crèmes, des glaces, des pièces montées de fruits confits.

Ce petit incident avait relevé le courage d'Eponine. Contre le mur du fond, elle avait découvert une dizaine d'hommes assis sur des escabeaux, la serviette dépliée sur les genoux. Parmi eux était Marullus. Elle allait pouvoir lui parler. Pour le moment, elle se taisait; comment aurait-elle trouvé le moyen de glisser un mot à son voisin? L'excitation procurée par le vin avait fait dégénérer la conversation en pugilat. Il était question des courses du lendemain. Stella était un supporteur inconditionnel des « Bleus », tandis que Crispinus, pour plaire à Domitien, affichait une admiration sans borne pour les « Verts ». Pour faire digression, Martial raconta l'histoire de ce lion qui, dans l'amphithéâtre, avait serré dans ses mâchoires un lièvre sans lui faire le moindre mal.

– C'était admirable! dit-il. La foule était délirante de joie lorsque, pour le récompenser, les bestiaires lui ont offert un homme à dévorer!

Stella donna le signal, les invités se levèrent et passèrent dans la

1. Recette du *minutal,* cf. note p. 345.

petite salle à manger pour la *commisatio* [1]. Eponine en profita pour aborder Marullus. Il cacha précipitamment derrière son dos la serviette dans laquelle il avait enroulé les restes de son repas. Il commença par se plaindre de la goujaterie de Stella qui n'avait fait servir aux occupants des escabeaux que des croûtons noirâtres sentant le moisi, des choux cuits à l'huile et un croupion de vieille volaille!

– Et le tout, poursuivit-il, arrosé du sombre poison d'une jarre de vin de Corse! J'espère que le service que tu vas me demander me permettra de manger chez moi!

Eponine lui tendit une bourse, mais ne put s'empêcher de penser qu'il ne lui arrivait jamais de payer sa nourriture.

– Sais-tu où je pourrais voir Sabinus? dit-elle.

– Il est logé au sixième étage de l'immeuble de Cerylus, sur l'Aventin. Sois demain à la IIIe heure [2] devant la fontaine de Juturne, je t'y mènerai.

Les agapes se prolongèrent jusqu'à une heure fort avancée de la nuit. Bouffons, danseuses de Gadès aux contorsions si érotiques qu'elles eussent fait se masturber Hippolyte lui-même, déclamations de poèmes étaient sans cesse interrompus par les innombrables toasts, par les serviteurs qui apportaient l'urinal et aidaient les convives à libérer leur trop-plein de liquide, ou par les allées et venues de Melior qui allait soulager son estomac dans le cabinet voisin. Eponine avait réussi à extirper à Crespinus la promesse de la présenter à Cénis, la concubine de Vespasien. Elle passa quelques minutes rafraîchissantes en écoutant Martial qui évoquait avec nostalgie les charmes de son Espagne natale. Les yeux perdus dans le vague, les couples se lutinaient, les flûtes chantaient.

Lucterius se rapprocha d'Eponine, il espérait que le vin et la fatigue lui offriraient un moment d'abandon. Eponine accepta son baiser, le remercia de ce qu'il faisait pour elle, et s'esquiva. Ses porteurs ronflaient adossés à la litière. Elle les secoua :

– Dépêchez-vous! dit-elle.

Se dépêcher, ils l'auraient bien voulu, mais la rue était encore plus encombrée qu'en plein jour. A Rome, les livraisons ne s'effectuaient que la nuit. Le trafic était rendu impossible par les *carri* en stationnement devant les boutiques. Les chevaux piaffaient, les tonneaux roulaient, les cochers s'insultaient, les caisses tombaient.

1. Dernière phase du banquet où l'on buvait en écoutant des vers et en regardant un spectacle.

2. 8 heures du matin.

Furieux de ne pouvoir dormir, les occupants des étages supérieurs déversaient sur la tête des livreurs le contenu de leurs pots de chambre.

Eponine sanglotait de rage. Jamais elle n'aurait pu vivre à Rome! Enfin, la litière s'arrêta devant sa porte, elle grimpa l'escalier en courant et s'allongea tout habillée sur sa paillasse. Enfin, elle était seule! Elle ferma les yeux et songea que dans quelques heures elle serait dans les bras de Sabinus!

Eponine n'avait pu dormir. Elle arriva en avance devant la fontaine de Juturne. Le cadran solaire du *forum* n'indiquait pas encore la IIIe heure. Des hommes en toge marchaient d'un pas rapide sur la via Sacra. Rome était matinale, et les Romains chicaneurs. Jusqu'à l'heure du *prandium*, les péroraisons des avocats allaient déchaîner les passions du public dans les deux basiliques civiles. Les boutiques des orfèvres et des bijoutiers ouvraient leurs volets. Eponine se retourna, Marullus était à côté d'elle. Elle ne l'avait pas entendu approcher.

– Bonjour! dit-il en s'inclinant. Je suis bien contrarié, il faut que je t'avoue que j'ai dû remettre tous les sesterces que tu m'avais donnés pour amadouer le « logeur » de ton époux!

Eponine sortit une bourse de son réticule et la lui tendit.

– J'ai de bonnes nouvelles! enchaîna-t-il. Cérialis est arrivé à Rome. Il s'est constitué témoin à décharge dans le procès. Quant à ce Lingon nommé Secundinus, je pense que tu n'en entendras plus parler. Vespasien a tous les délateurs en horreur. Il l'a fait chasser par sa garde alors qu'il venait réclamer sa récompense.

– Alors, qu'attend l'Empereur pour libérer Sabinus?

– Si tu t'y prends bien, l'audience ne sera qu'une formalité. Vespasien est enclin à la clémence.

Ils arrivaient sur la colline qui domine le Circus Maximus * en face du mont Palatin. Des hommes faisaient les cent pas devant l'escalier d'une *insula*.

– C'est là! dit-il.

Il montra le laissez-passer à un factionnaire qui les accompagna jusqu'à la galerie du sixième étage. Cinq portes donnaient sur la passerelle de bois. Le garde ouvrit celle du milieu avec une énorme clef, les pria d'entrer et referma derrière eux.

Sabinus était en train d'écrire. Il se leva d'un bond. Une barbe hirsute ombrait ses joues. Son visage n'était plus qu'un regard.

– Eponine! murmura-t-il.

– Je voudrais rester seule avec mon mari! dit-elle en se tournant vers Marullus.

– J'ai pu obtenir qu'on ne nous dérange pas avant une demi-heure, mais nous sommes enfermés et je ne puis sortir! Ne vous gênez pas pour moi!

Sabinus lui tendit un escabeau et entraîna Eponine à l'autre bout de la soupente.

Cette minute avait été trop longtemps attendue, elle décida d'oublier Marullus et se jeta dans les bras de son époux. S'ils avaient été seuls, ils auraient fait l'amour; qu'avaient-ils besoin de parler! Il la serrait contre lui de toutes ses forces. Elle sentait au travers de leurs vêtements le désir de Sabinus. Les mains, la bouche de Sabinus parcouraient le corps d'Eponine. Elle s'offrit aux caresses, et les yeux grands ouverts, il la regarda jouir.

– Tu es belle! dit-il.

– Sabinus, je ne veux pas te perdre! Promets-moi de jurer tout ce qu'ils voudront! Je veux que tu vives! lui murmura-t-elle à l'oreille.

Ils s'assirent sur la paillasse en tournant le dos à Marullus.

– Les enfants? Martialis? demanda Sabinus.

– Ils sont ici!

– Camulus? Til-Châtel?

– Camulus a donné l'ordre d'attaquer la légion de Gallus, il a été tué! Tous tes soldats sont morts!

– Et tu veux que je vive! La même fin attend l'innocent et le coupable. Ils m'ont montré le chemin, on ne me volera pas ma mort! Tu avais raison, Cérialis m'a attiré dans un piège.

– Non, lui était de bonne foi, mais Gallus possédait un parchemin qui l'autorisait à agir au nom de l'Empereur.

– C'est Vespasien qui a ordonné mon arrestation?

– Ton nom ne figurait pas sur le document. Vespasien est plus avide de richesses que de sang. Offrons-lui nos gisements, nos carrières. Les morts de Til-Châtel ne peuvent sombrer dans l'oubli. Il faut que tu vives pour que la Gaule garde l'espoir.

– Alors, que ce procès n'ait pas lieu! Car jamais je ne pourrai jurer ma soumission.

– D'autres l'ont fait! Ce n'est pas sur une parole que le monde te jugera, mais sur tes actes. Mieux vaut être parjure à Rome qu'inutile à la Gaule.

Marullus tendait l'oreille; il enrageait de ne pouvoir comprendre leur chuchotement. Il se leva et s'approcha de la lucarne. Sabinus allait répondre, Eponine lui ferma la bouche avec ses lèvres.

Déjà la clef tournait dans la serrure. Eponine s'agrippa à Sabinus comme le lierre à son chêne. Il glissa dans sa main le papyrus qui traînait sur la table. Elle sortit à reculons ne pouvant arracher ses yeux des yeux de Sabinus.

Arrivée au bas de l'escalier, elle se mit à invectiver Marullus :

– Tu m'as menti! Nous ne sommes pas restés une demi-heure!

– Je peux te faire revenir demain pendant les courses, mais ce sera plus cher!

– Arrange-toi! Je veux passer la nuit entière avec Sabinus! Je paierai le double.

– Cette nuit, c'est impossible! Pour la nuit prochaine, je porterai la réponse à Lucterius, chez Stella. Mais ce sera le triple! Que Lucterius me remette la somme! Je n'aime pas recevoir de l'argent d'une femme.

Alexis, l'affranchi de Lucterius, attendait Eponine chez elle.

– Lucterius est chez Cérialis, lui dit-il. Il te verra au Circus Maximus. Crespinus t'enverra chercher, il te fait l'honneur de t'offrir un coussin à côté de lui dans le *pulvinar* [1]. Il te présentera à Cénis. Fais-toi accompagner par Martialis et Carilla, il ne serait pas convenable que tu viennes seule.

Il salua et repartit.

– Où sont les enfants? demanda Eponine.

– Je les ai conduits chez l'instituteur à l'école voisine, répondit Martialis.

Carilla, les jambes écartées, les bras pendants, était assise sur un tabouret. Les yeux dans le vague, elle restait ainsi pendant des heures.

– Tu devrais te coiffer et t'habiller, lui dit tendrement Martialis.

Eponine s'enferma dans la petite pièce du fond et lut le papyrus que lui avait donné Sabinus :

> « Je ne regrette aucun de mes actes. Il m'a été donné d'entreprendre et non d'achever. Puissent mes fils garder le souvenir des ancêtres et leur foi en l'Increé! Je lègue à Eponine, mon épouse et mon autre moi-même, tous les biens qui seront encore en ma possession à l'heure de mon trépas. Je déclare affranchir

1. Loge impériale construite par Auguste au-dessus de la *cavea* (gradins) du côté du Palatin.

de l'esclavage mes loyaux serviteurs Filiolus et Carilla, frère et sœur de naissance. Je charge Martialis, mon affranchi, de veiller à l'exécution de mon testament et le nomme tuteur de mes enfants. Je demande en outre à mes héritiers de lui verser l'usufruit de ma ferme d'Auberive.

Fait à Rome, le deuxième jour avant les ides de juin de l'an 831 de Rome et de la 130e année de la soumission des Gaules. »

Julius Sabinus.

Eponine appela Martialis et Carilla, leur lut le testament et pria Martialis de le conserver puisque la volonté de Sabinus était qu'il fût son exécuteur testamentaire.

– Tout ceci est hors de propos, ajouta-t-elle d'un ton sec, je n'accepte pas d'envisager la mort de Sabinus. Je suis résolue à le sauver malgré lui! Bientôt nous serons tous à Auberive! Mais peut-être nos revenus seront-ils considérablement amoindris car, s'il le faut, j'offrirai nos mines à Vespasien. Dès aujourd'hui, Carilla, estime-toi affranchie. Je vais le consigner sur une tablette. Je veux que tu puisses faire ta vie et épouser en légitimes noces un ingénu [1] ou un affranchi.

– Qu'ai-je à faire de cet affranchissement? Nous finirons tous dans le ventre d'un lion, comme Valentinus le Trévire et Maricc le Boïen! Camulus, le seul homme qui m'ait jamais aimée, est mort! Primus est mort! Qui voudrait de moi?

– Je ne suis pas bien beau, mais je suis un homme libre et j'ai des économies; si un jour tu voulais de moi, Carilla, je ferai de toi une femme respectable!

– Et nous aurons beaucoup d'enfants! hurla-t-elle en donnant un coup de pied dans la bassine d'eau posée à côté de la paillasse.

– Calme-toi et viens me coiffer! Les esclaves de Crispinus vont venir nous chercher, conclut Eponine d'un ton glacial.

Tout le temps que dura sa toilette, elle passa ses nerfs sur Carilla. Son apathie l'exaspérait. Elle la frappait avec son miroir, la piquait avec ses épingles, l'obligeait à faire, défaire et refaire son chignon.

– Qui veux-tu séduire? lui lança Carilla, que la nervosité de sa maîtresse commençait à gagner.

– L'Empereur! Je ne veux pas qu'il me prenne pour une pauvre Barbare! Va t'apprêter! Montrons-lui qu'en Gaule les femmes ont du courage! Une femme laide est un soldat vaincu.

1. Homme libre de naissance.

Quelques minutes plus tard, une Carilla aux yeux encore rouges mais à la mise impeccable ouvrait la porte à une Eponine éblouissante dans son *pallium* [1] brodé d'or.

Eponine allait sortir, elle se retourna vers Martialis :

– Donne-moi une coupe de vin! Il faut que j'arrive à tenir le coup!

Et, avec un port d'impératrice, elle descendit le misérable escalier de son *insula.*

Les venelles étaient toujours encombrées, mais la circulation était plus fluide, tout le monde allait dans le même sens. Tout le monde allait au cirque!

Ses porteurs durent faire une halte à l'entrée de la via Sacra pour laisser passer la procession qui arrivait du Capitole et se dirigeait vers le Circus Maximus. Des joueurs de flûte ouvraient la marche. Debout sur un char tiré par quatre chevaux blancs, l'édile curule [2] drapé de pourpre traversa le *forum.* Derrière lui s'avançaient les magistrats et les sénateurs. La foule se mit à hurler dès qu'elle aperçut les fils de chevaliers qui précédaient les attelages. Alors, dans un fracas d'applaudissements, défilèrent au pas, par rangées de quatre, les biges et les quadriges. Les chevaux, le poitrail plaqué de phalères étincelantes, la crinière constellée de perles, portaient fièrement sur leur tête un rameau de la couleur de leur faction. Les auriges, superbes, casqués, le fouet à la main, déchaînaient l'enthousiasme. Les tuniques bleues, vertes, rouges, blanches claquaient au soleil. Les premiers chevaux atteignaient l'arc d'Auguste quand, sur la pente du Capitole, apparurent des danseurs, des joueurs de cithare, des mimes déguisés en satyres et des lutteurs. Eponine s'impatientait. Elle attendait depuis une heure. Le collège des pontifes arriva enfin. Les prêtres portaient des plats d'or où fumait l'encens et, sanctifiant la fête de leur divine présence, les statues en ivoire de Jupiter, de Junon et de Minerve rayonnèrent sur leurs reposoirs d'argent.

« Tout ce faste est déployé pour occuper le peuple, pour l'abêtir, pour l'éloigner des responsabilités politiques! » songeait Eponine avec humeur.

Les esclaves de Crispinus avaient ordre de faire entrer Eponine par la rampe du Palatin qui menait directement à la loge impériale.

Elle eut un moment de panique quand elle se retrouva avec

1. Grand manteau carré porté par les femmes.
2. Président des jeux.

Carilla et Martialis en bas de l'escalier de marbre recouvert d'un tapis rouge. Elle se mordit la lèvre et, la tête droite, monta à l'attaque. Était-elle en retard? L'escalier était désert, seuls les gardes de la cohorte prétorienne, immobiles comme des statues, se dressaient toutes les deux marches contre les colonnes. Elle vivait un cauchemar. Le mugissement d'une mer en furie grondait au loin. Jusqu'où allait-elle monter? Il fallait qu'elle se réveille!

– Mais où vas-tu, mon cœur?

Cestos, le mignon de Crispinus, était à côté d'elle. Il lui prit la main.

– Ton collier d'émeraudes et tes pendants d'oreilles sont superbes! Mais, pourquoi n'as-tu pas de bagues?

– Je ne portais que mon anneau de mariage! Je ne l'ai plus.

Ils prirent un petit escalier voûté qui débouchait dans la loge du deuxième étage de la tribune impériale.

– Assieds-toi! lui dit-il en lui désignant un fauteuil de bois recouvert de coussins rouges.

Elle était abasourdie par les hurlements de la foule. En face d'elle s'élevait une montagne de têtes dont elle ne pouvait d'un seul regard percevoir les extrémités. La procession franchissait le portique cintré situé à l'est, du côté du Caelius. Les cris redoublèrent, tandis que les chars défilaient autour de la *spina,* sorte d'île au centre de la piste, épine dorsale de l'arène, délimitée par les deux *metae* [1] et d'où jaillissaient, de part et d'autre d'un obélisque, des autels et des statues de marbre, des dauphins en bronze et des gros œufs en bois. Les attelages entrèrent dans la remise à l'extrême ouest, du côté du Velabre. Les notables s'installèrent dans leurs fauteuils, sur les premiers gradins. Alors, apparut l'édile curule, debout dans sa tribune; juste au-dessous de lui, derrière une corde tendue entre deux Hermès, s'alignèrent douze biges, chacun dans une des arcades du portique de marbre des *carceres* [2] *. Des desservants découvrirent l'autel du dieu Consus et, après les sacrifices rituels, des hérauts à cheval, en longue tunique pourpre, firent le tour du cirque en annonçant les courses. On fit pivoter les œufs de bois dont la manœuvre signalait les différentes phases des épreuves, les dauphins crachèrent des jets d'eau. Les trompettes retentirent, le président des jeux, dans sa *palla* écarlate semblable à celle de Jupiter, la tête couronnée de lourdes feuilles d'or, brandit un bâton

1. Bornes en bronze doré.
2. Remises pour les attelages.

d'ivoire surmonté d'un aigle aux ailes déployées. Les gardes d'écurie dénouèrent les cordes, les attelages prirent devant la ligne blanche la place que le sort leur avait assignée. Les chevaux piaffaient, maintenus par les palefreniers. D'un geste théâtral, l'édile curule lança une serviette blanche dans l'arène. Dans un nuage de poussière, les bolides s'élancèrent, tandis que trépignait l'assistance déchaînée. En bas, les magistrats, les sénateurs et les chevaliers, en toges claires, assis dans des fauteuils de pierre et de bois, criaient pour encourager les « Bleus »; en haut, la plèbe, debout, en manteaux sombres, hurlait le nom du cocher des « Verts » : « Scorpus! », la vedette du jour, le favori de Domitien.

Eponine était aussi nerveuse que la foule, mais pour une tout autre raison. Le corps penché en avant, elle observait la loge impériale au-dessous d'elle. Au centre, d'un haut dossier sculpté d'or dépassaient les épaules de pourpre et la nuque épaisse de Vespasien. A son côté, une femme maigre tournait vers lui un visage usé qui semblait souffrir d'avoir à porter un aussi lourd diadème. Sur le trône de droite, un homme corpulent, qui n'était plus d'une extrême jeunesse, se désintéressait de la course. Eponine put le dévisager, il conversait avec une femme casquée d'or assise dans un fauteuil placé sur la marche au-dessus. Une impression de bonté se dégageait de sa face carrée aux mâchoires lourdes. Il paraissait humain, son sourire était chaleureux, tendre. C'est à lui qu'Eponine aurait voulu être présentée. « Pourtant, ce ne peut être que Titus! se dit-elle, et de quelles cruautés Titus n'a-t-il pas été capable en Judée! » A la gauche de l'Empereur, Domitien hurlait comme un dément et donnait de grands coups de poing sur l'épaule de la jeune femme assise à ses pieds.

– Cette chère Julie va être pleine de bleus! dit Crispinus d'un air ravi.

– N'est-elle pas la fille de Titus et l'épouse de Flavius? demanda Eponine.

– Elle est surtout la pute de Domitien! lança Crispinus avec aigreur.

Il aurait volontiers perdu les vingt mille sesterces qu'il avait joués sur les « Verts » pour se voir débarrassé de cette encombrante rivale. Domitien, qui avait refusé d'épouser sa nièce alors qu'elle était encore vierge, s'était subitement entiché d'elle après son mariage avec Flavius. Crispinus crevait de jalousie.

La foule des courtisans, debout dans le fond de la tribune, se précipita près de la balustrade pour mieux voir. Le délire des gradins était à son paroxysme. Enfin du spectacle! Au septième et dernier tour de piste *, le bige des « Blancs » venait de heurter la *meta secunda* [1]. Rien ne ravissait plus le public qu'un « naufrage ». Le conducteur avait tenté de couper avec son poignard les liens qui entortillaient son corps et le ligotaient à son char renversé, mais il n'avait pu parvenir à se libérer. Les chevaux, comme fous, continuaient leur course traînant dans le sable le corps ensanglanté. Tandis que retentissaient les cris de désespoir des uns et l'explosion de joie des autres, Scorpus franchissait la ligne d'arrivée.

– Nous avons gagné! hurla Crispinus en embrassant Eponine.

Brûlant d'impatience de retrouver Domitien, il ajouta :

– Viens, je vais te présenter à Cénis!

Crispinus était trop blasé pour assister dévotement à la remise des palmes au vainqueur et au fastidieux spectacle des lutteurs et des danseurs qui meublaient les poses entre chaque course. Il ne venait que pour voir courir; et la journée ne faisait que commencer, trente-quatre courses allaient se succéder jusqu'à la nuit, les biges, les triges, les quadriges, les *decemiuges* [2], dont les naufrages étaient les plus spectaculaires.

Crispinus était tellement excité qu'il ne savait plus très bien pourquoi il fallait qu'Eponine rencontrât Cénis; mais il avait promis, et il la mena par la main dans la loge impériale.

Des esclaves en tunique blanche servaient des rafraîchissements et des friandises. Eponine put voir Vespasien de face : il faisait à peine plus âgé que Titus et, avec le cheveu plus rare, lui ressemblait étonnamment. Il paraissait s'ennuyer, et ses traits étaient crispés dans une expression de douleur ou d'effort. Cénis se leva et papillonna de l'un à l'autre. Crispinus en profita pour l'aborder :

– Eponine, épouse de Julius Sabinus, souhaite t'être présentée!

Et il planta là Eponine pour rejoindre Domitien. Cénis cherchait à évaluer les émeraudes d'Eponine. Elle était encore plus fripée de près que de loin; elle avait l'air malade.

– Viens dans le petit salon, dit-elle, nous serons mieux pour parler! A moins que la course ne te passionne?

Elles pénétrèrent dans l'édicule de marbre. Cénis poussa une tenture et la précéda dans une petite pièce circulaire aux murs recouverts de soiries. Elles s'assirent côte à côte sur le grand lit décoré de plaques d'ivoire.

1. Borne la plus éloignée.
2. Attelages à dix chevaux.

– Tu as de bien beaux bijoux! Ton mari doit être fort riche. Si tu savais comme César est pauvre! Il ne dépense rien pour lui, il est toujours à la recherche d'argent pour faire des cadeaux au peuple. Les courses d'aujourd'hui ont coûté quatre cent mille sesterces! Il jette sa fortune à la plèbe pendant qu'il boit dans une minable coupe héritée de sa grand-mère Tertulla! Et cet amphithéâtre en construction, quel gouffre! Il n'a même pas le train de vie d'un sénateur et m'oblige à me montrer en public cinq fois de suite avec la même tunique! Les trésors ramenés de Judée ont été engloutis par l'érection du temple de la Paix! Il invente sans cesse de nouveaux impôts, il a même obligé les foulons * à lui verser une taxe sur l'urine qu'ils récupèrent dans ces cuves aux portes des *insulae.* Je sais bien qu'ils l'utilisent pour traiter les tissus, mais on ne devrait pas tolérer ces baquets qui puent à tous les coins de rue! Eh bien, Vespasien, non seulement le tolère, mais il l'exige, ça lui rapporte gros! Et il me refuse les pendants d'émeraude dont je rêve! Domitien s'est mis en tête de raser le Palatin et de faire construire un palais somptueux, « la huitième merveille du monde! » dit-il. Eux, ils gaspillent, et moi je passe mes journées à essayer de combler les trous du trésor, je rapporte de l'or et n'en vois jamais la couleur. A certains, je vends des magistratures, à d'autres des gouvernements de province, des expéditions militaires, des fonctions sacerdotales. Mais Vespasien n'a jamais fait périr aucun citoyen pour s'emparer de ses biens, il préfère leur faire grâce moyennant finance. Ton mari a été arrêté, que m'offres-tu pour son acquittement?

Eponine ôta ses boucles d'oreilles et les tendit à Cénis :

– Il ne serait pas juste que la concubine de l'Empereur ait à envier le bijou d'une malheureuse Gauloise!

– Je ne te ferai pas l'injure de les refuser, soupira Cénis en les accrochant à ses oreilles, mais je ne pense pas que cela suffise à convaincre César!

– Dis-moi ce que tu souhaites et tâche que ce procès n'ait pas lieu! Rome n'entendra plus jamais parler de nous.

– Trop de scandales éclaboussent actuellement la famille impériale pour que César ne cherche pas à donner des apaisements à ceux qui le critiquent. Le sénat veut le renvoi de cette Juive, de cette Bérénice que Titus s'est mis en tête d'épouser. Si tu avais vu son arrivée triomphale à Rome, il y a trois ans, elle rayonnait de beauté et de jeunesse * dans son char d'or traîné par dix chevaux blancs. Elle était le symbole vivant de notre victoire sur la Judée.

Mais une prise de guerre ne peut devenir impératrice! A Jérusalem, sa tante Bérénice couche avec son propre frère, le roi Agrippa; on dit que la maîtresse de Titus leur succédera sur le trône de Judée. Rome exige que l'Empereur la chasse. Ce serait insulter nos morts que d'honorer les vaincus. Ton époux ne peut obtenir sa grâce que s'il fait une soumission publique.

Eponine ne comprenait que trop bien où voulait en venir Cénis. Elle lui dit sans hésiter :

– Je te ferai porter l'acte de donation. Que César accepte nos gisements de fer d'Auberive. J'ai deux fils qui ne sont pas encore élevés. Ils ont besoin de leur père. Laisser la vie à Sabinus, c'est acheter la reconnaissance et la fidélité des Gaulois!

– Alors, pourquoi pleures-tu? demanda Cénis en se levant, il me semble que nous sommes tombées d'accord! Tu fais ce petit don au trésor, quelques plaques de marbre de l'amphithéâtre seront offertes par toi, et ton mari vivra en bon Romain! Je ne veux pas manquer les quadriges, viens-tu?

– Non! Excuse-moi. J'aimerais parler de notre entrevue avec mon époux, ne pourrais-tu m'obtenir l'autorisation de le voir?

– Comment? Le message ne t'a pas été fait? Cérialis est intervenu pour lui. Vespasien a ordonné qu'on le traite avec tous les égards dus à un Julii, il a été transféré dans un appartement du palais. Tu es libre de le rencontrer à toute heure et même de ne pas le quitter avant l'audience qui aura lieu dans trois jours, après les fêtes des « Petites Quinquatries ».

Eponine blêmit de terreur, elle n'ignorait pas de quelle façon les empereurs s'étaient toujours débarrassés d'un parent encombrant. Elle se jeta aux pieds de Cénis :

– Je t'en supplie, ne peux-tu empêcher que ce procès ait lieu?

– Sois raisonnable puisque tout est arrangé! dit la concubine de Vespasien en forçant Eponine à se relever.

Et elle sortit en soupirant :

– Ah! ces Juifs et ces Gaulois! Cette Bérénice et ce Sabinus, n'ont-ils pas de pitié pour un empereur malade de la goutte!

Jamais Eponine n'avait avec autant de violence ressenti son amour de la vie. Mais, la vie, elle ne la concevait qu'avec Sabinus. Elle savait se battre, elle s'était toujours battue pour Sabinus et elle frémissait en pensant que depuis son arrivée à Rome elle n'avait fait que des actions qu'il réprouverait. Elle ne pouvait plus reculer, il fallait qu'il vive parce qu'elle voulait vivre!

Elle descendit l'escalier en courant, ne sachant pas très bien où elle allait. Au loin, la foule hurlait toujours. La rue était déserte. Elle s'appuya contre une colonne. Des larmes coulaient sur ses joues. Elle sentit une main sur son épaule. C'était Martialis qui, voyant le fauteuil vide à côté de Crispinus, était venu guetter sa sortie près du portique de la tribune impériale.

– Lucterius t'attend dans la troisième taverne sous les arcades. Je vais te conduire, dit-il.

Cabarets et bordels infestaient les abords du cirque. Ils entrèrent dans un bouge enfumé. Autour du comptoir grouillait un ramassis de filles publiques, de valets d'écuries, d'esclaves, de voleurs et même d'assassins. Tout ce joli monde surexcité parlait fort et se servait force rasades d'*alica* [1]. Si Eponine avait été moins absorbée par ses pensées, elle aurait remarqué que des jeunes gens bien mis étaient mélangés à cette pègre. Le tavernier, vêtu d'un simple caleçon, apportait une potée de fèves dans laquelle nageaient des morceaux d'un sanglier acheté au rabais après les dernières tueries de l'amphithéâtre.

– Suivez-moi! dit-il en reconnaissant Martialis. Votre ami vous attend dans la pièce du fond.

Il posa son plat, et leur fit traverser l'arrière-boutique qui était en réalité un tripot clandestin *. Des hommes louches et avinés s'injuriaient en lançant les dés. Le tavernier poussa une tenture crasseuse. Lucterius était assis sur un tabouret boiteux, dans une sorte de souillarde encombrée de caisses et d'amphores vides.

Martialis ressortit précipitamment en disant :

– Je vous attendrai dehors!

– Où étais-tu passée? demanda Lucterius. Je t'ai vue arriver et tu as disparu. Martialis était affolé. Je t'ai cherchée partout après la première course. J'ai à te parler. J'ai fait raccompagner Carilla par Alexis, elle s'inquiétait pour les enfants.

– J'étais avec Cénis!

– J'ai vu Cérialis! Il témoignera. Il a pu obtenir que Sabinus soit convenablement logé.

– Je sais. Il est au palais! Lucterius, j'ai peur!

– Il n'y a plus rien à craindre. L'Empereur est furieux après Gallus. Cette arrestation est un impair qui le dérange. Il voudra liquider l'affaire sans bruit. Gallus a déjà été expédié chez les Parthes! Cérialis jouit de la confiance de César qui lui a promis un

1. Boisson de grains fermentés.

commandement en Bretagne. Sabinus n'a qu'à jurer tout ce qu'on lui demandera, et l'incident sera clos.

– L'incident! Comme tu y vas! Qu'espères-tu faire jurer à Sabinus?

– Si ton mari est assez fou pour vouloir à lui seul renverser l'Empire romain, tu as le devoir, toi, de ne pas perdre la raison! Songe à tes fils! L'Empereur a pardonné à Civilis, à Tutor, à Classicus; ils ont abandonné beaucoup de leurs biens mais, en huit ans, ils ont déjà reconstitué une fortune. J'ai fait pour Sabinus tout ce qui était en mon pouvoir. Lui seul maintenant décidera de sa mort ou de sa vie, mais je ne te laisserai pas sacrifier la tienne à une cause perdue.

– Je l'aime, entends-tu! Et quoi qu'il arrive, je ne t'aimerai jamais, Lucterius!

Il se leva, la saisit par les poignets et l'obligea à lui faire face. Il était blême. L'ingratitude d'Eponine, l'obstination de Sabinus à ne pas comprendre que l'alliance avec Rome était un gage de paix et de prospérité pour la Gaule, le révoltaient. Il parlait rageusement, mâchant chaque syllabe :

– Tu vas m'obéir, tu n'iras pas rejoindre Sabinus! Tu n'es pas accusée, Eponine. On ne te posera pas de questions! Tu iras à l'audience dans le public, avec tes enfants, et si Sabinus t'aime comme tu le crois, il saura ce qu'il lui reste à faire! Je te raccompagne chez toi. Je te laisse Alexis. Il a ordre de ne pas te laisser sortir avant le procès. Je passerai te voir demain.

– As-tu retenu un avocat?

– Il n'y aura pas besoin d'avocat!

– Je préfère! dit Eponine. Sabinus l'aurait récusé, et jamais il ne t'aurait permis de parler en son nom!

Devant la porte, Martialis prenait congé d'un colosse à la mine d'assassin. Il vint au-devant d'Eponine. Lucterius appela ses porteurs qui étaient affalés sur le comptoir. Ils allèrent chercher la litière dans la remise. Eponine ne desserra pas les dents jusqu'à la rue du Poirier.

– A demain! lui dit Lucterius.

– Enfin, te voilà! soupira Carilla.

Les enfants se précipitèrent dans les bras de leur mère. Eponine leur posa des questions, essaya de s'intéresser à leur première journée d'école. Le petit Sabinus se taisait, posait sur elle cet étrange regard d'acier, le regard de son père. Il coupa la parole à son frère qui jacassait :

– Tu as vu *tatula?* demanda-t-il.

– Oui. Tout va s'arranger! Il nous aime trop pour que cela ne s'arrange pas! Nous irons vivre à Auberive!

– Quand?

– Bientôt!

– C'est Mya qui va être contente! dit Valentinus du ton faussement détaché d'un petit homme qui refuse de paraître ému.

– Et on ne se quittera plus! murmura Sabinus. Carilla et Martialis seront aussi toujours avec nous!

– Je ne vous quitterai jamais! dit Carilla en les embrassant.

– Alors, on sera heureux, aussi heureux qu'à Griselles! et *moma* [1] guérira! hurla Valentinus en faisant une pirouette.

Martialis entrait; il portait une potée fumante de pois et de tête de mouton qu'il était allé acheter dans un cabaret. La sommaire installation de l'appartement ne permettait pas de cuisiner chaud. Alexis fut convié à partager la modeste *cena.* On ne parla de rien devant les enfants. Martialis essaya de les distraire en leur racontant la course. Ils mangèrent des fruits, et Carilla entraîna les deux frères vers la chambre du fond pour les coucher.

– Laisse! dit Eponine. Ce soir, je veux faire leur toilette.

Elle les déshabilla, passa sur leur corps un linge humecté d'eau fraîche, elle caressait du bout des doigts leurs épaules. Quels hommes deviendraient-ils? Les verrait-elle grandir? Elle les borda,

1. Grand-mère.

les embrassa sur le front, et alla se cacher dans la pièce voisine pour pleurer.

C'est là que la découvrit Martialis.

– Sais-tu qui j'ai vu au cabaret? Tu ne l'as pas reconnu? Il hurlait : « Par Taranis! » en jetant les dés.

– Secundinus! murmura Eponine.

– Oui.

– Tu lui as parlé?

– Non, il était saoul, il est sorti précipitamment. Mais j'ai abordé son adversaire, un type qui partait en ramassant une pile d'as. Je lui ai dit que j'étais fâché de ne pas avoir pu parler avec mon ami Secundinus à qui je devais de l'argent. Je l'ai prié de lui remettre trois sesterces que je lui ai tendus et qu'il a empochés avec l'intention bien nette de les garder pour lui. Cette petite libéralité l'a mis en confiance et j'ai pu savoir tout ce que je voulais. Gallus a été envoyé en Médie, et Secundinus n'a pu se faire payer de sa mission. Il s'est vu dans l'impossibilité de rentrer en Gaule. Mon interlocuteur m'a dit avoir fait sa connaissance dans une taverne en face de l'amphithéâtre du Champ-de-Mars. Secundinus n'avait plus un as en poche. Le patron du bouge s'apprêtait à le jeter dehors, quand mon homme lui a proposé de le tirer d'affaire. A ce que j'ai compris, le gaillard est chargé par le procurateur de recruter des volontaires pour le *lugdus magnus,* la caserne des gladiateurs. Il prétend repérer du premier coup d'œil le pauvre hère famélique ou le fils de famille décavé qui n'a plus rien d'autre à espérer qu'une momentanée survie dans la gladiature. Je crois qu'il ne se fait pas grande illusion sur la vaillance de Secundinus, mais comme chaque affrontement doit se terminer par la mort d'un homme, il a pensé que celui-là suffirait pour faire une victime acceptable. Secundinus n'a pas résisté à la perspective d'être abondamment nourri et abreuvé; il a accepté de partir pour la boucherie, armé du filet et du trident de rétiaire.

– Il n'aura que ce qu'il mérite! dit Eponine. Sa mort sera aussi sale que sa vie!

Elle n'avait que fort distraitement écouté Martialis, mais elle avait pris sa décision.

– Martialis, dit-elle, il faut que tu occupes Alexis, emmène-le dans ta chambre! Tu as bien des osselets ou des noix, fais-le jouer. Je dois sortir sans qu'il le sache!

– Tu ne peux partir seule, il fait presque nuit! Je t'accompagne.

– Veux-tu te battre avec Alexis? Lucterius l'a chargé de me tenir enfermée. Ne préviens pas tout de suite Carilla, elle serait capable de tout compromettre! Cénis m'a dit que l'Empereur m'avait autorisée à demeurer avec Sabinus. Il a sûrement donné des ordres, je veux y aller. Si je ne peux revenir avant le procès, tu mèneras mes fils à l'audience qui aura lieu à la IIIe heure, le troisième jour après les ides de juin dans la basilique impériale. Je veux qu'ils y assistent. D'ici là, ne sortez pas et obéissez sur-le-champ à tout ordre que je pourrais vous faire parvenir.

– Eponine, dit Martialis d'un ton qui trahissait l'infinie vénération qu'il éprouvait pour son frère de lait, songe à ne pas demander l'impossible à Sabinus! Il t'aime, mais il ne pourra pas se résoudre à se désavouer.

– Je ne lui demanderai pas l'impossible. L'impossible, c'est moi qui vais le tenter! Si je ne peux réussir, prends soin des enfants!

– Je le ferai. L'heure est peut-être venue pour Sabinus de rejoindre Liscos. Son âme est plus utile à la Gaule que son bras!

– Non! Non! J'ai froid! C'est son corps que je veux! Son corps est à moi. Laisse-moi partir! Dis à Alexis que je me suis endormie.

Elle fouilla nerveusement dans sa malle, se vêtit d'une tunique et d'un long manteau sombre, ôta ses bijoux et les enfouit dans son réticule avec tout l'or qu'elle possédait. Elle marcha sur la pointe des pieds, par l'entrebâillement de la porte elle aperçut Carilla, Alexis et Martialis qui jouaient aux osselets. Elle se faufila et descendit l'escalier. Elle n'avait pas fait dix pas qu'un livreur occupé à décharger des caisses devant la boutique d'un marchand de fruits lui tapa sur les fesses. Il l'avait prise pour une prostituée! Les femmes respectables ne sortaient pas seules la nuit. Elle se mit à courir. Elle dévala du sommet du Quirinal, arriva sur le *forum*, reprit ses esprits. Elle marchait calmement, quatre « professionnelles » se jetèrent sur elle et se mirent à l'insulter en lui disant qu'on ne la connaissait pas, qu'il fallait qu'elle retourne dans son quartier, qu'elles étaient chez elles, que personne d'autre n'avait le droit de « travailler » dans leur secteur! Eponine les assura qu'elle ne faisait que traverser, que son intention n'était pas de rester là! Mais les filles déchaînées hurlaient toujours. Leurs souteneurs se précipitèrent, tandis que derrière l'attroupement un homme criait au voleur! Des vigiles * arrivèrent au pas de course. La meute se dispersa.

– Que fais-tu ici? lui demanda un garde.

– Je suis femme de citoyen romain! répondit Eponine, et je dois me rendre au palais impérial!

– Ah oui! dit le vigile en ricanant, on t'accompagne, et gare à toi si tu as menti!

Elle arriva avec son escorte devant l'imposant portique de marbre. Une sentinelle de la garde prétorienne lui demanda de décliner son identité.

– Je suis Eponine, épouse de Julius Sabinus, je suis attendue par la princesse Bérénice, je te prie de me mener à elle, déclara-t-elle avec autorité.

– Attends ici! dit le prétorien.

– Tu es attendue! ricana le vigile.

Eponine n'en menait pas large. Bérénice connaissait-elle seulement son nom? Mais c'était sa dernière chance, elle voulait la tenter. Elle patienta longtemps, en butte aux quolibets des gardes. Enfin le prétorien revint, accompagné d'une jeune femme voilée.

– Eh bien, avance! dit-il.

Et Eponine planta là son escorte médusée.

– La princesse va te recevoir! dit la jeune femme en lui faisant faire des tours et des détours dans des couloirs et des escaliers plaqués de marbre et hérissés de statues.

Bérénice, drapée de voiles diaphanes de couleur turquoise, coiffée d'une stricte tresse sombre autour de la tête, l'attendait allongée sur un lit. Le boudoir tendu de soieries blanches ressemblait à une tente. Bérénice était fort belle, ses grands yeux noirs, son nez fin, droit et assez long, donnaient à son visage une expression pathétique.

– Excuse-moi, dit Eponine, d'avoir osé troubler ton repos, mais je sais que le fils de l'Empereur t'écoute. Je sais le prix que tu attaches à l'amour. Dans mon désarroi, j'ai pensé que tu ne resterais pas insensible à la prière d'une femme qui veut sauver son époux de la mort; toi seule à Rome peut me venir en aide!

– On m'a conté tes malheurs et ton courage, mais ici je suis une étrangère comme toi! Je ne peux même plus rien pour moi! L'ordre est donné, je pars, je quitte pour jamais l'homme que j'aime *.

– Un jour, l'homme qui t'aime sera Dieu [1]! Moi, j'aime un simple mortel!

– Un simple mortel qui a été acclamé empereur des Gaules! Ils ne l'oublient pas. Les Romains croient que les autres nations ont été créées pour leur obéir! Je ne puis que te donner un conseil : soumets-toi! Mon oncle Agrippa s'est rallié à Titus. La Gaule comme la Judée sont à eux. Ils veulent tout gouverner, même les cœurs!

– Ce n'est pas un conseil, mais un service que je suis venue te

1. Rome divinisait ses empereurs morts.

demander. Et, crois-moi, je ne pense pas à la politique! C'est à la femme qui aime que je m'adresse, j'aime Sabinus et je ne veux pas qu'il meure!

– L'absence est pire que la mort!

– Je t'en prie, écoute-moi puisque tu as eu la charité de me recevoir! Ton bateau appareille, dit-on; ne peux-tu nous cacher dans ta suite? Il faut que Sabinus quitte Rome! Jamais, tu m'entends, jamais, il ne trahira ceux qui sont morts en suivant son étendard! Il faut qu'il disparaisse avant le procès.

Bérénice se leva. Espoir et désespoir s'embrouillaient.

– Le navire appareille, mais Titus n'a pas dit son dernier mot! Il n'a pas encore donné l'ordre! Tu l'as vu au cirque, ses yeux m'assuraient que je resterai tandis qu'il m'énumérait ses cadeaux de rupture! Ce soir, je veux croire que les voiles ne se hisseront pas! Que viens-tu me parler de départ! Laisse-moi!

Toutes deux parlaient pour elles-mêmes, sans se regarder.

– Pardonne-moi! dit Eponine. Je suis autorisée à rejoindre Sabinus, comment le trouverai-je?

– Il est gardé dans un des appartements réservés aux visiteurs étrangers. Une de mes femmes va t'accompagner.

Eponine s'inclina et se retira.

– Attends! cria Bérénice. Peut-être le bateau partira-t-il sans moi! Je peux acheter des complicités; demain tout Rome se déguise pour les « Petites Quinquatries », si je pense que la chose est faisable, je t'enverrai la jeune fille qui t'a menée ici. Tu feras très exactement tout ce qu'elle te dira!

– Merci! murmura Eponine en baisant les pieds de Bérénice.

Ils étaient allongés côte à côte dans un grand lit à montants d'ivoire. Eponine avait posé sa tête sur l'épaule nue de Sabinus. A travers la baie, scintillaient les étoiles. Là-bas, le cassissier devait être lourd de fruits. Derrière la porte, ronflaient les prétoriens. Il croyait la regarder dormir, mais elle ne dormait pas. Il pensait à la Gaule. Elle ne pensait qu'à lui.

Le jour se leva. Un esclave juif vint apporter le *jentaculum* [1] dans un service d'or digne du petit-fils de Jules César.

– Je sais, dit l'esclave, que tu aimes le raisin, mais en juin il vient de pays lointains, le bateau n'est pas encore déchargé, je t'en porterai un panier pour la *cena.*

Il sortit, le garde referma la porte.

– Qu'est-ce que c'est que cette histoire de raisin? demanda Sabinus.

Eponine comprit que Bérénice travaillait à leur évasion, mais elle n'osa en parler à Sabinus. Il restait toute une longue journée avant la *cena.* « Plus tard, pas maintenant! » se dit-elle, et elle sourit en murmurant :

– Je ne sais pas!

Sabinus avait l'air apaisé, tel un pantomime * qui regagne sa loge après sa performance. L'essentiel était fait pour lui, et ce jour qui commençait était plus beau qu'il n'aurait osé l'espérer. Comme une récompense, il n'avait qu'à le vivre, en jouir et se taire. Qu'aurait-il pu dire à Eponine qu'elle ne sache! Et, sur terre, seule lui importait Eponine. Il savait qu'elle saurait élever leurs fils et leur parler de leur père. Son esprit, bientôt, serait enfin libéré et à jamais apporterait soutien et force aux hommes de Gaule à la recherche de la liberté et de la justice.

1. Petit déjeuner.

Il regardait Eponine. Il l'obligea à manger nue; mais il ne la toucha pas.

– Ton âme doit être bien précieuse pour avoir si bel écrin! dit-il. Pardonne-moi de ne pas t'avoir donné le bonheur!

– Sans toi, il ne peut y avoir de bonheur! Sabinus, reviens! Je te sens déjà là-bas, je te sens parti! Acceptes-tu de ne plus me voir?

Elle eut honte de sa faiblesse et courut dans la pièce voisine. Elle se drapa dans un linge et s'assit sur le rebord de la grande baignoire de marbre.

Sabinus ne vint pas tout de suite.

Il apparut dans l'encadrement de la porte. Il avait revêtu sa cuirasse. Son torque d'or brillait à son cou. Il demanda qu'on le rase.

Du *forum,* en bas du Palatin, montait le chant des flûtes. Eponine alla à la fenêtre et regarda le long défilé joyeux des hommes masqués déguisés en femmes. Elle s'habilla.

Ils étaient seuls dans la grande pièce aux murs luisants d'un rouge de grenat. Il ne pouvait plus supporter son regard; il la prit dans ses bras et, le visage caché dans le cou d'Eponine, il murmura :

– Je ne peux plus vivre! De quoi serait faite ma vie?

– Tu peux vivre la vie d'un père et d'un époux. Tu peux gérer la terre de tes ancêtres. Tu peux voir le blé mûrir et les arbres reverdir.

– Laisse-moi croire que mon esprit pourra aider d'autres hommes à achever ce que mon corps a entrepris.

– Si l'amour de ta femme, l'éducation de tes enfants ne suffisent pas à te donner le goût de vivre, alors, trouve le courage de continuer la lutte! Je ne te demande pas de te soumettre à Rome. Fuyons! Cherchons un asile, et tout pourra recommencer.

– Fuir? C'est impossible!

– Peut-être pas!

– Non! Le pourrai-je, que je ne le ferai pas! Je t'ai contrainte à te cacher pendant neuf ans, je croyais que la Gaule me suivrait, j'espérais voir notre nation libre. Mais j'ai vu, je sais maintenant que la Gaule a besoin de paix! La Gaule a besoin d'hommes comme Lucterius. Mais la Gaule a aussi besoin de héros morts pour que demeure la mémoire de son passé. Camulus l'a compris en envoyant à la mort sa cohorte de Lingons. A jamais ils seront des héros alors que, vivants, ils n'auraient plus été que des vaincus.

– Tu n'aimes pas tes fils!

– Je ne veux pas les entendre me plaindre!

– Ils peuvent encore t'admirer. J'ai tout arrangé! Bérénice organise notre fuite. Nous prendrons la mer, nous descendrons dans un port, n'importe lequel, et nous irons en Bretagne. Là-bas, une femme, la reine Bunduica, a rassemblé tout son peuple pour chasser les Romains. Tu peux te battre à ses côtés, et si l'Increé vous donnait la victoire, les Gaules reprendraient courage!

– Je t'aime, ma femme! dit Sabinus en la serrant tendrement contre lui. Contente-toi d'être ma femme! Accepte! Il nous reste deux jours, deux longs jours! Combien d'hommes sont-ils certains de vivre encore deux jours? Je veux te faire l'amour, alors, et seulement alors, je redoute la mort.

Les ordres de l'Empereur étaient scrupuleusement observés. Les gardes étaient invisibles. Les esclaves au service de Sabinus avaient pour mission de montrer à ce Barbare le raffinement des Romains et de donner à ce rebelle l'espoir du pardon.

La nuit tomba. On alluma les torchères de bronze doré. Un grand remue-ménage se fit entendre dans le couloir. Servantes et serviteurs apportaient les plats pour la *cena.* Un garde ouvrit la porte. Deux jeunes filles étendirent une nappe sur la table basse près du lit. L'une d'elles, après avoir envoyé un furtif coup d'œil à Eponine, glissa un feuillet de papyrus sous un coin du linge. Tandis que les jeunes gens présentaient les plats fumants et que les jeunes filles posaient une corbeille de raisin au pied du lit, Eponine fit tomber le message dans sa serviette et, de sa serviette, dans une bourse accrochée à sa ceinture.

– Je ne peux supporter la vue de la nourriture! dit-elle en se levant, je voudrais me rafraîchir le visage.

Elle passa dans la chambre de bains voisine et déplia le billet. Il n'y avait ni texte ni signature, seulement un plan. Il lui sembla comprendre qu'un des panneaux de marbre de la pièce où elle se trouvait devait pivoter pour donner accès à une chaufferie qui communiquait avec la salle de bains d'un appartement avoisinant. Des flèches indiquaient sur le dessin le chemin à prendre jusqu'à un emplacement marqué d'une croix, où, sans doute, ils seraient attendus. En bas, à gauche, était esquissée une grappe de raisin; en haut, à droite, un croissant de lune. Il était évident pour Eponine que la corbeille de raisin cachait quelque chose qui leur était destiné et qu'il fallait attendre que la lune soit visible pour entreprendre l'expédition. Eponine remit le plan dans sa bourse. Elle réfléchissait; la fuite semblait possible.

Sabinus avait vu Eponine glisser le papyrus dans son aumônière. Il n'alla pas la rejoindre. Il dit simplement aux esclaves :

– Mon épouse est souffrante, nous ne souperons pas!

Il poursuivit, en s'adressant aux gardes :

– Emportez tout ça et mangez-le!

– Je sais qu'Eponine souhaitait du raisin! dit la jeune fille en arrachant la corbeille des mains d'un prétorien.

– Emportez tout! hurla Sabinus.

Il se leva et alla rejoindre Eponine dans la chambre de bains. Eponine lui tendit le plan sans dire un mot. Sabinus le regarda et le brûla à la flamme d'une torche accrochée au mur. Il la prit par la main. Il l'entraînait dans la chambre, quand fit irruption un peloton de six prétoriens précédés d'un sous-officier qui brandissait deux masques grimaçants et deux tuniques de tarlatane bariolée.

– Peux-tu m'expliquer la présence de ces déguisements dans la corbeille de fruits? Alors, Lingon, tu avais décidé de fuir! dit un prétorien.

– C'est absurde! répondit Sabinus. Il ne peut être question que d'une plaisanterie de mauvais goût! Ici, et gardé par vous, que ferai-je de ces masques? Si j'avais eu envie de fuir, vous aurais-je donné cette corbeille?

– Je n'y comprends rien! grogna le sous-officier, mais j'ai pour mission de ne pas te laisser échapper. En attendant les ordres du préfet du prétoire, je vais te mettre en sûreté. Au *Tullianum* *! cria-t-il au peloton.

Eponine s'accrocha aux épaules de Sabinus. Elle demanda, supplia qu'on ne les sépare pas, implora qu'on l'emmène avec son époux.

– Tu n'es pas ma prisonnière. Tu ne peux le suivre! dit le sous-officier en arrachant Eponine des bras de Sabinus.

Les prétoriens le poussèrent vers la porte.

– Au *Tullianum!* clama le sous-officier.

A la première heure, Eponine courut chez Stella. Elle demanda à voir Lucterius. Il parlait d'un ton sec, indifférent :

– Tout cela ne serait pas arrivé si tu m'avais obéi, si tu étais restée chez toi! On ne pourra accuser Sabinus d'avoir eu l'intention de fuir, tous les faits prouvent son innocence. Mais il est normal que le prétorien se soit méfié d'un complot ourdi de l'extérieur.

– Mais Sabinus est au *Tullianum!* sanglota Eponine.

– Nous ne pouvons rien faire avant l'audience. Les fêtes durent trois jours. Toute la journée d'hier a été consacrée aux devoirs envers les dieux. Aujourd'hui et demain, tout Rome sera à l'amphithéâtre du Champ-de-Mars. L'Empereur offre un *munus* [1]. Pas un patricien, pas un plébéien, ne restera chez lui. Entre tous les plaisirs, les Romains n'apprécient rien autant que l'égorgement d'hommes qui n'ont été armés que pour tuer et être tués devant eux. Tu ne trouveras pas un citoyen en sa demeure pendant ces deux jours et je ne pense pas que tu pourrais supporter la vue de ce qui se passe là-bas. Tant qu'il restera une lueur de jour, des centaines de paires de gladiateurs lutteront jusqu'à la mort, Samnites contre Thraces, myrmillons * contre rétiaires et, pour clore la fête, fauves et hommes mêleront leur sang dans une affreuse boucherie qui déchaîne l'enthousiasme de la foule. Ne va pas voir ça! Rentre chez toi! Personne ne t'écouterait. Pour Rome aujourd'hui, la mort est synonyme de plaisir!

– Je veux aller au *Tullianum!*

– Aucune femme, jamais, n'y a pénétré. Attends avec tes enfants et pense à ce que tu diras devant l'Empereur! Cet ordre d'emprisonnement ne vient pas de lui. Songe à émouvoir César et à le rassurer.

Eponine regardait Lucterius. « Comme il a vieilli! se dit-elle.

1. Combat de gladiateurs.

Déjà ses tempes blanchissent! » Il poursuivit en se parlant à lui-même :

– Que les Gaulois cessent d'inquiéter Rome, qu'ils deviennent adultes, qu'ils comprennent que leur avenir est l'avenir de Rome, que ces deux peuples un jour n'en fassent qu'un! C'est tout le bonheur que je nous souhaite!

– Plutôt mourir que de voir cela! soupira Eponine.

Elle rentra rue du Poirier. Ces deux jours lui parurent plus longs que les neuf ans de Griselles. Elle aurait voulu dire à Sabinus que son âme l'avait rejoint. Elle déroula le manuscrit des *Bucoliques* de Virgile et lut aux enfants un passage souligné par Sabinus : « Sources moussues, gazon plus moelleux que le sommeil, et toi vert arbousier qui répands ton ombre clairsemée, protégez mon troupeau *... »

Une odeur fétide d'humidité et d'excréments empuantissait la salle aux voûtes gluantes. Un soldat souleva la grille posée sur le sol entre des dalles. Un autre poussa Sabinus dans l'escalier de pierre qui menait à l'unique cachot du sous-sol. La grille retomba. Sabinus était seul dans une fosse sans fenêtre. Au-dessus de lui, les soldats buvaient et jouaient aux osselets. Tout aurait été simple pour lui s'il n'avait pas été torturé par la pensée d'Eponine. Lui avait-il donné seulement un jour de vrai bonheur? Il eut le sentiment de l'abandonner. Pourrait-il encore soutenir son regard? Eponine était la vie, et il quittait la vie.

Les gardes s'étaient endormis. Il s'était assis en tailleur, le dos appuyé au mur. Il récitait les triades druidiques. La grille se souleva. Un centurion descendit les marches et lui tendit un pichet d'eau.

– Je suis chrétien! lui murmura-t-il.

– Je ne le suis pas! dit Sabinus.

– Paul a été enfermé ici avant son supplice. Il n'avait pas peur de la mort. C'est lui qui m'a baptisé, mon âme retrouvera la sienne et vivra éternellement dans la lumière de Jésus-Christ qui a été crucifié pour que nous soyons tous sauvés. J'ai pitié de ta nuit et de ta solitude. Je suis venu pour te transmettre la parole et t'offrir le baptême.

– Non. Je n'ai pas besoin de ton baptême pour que mon âme ne meure pas! Les druides savaient des choses que tu ne sais pas.

– Il n'est qu'une Vérité, et cette Vérité triomphera des faux dieux de Rome.

– Si ton Jésus-Christ disait cela, c'est qu'il était druide!

– Non! Il est Dieu! Avant Lui tous les hommes étaient dans l'erreur. Mais Il a dit que tous les hommes sont frères et qu'ils doivent s'aimer entre eux comme le Père aime chacun d'eux.

– Je mourrai dans ma foi comme ton Paul est mort dans la sienne.

Peu importe d'où vient le message, l'amour triomphera de la haine, la vérité du mensonge, la liberté de la servitude!

– Paix sur toi! dit le centurion en se signant.

Il remonta et referma la grille.

Les curieux s'entassaient dans la basilique du palais impérial qui était séparée en trois nefs par des colonnes de marbre jaune. Faisant face à la foule, trois trônes tapissés de rouge étaient placés dans une abside. On entendit un bruit de pas se rapprocher. Les deux battants de la porte de bronze s'ouvrirent. Précédé de sa garde prétorienne, Vespasien parut. Il retenait de son bras gauche le pan de son long manteau de pourpre. Les traits de son visage étaient crispés. Un accès de goutte l'avait torturé durant toute la nuit. Il s'assit au centre entre ses fils. Titus avait l'air absent; dans ses oreilles bourdonnait le bruit de la mer, de la mer qui emportait Bérénice. Le beau visage de Domitien semblait contrarié; on était venu le déranger alors qu'il se livrait à son passe-temps favori, alors que, méticuleusement, il était occupé à embrocher des mouches sur des épingles.

– Faites venir l'accusé! dit l'Empereur.

Sabinus entra. Il avançait fièrement, la main droite posée sur son torque.

– Comment te permets-tu de paraître en cuirasse devant César? glapit Domitien.

– J'étais en cuirasse quand on m'a arrêté! Et mes malles n'ont pas suivi!

– Pourquoi étais-tu en costume de guerre? renchérit Domitien.

– Je m'étais rendu à une convocation au camp de Cérialis. Le port de la cuirasse n'est pas interdit dans un camp, que je sache!

– Laissons cela! dit Vespasien. César est prêt à oublier. Mais toi, es-tu prêt à te souvenir que tu es citoyen romain?

– J'ai parfaite mémoire que le divin Jules César a honoré mes ancêtres du *gentilis* [1] des Julii. Et j'ai parfaite mémoire que je suis un Gaulois!

1. Patronyme, nom de famille.

Au deuxième rang du parterre, une femme se leva. Elle prit ses fils par la main et alla se prosterner aux pieds de l'Empereur :

– César! Vois ces enfants! Je ne leur ai donné la vie et ne les ai nourris dans un tombeau que pour venir avec plus de suppliants te demander la grâce de leur père!

L'Empereur ne put cacher son émotion. Il se tut, et regarda avec pitié cette jeune femme blonde drapée de noir qui serrait ses enfants contre elle et le suppliait du regard sans verser de larmes.

Sabinus sentait son courage s'évanouir.

– Tu peux vivre, Sabinus! dit gravement Vespasien. J'aime à pardonner et ne souhaite pas faire de tes fils des orphelins! Jure fidélité à Rome! Jure que ton bras ne s'armera que pour servir Rome! Implore le pardon de tes crimes! Retourne à Langres, mais n'oublie pas que ta cité, comme toutes les cités de Gaule, appartient à l'Empereur, que chaque pérégrin appartient à l'Empereur et que, s'il veut vivre en homme libre, il doit chaque année racheter sa liberté! Tu as profané le temple dédié à Rome et à Auguste, tu as jeté bas les monuments du traité d'alliance avec Rome, jure d'offrir un autel aux dieux de Rome, à Jupiter, à Junon et à Minerve!

Domitien se leva et ajouta :

– Jure que tu tiens pour criminels tous ceux qui ont porté les armes contre Rome!

L'horrible litanie se brouillait dans la tête de Sabinus. Son regard ne pouvait s'arracher des yeux d'Eponine. Il suffisait qu'il prononçât un mot, et elle lui serait rendue!

– Jure! dit Titus d'une voix étranglée par l'émotion. N'ajoute pas à tes crimes celui d'abandonner ta femme! César veut te sauver. Jure!

– Ne jure pas! murmura Eponine en fermant les yeux.

Une grande paix envahit Sabinus; il n'abandonnait pas Eponine, elle l'avait rejoint.

La foule se taisait. En tombant dans le cylindre de la clepsydre, les gouttes d'eau ponctuaient le silence de Sabinus qui, de seconde en seconde, se transformait en aveu et l'envoyait à la mort. L'Empereur hésitait à prononcer la sentence. Des témoins assurent qu'il pleura. Eponine embrassa ses fils, alla les confier à Martialis et à Carilla, et revint se placer à côté de son époux.

– César, dit-elle, j'ai porté les armes contre Rome! J'avoue mon crime, mais ne le regrette pas. Il est plus aisé de mourir que de vivre sous ton règne!

– Meurs donc! cria Domitien.

Un frisson parcourut l'assemblée. Deux hommes assis sur le banc des témoins se levèrent et sortirent. A présent, qu'aurait pu dire Cérialis? Lucterius avait perdu tout espoir.

– Oserais-tu exécuter une femme? hurla Sabinus.

– Je n'aurais pu te survivre, murmura Eponine.

Elle glissa sa main dans celle de son époux. Ils se regardèrent. En silence, ils célébraient leurs noces pour l'éternité.

Sabinus fit face à l'Empereur et dit calmement :

– Qu'espérais-tu, César? que je renie tous les Gaulois qui sont morts pour la liberté? Il n'est pas de nation qui puisse accepter d'être l'esclave d'une autre nation. Si tu avais voulu qu'une Gaule libre soit l'alliée de Rome, j'aurais juré.

Vespasien se leva. Sa voix tremblait :

– Qu'on en finisse! Emmenez-les! Que ce jour soit le dernier de leur vie!

Eponine souriait.

– César, dit-elle, je te remercie de ne pas nous séparer! Je te plains! J'ai été plus heureuse dans les ténèbres avec mon époux que toi sur ton trône!

« L'Empereur fit exécuter Eponine, mais il expia ce meurtre car, en peu de temps, toute sa famille s'éteignit complètement *. »

Plutarque.

Au petit matin, deux voitures roulaient vers la Gaule. L'une emportait Lucterius vers sa solitude. L'autre ramenait à Auberive les fils de Sabinus et d'Eponine.

Épilogue

Carilla épousa Martialis. Ils élevèrent les orphelins. Mya mourut de vieillesse et Régina de langueur. Les mines étaient devenues la propriété de l'Empereur. Les fils d'Eponine et de Sabinus ne possédaient plus que le domaine d'Auberive et les ruines de Griselles. Sur les bords de l'Ource, la vie fut modeste et paisible. La Gaule entrait dans une longue ère de paix. Les Gaulois se résignaient à devenir des Romains.

Quand ils eurent dix-huit ans, Sabinus et Valentinus furent enrôlés dans les cohortes auxiliaires.

Or, en l'an 116, un moraliste grec, Plutarque *, rencontra un Gaulois du nom de Sabinus. Il l'invita chez lui, à Delphes. Le Gaulois, alors âgé de quarante ans, lui conta le merveilleux amour de son père Sabinus et de sa mère Eponine. Il lui apprit que son frère Valentinus venait de trouver la mort en Égypte.

Sabinus, fils de Sabinus, eut plus de chance. Il finit son service et, avec sa solde de démobilisation, il reconstruisit la villa de Griselles, à côté du cénotaphe de son père, à côté du souterrain de son enfance. Il fonda une famille.

La villa de Griselles se transmit de père en fils jusqu'aux invasions barbares. Au IIIe siècle, le domaine fut à nouveau brûlé. A nouveau, les ronces et les serpents envahirent les ruines.

La paix revenue, un descendant d'Eponine fit ériger un château neuf dans la vallée, sur les bords de la Laignes.

Au VIe siècle, sous le règne de Théodebert, petit-fils de Clovis, naquit au château de Griselles un garçon que l'on baptisa Valentinus. Devenu adulte, Valentinus reçut le commandement de la milice du palais de Théodebert. Mais, à vingt-cinq ans, il répondit à l'appel de Dieu. Il quitta le monde, fut ordonné prêtre et s'adonna à la méditation. Il vécut en ermite sur le haut de la colline, au milieu des bois, dans le souterrain qui abritait le cénotaphe de son ancêtre. Il obtint de l'argent du roi et fit élever au-dessus de la crypte une petite église en l'honneur de saint Paul. Les miracles qu'on lui imputait répandirent au loin sa réputation de sainteté; aussi venait-on de toutes parts implorer le secours de ses prières. Il mourut à l'âge de quarante ans. Ses fidèles déposèrent son corps dans le cénotaphe de Sabinus. Le sarcophage fut alors surmonté d'un couvercle sur lequel on sculpta une croix *.

Si, un jour, vous passez en pays lingon, ne manquez pas d'aller à Griselles sur les bords de la Laignes. Demandez à Mlle Bouvier de vous prêter la clef de la chapelle. Elle vous la confiera. Seul, vous escaladerez le sentier à travers bois. Entrez dans la petite église qui domine la colline et descendez dans la crypte. Quand vos yeux se seront habitués à l'obscurité, vous découvrirez le cénotaphe de Sabinus qui, depuis le VIe siècle renferme les reliques de saint Valentin, « le patron des amoureux * ».

ANNEXES

LA GAULE ROMAINE
A LA FIN DU Ier SIECLE APRES J.-C.

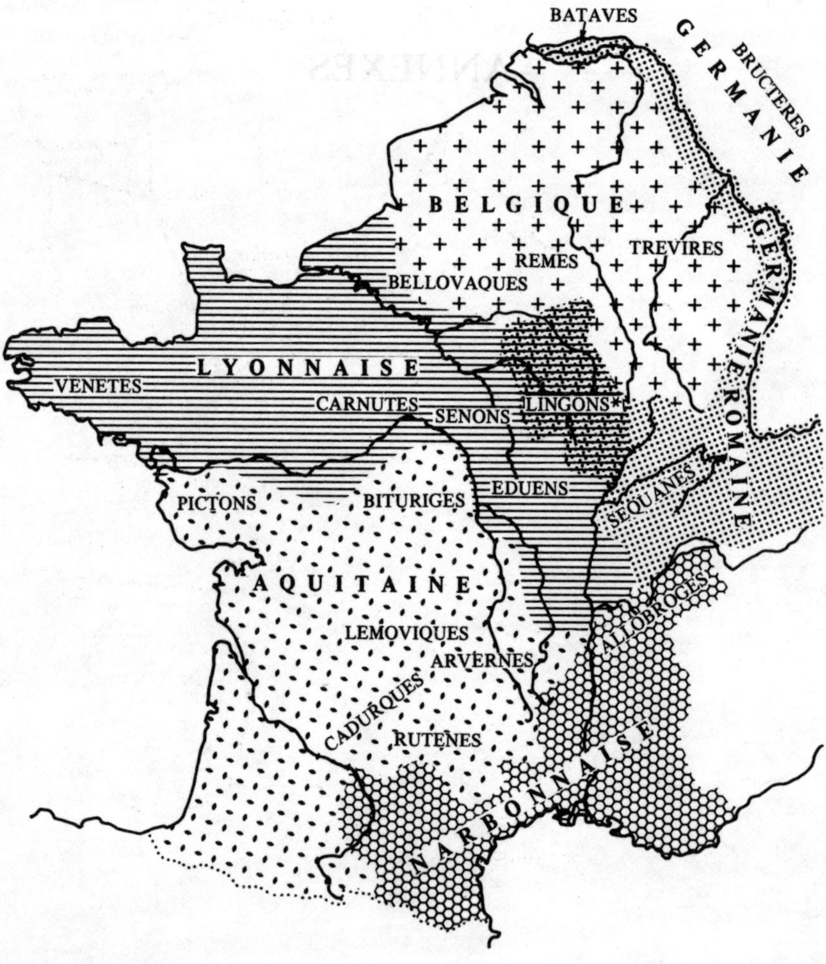

* A la fin du Ier siècle après J.-C., les Lingons ont été rattachés à la Germanie romaine.

GRANDES VOIES ROMAINES

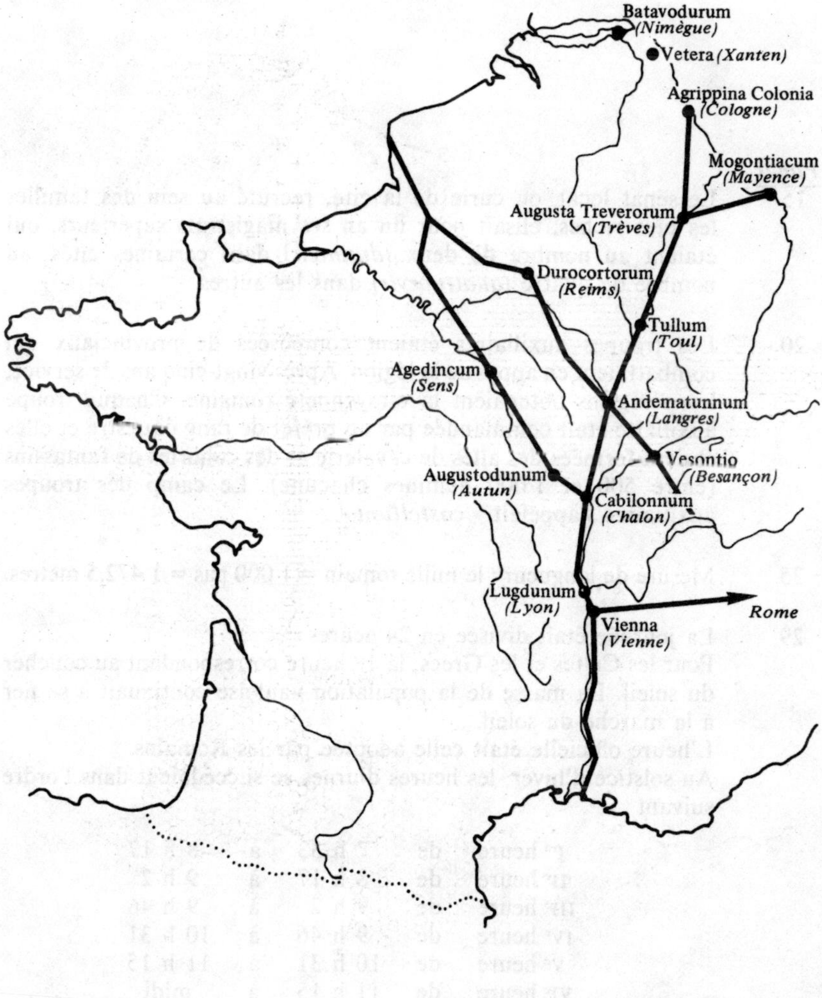

Notes

Pages

15 Le sénat local, ou curie de la cité, recruté au sein des familles les plus riches, élisait pour un an ses magistrats supérieurs, qui étaient au nombre de deux *(duumvir)* dans certaines cités, au nombre de quatre *(quattuorvir)* dans les autres.

20 Les troupes auxiliaires étaient composées de provinciaux qui combattaient en appui de la légion. Après vingt-cinq ans de service, les pérégrins obtenaient la citoyenneté romaine. Chaque troupe auxiliaire était commandée par un préfet de rang équestre et elles étaient formées des ailes de cavalerie et des cohortes de fantassins (entre 500 et 1 000 hommes chacune). Le camp des troupes auxiliaires s'appelait « *castellum* ».

25 Mesure de longueur : le mille romain = 1 000 pas = 1 472,5 mètres.

29 La journée était divisée en 24 heures.
Pour les Celtes et les Grecs, la 1re heure correspondant au coucher du soleil. La masse de la population gauloise continuait à se fier à la marche du soleil.
L'heure officielle était celle adoptée par les Romains.
Au solstice d'hiver, les heures diurnes se succédaient dans l'ordre suivant :

Ire heure	de	7 h 33	à	8 h 17
IIe heure	de	8 h 17	à	9 h 2
IIIe heure	de	9 h 2	à	9 h 46
IVe heure	de	9 h 46	à	10 h 31
Ve heure	de	10 h 31	à	11 h 15
VIe heure	de	11 h 15	à	midi
VIIe heure	de	midi	à	12 h 44
VIIIe heure	de	12 h 44	à	13 h 29
IXe heure	de	13 h 29	à	14 h 13
Xe heure	de	14 h 13	à	14 h 58

XIe heure	de	14 h 58	à	15 h 42
XIIe heure	de	15 h 42	à	16 h 27

En revanche, au solstice d'été, les heures diurnes se disposaient ainsi :

Ire heure	de	4 h 27	à	5 h 42
IIe heure	de	5 h 42	à	6 h 58
IIIe heure	de	6 h 58	à	8 h 13
IVe heure	de	8 h 13	à	9 h 29
Ve heure	de	9 h 29	à	10 h 44
VIe heure	de	10 h 44	à	midi
VIIe heure	de	midi	à	13 h 15
VIIIe heure	de	13 h 15	à	14 h 31
IXe heure	de	14 h 31	à	15 h 46
Xe heure	de	15 h 46	à	17 h 2
XIe heure	de	17 h 2	à	18 h 17
XIIe heure	de	18 h 17	à	19 h 33

Les heures nocturnes reproduisaient par antithèse le dispositif des heures diurnes avec leur longueur d'été au solstice d'hiver et, réciproquement, leur longueur d'hiver au solstice d'été.

34 En Gaule, après la disparition des druides, il n'y a aucune trace d'un renseignement public du niveau primaire. A domicile, dans les familles riches, « un pédagogue » apprenait à compter, à lire et à écrire aux enfants de sept à douze ans. Ensuite, l'enfant qui continuait ses études passait en secondaire; il était alors envoyé chez « le grammairien » qui, pendant quatre ou cinq ans, lui apprenait à parler correctement le latin en lui expliquant les textes des poètes classiques. L'enseignement supérieur était dispensé dans des universités où le « rhéteur » enseignait l'art de l'éloquence qui ouvrait les carrières publiques et celle d'avocat.
A Rome, l'enseignement primaire était assuré par des instituteurs dans de nombreuses écoles. Les enseignements secondaire et supérieur fonctionnaient de façon identique dans tout l'Empire.

111 Villa gallo-romaine des « Cloisets », commune de Colmier-le-Bas, canton d'Auberive (Haute-Marne).
On peut visiter les fouilles archéologiques. Les peintures murales et les mosaïques sont exposées au musée Saint-Didier, à Langres.

139 Ce n'est qu'en 213, sous le règne de Caracalla, que tous les Gaulois, à l'exclusion des esclaves, obtinrent la citoyenneté romaine.

156 Le sarcophage est toujours en place, dans la crypte de l'église de Griselles (Côte-d'Or).

192 L'as = unité de monnaie romaine en bronze (environ un franc de 1985).
Le sesterce = monnaie romaine en argent qui valait 4 as.
Le minimum vital du petit-bourgeois était de 20 000 sesterces de rente. Le capital requis pour appartenir à l'ordre des chevaliers était de 400 000 sesterces. L'intérêt normal de l'argent était de 5 %.

211 L'anathème qui avait été proféré contre Néron a été levé par Vespasien.

217 et 218 En même temps que se construisaient dans l'Empire romain ces grands théâtres accessibles à la masse, l'art dramatique était en train de mourir. Les dernières tragédies qui aient été composées pour être jouées remontent au règne d'Auguste. Sous les Flaviens, on se contente de l'ancien répertoire dont les « chefs de troupe » offrent une *relecture* au goût du jour. La tragédie devient « pantomime ». Sur des thèmes classiques, *le* pantomime masqué déclame des récitatifs, tandis que la troupe danse et chante, transformant le spectacle en une sorte d'opéra.
La même crise affecte la comédie qui se transforme en « mime ». Les mimes ne sont pas masqués. Les sujets s'inspirent de la vie quotidienne, ils sont traités avec un relief caricatural et une prédilection pour la grossièreté.

238 Calendes : 1er jour de chaque mois.
Nones : le 7 des mois de mars, mai, juillet, octobre; le 5 des autres mois.
Ides : le 15 des mois de mars, mai, juillet, octobre; le 13 des autres mois.

249 Le cordon qui relie le nouveau-né à sa mère ne devait pas être en contact avec du métal.

261 Au temps de l'Indépendance, la forêt des Carnutes (Saint-Benoît-sur-Loire) était le *nemeton* du druide suprême de toutes les Gaules.

265 La forteresse de Massada, située à proximité de la mer Morte, avait été construite par Hérode. Après la destruction du Temple de Jérusalem, alors que Titus était rentré à Rome, les *zélotes,* patriotes juifs qui prônaient l'action violente, s'enfermèrent dans Massada. Ils soutinrent un long siège, et finalement préférèrent

se donner la mort et tuer leurs enfants plutôt que de tomber entre les mains des Romains.

274 Se reporter ci-dessus à la note de la page 29.

283 Jusqu'à leur puberté, les jeunes patriciens portaient la *toge prétexte,* toge blanche bordée d'une bande de pourpre. A quatorze ans, ils revêtaient la *toge virile* (sans bande de pourpre). A l'âge adulte, seuls les hauts magistrats portaient la prétexte.
Caton raconte qu'un jour, au sénat, on avait délibéré d'une affaire délicate. Un certain Papirius avait emmené son fils. Le jeune Papirius garda le secret et répondit à sa mère qui lui posait des questions qu'on avait discuté pour savoir s'il paraissait plus utile qu'un homme eût deux femmes, ou une femme deux maris. La mère réunit ses amies et toutes les matrones supplièrent qu'on leur donnât deux maris! Les sénateurs félicitèrent l'enfant et le nommèrent *Praetextatus.* Depuis, les fils de patriciens portent la prétexte, mais ils n'ont plus le droit d'assister aux séances sénatoriales.

289 Sous les Flaviens, 160 000 indigents recevaient le blé gratuit.
Dates *(Classical Philologie)* évalue la population de Rome pendant le Haut-Empire à 1 250 000 âmes.

292 Se reporter à la note de la page 283.

298 Hadrien interdit les bains mixtes. Certaines heures furent réservées aux femmes.

300 Le Colisée fut inauguré par Titus. Sa construction avait été entreprise par Vespasien.

303 Recette du minutal : huile, *garum,* vin, poireau à bulbe, menthe, petits poissons, petites quenelles, testicules de coq et ris de cochon de lait. Faites cuire le tout ensemble. Pilez du poivre, de la livèche, de la coriandre fraîche, mouillez de *garum,* ajoutez du miel et du jus de cuisson, travaillez avec du vin et du miel. Faites bouillir. Après ébullition, liez avec de la pâte émiettée, remuez, saupoudrez de poivre et servez. (Apicius, *L'Art culinaire,* IV, 3.)

306 Le Circus Maximus (Grand Cirque ou Cirque Maxime) contenait 385 000 places, dont 250 000 places assises. (Pline l'Ancien). – Sa longueur était de 600 mètres et sa largeur de 200 mètres.
Les *metae* (bornes) primitivement en bois avaient été remplacées par des *metae* de bronze doré sous le règne de Claude.

311 Les *carceres* (remises pour les attelages et les chevaux) avaient été reconstruites en marbre par Claude.

313 Au Cirque Maxime, le tour de piste *(spatia)* était de 568 mètres.

314 Les foulons effectuaient le foulage des draps de laine en les trempant dans l'urine et en les pressant pour leur donner de l'épaisseur, de la force et du moelleux.

314 On a confondu la princesse Bérénice, amante de Titus, née en 45, avec sa tante la reine Bérénice, née en 28. La princesse Bérénice était la petite-fille d'Hérode Agrippa Ier, et la fille de Mariamne, sœur d'Hérode Agrippa II et de la reine Bérénice. En 78, elle avait 33 ans et Titus en avait 38. Elle avait un frère qui s'appelait également Agrippa et qui l'avait accompagnée à Rome en 75. Tacite dit (II, 81) : « Elle était dans la fleur de l'âge comme de la beauté et le *vieux* Vespasien, lui aussi, lui trouvait des charmes... » A la mort de sa mère Mariamne, son oncle Hérode Agrippa II l'avait adoptée ainsi que son frère.
Bérénice, la tante de la précédente, avait 50 ans en 78. Elle était la fille d'Hérode Agrippa Ier et la sœur de Mariamne et d'Hérode Agrippa II, elle était veuve d'Hérode de Chalcis, dont elle avait eu deux enfants. Elle vécut dans l'inceste avec son frère Agrippa II. Pour faire cesser les bruits injurieux, elle épousa Polémon, roi de Cilicie, mais elle le quitta pour retourner vivre avec son frère. Elle mourut en 79. Dion Cassius *(Histoire romaine,* LXVI, 18) dit : « Depuis que Titus posséda seul la souveraine puissance, il fut continent, bien que Bérénice fût revenue à Rome. » Il ne pouvait être question de la tante, qui était morte.

316 Les jeux de hasard n'étaient autorisés à Rome que pendant les « Saturnales » (du 17 au 23 décembre).

320 Les cohortes de vigiles (esclaves ou affranchis) étaient commandées par le préfet des vigiles. Elles luttaient contre l'incendie. Auguste institua un autre corps de vigiles pour veiller à la sécurité de Rome pendant la nuit.

321 Bérénice a été contrainte de quitter Rome du vivant de Vespasien, alors que Titus était associé au gouvernement de son père.
Dion Cassius (LXVI, 15 et 16) enchaîne directement le renvoi de Bérénice et l'exécution de Sabinus et d'Eponine, en les reliant par cette phrase : « Voici encore des événements du même temps... » Il poursuit le chapitre 16 par : « Sur ces entrefaites, Vespasien fut en butte à une conjuration... néanmoins il n'y succomba pas. »

323 Se reporter à la note de la page 217.

327 Sur un mur du *Tullianum* (appelé aussi prison Mamertine) une plaque porte gravés les noms de quelques détenus : Jugurtha (en 104 avant J.-C.), Vercingétorix (en 46 avant J.-C.), saint Paul (en 67), Sabinus (en 78).

328 Les gladiateurs étaient répartis en : Samnites, qui portaient le bouclier et l'épée; Thraces, qui se protégeaient d'une rondache et maniaient le poignard; myrmillons, qui étaient coiffés d'un casque sur lequel était représenté un poisson de mer; rétiaires, qui étaient armés du trident et du filet.

329 Virgile, *Bucoliques,* VI, 45.

335 Vespasien mourut en 79, un an après Eponine et Sabinus. En 96, à la mort de son fils Domitien, la dynastie flavienne fut éteinte.

337 Plutarque (né en 46, mort en 125), *Dialogue sur l'amour,* 25.

338 Père J. Vignier, *Décade historique du diocèse de Langres,* 1603, et abbé Garraud, *Saint Valentin de Griselles,* 1865.
Il ne faut pas confondre saint Valentin de Griselles (fête le 4 juillet), et saint Valentin martyr, qui mourut à Rome vers l'an 270 (fête le 14 février). Par une étrange aberration, depuis le XVe siècle, le 14 février est devenu le jour de la fête des amoureux. La tradition voulait que, le jour de la « Saint-Valentin », un jeune homme choisisse une jeune fille dont il serait le cavalier servant durant l'année courante, sans que cela l'engageât au mariage. Or, Valentin de Griselles avait été fiancé, mais il avait disparu le jour même de ses noces, ayant entendu l'appel de Dieu. Alors, jeunes filles qui espérez le mariage, saint Valentin de Griselles n'est peut-être pas le patron qu'il vous faut!
Quant au saint martyr, on ne lui connaît aucune histoire d'amour.

Principales sources bibliographiques

P.-C. TACITE (Latin, 55-120), *Histoires,* Société d'édition Les Belles Lettres, 1978.

PLUTARQUE (Grec, 49-125), *Œuvres morales,* 47 ; *Dialogues sur l'amour,* 27, Les Belles Lettres, 1980.

M.-V. MARTIAL (Latin 40-104), *Épigrammes,* Les Belles Lettres, 1969.

DION CASSIUS (Grec, 155-235), *Histoire romaine,* Librairie Firmin-Didot, 1867.

Père Jacques VIGNIER (moine français du XVIIe siècle), *Décade historique du diocèse de Langres,* Imprimerie Rallet-Bideaud, Langres, 1841.

Georges DRIOUX, *Cultes indigènes des Lingons,* Édition A. Picard, 1934.
– *Lingons, textes et inscriptions antiques,* Les Belles Lettres, 1934.

Albert GRENIER, *Manuel d'archéologie gallo-romaine,* Édition A. et J. Picard, 1958.
– *Travaux militaires,* 1931.

Chanoine Jean-Charles DIDIER et docteur Jean HERMAND, *La Villa gallo-romaine des « Cloisets » à Colmier-le-Bas, canton d'Auberive,* Mémoires de la Société historique et archéologique de Langres, tome V, 1976.
– *Les Mosaïques de Colmier-le-Bas,* 1969.

Alix BARBET et J. HERMAND, *Les Peintures murales,* 1980.

Abbé GARRAUD, *Vie de saint Valentin de Griselles – notices sur les origines de cette paroisse,* Adolphe Grange éditeur, Dijon, 1865.

Dietwulf BAATZ, *Die Wachttürme am Limes,* Stuttgart, 1976.

Lexique

alica	boisson de grains fermentés.
ambacti	gardes privés.
amma	maman.
atrium	salle d'entrée.
Bretagne ou Britannie :	Grande-Bretagne.
caligae	chaussures des soldats romains.
capsa	boîte (à maquillage).
carceres	remises pour les attelages de courses.
cardo	grande rue nord-sud.
carnyx	trompettes gauloises.
carruca	voiture, carrosse.
carrus (i)	chariot, fourgon.
castellum	camp des troupes auxiliaires.
castra	camp permanent des légions.
cena	dîner.
cenacula	appartement.
cisium	petite voiture légère à deux roues.
commisatio	beuverie et spectacle après la *cena*.
domus	villa urbaine, hôtel particulier.
donativum	gratification.
duumvir	chacun des deux magistrats suprêmes d'une cité.
eques, equites	chevalier(s) gaulois.
ergastules	bâtiments où l'on enfermait les esclaves.
fanum	temple gallo-romain.
forces	ciseaux.
forum	place publique.
garum	condiment, saumure de poisson.
gentilis	patronyme, nom de famille.
impluvium	réserve d'eau de pluie, bassin.
insulae	immeubles de rapport.
jentaculum	petit déjeuner.
lares	divinités protectrices du foyer.
latifundium	vaste propriété terrienne.

latrunculi	pions (ressemblant à ceux des échecs).
lectus medius	lit du milieu dans le *triclinium.*
Lingons	peuple gaulois établi en Champagne (capitale : Langres).
mea cara	ma petite chérie.
méridienne	sieste.
meta (ae)	borne(s).
ministratores	serviteurs.
moma	grand-mère.
munus	combat de gladiateurs.
nemeton	enceinte sacrée des druides.
nomenclator	esclave chargé de nommer les citoyens que rencontrait son maître et ceux qu'il recevait chez lui.
œcus	pièce de réception.
œnochoé	pichet.
oppidum	village fortifié gaulois.
ornatrix	femme de chambre, coiffeuse.
pagus	canton, village.
palla	voile, étole, drapé de Jupiter.
pallium	grand manteau carré.
paludamentum	long manteau rouge du général.
pars agraria	cour agricole.
pars urbana	jardin d'agrément et habitation.
pérégrin	homme libre de souche provinciale et qui n'est pas citoyen romain.
pincta	pichet de 0,93 litre.
prandium	collation de la mi-journée.
préfet des Alliés	chevalier, officier commandant en chef une troupe auxiliaire.
pulvinar	loge de l'Empereur au Cirque Maxime.
rheda	voiture de voyage.
rhéteur	maître de rhétorique.
salla	salle de séjour.
sportule	pension versée par le protecteur (ou patron) à son protégé (ou client).
stola	robe.
synthesis	ample tunique de dîner.
tabellarius	greffier de tribunal.
tablinum	bureau, bibliothèque.
Taranis	dieu gallo-romain du tonnerre.
tatula	papa, petit papa.
tonsor	barbier, coiffeur.
tribunal	estrade.
triclinium	salle à manger contenant trois lits de table.
turme	escadron de trente cavaliers.

Urbs	centre urbain à l'intérieur des murs de Rome.
vallum	palissade, rempart.
vallus	moissonneuse.
vegeiia	bateau fluvial.
vélites	fantassins légers.
vexillum	étendard de cavalerie.
vicus	village.
villicus	régisseur.
volumen	manuscrit.

Table

ANNEXES

CET OUVRAGE A ÉTÉ COMPOSÉ ET ACHEVÉ D'IMPRIMER
PAR L'IMPRIMERIE FLOCH À MAYENNE
DÉPÔT LÉGAL MAI 1985. N° 8730 (22837).